La mujer fuera del cuadro

Nieves García Bautista

La mujer fuera del cuadro

Papel certificado por el Forest Stewardship Council®

Primera edición: junio de 2019

© 2019, Nieves García Bautista
© 2019, de la presente edición en castellano para todo el mundo:
Penguin Random House Grupo Editorial, S. A. U.
Travessera de Gràcia, 47-49. 08021 Barcelona

Printed in Spain – Impreso en España

ISBN: 978-84-91-29212-8
Depósito legal: B-7765-2019

Impreso en Rodesa
Villatuerta (Navarra)

SL 92128

Penguin
Random House
Grupo Editorial

1

«El día que el presente ya sea historia
y las aguas se nos calmen de una vez,
entenderás en mis silencios tantas cosas,
las que ahora escribo cuando no me ves».

LOVE OF LESBIAN
Fragmento de la canción *Cuando no me ves* (2016)

Sitges
Febrero de 1905

Era delicioso vivir junto al mar. La brisa, el rumor de las olas, el olor a sal. La serenidad de un horizonte plano, inmenso. Ese febrero, además, estaba siendo benigno y daba gusto sentarse en la terraza, bajo las pamelas o las sombrillas, a disfrutar de los amorosos rayos de sol.

Aquella mañana la mujer había salido con la labor de bordado, mientras la niña, sentada a sus pies, sobre una manta, hojeaba una revista francesa. Un suspiro le llenó el pecho. Qué vida tan deliciosa.

Pensaba si de verdad merecía todo eso cuando oyó un galope desbocado. Giró la cabeza y en la calle divisó a una pareja de los Mossos d'Esquadra, con sus uniformes azules, sus chisteras y sus carabinas Remington. El pulso empezó a serenarse cuando se dio cuenta de que iban en la dirección contraria a su casa. Tal vez no merecía una vida del todo tranquila, siempre se asustaría ante la presencia de un uniforme.

—¡Ya sé qué quiero por mi cumpleaños! —exclamó la niña—. ¡Quiero ir a París!

La mujer se pinchó un dedo con la aguja. Se lo llevó a la boca y apretó.

—Son diez años ya, mamá, esta vez no me puedes decir que no —dijo la niña poniéndose melosa—. Además, soy buena estudiante.

Eso era verdad. Tocaba el piano con soltura, su caligrafía era clara y elegante, hablaba francés, inglés, catalán y español, y sus bordados habían dejado de ser un nudo de hilos. Esa niña era como vivir en el mar, un privilegio que no se atrevió a soñar.

—¿Otra vez con eso? —replicó la mujer con dulzura.

La niña arrugó el entrecejo.

—¡Sí, otra vez! —se enfureció—. Estoy harta de que siempre digas que no. ¡No lo entiendo!

La mujer se sobresaltó. Su niña siempre había mostrado carácter, pero nunca se le había enfrentado de aquella manera. Al menos continuaba sentada sobre la manta, a sus pies. ¿Cuánto tiempo quedaría para que le diera otro arrebato, se levantara y dejara a su madre allí plantada? La mujer se estremeció. Qué rápido crecen los hijos.

—¿Has visto ese mar? —Y con la mirada invitó a la niña a mirar la franja azul del horizonte—. Nunca verás nada igual… Ni siquiera en París.

Cerró los ojos e inspiró el aroma a sal que flotaba en el aire.

—Me gustaría poder decir lo mismo, pero no me dejas salir de aquí —masculló la niña.

—Tú solo quieres ir a París por lo que imaginas. León te trae demasiadas revistas, me parece.

—¡Pues sí! ¿Y qué? ¿Es eso tan malo? París es una ciudad maravillosa, grandiosa. Todo el mundo lo sabe. Las mujeres son elegantísimas, llevan unos sombreros y unos vestidos que jamás veremos en Sitges, ni en Barcelona. El Sena, la Torre Eiffel, el Louvre, Montmart…

—Basta.

Aquellas conversaciones solían terminar así, con una palabra tan seca y tajante como los cortes de un carnicero en el mostrador de su tienda. Pero hoy la niña estaba dispuesta a continuar. Quería ir a París.

—Tú fuiste.

La mujer, que se había inclinado nuevamente sobre la labor, no se inmutó.

—Tú viviste allí ¿y yo no puedo hacer un simple viaje?

Los dedos blancos de la mujer comenzaron a temblar. Clavó la aguja en la tela y, con gestos torpes e inseguros, comenzó a recoger.

—Es hora de que vayamos entrando. Ha bajado la temperatura y Mercè debe de tener preparado el almuerzo.

—Mamá… ¿Quién es mi padre?

—Ya lo sabes.

—No. Solo sé que era un comerciante de telas que murió en un viaje. No sé cómo os conocisteis, no tengo una fotografía de él, de vosotros dos juntos. No sé nada de su familia.

—Ya te lo expliqué…

—¡No, no me explicaste nada! Yo creo que todo es mentira.

La mujer se asustó. Sabía que ese momento llegaría, el momento en el que a su hija no le bastaría con el pobre relato que le había contado sobre su padre. Pero no esperaba que sucediera tan pronto. Solo tenía diez años. Verdaderamente, los jóvenes se hacían mayores a edades cada vez más tempranas.

La mujer se resignó.

—Está bien. Hoy te contaré una historia de París. Pero ahora vamos dentro. No quiero que te pongas mala.

Durante el almuerzo, la mujer le relató una improvisada historia sobre timadores, ladrones y gente de malas intenciones, con la esperanza de ensombrecer el ideal de París que su hija albergaba. Pero esta no se quedó satisfecha, porque aquellas anécdotas solo sirvieron para atizar su curiosidad y que le formulara infinitas preguntas que la mujer se esforzaba por esquivar.

Después de cenar, se acomodaron junto a la chimenea, como era su costumbre. A la luz de un quinqué, la madre leía y la niña no escuchaba. Estaba sentada a sus pies, frente al fuego, con la barbilla apoyada en las rodillas y la vista fija en los leños devorados por las llamas. No le había quitado de la cabeza la idea del viaje a París, la madre lo sabía. Ahora la mujer se devanaba los sesos para traer de vuelta a Sitges a esa bulliciosa cabecita de apretados rizos oscuros.

—Y bien —dijo cerrando el tomo de *Mujercitas*, con el dedo en la página por la que iba leyendo—, ¿cuál de las hermanas March te gusta más?

—Entonces, esa amiga tuya, Madeleine… —barruntó la niña—, ¿nunca fue feliz en París?

No sabía qué responder. Tampoco quería mentir a su hija.

—No lo sé. Si estuviera viva podría escribirle una carta y preguntárselo, pero está muerta, hija mía, muerta.

—¿Por culpa de París?

—Por culpa de muchas cosas.

—¿Todo el que va a París muere?

—No, no es eso exactamente.

—¿Entonces qué es?

La mujer dejó el libro sobre la mesa y agarró el asa del quinqué.

—Es hora de ir a la cama.

La niña la miró de reojo. No se movió del sitio, no movió ni un solo músculo. La mujer se agachó junto a ella.

—Mañana lo verás de otra manera —le dijo con voz serena.

—Mañana será igual. Mañana seguiré sin saber por qué no puedo ir al internado como otras niñas, por qué nunca vamos de visita a otras casas, por qué solo nos visita León… Por qué yo tengo la piel morena y la tuya es tan blanca.

La mujer tragó saliva. La necesidad de saber y la duda se habían hecho fuertes en el corazón de la niña. Era cierto, mañana sería igual, su hija seguiría mirándola de esa manera desconfiada y lanzándole preguntas a la menor ocasión.

Con tal de alejarla de lo fundamental, accedería a contarle lo peor, lo más sórdido de París: la historia completa de Madeleine Bouchard.

Madrid
Julio de 2015

Efrén apagó la radio, harto del encendido debate que su asunto había despertado entre aquellos tertulianos convencidos de poseer los más altos principios de la moral, y se acercó a la ventana entreabierta a comprobar si los periodistas continuaban allí abajo. Sí, hasta su quinto piso le llegaba el murmullo de las conversaciones superficiales de los que llevaban esperando durante horas, aburridos y obligados a seguir esperando. Estuvo tentado de descorrer la cortina, apenas unos dedos, y verlos con sus propios ojos, agolpados en la estrecha acera de la transitada calle de Donoso Cortés, pero no quería arriesgarse a que alguno de ellos estuviera detrás del visor de una cámara de vídeo o fotográfica y captara su imagen, la más buscada en los últimos días.

Seleccionó un canal de música en la radio y subió el volumen. Algún día, el interés sobre lo que había hecho o dejado de hacer quedaría liquidado, o simplemente se trasladaría a cualquier otro suceso de mayor relevancia. El problema era que en verano no pasaban muchas cosas.

Llevaba tres días encerrado en casa y se sentía enjaulado. Ni siquiera respondía al teléfono. Solo lo había cogido para atender la llamada de Tomás, su director, quien había tenido la amabilidad de darle unas vacaciones. «Después ya veremos», dijo justo antes de colgar. Qué hijo de puta. Tomás había estado al corriente de todo y ahora le daba la espalda de esa manera, después de quince años de trabajo en el diario, de entregarle a esa cabecera jornadas sin fin, muchas noches en blanco, toda su pasión. Encima había tenido que escuchar los lamentos de su todavía jefe: que si toda la competencia informativa estaba degustando con saña el inesperado banquete que se les había puesto en bandeja, que si tenía al consejo editorial encima, husmeando en sus cajones y apretándole los cojones... Tomás era un poeta. Y un cobarde de mierda. Penaba por su cargo, estaba convencido de que no duraría mucho en la dirección. Qué ingrato. Si ascendió fue gracias a él, a esas flamantes exclusivas. Eran falsas, inventadas, sí —«un juego expresivo y literario», como decía

Tomás con sonrisa complaciente—, pero le habían proporcionado prestigio y dinero, a él y al diario, que ahora lo repudiaban públicamente.

Regresó al ordenador portátil. Las versiones *online* de su periódico y de los demás, las de todos los medios informativos, daban cuenta de la estafa tan prolongada como meditada de Efrén Soriano, autor de más de ochenta entrevistas exclusivas y reportajes de investigación que habían sido fruto solo de su imaginación. Los colegas que antes se le arrimaban y le pedían favores y amistad ahora hacían piña para denostarlo. O para cubrir el portal de su casa y que no se les escapase la imagen del periodista farsante.

Iba a volverse loco. Si no salía de allí pronto, se dejaría las uñas en la pared. ¿Pero cómo saldría de su casa? ¿Y a dónde iría? El móvil vibró sobre la mesa. Era Turi, por enésima vez. También le había dejado decenas de mensajes, al principio comprensivos, después desesperados, últimamente cargados de rabia. Quizá esta era una buena forma de romper su relación, ofreciéndole su imagen de estafador y huyendo a... ¿a dónde?

Cuando el teléfono dejó de vibrar volvió a concentrarse en el portátil. Lo mejor era irse a otra ciudad.

En Berlín tenía una pareja de amigos. Bueno, no, en realidad eran amigos de Turi.

Un primo suyo trabajaba en Bruselas, en el Parlamento Europeo. Aunque en la última cena de Nochebuena el muy estirado se cambió de sitio y fue a sentarse a la otra punta de la mesa.

Y luego estaban Samira y París.

Consultó el correo electrónico y buscó sus mensajes. Samira era una buena amiga, la mejor que había tenido jamás. Cada marzo ella se acordaba de su cumpleaños, a pesar de que él casi nunca la felicitaba, y de vez en cuando le contaba detalles de su vida en París o le mandaba fotografías de rincones poco transitados, de los ojos diabólicos de las gárgolas, de los reflejos después de la lluvia; miradas casuales y espontáneas que ella sabía que a él le gustarían. Nunca de sí misma, ni siquiera del día de su boda con el argelino forrado de dinero, cosa que Efrén no entendía, porque si de algo podía estar segura Samira era de que él la aceptaba por entero, su belleza y sus cicatrices.

En un recuento a ojo, se dio cuenta de que los mensajes de su amiga se habían ido espaciando mucho con el tiempo. El último, aparte de la felicitación en marzo que él despachó con una respuesta formularia, había sido hacía más de un año.

Suspiró. En un instante, Efrén se sintió golpeado por una bofetada de nostalgia y de culpabilidad. Y por la necesidad urgente, vital, como la sed de una garganta llena de polvo, de volver a verla. Pero ¿y ella? ¿Querría reencontrarse con él después de tanto tiempo distanciados? ¿Estaría enfadada? Si la avisaba, ella quizá pondría cualquier excusa.

Iba a arriesgarse. Conduciría hasta París —conducir lo relajaba— y allí la llamaría. Después de hacer tantos kilómetros, no tendría el valor de darle la espalda. Se puso optimista e imaginó que la citaría en una cafetería de esas tan encantadoras. Ella estaría sola, sentada a una mesa tipo velador y una elegante taza de café, rodeada de otras mesas ocupadas por grupos y parejas. A su izquierda habría una silla vacía, como aquella mañana de febrero, cuando él apareció en su nuevo instituto, bien empezado el curso, tras la mudanza de la familia. Como entonces, Efrén no tendría más remedio que sentarse a su lado, el único sitio disponible, aunque en esta ocasión él no se mostraría fastidiado. Ni asqueado.

En muchas ocasiones Efrén se había avergonzado de la repugnancia que sintió por esa chica que, a diferencia de él, aceptó de buena gana a su nuevo compañero. Le había tocado sentarse en un lugar que nadie había querido ocupar y entendía por qué: cada vez que mirara a su compañera, vería la superficie tirante, oscura e irregular de una piel abrasada por el fuego. Gratinada, la llamaban. Y Efrén, que padecía por el reciente desempleo de su padre, la necesidad de estrecharse el cinturón, el cambio a un barrio peor, no estaba dispuesto a convertirse en un paria en el instituto.

En un cajón de la estantería del salón guardaba una memoria USB con un comienzo de novela que ambos habían pergeñado sobre los avatares de unos pintores catalanes en el París de finales del siglo xix. Por aquel entonces, Samira ya le había enseñado a apreciar el arte, el impresionismo y la fotografía; pasaban casi todo el tiempo juntos y se habían jurado que nunca se separarían. Ella le decía que estaba enamorada; Efrén respondía que él también.

Qué ganas de volver a verla.

Pero antes necesitaba un plan de huida. Meditó una idea que se le acababa de cruzar por la cabeza y, cuando lo tuvo todo preparado, llamó a la puerta de Paloma, la vecina del rellano.

Su relación había tenido altibajos —más bajos que altos, a decir verdad—, que Efrén explicaba por la gran diferencia de edad y la acritud del carácter de ella, que solía quejarse de las fiestas que daba Efrén. También habían tenido algo que ver sus mutuas discrepancias sobre las desgastadas barandillas del edificio, unidas a los muros igual que un botón mal cosido a una camisa. Paloma había promocionado el arreglo en la comunidad de vecinos. Aducía que esos hierros eran un peligro y que no estaba tranquila cuando salía a ese estrecho retal a tomar el sol y vitamina D, aunque lo que en realidad le gustaba era vigilar la calle. Efrén votaba siempre que no —prefería gastarse el dinero en otros placeres—, hasta que Paloma logró convencer al número necesario de vecinos para sacar su propuesta adelante. A pesar de haber salido victoriosa en el duelo, la mujer le conservaba la ojeriza. Ahora, sin embargo, Efrén confiaba en que la señora lo ayudaría en su plan. Había que ser optimista.

No tardó en abrir. Paloma se cruzó de brazos y sonrió de medio lado.

—Vaya, vaya —dijo con soniquete.

—¿Qué tal, Paloma? ¿Cómo está?

—Sorprendida.

A Paloma le gustaba dejar caer las cosas en vez de decirlas abiertamente. Turi se lo recriminó en cierta ocasión y se enzarzó en una agria discusión con la vecina, que se envalentonó y mostró su cara más feroz. «Cuidado con esa yugular, señora, que se le van a saltar las perlas que lleva al cuello», le dijo Turi a cuenta de la vena hinchada, lo que solo sirvió para que Paloma se enconara aún más.

—Oiga, voy a irme de viaje un tiempo.

—No me extraña.

—Pero necesito que el portal esté despejado —susurró Efrén con tono conspirador—. Tengo pensado irme a las dos de la madrugada. A esa hora hay menos gente, pero sigue habiendo alguien de guardia. ¿Me haría el favor de bajar y decirles a los periodistas que me he ido?

—¿Y por qué iba a hacer yo eso? ¿Cuándo has hecho tú algo por mí, aparte de darme dolores de cabeza con tus fiestas y tus caprichos?

—Lo siento muchísimo, Paloma. A partir de ahora, será diferente, se lo prometo.

—Se cree el ladrón que todos son de su condición.

—¿Cómo?

—Que a mí no me gusta mentir. No como a otros…

—Escuche, Paloma, por favor —suplicó Efrén. No le importaba rebajarse cuando el fin merecía la pena—. Sea buena conmigo. Yo sé que usted es una excelente persona, tan elegante, tan bien vestida siempre. Quedará estupenda ante las cámaras: va a dar la exclusiva de que ya me he ido. Va a salir en todos los telediarios.

La señora se mantuvo seria, se estiró un poco la chaqueta tipo Chanel. Hacía esfuerzos por mantenerse digna, pero a Efrén no le pasó inadvertido el cosquilleo de vanidad.

—Usted me va a dar otra oportunidad, ¿verdad?, ¿verdad que sí? —Y juntó las palmas de las manos, a modo de rezo, suplicándole un poco más.

—Haré lo que pueda —repuso Paloma lanzándole una mirada orgullosa—. Pero esos de ahí abajo son aves carroñeras, unos cotillas. No van a hacerme caso. Soy solo una vieja.

—De vieja, nada. Está usted espléndida. El porte, la clase, la distinción… Eso lo lleva usted en la sangre. Y esa chaqueta es fabulosa. ¿Tiene usted algún compromiso esta tarde?

La señora hizo un mohín como para quitarle importancia a las palabras de Efrén.

—Solo iba a comprar pastas. —Cogió un bolso de detrás de la puerta y las llaves, y salió—. Entonces, quedamos en que ya te has ido, ¿no?

—Sí, eso es. Muchísimas gracias, Paloma.

La mujer entornó los párpados y se metió en el ascensor. Efrén corrió a su piso cruzando los dedos.

Se colocó al lado de la ventana, protegido por las cortinas, pendiente de los movimientos en el portal. Paloma salió lentamente, esperando que algún periodista la abordase o la grabase con la cámara. Ninguno mostró el menor interés. Normal, debían de estar hartos de preguntar y esperar sin resultados. De hecho, ya había menos reporteros que cuando estalló el escándalo.

—Buenos días —dijo Paloma a un grupo cerca de ella.

—Buenos días —repusieron maquinalmente.

—¿Qué? ¿Seguís aquí?

Los reporteros asintieron con desgana.

—Pues ya os podéis ir largando porque Efrén se ha marchado.

—¿Cómo? —aullaron al unísono.

Los demás se acercaron, alarmados por las caras de sus compañeros.

—¿Qué pasa?

—¡Que ya no está! ¡Se nos ha escapado!

—Imposible.

—Que sí, que lo dice esta señora.

—Paloma García, para servirles.

—Encantada, señora. Oiga, ¿qué es eso de que Efrén se ha largado?

Paloma se encogió de hombros.

—Es lo único que sé —dijo haciéndose la misteriosa.

La reportera que tenía enfrente entrecerró los ojos.

—No, usted sabe más.

Paloma apretó los labios. Aún se hacía la interesante.

—¿Dónde está? —insistió la reportera—. Es mentira, ¿verdad?

—Vamos a ver… —suspiró Paloma. Y, como cayendo en la cuenta, preguntó entre asombrada y autoritaria—: ¿No me vas a grabar?

—¡Eh! —dijo la reportera a un compañero dándole un codazo—. Graba.

—Bien. Yo no soy una mentirosa, ¿eh?, pero Efrén me pidió un favor y yo… soy vieja, me gusta ayudar a mis vecinos cuando me necesitan y…

—¿Dónde está Efrén Soriano, señora?

Paloma indicó con los ojos que continuaba arriba, en su piso.

—Me mandó bajar a que os contara esto.

—¿Y?

—Bueno, se va hoy a las dos de la madrugada.

Los periodistas se miraron con satisfacción y empezaron a hablar entre ellos.

—Voy a llamar a redacción, es absurdo que esperemos tanto.

—Sí, sí, yo necesito descansar. Nos plantamos aquí por la noche y se acabó.

—Pero alguien se tiene que quedar, es capaz de marcharse antes si nos vamos.

—Claro, claro, pero uno o dos, no todos.

—Exacto.

—Eh, ¿y si es una trampa? ¿Y si la señora miente?

—¿La señora? ¿Tú crees?

Mientras el grupo discutía en un corrillo y Paloma revisaba cómo había quedado la grabación, un policía bien uniformado, con gorra de visera calada hasta las cejas y gafas de piloto, salía del portal. A la espalda llevaba una mochila con algo de ropa, un par de sándwiches, su cámara fotográfica y la memoria USB con la novela no acabada sobre la bohemia parisina. Continuó andando tranquilamente hasta un Mini rojo y blanco estacionado unos pasos más adelante. Una vez dentro, colocó el teléfono móvil en un soporte, seleccionó la aplicación que convertía textos en voz y arrancó, observando por el espejo retrovisor cómo se iba alejando del grupo de periodistas.

El policía no se dirigía a comisaría, no tenía arma reglamentaria, ni siquiera placa. La etiqueta de «Made in China» le rozaba el cuello y las costuras de poliéster le producían un molesto picor en la piel. El falso policía nunca imaginó que un día le parecería bien la tontería de Turi de disfrazarse para animar su vida sexual.

Barcelona
Marzo de 1888

Eusebi Carbó se paseaba entre costureras y máquinas, orgulloso de su fábrica textil. El hombre estaba contento y tenía razones. Acababa de entregar el pedido más importante que había realizado hasta el momento: cortinas, manteles y servilletas para la cena de gala que ofrecería Su Majestad la Reina Regente doña María Cristina, Su Majestad el Rey Alfonso XIII y el presidente del Consejo de Ministros, Práxedes Sagasta, con motivo de la inauguración de la Exposición de Barcelona. Además, aquel trabajo le había proporcionado reputación y había atraído a más clientes, caballeros y damas que le habían pedido trajes y vestidos nuevos para el gran acontecimiento.

Por descontado, su familia también estrenaría trajes, y Eusebi no iba a escatimar gastos. Su esposa y sus dos hijas ya guardaban en sus armarios las elegantes sedas y tafetanes con las que aparecerían en el acto magno. Solo León, su primogénito y heredero, se había resistido. Por eso tuvo que traerlo casi a rastras hasta el taller. El chico le preocupaba. No mostraba interés por la empresa, siempre había sido un estudiante mediocre. Se pasaba las tardes junto a sus hermanas, charlando, leyendo y dibujando. Y salía por las noches, cada vez con mayor frecuencia y hasta bien avanzada la madrugada, razón por la cual no se levantaba antes de la hora del almuerzo. Carbó entendía que eran cosas de la edad. El chico contaba dieciocho años recién cumplidos, pero tendría que empezar a atarlo corto o se malograría. Para empeorar las cosas, últimamente sacaba a colación que le apetecía pasar una temporada en París.

—¿Para qué? —le preguntaba Eusebi con un punto de desesperación.

—Para aprender.

—¿Aprender qué? ¿Cómo sabe la absenta o qué hacen las fulanas de Montmartre?

Y ahí terminaba la conversación, lo que no implicaba que a León se le quitara la idea de la cabeza.

Entró en su despacho, donde Cruz le tomaba medidas a León. El chico estaba de pie frente al espejo, manejado como una marioneta por el sastre, que le levantaba un brazo y después otro. No rechistaba, aunque tampoco mostraba el menor entusiasmo.

—La camisa la tenemos hilvanada, señor —dijo Cruz.

—Bien, que se la pruebe.

Eusebi observó a su hijo desnudarse el torso y colocarse la camisa. Era muy delgado, de piel blanca casi transparente y vello escaso. Al meter un brazo por la manga, la costura se deshizo.

—Voy a llamar a una costurera, señor.

—Esta noche vamos al Liceo —le dijo Eusebi a León cuando estuvieron solos.

—De acuerdo.

—Arréglate como Dios manda. —El padre lo había visto algunas veces hecho un pordiosero, aun vestido con trajes que costaban una fortuna—. Nos acompañarán en el palco los Feliú, el matrimonio y su hija. ¿Recuerdas a Josefina? Esa joven tan… elegante.

León puso una sonrisa mordaz que Eusebi no advirtió porque Cruz regresaba en ese momento con la costurera. La chica apenas levantaba la mirada del suelo o de su tarea, pero no debía de estar muy concentrada porque León se quejó de varios pinchazos, a los que la muchacha respondió con murmullos de disculpa. Cruz la recriminaba con miradas feroces.

Mientras, Eusebi observaba, y lamentaba para sus adentros la pereza, la indolencia y la falta de ambición de los jóvenes de hoy en día. Sin embargo, León sí que era ambicioso; al menos, ya había posado sus ganas sobre esa costurera tan bonita.

Estaba oscuro cuando la joven costurera salió del taller. León había estado esperándola a prudente distancia. Quería verla mejor; cómo se movía, dónde vivía. Y después oír su voz, sentir el tacto de su piel y, con suerte, algo más. Al poco rato ella giró la cabeza, entre sorprendida y asustada, pero la noche ocultaba a León, que enseguida se arrimó a la pared para que ella no lo descubriera. La chica apuró el paso. León tuvo que acercarse para no perder de vista a la sombra que casi volaba sobre el suelo empedrado. Al girar una esquina, la muchacha tropezó y cayó de rodillas. León corrió a su encuentro.

—¿Se ha hecho usted daño? —le preguntó ofreciéndole una mano para ayudarla a ponerse en pie.

La costurera bajó la mirada, avergonzada, y se levantó con rapidez.

—No, no ha sido nada —musitó—. Gracias.

—Espere —le pidió León, siguiendo a la chica, que ya había reanudado el paso enérgico.

Se colocó a su lado y esbozó la más galante de sus sonrisas.

—¿Cómo se llama?

—Rosa.

—Precioso nombre. Aunque no tanto como usted.

A pesar de la oscuridad, León percibió la turbación de la costurera, que continuaba caminando aprisa, con la cabeza gacha. Hasta que se paró de pronto.

—Disculpe, señor Carbó…

—Eso suena muy serio —la interrumpió él—. Llámeme León.

La chica carraspeó.

—Este barrio no es para usted y además… no quiero que nadie piense mal de mí.

—Lo comprendo, Rosa —accedió León. Sabía que no había que presionar a las muchachas que se mostraban prudentes; tal torpeza podía suponer perderlas para siempre—. Disculpe si la he molestado, es solo que desde que entró usted en el despacho de mi padre no he dejado de pensar en su hermoso rostro, sus redondas mejillas, esos ojos como almendras, la suave cascada de su cabello, las perlas de sus dientes… Oh, vaya, disculpe, ya la estoy molestando otra vez. Espero que pueda perdonar mi henchido entusiasmo. Le prometo que no volveré a importunarla. Buenas noches.

Y dio media vuelta para marcharse sin darle a la chica la menor oportunidad de replicar.

Sin embargo, esa retirada solo formaba parte del plan de seducción. León ya tenía pensado el siguiente asalto. Dos días más tarde le cortó el paso cuando la chica salía a almorzar.

—Sé que se lo prometí, pero soy débil de carácter. —Del bolsillo de la levita sacó un papel doblado, con algunas arrugas. León lo alisó antes de entregárselo—. Es la pobre manera en la que alivio mi pena y mi soledad.

Era un retrato de Rosa, hecho a lápiz.

—Es…, es… —farfulló la chica con ojos brillantes.

—Lo sé. No tengo suficiente talento para plasmar la belleza de usted, pero…

—Es perfecto. Es tan bonito —dijo admirada con el papel entre las manos temblorosas—. Nadie había hecho algo así por mí. Nunca.

—Eso sí que lo lamento. Aunque también he de confesar que si me dijera que algún otro le ha dedicado dibujos, versos o flores me consumiría de celos.

Rosa dobló el papel y se lo guardó en un bolsillo del delantal.

—Ahora tengo que irme.

—¿Puedo acompañarla? Sé que es mucho pedir, que no merezco su atención, pero… ¡me haría tan feliz!

La costurera miró a los lados.

—No puede venir —dijo en voz baja.

—¿Por qué?

—No se lo puedo decir. Adiós.

Iba a seguirla, pero la voz de Eusebi tronó a lo lejos.

—¡León! ¡Pasa a mi despacho inmediatamente!

Estaba enfadado y León creía saber el nombre y apellido del motivo: Josefina Feliú.

Entró en el despacho y se sentó enfrente, con el escritorio mediando entre ambos. El hombre se atusaba un extremo del largo bigote. Solía hacer eso cuando se contenía, para dar una apariencia de serenidad. En una mano sostenía un papel arrugado por todas partes, como si hubieran hecho una bola con él, con saña.

—¿Qué es esto? —le preguntó a León mostrándole el papel.

León ya sabía qué era, por supuesto. Incluso había previsto esta escena antes de entregárselo a la hija de los Feliú.

—Es Josefina.

—Quién lo diría. No se le parece en nada.

León se rascó la barbilla. Su padre no era tan necio, debía de apreciar que esa sí era Josefina, con sus ojos hundidos, la nariz aguileña, los labios abultados, la mandíbula prominente, la sombra encima del labio superior.

—Así es como yo la veo.

—Pues necesitas gafas —replicó el padre. Suspiró con resignación y dejó el papel sobre la mesa.

Se quedaron en silencio un rato, Eusebi mirando a través de la ventana; León, aguantándose la risa. Josefina, en medio.

—Me interesa estar a bien con Feliú —dijo el hombre finalmente, con tono conciliador—. Si Josefina no te interesa, lo entiendo. Tu madre y yo nunca te obligaríamos a casarte con nadie que no te gustara, pero hazme un favor: haz otro retrato de la chica y esta vez… intenta pulirle los rasgos.

León asintió. Haría una Josefina guapa y fina. Una que se pareciera a Rosa.

Museo de Montserrat, Montserrat
Julio de 2015

Antes de seguir hacia París, Efrén paró en Montserrat para visitar a *Madeleine,* otra de las mujeres de su vida. La conoció por un catálogo de arte que Samira camuflaba dentro del libro de Lengua. Fue por esa mirada entre gris y azul que Efrén se inclinó por primera vez, sin asco, hacia Samira. En aquel tiempo gastaba muchas horas, lápices y láminas de DIN A3 tratando de apresar la esencia de las cosas. Pero no lo lograba y sentía que nunca lo conseguiría.

—¿Quién es? —le chistó. La chica olía bien, como a una mezcla de canela, clavo y cardamomo. Hacía poco se había enterado de que era musulmana; alguien la había llamado mora gratinada.

—Es Madeleine. La obra más sublime de León Carbó —respondió ella también susurrando—. No entiendo cómo es tan desconocida para el gran público.

Tenía razón. Había que ser muy insensible para no amar a Madeleine Bouchard, pensaba Efrén en el museo, frente a ese cuadro que nunca se cansaría de contemplar. *Au Moulin de la Galette. Madeleine,* 1894, óleo sobre lienzo, 117 x 90 cm, rezaba la placa anexa. Efrén conocía de memoria esos datos y cada pincelada, y se había transportado innumerables veces a ese rincón de Montmartre, el Moulin de la Galette, un tugurio donde se reunían los bohemios y también las mujeres, las que en la época resultaban indecentes, salían solas, fumaban y bebían absenta. Entre todas destacaba ella, Madeleine. Efrén había contemplado otros cuadros de la misma época, en escenarios similares, sobre esas mujeres que se atrevieron a romper las normas. Pero ninguna era como Madeleine. De la primera vez, de aquella ojeada durante la clase de Lengua, Efrén recordaba que quedó cautivado por el color, por la luz, por la doble técnica que el autor había empleado —impresionista para el tercio superior, donde un espejo reflejaba el ambiente del bar, y realista para Madeleine—, y sobre todo recordaba aún, con viveza, la extraña sensación que le inspiraban los ojos transparentes y cansados, esa expresión indescifrable, la inmensa pena. Samira lo ayudó a observar a Madeleine desde otro ángulo: solo tenía que seguir esa mirada grisácea, a través del espejo a su espalda, y vería lo que ella estaba viendo en ese instante fugaz de 1894. Varios meses después, Madeleine moriría de un tajo en el cuello en medio de una reyerta en la que también murió otro hombre.

—Disculpe.

Era un azafato. Estaba parado a su lado, mudo.

—Ya me voy. Es solo un momento.

El chico sonrió. No se movió del sitio. Efrén resopló y dio media vuelta para enfilar el pasillo hacia la salida. Los pasos del chico resonaban detrás, en un museo que ya estaba vacío.

—Oye. —Efrén se volvió, esta vez con una sonrisa resplandeciente—. ¿Tenéis tienda en el museo?

—Por supuesto, señor, pero estamos cerrando.

—Ya, pero es que me voy a París y... Estoy haciendo una investigación que...

Quiso haberse tragado las palabras. Quizá ese chico lo reconociese, su cara había salido en la televisión y en los periódicos. De momento, continuaba con su sonrisa de azafato.

—Lo siento, vuelva usted mañana.

Vaya, Madeleine no era la única que lo transportaba al siglo XIX.

—Larra —dijo Efrén.

—¿Cómo?

—Larra... *Vuelva usted mañana...*

Efrén hizo un gesto con la mano, para dar a entender la conexión entre el autor del Romanticismo y su afamado artículo periodístico. El chico achinó los ojos, sin comprender.

—Da igual —resolvió Efrén—. Bueno, bueno..., pues qué interesante trabajar en un museo, ¿verdad?

—Mucho —respondió el azafato con eficiencia y señalando la salida.

—¿Tenéis algo más de Madeleine?

—¿De quién? —La confusión del pobre azafato aumentaba.

—La mujer del cuadro.

—Ni idea. Eso es cosa de mis compañeros.

—¿Podría preguntarles?

—Ya le he dicho que estamos cerrando. Si es tan amable, vuelva...

—Que vuelva mañana, sí.

—¿Qué pasa ahí? —protestó una voz ronca.

—Nada, señora Espasí, no se preocupe —contestó el chaval.

Se acercó una anciana con pasos pesados, ligeramente encorvada sobre un bastón. Llevaba un vestido ligero, de manga corta y hasta la rodilla. La piel parecía de madera vieja. Miraba a Efrén con unos ojos chispeantes. Era lo único que parecía tener vida en aquel conjunto de huesos y pellejos.

—¿Qué quieres?

Antes de responder, Efrén se fijó en el mango de marfil del bastón, en la exquisita tela y hechura del vestido, en el cuidado cabello gris. En el anillo de diamantes.

—Sé que molesto, señora —comenzó Efrén con dulzura empalagosa.

—Claro que molestas. Hemos cerrado.

—Perdóneme, es solo que cuesta irse de un museo con unas obras tan… ¿A los demás no les pasa lo mismo? Cada vez que vengo de visita, siempre soy el último en irse y un pobre azafato —y miró con complicidad al chico— tiene que arrastrarme a la salida.

El azafato sonreía, ahora con más naturalidad. La anciana, sin embargo, fruncía el ceño.

—Pero ¿qué es lo que quieres?

La mujer tampoco daba señales de haberlo reconocido, lo que le allanaba el camino, aunque sí parecía irritada.

—Estoy investigando la obra de León Carbó, en concreto, la que se refiere a su musa, a Madeleine.

—¿Una investigación? ¿Para quién?

—Para la Universidad Complutense de Madrid. Estoy haciendo un doctorado en Arte.

La anciana se tomó un instante antes de contestar. Efrén no podía desviar la mirada de esos ojos de turquesa cristalina.

—Sígueme —dijo al fin.

Anduvieron por un pasillo no muy largo pero que tardaron en recorrer, no tanto por los andares lentos de la mujer; Efrén estaba seguro de que la señora había ralentizado el paso a propósito para impacientarlo. Entraron en un despacho donde reinaba el caos. Libros, carpetas, periódicos, revistas, notas de colores por todas partes. La mujer se sentó tras uno de los dos escritorios, abarrotado de papeles. Cogió un paquete de tabaco y se encendió un cigarrillo.

—¿Qué? —le espetó la señora—. ¿Nunca has visto a una vieja fumar?

—Oh, sí, por supuesto. —En realidad no, y menos con esa desenvoltura de actriz de cine en blanco y negro.

—¿Cómo te llamas?

—Alberto López.

—Muy bien, señor López. ¿Qué necesitas?

—Todo lo que tenga de Madeleine Bouchard.

—Eso suena demasiado ambicioso. Y petulante.

Efrén se sintió intimidado.

—¿Por qué? —preguntó la anciana.

—Fue la principal musa de León Carbó. Y mi investigación es sobre su obra.

—Carbó también pintó a sus hermanas y a otras mujeres de la burguesía. Todas esas obras son igual de excelentes. ¿Por qué le interesa Madeleine?

¿Por qué un doctorando de Arte querría especializarse en la principal musa de León Carbó? Efrén debía pensar rápido, no quería desperdiciar esa oportunidad. La anciana se mostraba despierta, ya habría tratado con otros estudiosos de Arte, y lo mejor de todo era que debía de tener algo importante guardado en un cajón, una carpeta, un archivador; si no, no se haría tanto de rogar. Además,

Efrén tenía la sensación de que la señora estaba dispuesta a darle información, pero que no se lo pondría fácil.

—Porque… —Tragó saliva, miró al techo.

La anciana se revolvió en la butaca. No iba a concederle mucho más tiempo.

—Porque… —Efrén bajó la cabeza y musitó—: me enamoré.

Esa era la verdad. Siendo un crío de dieciséis años, Efrén se enamoró.

La mujer abrió un cajón y sacó un libro. Parecía nuevo.

—Acabamos de editarlo. Es sobre Carbó y su obra de París. Le servirá.

—Oh, gracias —repuso Efrén, tomando el volumen.

—Son cuarenta y cinco euros.

—Joder con la cultura… —murmuró Efrén entre dientes.

—¿Decía?

—No, nada, que si tiene usted algo más… íntimo —dijo mientras depositaba el libro en el escritorio de la señora.

—¿Íntimo? —Por primera vez la anciana cambió de expresión y se mostró sorprendida.

—Verá, tengo entendido que hay unas cartas o unos diarios personales de Carbó.

—¿Por qué bajas la voz? —La mujer había vuelto a su gesto huraño.

—Ah, no sé… Bueno, me preguntaba si usted me facilitaría esos diarios.

—No sé de qué me hablas.

—Están en este museo. Me lo dijo un marchante de arte —dijo Efrén.

En realidad, se lo había dicho Samira hacía poco más de veinte años. A saber si era cierto, a saber si seguirían allí.

La anciana abrió otro cajón con una llave y sacó una carpeta.

—Puedo dejárselos para que los lea.

—Estupendo. —Efrén casi saltó de la silla.

Cuando fue a coger la carpeta, la mujer lo detuvo con una advertencia de su mirada.

—Aquí.

—¿Aquí?

—Si quieres leer sus notas personales, tiene que ser aquí, conmigo.

La carpeta era voluminosa. Tardaría horas y horas. Días.

—No me va a dar tiempo. Verá, debo coger un avión —mintió por si la señora accedía.

La anciana se encogió de hombros y Efrén se quedó sin excusas.

—Pero, vamos a ver, tú deberías estar acostumbrado a echar horas en las bibliotecas leyendo y cogiendo apuntes, ¿no?

Efrén miraba la carpeta y hasta salivaba. ¿Cómo podría llevársela de allí? La adulación —el truco al que solía recurrir y que tan buenos resultados solía proporcionarle— no funcionaría con esa mujer. Tampoco podía apelar a ninguna emoción básica, como el miedo o la inseguridad. Esa mujer era más impenetrable que un muro de piedra.

—Llévate la carpeta —resolvió la anciana.

Efrén abrió los ojos de par en par.

—Son fotocopias, hombre —se burló ella.

Efrén cogió la carpeta y la abrió. Sí, eran simples fotocopias, pero ahí estaban las cartas y los diarios de León

Carbó, cientos de folios de letra exquisita y dibujos espontáneos sobre su temporada en París.

—A cambio del favor que te hago —añadió la mujer—, tienes que redactarme un informe completo de tus investigaciones y conclusiones.

—De acuerdo —se apresuró a responder Efrén.

—Ese informe será solo para mí.

—De acuerdo.

—Como verá, también hay una fotocopia de la noticia sobre la muerte de Madeleine. No sé si sabe que…

—Sí, sí, estoy al tanto. Murió en extrañas circunstancias.

—En extrañas circunstancias —repitió la anciana con desdén—. Revisa esos latiguillos tan vulgares, tan… de periodistilla. Si yo tuviera que evaluarte la tesis y me encontrara con algo así, te suspendería de forma fulminante.

Efrén asintió. Ojeó los recortes de periódicos.

—Están en francés.

—¿No sabes francés?

—Eh…, lo estoy aprendiendo, sí. Me he dado cuenta de que es una herramienta importante para mi investigación.

—¿Importante? Yo diría que imprescindible.

—Por supuesto, sí. —Efrén se levantó de la silla. Esa mujer lo estaba poniendo contra las cuerdas. Acabaría descubriendo la mentira—. Muchas gracias, señora. Por cierto, no sé cómo se llama.

—Eulàlia Espasí.

—Encantado.

—Suerte, señor López. Y no olvides nuestro trato.

—Sí, señora Espasí. Cumpliré con mi parte.

Se levantó y se giró, pero, antes de marcharse, Efrén no pudo evitar provocar a Eulàlia Espasí.

—¿Y si no le hago ese informe? ¿Y si no vuelve a verme?

—Pueden ocurrir varias cosas. Puede que me ponga de muy mala leche y te denuncie por robo. Entraste en mi despacho y te llevaste ese material.

—Pero si son fotocopias.

—Ya, pero yo soy una anciana frágil e indefensa y tú me amenazaste gravemente.

—¿Y si publico estos diarios? En la prensa.

—¿En la prensa? ¿Tú? —A la mujer le brillaron los ojos y, por un momento, pareció que se le levantaba el velo de mal humor. Mostró una amplia sonrisa—. No me hagas reír.

Efrén entendió que Eulàlia había sabido en todo momento quién era. Le había seguido el juego de la tesis y de su identidad falsa. Pues claro, esa mujer debía de leer los periódicos, cómo había sido tan estúpido. Ella le había engañado, lo había llevado a su terreno para reírse de él. Efrén agachó la cabeza y musitó una despedida.

—Puede ocurrir otra cosa más —añadió Espasí—. Tengo noventa y ocho años. Cuando acabes tu informe, quizá ya me haya muerto.

Salió del despacho a toda prisa, deseoso de deshacerse de cierta sensación pegajosa, como si esa anciana demasiado avispada se le hubiera subido a la espalda.

—¿Se va usted ya? —le preguntó el azafato, poniéndose a su lado.

—Rápido y corriendo.

—Si puedo serle de ayuda…

Efrén lo miró de arriba abajo. Era muy joven, delgado. Llevaba las manos muy cuidadas, el uniforme perfectamente planchado y los zapatos brillantes.

—¿Sabes algo de León Carbó o de Madeleine Bouchard?

—Me temo que no me suenan de nada —respondió con una sonrisa.

—Carbó fue un pintor de Barcelona que pasó una temporada en París para aprender las técnicas impresionistas.

—¿Y aprendió?

—Y tanto. Tenía un enorme talento, aunque lo desperdició un poco —dijo Efrén.

—Un artista maldito, ¿eh? ¿Y cómo se echó a perder? ¿Bebía? ¿Se drogaba? ¿La tal Madeleine le hizo sufrir?

—Desde luego que bebía, y quizá Madeleine tuvo algo que ver, no lo sé.

—¿Entonces?

—En vez de pintar sus propios cuadros, se dedicó a producir falsificaciones, de sus coetáneos sobre todo.

—Un traidor, entonces.

—No lo sé —repuso Efrén con sinceridad.

En su opinión, Carbó se había dejado llevar por las circunstancias, en una mezcla de inercia, de falta de voluntad o para complacer a su padre a cambio de permanecer en Montmartre. Se rumoreaba que incluso se había copiado a sí mismo, que algún coleccionista atesoraba una copia de la *Madeleine*, tan excelsa y perfecta que hasta los expertos decían que era superior a la original.

—Tal vez podría hablarme más de esa pasión suya tomando algo aquí al lado —le propuso el chico.

Efrén volvió a mirarlo de arriba abajo.

—Lo siento, tengo prisa. Me voy a París.

—Hace usted bien en marcharse, porque en este país… —El azafato dejó la frase sin terminar, haciéndose el entendido.

—Otra vez Larra —exclamó Efrén.

—¿Quién?

Efrén suspiró:

—Venga, adiós. Y estudia un poco más, chaval.

Barcelona
Marzo de 1888

Una noche León esperó a Rosa a la salida, pero tardaba. Ya se habían marchado los operarios del taller como un río de hormigas cansadas. Los más jóvenes aún tenían fuerzas para pasarse por las salas de baile y los prostíbulos del Poble Sec y del Raval.

Como hacía rato que la puerta no se abría, León entró. Prendió un quinqué y cruzó raudo los pasillos hasta la sala donde trabajaban las costureras. Tenía una puerta que daba a un patio interior. A través de un ventanuco atisbó el débil brillo de una luz amarillenta. León apagó el quinqué, se acercó con sigilo y se asomó. En el patio, al otro lado de la pared, se arremolinaba un grupo de seis muchachas en torno a una joven que se encorvaba sobre un libro abierto. Rosa sostenía una lámpara en alto. La luz le iluminaba las suaves mejillas y los ojos almendrados, fulgurantes de una pasión que no le había visto hasta entonces.

León sonrió. Así que las muchachas estaban entretenidas con una novelita. Aguzó el oído para escuchar la rocambolesca historia de amor, pero no oía bien. Arrimó la oreja al cristal.

—«… a la mujer de un irlandés. El marido había trabajado en los astilleros. La encontramos enferma por falta de alimentación, echada en un colchón, con sus vestidos puestos, apenas cubierta con un pedazo de alfombra, pues toda la ropa de cama había ido a parar a la casa de empeños».

Qué tragedia, pensó León con sarcasmo. Estas novelitas rosa siempre desgranaban tribulaciones a cual más adversa. Se separó del ventanuco y se agachó en el suelo, contra la pared, para pensar en un plan. ¿Le gustaría a Rosa que la sorprendiera con sus compañeras en aquel escondite? ¿Sería demasiado pronto para eso? Le daba vueltas y no se le ocurría nada ingenioso con lo que presentarse ante ella. Hasta ese momento se había relacionado con las chicas del burdel, algunas señoritas de buena familia con ganas de aventura, y costureras. Sin embargo, Rosa le ponía más dificultades de lo acostumbrado. Por lo general, tras la entrega del primer retrato y la primera declaración de amor con las palabras ardientes que recitaba de memoria, ellas caían rendidas en sus brazos.

Se incorporó de nuevo y pegó la oreja.

—«… bajo las mismas circunstancias, que agravan las dificultades. Y el mal generado por el alejamiento no se reduce a eso. En la aldea abierta, los especuladores compran retazos de terreno que siembran lo más densamente posible con los cuchitriles más baratos que se pueda concebir. Y en estas míseras viviendas, que, aunque den al campo comparten las características más monstruosas de las peores moradas urbanas, es donde se hacinan los obreros agrícolas de Inglaterra…».

¡Qué! A León se le cayó el quinqué y el estrépito alertó a las muchachas, que entraron en la sala para descubrir a León agazapado bajo el ventanuco.

—*Collons* —farfulló una larguirucha con pocas ganas de darle la bienvenida. Era la que leía el grueso libro. En la cubierta ponía: *El capital,* Karl Marx.

—Tranquilas —dijo Rosa—. Yo me encargo.

La larguirucha la miró un poco escamada, pero hizo un gesto a las demás y todas salieron. Rosa se acercó a León con el quinqué en alto.

—¿Qué haces aquí?

Le sorprendió que ella, de pronto, lo tuteara, aunque lo interpretó como una buena señal.

—Buscarte —respondió en tono meloso.

Ella le devolvió una mirada agria. Esa luz amarillenta no le restaba belleza, pero le daba un toque feroz que nunca sospechó y que le gustó.

—¿Por qué? ¿Nos espías? ¿Vas a chivarte a tu padre?

—¡No!

—¿Seguro?

—No, seguro que no.

—Entonces, ¿qué haces aquí?

—Ya te lo he dicho —repuso cabizbajo—. Buscarte.

—Lo que me has buscado han sido problemas. Te dije que me dejaras en paz, que no quería que me vieran contigo. Ya no confiarán en mí.

—¿Quiénes?

—Mis compañeras. La revolución.

—¿Estás metida en esas cosas?

Rosa compuso un gesto entre la ironía y la condescendencia. Suspiró.

—¿Puedo invitarte a algo? —se animó León—. ¿Tú bailas? Conozco una sala en el Poble Sec que…

—¿Tú vas a esos sitios?

—Claro. ¿Quién te has pensado que soy?

—El hijo del patrón. Un capitalista, un niño rico y mimado.

—Ya… Yo puedo leerte a Marx.

—No empieces. Eres muy zalamero tú.

—En serio. Te leeré a Marx, a Engels, a Bakunin, a quien tú quieras. Lo que sea, pero déjame estar cerca de ti.

Rosa guardó silencio un instante. Escrutó a León, tratando de dilucidar si no le estarían tendiendo una trampa los amos del capital.

—Está bien. Tomaré algo contigo, me enseñarás a leer y a escribir. Y más adelante…, ya veremos.

Barcelona
Mayo de 1888

Aquel «más adelante, ya veremos» que le había insinuado Rosa había sido muy promisorio para León, pero habían pasado casi dos meses de lecciones de lectura y escritura en los que la muchacha solo le había permitido darle algunos besos en los labios y en el cuello. Cuando León bajaba por la clavícula y trataba de retirarle la manga para continuar, ella se revolvía y daba por terminado el juego.

—No se me ocurre qué más puedo hacer. Y lo peor es que ya lee y escribe bastante bien, así que no tardará en mandarme a freír espárragos.

León apuró el trago de vino. Concha se le acercó y lo ayudó a quitarse la levita.

—No desesperes, querido.

Era muy amable y servicial. Y cariñosa. De todas las rameras que León había conocido, su favorita del burdel Madame Petit era sin duda la más fraternal. Podía contarle sus preocupaciones y ella escuchaba de veras. Además, tenía unos pechos generosos en los que daba gusto dormirse.

—¿Qué hago, Concha? Dame un consejo. ¿Qué os gusta a las mujeres?

—Ve a su casa en medio de la noche, cuélate por su ventana, arráncale la ropa y hazla tuya —repuso con aire pícaro.

—No creo que eso le guste. Es feminista.

—¿Es qué?

—Feminista. Quiere luchar por el voto de las mujeres, que seáis iguales a los hombres, con los mismos derechos en las fábricas, el mismo salario y todo lo demás.

—Olvídate de esa chica. Está loca. Será una histérica de esas.

Concha ya lo había desnudado por completo y se lo llevaba a la cama.

—A lo mejor por eso me gusta —dijo León con la mirada perdida.

Después de aquella noche pasó algunas más dándole vueltas a una idea. Tenía sus riesgos, sería como una bomba cuando se lo contara a la familia, pero finalmente se decidió.

Una tarde, paseando por la Exposición Universal, León la sentó en un banco y le cogió las manos.

—¿Quieres casarte conmigo?

Rosa abrió mucho los ojos y ahogó una risa.

—¡Pero qué dices, hombre!

—Sí, cásate conmigo. ¡Te quiero!

—Lo que tú quieres de mí es otra cosa que aún no te he dado.

—No, no, te hablo muy en serio. Te quiero y serás mi mujer. Señora Rosa de Carbó... Suena bien, ¿no?

—No, suena fatal.

—¿Por qué? —exclamó León. No comprendía nada.

—No voy a casarme. Nunca.

—¿Nunca? ¿Tampoco tendrás hijos?

—No.

León tragó saliva.

—¿Vas a meterte a monja?

Rosa soltó una alegre carcajada.

—Ay, León... Eres de lo que no hay. No voy a casarme porque quiero luchar por las mujeres. La sociedad patriarcal nos ha metido en la cocina, nos ha dado un papel de esclavas de nuestros maridos, de nuestros padres y de nuestros hijos, y eso hay que cambiarlo. Nosotras también tenemos nuestros sueños, somos fuertes, somos capaces de cualquier cosa. Tenemos derecho a ser nosotras mismas, no lo que los hombres decidan.

—Pero tú no serías mi esclava, serías...

Rosa le calló tapándole la boca con una mano. Él cerró los ojos y olió, disfrutó del tacto de su piel. Eso era todo lo que conseguiría de esa chica.

—Me voy dentro de unos días —le confesó ella.

—¿A dónde?

—A Europa. A Berlín. A Londres. París...

—Voy a echarte de menos. Mucho.

—Pero antes me gustaría despedirme de ti. Toma. —Le entregó un papel. Contenía unas señas con la letra grande y temblorosa de quien está aprendiendo a escribir—. Te espero mañana allí, después de que anochezca. Da tres toques en la puerta y te abriré. Es el almacén de unos compañeros anarquistas, pero no te preocupes, es seguro. Y estaremos solos.

León acudió a la cita, por supuesto, nervioso como si fuera la primera vez. Pasaron la noche juntos. Se amaron varias veces y recibieron el amanecer desnudos y abrazados.

Él le pidió que lo buscara cuando regresara a Barcelona. Ella contestó que no pensaba volver.

2

«Al igual que todos los héroes del Fin de Siglo, está libre de cualquier tipo de atadura económica o social. Vive de un antiguo patrimonio y no tiene necesidad de trabajar para aumentarlo, de modo que puede entregarse sin reservas a la aventura del pensamiento, del alma y de los sentidos».

HANS HINTERHÄUSER, sobre el protagonista de *Bruges-la-morte* (1892), en su ensayo *Fin de siglo: figuras y mitos* (1977)

Sitges
Febrero de 1905

Desayunaban café con leche y rosquillas en la mesa del salón, cubierta con un mantel almidonado, blanquísimo, y una puntilla de encaje que la mujer había confeccionado. Sin embargo, no encontraban el apetito. La niña, habitualmente dicharachera —incluso temprano en la mañana—, estaba muy callada.

—Llegó a París un 15 de mayo de 1889 —comenzó la madre.

La niña abrió los ojos de par en par.

—¿Quién? —quiso asegurarse.

—Madeleine. —La madre miró a través de la ventana, el día soleado sobre el tranquilo Mediterráneo—. Llovía. En París siempre llueve.

—Eso no es cierto.

—Claro que es cierto.

—Entonces, ¿por qué nadie dice que en París siempre llueve?

—No lo sé —repuso la madre con sinceridad—. Pero en París llueve mucho, te lo aseguro.

La niña la creyó. Su madre era buena, iba a hablarle por fin de París, iba a contarle una historia que presentía excitante. Además, su madre nunca le había mentido.

—Llovía, decías.

—Sí. Madeleine tampoco se lo esperaba. Esa fue la primera sorpresa que se llevó.

—¿A qué fue a París?

—A la Exposición Universal.

—Vaya… —La niña se había metido en la boca un pedazo de rosquilla previamente mojado en el tazón de café con leche—. ¿Cómo es una exposición universal?

—Hay muchas atracciones y espectáculos. Acude mucha gente de diferentes lugares, también del extranjero. Es como un gran circo de luces y colores, de la mañana a la noche, un hervidero de acentos y gente diferente que se propaga por todas las calles de la ciudad. Aquella exposición, además, fue famosa porque inauguró la Torre Eiffel.

La niña comía con los ojos abiertos y una gran sonrisa en la cara.

—¿A Madeleine le gustó?

—Sí, claro. Ella era de Ruan. Allí la vida era más tranquila, más predecible.

—¿Como en Sitges?

La mujer decidió obviar la provocación y prosiguió:

—La torre le gustó un poco menos. Le parecía que había demasiados hierros y no había oído opiniones a favor. Además, era demasiado joven. Solo tenía dieciséis años, nunca había salido de Ruan, y su carácter era aún muy impresionable.

—Si sus padres la hubieran sacado de su pueblo antes…

—Sus padres estaban muertos. Su padre encontró el final en un accidente; el coche en el que viajaba cayó por un precipicio. Madeleine tenía nueve años. Lo adoraba.

—Lo siento —dijo la niña, compungida. Advertía el dolor a través de aquellas palabras.

—Su madre murió un año más tarde.

—¿De tristeza?

—O de nerviosismo. Después de la Comuna siguieron unos años de profunda crisis económica y su marido contrajo cuantiosas deudas. Se arruinaron.

—¿La Comuna?

—Fue una especie de revolución obrera. Derrocaron la monarquía y emprendieron un proyecto de autogestión. Pero no salió bien.

—¿Con quién fue a vivir Madeleine? Al quedarse huérfana.

—Con unos tíos. Y con dieciséis años la casaron. Era necesario. El viaje a la Exposición Universal fue su luna de miel.

—Una luna de miel en París… —dijo la niña con aire soñador.

—Me parece que tienes muchas ideas preconcebidas.

—¿Qué?

—Que no sabes cómo son las cosas en realidad.

—Porque no me las cuentas.

—¡Pero si te estoy contando la historia de Madeleine!

—No, no lo haces. Tengo que preguntarte todo el rato, no arrancas.

—Pues no me interrumpas. —Miró el reloj de caja—. Tenemos como una hora antes de que comiences las lecciones. Así que calla y escucha.

La niña obedeció. La mujer se levantó para coger su labor de costura, fue hasta un sillón cerca de la ventana y miró hacia el mar. Puso la labor sobre la falda de lana.

Probablemente no la tocaría durante su relato, pero la necesitaba, como un apoyo en el que sostenerse. Con ese relato emprendía un camino que, a pesar de la distancia, de los años, le resultaría doloroso. Tendría que callar algunos detalles —los había muy crudos— por el bien de la niña.

—Hacía algunas semanas que Madeleine se había casado. Al marido se lo eligieron. Apareció un día por Ruan, con sus telas. Era comerciante textil, igual que el padre de Madeleine, y eso a ella le gustó.

—¿Comerciante textil? ¿Como mi padre?

—Sí, allí es una profesión muy común —dijo la mujer para salir del paso—. Y calla, que luego dices que no arranco. —Carraspeó—. Como te decía, a Madeleine también le gustó que su pretendiente fuera alto, de porte elegante y que mostrara modales educados. Siendo huérfana, sin dote, sin títulos, era una suerte que un hombre, un hombre como ese, aceptara casarse con ella. Así que le pareció bien. Se quedaron a vivir en Ruan, en la casa que había pertenecido a sus padres. Se podría decir que estaba feliz. Cuando su marido le dijo que la llevaría a París, aprovechando que intentaría unos negocios durante la Exposición Universal, ella se puso a dar saltos. Siempre había querido ir a París…

Madeleine soñaba con París desde niña. Su padre viajaba allí constantemente por negocios. Vendía telas de lujo a los talleres más exclusivos de la ciudad. Cuando regresaba, le contaba a la pequeña todas las maravillas de París, le hablaba de sus calles, sus cafés, sus luces por la noche, Notre Dame, sus puentes, sus tiendas. Y siempre, siempre, le traía un regalo: una rica tela para bordar, una mariposa de seda para cuando fuera una jovencita y tuviera un sombrero, un diario con tapas brocadas, un cuento de *Cenicienta*, una cinta para el pelo, unos zapatos de charol, un lindo sombrerito de chica mayor… Madeleine adoraba a su padre y adoraba París. Se imaginaba la ciudad con los detalles que él le ofrecía después de cada viaje y, en su ausencia, se preguntaba a cada momento qué estaría haciendo, qué estarían viendo sus ojos y, mirando un mapa de la ciudad, qué calle estaría pisando. Casi odió París cuando su padre no regresó. Pero no había tenido la culpa París, sino aquel caballo estúpido que se había lanzado por un precipicio.

Madeleine disfrutó de la ciudad en aquellos días de luna de miel, y eso que tuvo que pasar la mayor parte del tiempo sola, ya que su marido debía visitar a muchos posibles compradores de su mercancía. Lejos de quedarse esperando en el hotel, se dedicaba a pasear por las calles, sorprendida de toparse con tanta gente, admirada por los vestidos y los sombreros de las damas, encantada con la exquisita comida de los restaurantes. Era todo tan diferente a Ruan… Normal que su padre se desviviera por su trabajo.

—¿Y si nos mudamos a París? —le propuso a su marido tomando una taza de café.

—De momento no podemos permitírnoslo, querida —repuso Charles con un carraspeo incómodo—. Quizá algún día.

—Podríamos vender la casa.

—¿La que te dejaron tus padres?

Madeleine asintió, llena de ilusión.

—No vale nada —replicó Charles con desdén.

—Oh.

—Está que se cae, necesita muchas reformas.

Madeleine bajó la cabeza, decepcionada.

—No me digas que no te habías dado cuenta. ¿Pero en qué mundo vives?... Eres una niña —musitó Charles, más para sí, como intentando explicarse tanta necedad.

Por la tarde Madeleine decidió descansar en el hotel. Le dolía un poco la cabeza. Además, llovía. Aunque, a pesar de la tormenta gris, la ciudad estaba bonita. Madeleine la observaba tras el cristal y sonreía, con la melancolía ya de quien revive un recuerdo dulce.

Había anochecido cuando Charles regresó eufórico. Había conseguido un contrato magnífico con alguien muy importante: un socio del barón Haussmann, el afamado renovador de París y artífice de aquellas nuevas avenidas y majestuosos edificios. Esa noche saldrían a celebrarlo todos juntos.

—Me conviene esa amistad, así que sonríe y mantén la boca cerrada.

—¿A dónde iremos?

—A un espectáculo en el Moulin de la Galette, en Montmartre.

—¡Montmartre! —exclamó Madeleine.

—¿Algún problema?

—No.

Madeleine recordaba bien que su padre le hablaba de Montmartre entre susurros, para que su madre no se enterara, pero se enteraba y esbozaba ese rictus que a Madeleine la atemorizaba tanto. Porque allí se trasnochaba, las mujeres salían solas, y bebían y fumaban. París era la luz, el color, el brillo; Montmartre..., Montmartre era otra cosa.

Charles la conminó a que se diera prisa. No podían tardar, había quedado con el comprador de las telas para celebrar el acuerdo, así que Madeleine se metió en el cuarto de baño. Allí había una bañera. La miró un rato, sopesando si se atrevería a meterse dentro, desnuda. Después agitó la cabeza para espantar esas ideas del diablo y se aseó como siempre, con un poco de agua y bastante recato. Se empolvó la cara. Del armario escogió el mejor de sus vestidos. Para cuando ella y su marido se metían en un coche de punto, Madeleine estaba segura de que Montmartre le encantaría.

El Moulin de la Galette la recibió con una nube de luz de gas y humo de tabaco. Allí se hablaba a gritos y se reía echando la cabeza hacia atrás. Charles tiró de ella hasta una mesa. Le presentó a su nuevo y flamante cliente. Estaba acompañado de una mujer. No era como las mujeres de Ruan, ni siquiera como las que Madeleine había visto en París en esos días. Supuso que en Montmartre todo era diferente. Pero, aun así, aquella mujer exudaba distinción, como la joya más cara y codiciada del escaparate más exclusivo. Se llamaba Sarah.

Les sirvieron vino a las mujeres y absenta a los hombres. Charles bebió rápido y pidió otra absenta. Sarah le recomendó que tuviera cuidado.

—En Montmartre resulta difícil tener cuidado —repuso Charles.

—Perderse es muy tentador —dijo Sarah.

—Y el diablo no descansa… —farfulló Charles sorbiendo de su segunda absenta.

Había parejas bailando, bebiendo. Mujeres de aspecto modesto que se tambaleaban en el centro del salón, mujeres que bailaban alzando las piernas, levantando la falda y…

—¡Oh, Dios! —exclamó Madeleine.

En la mesa, todos se rieron de ella, del susto que se había llevado y del inocente gesto de taparse los ojos.

—Todas tenemos lo mismo entre las piernas, ¿verdad, querida? —bromeó Sarah—. Disculpadme. Enseguida regreso.

Charles y su cliente se contaban chistes y se reían, mientras Madeleine prefería no prestar atención; había oído palabras malsonantes. Los caballeros brindaron por Madeleine y su ingenuidad. Brindaron por Sarah.

—Ahora vengo —anunció Charles.

Madeleine se puso en pie y se acercó al oído de su marido.

—¿A dónde vas?

—A tomar el aire. Estoy un poco mareado.

—¿Vas a tardar mucho?

—¡Y yo qué sé!

—Voy contigo.

—No, quédate.

—¿Con tu cliente? —Madeleine lo miró y no pudo evitar la repugnancia que le causaba ese señor mayor casi calvo, enflaquecido y tremendamente borracho.

—¿Y si su esposa tarda mucho en venir?

—¿Su esposa? —Charles se rio otra vez, muy fuerte—. Ay, señor… ¿En qué mundo vives, Madeleine?

Charles le dio la espalda y se fue. Madeleine lo vio marcharse negando con la cabeza, con cierta exasperación. Así pues, se resignó a sentarse y esperar. Trataba de concentrarse en la pista de baile, en las mesas de alrededor, pero la mirada del cliente de Charles, fija en ella, turbia como el lodo, la tenía al borde de un ataque de nervios.

—Ahora vengo —dijo.

Y se escabulló rápido de allí...

—Ya está aquí tu maestra.

—¡Oh, no! —protestó la niña—. ¿Pero qué pasó después?

—Ha llegado la maestra. Es la hora de tus lecciones.

—Pero dime qué pasó esa noche, no puedes dejarme así.

—Madeleine fue a la salida, a buscar a Charles, pero no llegó a salir.

—¿Por qué?

—Porque la puerta la taponaba una pareja que se besaba con desenfreno.

—¿En el salón? —espetó la niña—. ¿Delante de todo el mundo?

—Así es Montmartre.

—Ah... ¿Y entonces qué hizo?

—Llorar.

—¿Llorar? ¿Por qué?

—Porque los que se besaban eran Charles y Sarah.

En cuanto la maestra se marchó, la niña acudió corriendo al salón, junto a su madre.

—Vienes a por más, ¿verdad?

La pequeña asintió con entusiasmo.

—Madeleine regresó al hotel sola. Charles se había quedado en Montmartre, con Sarah. Como Madeleine los había descubierto, no tenía sentido seguir ocultando que la veía en sus viajes a París y aquella última noche le apetecía pasarla con ella. Metió a su esposa en un coche de punto y ordenó al cochero que la llevara al hotel. Durante el trayecto, Madeleine deseó que un precipicio se cruzara en su camino, aunque, bien pensado, ella ya se había caído en su propio abismo…

Charles llegó al amanecer, cansado. No tenía aspecto de haber dormido mucho. Madeleine también había pasado parte de la noche en vela, aunque luego cayó rendida; últimamente tenía mucho sueño. No sabía qué decirle, cómo comportarse. Si daba rienda suelta a los celos, él la acusaría de ser una niña inmadura. Pero tampoco iba a mostrarse cariñosa ni comprensiva. ¿Eso era lo que se entendía por ser buena esposa? Tendría que preguntarle a su tía y a su prima mayor, la casada.

—¿Hace cuánto? —quiso saber. De momento, necesitaba información, detalles.

Charles se hizo el remolón mientras se descalzaba y se desanudaba el plastrón.

—Y yo qué sé. —No parecía dispuesto a ofrecerle muchas explicaciones.

—¿Esto es lo normal? ¿Es lo que tengo que esperar?

—Supongo que sí.

—A mí no me lo parece.

—Has leído muchas novelitas, me parece a mí.

—No tiene nada que ver con las novelas. Charles, yo… creo que esto no está bien.

Charles se rio. Encontraba graciosa la sumisa rebeldía de su joven esposa.

—Mira, da igual lo que opines, esto es lo que hay. Ha sido así siempre, y siempre lo será. Los hombres tenemos nuestras necesidades.

—¿Qué necesidades? ¿Yo no te basto?

El hombre exhibió una mueca elocuente que Madeleine no entendió.

—No, querida, no me bastas. Pero no es por ti, te habría pasado lo mismo con cualquier otro. Hay mujeres… y mujeres. Sois distintas.

—Los hombres también sois distintos. No creo que todos tengáis esas mismas necesidades.

—No sé de dónde sacas esas estupideces, hija mía. Desde luego, no de tu amplísima experiencia en la vida.

Charles, en camisa, le dio la espalda para dirigirse al baño.

—Conocí a un hombre bueno, que respetaba a su familia —lo retó Madeleine, un poco mareada—. Era mi padre.

—¿Tu padre? —Se giró, con la cara contraída por el chiste.

El tono había sonado a mofa. Madeleine se irguió como una cobra que había visto en la exposición, bailando al son de la música de su encantador. Solo que ella, Madeleine, no iba a ponerse a bailar, ni siquiera porque estuviera a punto de lanzar la mordedura letal; más bien temía recibirla.

—Esto es muy divertido —se decía Charles, entre risas—. A ver, querida, te lo diré rápido, una sola vez. Luego me daré un baño y cuando salga no quiero volver a oír hablar del asunto. Tu padre estaba loco por Sarah, loco. Hasta le pagaba el alquiler del apartamento. Venía mucho a París, ¿no es cierto?

Madeleine tembló visiblemente.

—Era por Sarah. Aquí tenía negocios que atender, sin duda, pero venía a verla a ella. Se gastó una fortuna para complacer sus caprichos.

—¿Y tú qué sabes? Ni siquiera lo conociste.

—Sarah me habló de él. Nunca llegó a amarlo, pero le cogió cariño. Por eso, cuando se enteró de su muerte y de que tú, su única hija, te habías quedado huérfana, quiso honrar la memoria de ese hombre que tan bien se había portado con ella y hacerte un favor a ti: buscarte un marido.

—¿Qué? —farfulló Madeleine.

—¿Ahora entiendes por qué de repente aparecí yo en Ruan y enseguida quise casarme contigo? Sarah me lo pidió y… me temo que no puedo negarme a nada de lo que ella me pida. Además —se encogió de hombros—, aportabas una casa, aunque sea ruinosa y fea.

Tal y como Charles le había advertido, se metió en el baño y, posteriormente, el matrimonio no volvió a tratar el asunto. Esa mañana partieron para Ruan. Madeleine vomitó varias veces durante el viaje y, ya en casa, pasó varios días en cama. Sin embargo, no estaba enferma, ni siquiera deprimida. Solo estaba embarazada.

París
Julio de 2015

Pasaban de las doce del mediodía cuando Efrén llegó al portal donde vivía Samira, en la Rue Lebon, casi esquina con el Boulevard Pereire, en el acomodado distrito XIV. Conocía la dirección por las postales y cartas que le había enviado antes de que internet hiciera inútil la tradición del correo ordinario. Y aunque él había sido poco dado a demostraciones epistolares, sí guardaba todas las de ella, eso sí. De Samira lo conservaba todo como un tesoro.

Estaba nervioso. El calor pegajoso bajo aquel cielo como una cúpula de plomo aumentaba la sensación de incomodidad. Decidió sentarse en la terraza de un café cercano, con coloridas sillas de tijera, a tomar una cerveza muy fría mientras meditaba qué iba a decirle a su mejor amiga después de tantos años. Se había mudado a París en 1998 con parte de la indemnización que su familia recibió tras la muerte del padre en una obra de pisos, dispuesta a perseguir su sueño de convertirse en diseñadora de moda. Le pidió muchas veces que fuera a verla. Él siempre decía que sí, pero luego pensaba que se divertía tanto en Madrid, a su aire, que París y Samira podían esperar. Luego ella empezó a salir con Said y dejó de invitarlo.

Diecisiete años sin verse. La idea le daba vértigo, sobre todo porque en el instituto habían sido inseparables. No al principio, cuando a Efrén todavía le daba asco Samira. Intentó trabar amistad con otros compañeros. Probó a jugar al fútbol y al baloncesto, y eso que odiaba todos los deportes, especialmente los de equipo, pero los demás pronto dejaron de pasarle el balón y, si alguna vez lo miraban, era para hacerlo con desprecio. Le quedaban las chicas, pero debía lidiar con la frialdad que le inspiraba el género femenino. Hasta entonces la mujer con la que había tenido el contacto más cercano era con su madre, un ama de casa extenuada de ira y de aburrimiento, cuyo único horizonte era el supermercado dos calles más abajo. De ese ejemplo, el Efrén niño se formó un modelo femenino que no le causaba más que aprensión. «Tuvo mala suerte», pensaba ahora el Efrén adulto sobre su madre fallecida; le había tocado vivir dentro de unas fronteras demasiado estrechas.

Cuando Samira le mostró a Madeleine, se le abrió un mundo de arte, de imaginación, de sueños, una huida hacia delante, muy lejos de la mediocridad del barrio y del desempleo. Empezaron las charlas que no se agotaban, los trayectos de ida y vuelta en mutua compañía y los intercambios de apuntes. Los de Samira eran excelentes, por completos y por su buena letra, así que Efrén no era el único que se los pedía:

—Eh, Gratinada, ¿me pasas los apuntes de Historia del martes?

Efrén miró a aquel imbécil y su sonrisa de soberbia con fuego en el estómago, y apretó los dientes indignado.

—¿Por qué se los das? Te ha insultado.

—Bah, qué más da. Quizá un día se dé cuenta de que es un gilipollas.

Entonces Efrén supo dos cosas: una, que él también había sido un gilipollas; dos, que esa chica le importaba.

—Pues a mí me pareces muy guapa.

—No buscaba que me consolaras.

—Lo digo de verdad. Me gustaría dibujarte. ¿Qué tal si vienes a mi casa y te hago unos bocetos?

A ella se le iluminaron los ojos. Alguien la encontraba tan especial como para gastar papel y carboncillos. Aceptó y aquellas tardes de posados fueron de feliz ilusión para todos: para Efrén, porque su especial modelo contribuía a la singularidad de sus creaciones; para Samira, porque se sentía hermosa en su rareza; para los padres de Efrén, que acogieron a la chica con gran efusión, más aún cuando se enteraron de que los chicos eran novios. «No nos importa que sea mora», le había dicho su madre.

Sin darse cuenta, Efrén se había terminado la cerveza en unos pocos tragos. Pero estaba dispuesto a quedarse un rato más ahí sentado; bien lo valían los cinco euros con cincuenta que había pagado. Además, aún estaba nervioso ante la idea de reencontrarse con Samira.

Su primera novia, pensó con un poco de nostalgia. ¿Habría cambiado mucho? Con veinte años era alta, delgada, de piel cetrina. ¿Se habría operado la cara? Era su intención cuando se vino a París con aquel dinero de la indemnización. ¿Cómo vestiría? En el instituto su ropa era la que su familia podía comprarle; ahora, en cambio, vivía en un barrio lujoso. ¿Trabajaría? Solo estaba seguro de que Samira no había conseguido ser diseñadora, porque ella se lo habría contado.

Tal vez estaba arriba, en su apartamento, ideando una colección que nunca produciría, o cosiéndose su propia ropa. O viendo la televisión. O descubriéndole a él ahí sentado y pensando si merecía la pena bajar y darle otra oportunidad a su mejor amigo.

En la acera de enfrente una mujer miraba la fruta expuesta de una tienda. Se fijó en ella por la gran pamela negra. A Efrén le gustaban los sombreros, las gorras, los tocados. En su opinión, nunca debió de pasar de moda la costumbre de cubrirse la cabeza. En ocasiones, Samira se ponía gorras. Aunque solía hacerse la fuerte y pretendía demostrar que era inmune a los insultos, lo cierto era que hacían mella en su corazón y, de vez en cuando, se desbordaba en una pena difícil de consolar. Entonces se emborrachaban y solían terminar haciendo el amor con mucha torpeza y escasa satisfacción, lo que la entristecía aún más. Se decían que la experiencia y el conocerse arreglarían aquel asunto del que iban hablando menos y menos. Hasta que un día, al salir del instituto, cogidos por la cintura como siempre, alguien se puso gracioso a sus espaldas:

—¡Mirad! Ahí van la gratinada y el maricón.

No era la primera vez que se lo decían. Siguieron en silencio un trecho hasta que se alejaron de los aspirantes a humoristas.

—Es verdad, ¿no? —le preguntó ella—. Yo soy la gratinada, y tú, el maricón.

—Bah, no les hagas caso. Un día se darán cuenta de que son gilipollas.

Pero Samira insistía en silencio, con los ojos llorosos. Efrén agachó la cabeza.

—Pero yo te quiero, Samira, te lo juro —sollozó con impotencia.

—Ya lo sé, cariño, ya lo sé.

La mujer que había estado observando la fruta eligió una manzana. Era alta, delgada, de piernas y brazos bien formados. Vestía un mono corto, negro, que dejaba al descubierto una piel brillante y cetrina. Efrén se fijó con más atención en esa figura, en sus movimientos, y la emoción lo poseyó.

Ahí estaba ella. Samira. Su primera novia. La única novia que había tenido.

Barcelona
Diciembre de 1890

Nada más entrar en su casa del 96 del paseo de Gracia, un criado fue al encuentro de León y se hizo cargo de la chistera y de la levita.

—Mandaré la levita a limpiar, señor —dijo el eficiente empleado al descubrir la mancha de grasa en la solapa.

León se encogió de hombros. Cogió la tarjeta de visita que el empleado le entregaba. La firmaba la señora

Roselló, que le agradecía el cuadro que le había encargado de su hija y acababa de recibir.

> Su arte, ese don que tiene entre sus dedos, me tiene subyugada, señor Carbó. No puedo más que alabar la fidelidad con la que usted ha retratado la vívida mirada de la Júlia, la lozanía de sus mejillas, ¡hasta la ilusión desbordante de su carácter! Estoy segura de que este regalo de bodas será un recuerdo imborrable de sus próximos esponsales.

León arrugó la nariz. Júlia Roselló tenía ojos de cuervo, cuerpo de rinoceronte y un talante tan infortunado como su aspecto. El cuadro se parecía poco a la muchacha, pero eso era lo de menos, o lo más importante. Después del retrato mejorado a Josefina Feliú, otros destacados clientes de Eusebi Carbó, entusiasmados con la afición de su joven hijo por los pinceles, le pidieron trabajos para colgarlos en sus mansiones, al igual que ciertos burgueses de relevancia y algunos nobles. «Si no te interesan mis negocios, al menos no los compliques, que de ellos seguirás comiendo el día de mañana», solía advertirle Eusebi cada vez que le encargaba un nuevo retrato. Ni que decir tiene que Carbó padre no confiaba en el arte como fuente de ingresos ni de provecho alguno. Sin embargo, aquella tarde iba a cambiar de opinión.

—Su padre ha dicho que pase a la biblioteca en cuanto llegue —le dijo el criado a León.

Estaba reunido con Pere Casals, empresario de bordados, con el que deseaba asociarse. Lamentaban haber perdido cinco meses, ¡cinco meses!, con los burócratas de Madrid, detrás de unos permisos que no consiguieron finalmente, cuando la conversación tomó otros derroteros más artísticos.

—Mi mujer se ha encaprichado con Degas —dijo Casals.

—¿Ese quién es?

—Un pintor francés.

Eusebi contuvo una mueca de consternación. Otra vez la maldita pintura. Iba a pedirle un retrato de su mujer seguramente.

—Quiere un cuadro de él —explicó Casals.

—¿Del tal Degas?

—Sí. Pinta bailarinas y a mi mujer le encantan las bailarinas. Ya ve —dijo con expresión resignada.

—Pues cómprele un cuadro de Degas, o varios si tanto le gustan.

Casals abrió mucho los ojos.

—¡Cuestan una fortuna! Además, habría que ir a París. No, no… Yo había pensado… —dijo el hombre bajando la voz—. Me han dicho que su hijo pinta muy bien.

—Eso parece.

—¿Y si me copia un cuadro de Degas? A mi mujer no le importará y, si es verdad lo que dicen de León, nadie se dará cuenta. Usted debería hacer lo mismo. Tener cuadros en casa de esos modernos de París viste mucho en estos tiempos.

Entonces Eusebi Carbó llamó al criado y le dio la orden de hacer pasar a León en cuanto regresara a casa.

—Degas es impresionista —objetó el joven cuando estuvo en la biblioteca y su padre le trasladó la petición de Casals.

—¿Y? —se impacientó Eusebi.

—Es una técnica que no domino. Como no he podido ir a París…

—Ya ve. No conoce la técnica —se excusó el padre, aliviado en parte del compromiso.

—Es una pena —dijo Casals, y continuó con el tono confidencial—. Hay todo un prometedor mercado de copias. Su hijo podría labrarse un futuro y usted… relacionarse con gente muy interesante. Quizá hasta se nos abran las puertas de Madrid.

Meses más tarde Pere Casals recibió un regalo enmarcado. Eusebi se esmeró al escribir la tarjeta.

Es un *San Pedro*, de El Greco. León afirma que es muy admirado por Degas y los impresionistas franceses. Espero que sea del agrado de su esposa.

A la mujer de Casals no le gustó aquella pintura un poco oscura y tenebrosa, demasiado mística. Por supuesto no se fijó en la caída de la túnica ni en el tratamiento del color. Y, como no deseaba parecer una beata, lo colgó en un pasillo por donde no transitaban las visitas.

Sin embargo, León disfrutó copiando aquella obra maestra de El Greco, de modo que no le importó que Eusebi empezara a dejar caer en los salones y el teatro que podía conseguir copias dignísimas de los pintores más importantes. Desde entonces, a Eusebi empezó a molestarle menos la vida nocturna de León, y León dio muestras, por fin, de interesarse por los proyectos profesionales que le ofrecía Eusebi.

Barcelona
7 de noviembre de 1893

La única forma de pintar bien los cuadros impresionistas era yendo a París. León insistía cada día, esgrimía el argumento de las falsificaciones, tentaba a Eusebi. Pero el padre, antes de morder el anzuelo, pensaba en las noches en París, las historias que oía de Montmartre, con sus burdeles, sus cabarés, el alcohol a espuertas y gente del peor jaez. Y se negaba.

—Ya pintas muy bien.

—No es cierto. —Aunque León perseguía convencer a su padre para ir a París, realmente estaba convencido de que su técnica y su arte no eran nada del otro mundo.

—Puedes aprender en Barcelona.

—Aquí no hay impresionistas. Solo pueden enseñarme técnicas anticuadas. En cambio, en París están todos los artistas importantes.

—Pero vamos a ver: no es que yo entienda mucho, pero no me negarás que esos modernos lo único que hacen es plantar pegotes en el lienzo. ¡No tienen ni forma!

León entornó los ojos.

—Un Velázquez, un Goya, un Rubens, un Miguel Ángel… —enumeró Eusebi—. Esos sí pintaban de verdad. Concéntrate en ellos. Los cuadritos modernos de París no perdurarán ni entrarán en los museos. ¿Cuántos de esos están en el Louvre? Ninguno. Hazme caso, hijo, aunque solo sea por una vez. A largo plazo el negocio está en lo que a ti ahora te parece anticuado. Confía en mí. Soy mayor y sé más que tú.

León, cabizbajo, se giró para marcharse.

—Antes de que te vayas —lo detuvo Eusebi—. Esta noche vamos a la inauguración de la temporada en el Liceo.

León resopló. Se divertía más en el Raval que rodeado de burgueses emperifollados.

—¿Y qué ponen? —preguntó con desgana.

—*Guillermo Tell,* de Rossini. Por cierto, te voy a presentar a un joven de buena familia que está pasando en Barcelona unos días. Es de tu edad, más o menos, y estudia Medicina —dijo recalcando la faceta universitaria.

—Hum —repuso León. Ya presuponía el plan: le tocaría hacer de cicerone con el turista. Solo esperaba que no fuera un muermo.

—Se llama Pío Baroja. Sé amable con él. Así que arréglate. Ponte el frac, uno que no esté arrugado ni lleno de lamparones, por Dios. Y asegúrate de llevar los zapatos limpios y brillantes, que el plastrón esté bien centrado, la…

—Que sí, que sí —rezongó León.

—¡Que sí, que sí, pero luego es que no! —gritó Eusebi con un índice acusador que, si pudiera, escupiría rayos y centellas.

León se arregló. Quizá el tal Pío fuera un tipo divertido. Además, estaba animado. Había acordado encontrarse con Teresa Gilabert aquella noche. Sería muy excitante verla acompañada por su marido y pensar que poco después le arrancaría la ropa. O durante la obra, pensó León con picardía. La pasión tiene caminos inescrutables, solía decirles a las damas, y ellas recorrían, gustosas, esos caminos.

El coche salió del paseo de Gracia con la familia Carbó al completo. León se sentaba entre sus dos hermanas, con las que cuchicheaba rumores y cotilleos de sociedad. Enfrente, Eusebi los observaba con censura, cosa que a los vástagos no parecía importarles.

—Qué falta de respeto —le murmuró a su esposa.

—Son jóvenes —los disculpó Manuela.

—Yo no me comportaba así delante de mis padres, ni me dedicaba a los cotilleos. A su edad —se refería a León, obviamente—, yo ya estaba en América, labrándome un futuro.

—No te alteres, hombre —dijo Manuela dándole unas palmaditas en la rodilla.

—Al menos hoy va decente —farfulló Eusebi tras aprobar el atuendo de León—. A ver lo que le dura.

Cuando llegaron, ya se agolpaba una pequeña multitud a la entrada del Liceo. León aprovechó la confusión para escabullirse, por si encontraba a Teresa y podía rozarle un hombro. Tenía una piel apetitosa. Había intentado capturar esa suavidad en un lienzo, en un desnudo completo; ella, echada en el suelo de madera, con el pelo revuelto, rodeada de flores encarnadas que contrastaban con la palidez de su figura. Pero no estaba seguro de haberlo conseguido. En cambio, Teresa se había quedado encandilada para siempre con aquella pintura y la atesoraba en un lugar que no le había confesado ni a León. Es mi gran secreto, decía Teresa con aire místico, fijando la vista en ninguna parte.

Sintió un agarrón en el brazo. Se volvió. Era un chiquillo andrajoso, con un fajo de periódicos bajo un brazo.

—¿Quiere uno?

—No, gracias.

—Tome.

—Que no.

Iba a marcharse cuando el niño lo agarró otra vez.

—Coja este periódico, señor. Dentro hay una rosa para usted.

Se detuvo a observar al chico y se estremeció. ¿Una rosa? ¿Estaba hablando de Rosa, su Rosa?

—¿Cuánto es? —dijo León tomando el periódico y buscando en el bolsillo. Pero cuando levantó la vista, el niño se había esfumado entre la multitud.

Abrió el periódico, pasó algunas páginas y vio la noticia de la inauguración de la temporada en el Liceo. Y entre el título y una ilustración, ahí estaba: un mensaje escrito a mano. Se apartó unos metros y volvió a leerlo con el corazón en la boca:

No entres en el Liceo. Hoy habrá un atentado anarquista.

La nota no estaba firmada, no tenía nada más que esas pocas palabras, aunque claras y contundentes. León miró alrededor, buscó al niño, necesitaba una explicación. La gente empezaba a entrar en el teatro. Tragó saliva. ¿Qué iba a hacer? Tenía que avisar a su familia, a Teresa. ¿Cuándo sería el ataque? ¿Cuánto tiempo tendría?

Encontró a sus padres y a sus hermanas en el palco.

—Tenemos que irnos —dijo con un hilo de voz.

—¡Por Dios santo! Mira la camisa —farfulló Eusebi.

—¿Dónde te has metido? —preguntó Manuela, extrañada. Eran manchas negruzcas, como borrones.

—Ah, es del periódico. Este periódico.

León lo abrió por la página donde estaba escrita la nota y se lo mostró a su padre. El hombre palideció.

—¿Qué ocurre? —se interesó Manuela, que hizo el ademán de acercarse al periódico abierto.

—Nada. Las tonterías de tu hijo —repuso Eusebi con rapidez, cerrando el diario. Cogió al chico por un brazo y lo sacó del palco—. ¿Qué significa esto? ¿Es una broma?

León negó con la cabeza.

—Vámonos, no sabemos cuándo ocurrirá.

—Qué estupidez —replicó Eusebi, aunque no convencido del todo—. ¡Darle crédito a una nota en un periódico! Hay mucho bromista suelto por ahí.

—Que no, papá. Créeme. Esta nota es cierta.

—¿Cómo lo sabes?

—Me lo ha dado un niño que vendía periódicos. A mí, a propósito. Ha insistido.

—¿Y qué? Un pordiosero que quería reírse de un burgués. Menuda novedad.

—Me lo ha dado con un mensaje.

—¿Otro mensaje?

León notó el sudor en la espalda. Si quería salvar a su familia, tendría que confesar algunas cosas.

—El mensaje me ha llegado a través de Rosa.

—¿Qué Rosa?

—Una costurera del taller. La que me cosió la camisa para la inauguración de la exposición. Se fue hace tiempo.

Eusebi recordaba la escena vagamente.

—No entiendo nada. O me lo explicas todo de cabo a rabo o... —Le habría gustado amenazar a su hijo con propinarle una buena tunda, pero ya era mayorcito.

—Rosa es anarquista.

—¿Una anarquista en mi taller?

—En realidad hay más. Pero escucha: sus amigos me están avisando, me están haciendo un favor.

—¿Un favor? —Eran demasiadas noticias para el hombre, que ya se temía lo peor—. ¿Por qué un hatajo de asesinos anarquistas te haría a ti un favor?

—Tomé café con algunos de sus camaradas.

—¿Camaradas? —bramó el hombre y añadió con suspicacia—: Café, ¿eh?... León, ¿qué tuviste con la tal Rosa?

—Le enseñé a leer, a escribir y...

En el silencio y en la manera en que León bajó la mirada, Eusebi entendió todo lo demás. Se apretó el tabique de la nariz.

—Está bien. Vámonos. Ya hablaremos de esto.

—Os veo abajo.

—¿Y ahora a dónde vas?

—A buscar a Teresa Gilabert.

—¿Por qué?

León no respondió. Eusebi abrió los ojos como platos.

—¡Por el amor de Dios! ¡Podría ser tu madre!... ¡León! ¡León, vuelve!

A Joan Segura le extrañó mucho ver a León entrar en su palco empezado el primer acto. Teresa dio un respingo y se le subieron los colores.

—Buenas noches —saludó León—. Escuchen, es mejor que nos vayamos. Cuanto antes.

Joan Segura contemplaba al joven con incredulidad y no poco fastidio. En diversas ocasiones, Eusebi Carbó —a quien servía agujas y alfileres— le había hablado de su primogénito, quejándose siempre de que no hacía carrera de él. Ahora lo tenía enfrente, con todo el aplomo del mundo, urgiéndolo a que abandonara el palco en la primera sesión de la temporada. En verdad, resultaba irritante.

—¿Y eso por qué? —le exigió.

—No te preocupes, querido —dijo Teresa, levantándose y empujando a León detrás de las cortinas—. Yo me encargo.

No esperó respuesta por parte de su marido y, después de alejar a León unos metros, lo puso contra la pared y lo besó con ansiedad.

—¿Cómo te atreves a hacerme esto? —le dijo cuando se separó de él unos centímetros, saboreando aún el beso—. Entrar así en el palco, presentarte ante mi marido. Eres un descarado.

Volvió a besarlo, con más energía. León trató de zafarse.

—Tenemos que marcharnos, de verdad.

—Vaya, qué impaciente... Me halagas. Pero no te preocupes, mi niño, que la espera merecerá la pena.

—No hablo de eso. Es cuestión de vida o muerte.

—Desde luego que lo es —repuso Teresa, más animada aún—. Cada vez que estoy contigo me parece que es mi último día en este mundo.

León le agarró las muñecas y la separó.

—Escúchame, Teresa, es importante: están preparando un ataque anarquista.

La mujer abrió los ojos, llenos de pánico.

—¿Otra vez? ¿No les bastó con el atentado de septiembre? ¿Es que no se cansan de matar? —chilló aferrándose a las solapas del frac.

—Será hoy, ahora. Aquí.

—¡Dios mío! —exclamó la mujer abrazándose a León.

—¡Pero qué cojones está pasando!

Joan Segura había salido del palco, al igual que el público de los demás balcones. El pasillo se iba llenando de gente. Era el descanso antes del segundo acto, y Teresa y León les estaban ofreciendo otro espectáculo sobre el que chismorrear durante semanas. Aunque otro suceso estaba a punto de explotar y llevarse consigo el recuerdo de aquel *affair*.

—¡Cómo te atreves! —vociferó Joan.

Se acercó a los amantes y agarró a su esposa por un brazo. Tiraba de ella por el pasillo mientras amenazaba a León:

—¡Ya hablaré con tu padre! ¡Tienes suerte de ser hijo de quien eres!

Damas y caballeros lo rodeaban, cuchicheaban y le lanzaban miradas tanto recriminatorias como de complicidad. Poco a poco, la gente se fue dispersando, extendiendo el rumor del abrazo apasionado entre la esposa de Segura y el hijo de Carbó, y el asalto por sorpresa del marido. Parecía una obrilla de teatro de esas que se escribían para el poblacho y que a los burgueses tanto les gustaban, aunque nunca lo reconocieran.

Anunciaron el segundo acto y el público fue tomando asiento. La función continuaba, reinaba la normalidad. Quizá todo había sido una broma, como había dicho su padre, pensaba León mientras se dirigía a la salida.

Entonces, ocurrió. Una explosión estalló dentro de su cabeza, la sintió bajo sus pies, en las manos, recorriéndole el cuerpo. Estallaron también los chillidos desgarrados, los gritos de socorro. Se extendió un intenso olor a miedo.

Superado el primer instante de estupor y pánico, León corrió a un palco. Abajo, los cuerpos se desperdigaban por todas partes. Había quienes corrían, gente ensangrentada. Algunos boqueaban, agonizando. Había cabezas destrozadas, miembros arrancados. Una niña con la barriga abierta y vacía.

Los músicos de la orquesta ayudaban a trasladar a los heridos. León no lo dudó. Se hizo paso entre la multitud del pasillo y llegó a la platea. Se quitó el frac y el plastrón, se remangó, y empezó a cargar heridos y desmayados.

El ruido era ensordecedor, pero León no lo oía. Solo se afanaba en recoger cuerpos y sacarlos afuera. Ni siquiera pensó que podría haber más bombas. Hubo una segunda, pero no explotó porque no hizo contacto con el suelo, aunque de eso tendrían noticia días más tarde. León continuaba, no sabía de dónde sacaba las fuerzas, jamás había trabajado en su vida. Un goterón de sudor cruzó la barrera de las cejas y se le metió en un ojo. Al limpiarse se llevó un montón de sangre a la cara. Sintió la humedad, el olor a óxido, las ganas de vomitar. Le faltaba el aire, las piernas le temblaban. Todo era una neblina alrededor.

La bomba, el dolor, la muerte.

Los párpados se le iban cerrando sin que él pudiera hacer nada por evitarlo. El suelo perdía firmeza. Mientras se desplomaba sobre los cuerpos sin vida bajo sus pies, León pensó que nunca se recuperaría de tanto horror.

París
Julio de 2015

Samira mordió la manzana y echó a andar con aire tranquilo. Efrén la siguió, aún sin saber qué le diría, sin saber siquiera si llegaría a abordarla. Por un momento, pensó en darse la vuelta y regresar a Madrid. Temía su reacción, que le enumerara los mensajes sin contestar, las invitaciones no correspondidas.

Aunque la veía solo de espaldas, iba deduciendo respuestas a algunas de las preguntas que se había hecho. Del hombro colgaba un bolso negro que a esa distancia le parecía un Boy Chanel, y juraría que los zapatos compartían con el bolso el mismo almohadillado y las dos C encadenadas. Vaya, Samira tenía dinero y lo gastaba con buen gusto. Aunque el atuendo era elegante y distinguido, a Efrén le parecía demasiado informal para ir a trabajar. Además, caminaba sin prisa. Enseguida se imaginó a Samira disfrutando de los placeres de una vida privilegiada en una ciudad única; relajada, sin preocupaciones, rodeada de cosas bonitas. Qué afortunada, no todo el mundo podía salir al mediodía a pasear por París. Cruzó en Boulevard Pereire y se internó en la acera central, flanqueada por bancos, jardines y árboles. Grupos de jóvenes y turistas se sentaban a lo largo del paseo para tomar una bebida, charlar, leer.

Unos pasos más adelante, Samira eligió un sitio sobre el césped. Sobre las piernas cruzadas se colocó una revista que había traído enrollada bajo un brazo. Las puntas de la melena corta asomaban bajo la pamela y desembocaban en las comisuras de la boca. Antes de venir a París, al pelo de Samira le ocurría como con la ropa, era el que sus padres podían pagarle, así que lo llevaba largo y encrespado.

A pesar de que no podía verle bien la cara, Efrén ya estaba seguro de que Samira conservaba sus cicatrices. Tenían que ser la razón de esa pamela, de esa melena y de las grandes gafas a pesar de las gruesas nubes.

Sacó la cámara fotográfica y disparó. Sin ser bonita en el sentido canónico, Samira le despertaba una sensibilidad estética. Por eso quiso dibujarla cuando eran unos críos, aunque siempre se quedara insatisfecho con los resultados.

—No eres tan malo —le animaba ella.

Pero Efrén estaba convencido de que esos bocetos no tenían el alma delicada y única de Samira. Nunca sería un buen dibujante. En una ocasión, ella le trajo una cámara fotográfica:

—¿Por qué no pruebas con esto? Es de mi madre, así que ya puedes tener cuidado. No se separa de ella cuando vamos de vacaciones a Marruecos.

—¿Fotos?

—También son arte, ¿no? Las he visto en los museos.

Eso era verdad. Efrén cogió la cámara con precaución, porque no quería que Samira tuviera problemas y porque en el fondo pensaba que eso suponía renunciar, la aceptación definitiva de que era un inútil dibujando. Y, sin embargo, cuánto le gustaba observar por el visor, buscar una mirada diferente, una visión del mundo, y quedársela. La afición se convirtió en pasión, y la pasión en multitud de ofertas de trabajo cuando logró captar una imagen que corrió como un reguero de pólvora entre las redacciones de periódicos y revistas: unos policías atrapados por el fuego en una manifestación descontrolada. Había tenido la suficiente sangre fría como para acercarse, mucho, y captar la expresión de horror de los policías. Por fin, por primera vez en su vida, Efrén estaba orgulloso de sí mismo, satisfecho, porque había contado una historia auténtica, de lucha humana.

El problema de un acierto de ese calibre está en las elevadas expectativas que genera. Sus nuevos jefes en el periódico le exigían seguir a la altura de aquella fotografía.

Consiguió presentar otras imágenes notables, de inmigrantes, de indigentes; casi siempre de los habitantes de la calle. Pero empezó a repetirse. La ciudad ya no le ofrecía más rostros por más que buscaba. Doblaba nuevas esquinas sin descanso, pendiente de lo insólito, pero las epopeyas huían del objetivo de su cámara. A punto de perder su trabajo como fotógrafo, presentó en la redacción una entrevista al asesino de unas adolescentes que se encontraba en búsqueda y captura desde hacía varios años. Era inventada, claro, pero nadie podía comprobarlo, y así inauguró su trayectoria de fraudes periodísticos.

Eso no se lo había contado a Samira. No lo aprobaría, pero ¿lo comprendería? Por la manera como pasaba las páginas, Efrén diría que parecía aburrida o cansada, o ambas cosas. Se había quitado los zapatos negros. Esos pies desnudos en el césped merecían un cuadro de un artista de verdad, pensó en un rapto sensorial.

Efrén no había sido el único en padecer esos accesos del síndrome de Stendhal con ella, porque Greg, el novio *grunge* irlandés que vino de intercambio el último año de instituto, también la vio tan especial como solo ella podía ser. Le acariciaba el rostro herido con amor, sin repulsión, y le susurraba:

—*You're so fuckin' special.*

Y más cosas. Efrén advertía a Samira de que eso no tenía nada de original, de que el tipo le recitaba de pe a pa la letra de *Creep*, una soberbia canción de Radiohead que resultaba insulsa en la boca de ese irlandés con acné purulento. Samira le decía que estaba celoso y que los dejara en paz, pero el tiempo le dio la razón: el *grunge* solía ir bastante puesto de hachís hasta que empezó a darle a la heroína. Por suerte, tuvo que regresar a Irlanda y, aunque se prometieron la vida eterna y se cruzaron cartas de amor encendido, ocurrió lo que dicen otras canciones, que la distancia es el olvido. El olvido de él, porque Samira se quedó despedazada por dentro. Nadie me va a querer igual, repetía. Y Efrén no encontraba argumentos sinceros que pudieran consolarla, porque ese dolor brotaba de la cicatriz, que, aunque silenciosa, latía fuerte como la tierra bajo un purasangre.

Miró hacia arriba, hacia las altas mansardas. Siempre las había imaginado estrechas, polvorientas, habitadas por criadas y costureras cargadas de sueños y desilusiones a partes iguales. A Samira también le gustaba pasar el tiempo concibiendo esas historias entre reales y ficticias para la novela que no habían terminado.

Las primeras gotas de lluvia lo devolvieron a la realidad. La gente se fue levantando aprisa del césped y de los bancos. Efrén se apuró en guardar la cámara en su funda. Cuando levantó la vista, descubrió a Samira aún en su sitio, quieta. Se bajaba las gafas de sol y le miraba. A pesar de la distancia, Efrén podía percibir su incredulidad.

Había pensado mucho cómo acercarse a ella, pero ahora nada importaba. Solo fue encadenando un paso tras otro, en su dirección. Ella hizo lo mismo. Avanzaron más rápidamente, pero no por la lluvia. Ella adelantó los brazos, él la cogió por la cintura. Cuando se abrazaron, en medio del paseo, Efrén notó que Samira ya no olía a esa mezcla de especias, pero estaba seguro de que seguía siendo ella.

3

«Para no ser los esclavos martirizados del tiempo, embriagaos, ¡embriagaos sin cesar!, con vino, poesía o virtud».

<small>Charles Baudelaire, poeta (1821-1867)</small>

Sitges
Febrero de 1905

Madre e hija estaban en el salón, cumpliendo con su ritual de lectura antes de irse a dormir, la madre con el tomo de *Mujercitas* entre las manos, la hija callada, sin disimular que no escuchaba la historia de las cuatro hermanas March.

—¿Estás atendiendo? —le preguntó la mujer anticipando la respuesta.

—Claro que no.

La desfachatez también la había adivinado la madre, que suspiró armándose de paciencia.

—Es una novela muy interesante, con grandes significados y valores. Pensé que te gustaría, sobre todo por el personaje de Jo.

—Jo no está mal. Pero ese libro es un cuento —replicó la niña con desdén—. Me gustó más *Frankenstein*.

Volvió la cara morena, la mirada vivaz y conciliadora hacia su madre.

—¿Qué pasó después? Y no me refiero a *Mujercitas*.

La mujer pensó que no merecía la pena discutir ni retrasar la continuación de la historia de Madeleine. Cerró el libro y retomó el relato de París…

El embarazo fue una sorpresa para Madeleine. Sabía que los hijos eran el fruto y razón principal del matrimonio, pero no esperaba una noticia así, quizá porque había ocurrido demasiado pronto tras la boda y no le había dado tiempo siquiera a pensar en un bebé. Y ahora, tras la luna de miel, se preguntaba si lo deseaba. Charles acogió la buena nueva con frialdad, como la visita de cortesía que era obligado recibir. Por descontado, prosiguió con sus viajes a París. No volvió a mencionar a Sarah, pero esa mujer pasó a formar parte de la vida de la casa de piedra en la que Madeleine había crecido, esperando a que su padre regresara, sin saberlo ella, de esos brazos blancos y redondos. Recordaba el entusiasmo de su padre al partir, el recogimiento oscuro de su madre, y que ella solía pensar que su padre era un emprendedor ilusionado, infatigable, siempre en busca de la prosperidad de su familia, a pesar del sombrío carácter de una esposa que lo trataba siempre con una injusta distancia. Su corazón se rompió. Ver a Charles con Sarah no había sido nada en comparación con el nuevo significado que Madeleine le daba a esos recuerdos de su infancia. Y se sentía peor al constatar que, a pesar de la verdad, la adoración por su padre apenas había menguado. Cada día contemplaba una fotografía suya, la rozaba con los dedos y no podía evitar una sonrisa melancólica por aquel que había muerto en un terraplén.

En la costura se refugiaba de aquellos raptos de nostalgia. Le cosía pequeñas prendas a su bebé, también algún vestido para sí misma, para cuando la cintura se le ensanchara. Prestaba atención, además, a aquellos primeros síntomas de la presencia de su hijo: los mareos, las náuseas, las manías con la comida, los intensos olores. La criada, que siempre había sido amable, se mostraba más solícita y dispuesta aún en complacerla, e invertía horas en la cocina para elaborarle a su señora delicadas creaciones de repostería.

La gravidez la hinchó, inesperadamente, de cierto extrañamiento. No sentía como suyo aquel apéndice abultado que iba aumentando con el paso de las semanas. Una tarde alarmó a la criada: algo iba mal, estaba perdiendo al niño, sentía que se le salía por abajo. Llamaron al doctor, que la examinó, para dictaminar muy tranquilo que no había de qué preocuparse, sino todo lo contrario: Madeleine simplemente había sentido los movimientos de su bebé. La criada la miró con las mejillas arrobadas, como si ella fuera la madre, preñada de ilusión, de ganas de que el tiempo corriera veloz, justo lo que Madeleine sentía que le faltaba. No iba a confiarle estas preocupaciones a Charles, por supuesto, pero necesitaba desahogarse con alguien, tal vez para que le dijeran que no era para tanto, que a todas las mujeres les ocurría lo mismo, que ya se le pasaría. Pero le daba vergüenza, como si su sentir fuera una tara, un terrible trastorno de la personalidad, y presentía que nadie comprendería su extrañeza.

—Me siento rara —le soltó a la criada, incapaz de guardárselo dentro.

—Es normal, señora.

—Ya, pero… rara de otra manera.

—No entiendo.

—Como si no le quisiera.

—¿A quién? —preguntó la criada con prudencia.

—Al bebé.

La criada abrió mucho los ojos, con descaro, como si una barbaridad de ese calibre fuera imposible, al menos en una mujer de buen corazón.

—Creo que me duele la cabeza —dijo Madeleine finalmente, para resolver el entuerto.

Durante aquellos meses, Charles aparecía de vez en cuando, cansado y listo para un nuevo viaje. Formulaba dos o tres preguntas sobre el embarazo o la canastilla, y no volvía a dirigirle la palabra a su esposa en el par de días que solía pasar en Ruan. Cuando faltaban pocas semanas para el parto, anunció que estaría fuera más tiempo del acostumbrado.

—Te perderás el nacimiento —le reprochó Madeleine.

—Tienes a la criada. Y al médico. Puedes llamar a tu tía o a tu prima, que se queden contigo unos días.

—Pero...

—Los hombres no servimos para estas cosas —dijo para zanjar la cuestión.

Los dolores comenzaron una noche muy fría. Las calles estaban cubiertas de nieve.

—¡No llegará a tiempo! —sollozaba Madeleine, convencida de que el coche del médico se quedaría atrancado.

—No diga eso, señora. Tranquilícese.

En el trance más doloroso de su existencia, Madeleine trataba de comportarse con dignidad, como la madre perfecta que había vislumbrado entre hilvanes y bordados. Pero resultaba difícil con aquellas garras ardientes que le rajaban el vientre, así que gritaba, aunque ni en aquellos alaridos animales encontrase alivio.

—¡Algo va mal! ¡Algo va mal!

—No se preocupe, señora. Son solo aprensiones.

—¿Dónde se ha metido el médico?

El médico llegó, un poco tarde pero a tiempo. Al ver la cantidad de sangre que manchaba las sábanas, frunció el ceño, aunque no dijo nada. Examinó a la parturienta y le ordenó a la criada que se mantuviera cerca, que la necesitaría...

La mujer se calló. Su gesto era solemne.

—Ya sé que no pasó nada —dijo la niña—, es decir, que Madeleine no se murió ahí, pero has puesto una cara...

—No, no murió esa noche, aunque estuvo a punto. El bebé venía con varias vueltas de cordón alrededor del cuello. El parto fue demasiado largo, la madre se agotó, perdió mucha sangre, el niño...

—¿Era un chico?

—Sí, un varón. Le puso Michele.

—¡Michele! —exclamó la niña con aprobación.

—Nació amoratado. Ahogado.

—¿Qué?

—Estaba muerto.

Aquellas palabras impactaron en la niña como un choque de caballos. Los ojos se le llenaron de lágrimas. Rompió a llorar. La mujer la abrazó y la meció.

—Tranquila, ya pasó —le dijo suavemente, limpiándole las lágrimas—. Es culpa mía, nunca debí contarte nada, no es una historia bonita.

La niña se dejó mecer y estuvo un rato entre aquellos brazos que le apaciguaban la pena.

—Pero es una historia, una historia de verdad —dijo cuando terminó de serenarse, mirando a su madre a los ojos, casi retándola—. No quiero más cuentos, mamá.

París
Julio de 2015

Fuera llovía bajo un cielo grueso, entre índigo y gris. Aquella luz, la música de las gotas en la calle, dos cafés, París. Samira y él, juntos otra vez. Efrén sentía la piel tan erizada que podría notar el roce de una mota de polvo.

Samira se había quitado la pamela y la había puesto sobre la revista que había estado leyendo en el césped, sobre arquitectura y diseño de interiores. El pelo oscuro y liso le recordaba al de Amélie Poulain, solo que el flequillo lo llevaba más largo. Ese corte pulido le favorecía mucho más que la melena larga, crespa y desgreñada del instituto, y le disimulaba un poco la cicatriz. Pero la quemadura seguía ahí, intacta, asustando a los que se le acercaban y desatando a su alrededor los cuchicheos de siempre.

Estaban sentados frente a frente, en silencio, ese tipo de silencio cómodo que no es necesario llenar, el silencio almohada del que uno no quiere escapar. Efrén se relajó por fin. Habían pasado muchos años, pero entre Samira y él nada había cambiado.

—¿Qué haces aquí?

—¿Sabes que suenas un poco a francesa? Se te ha pegado el acento. Y tu estilo —dijo Efrén echándole una ojeada de aprobación a la ropa— también es muy de París.

—Tú estás igual. Excepto por el pelo. Empiezas a clarear.

—¿Cómo te has dado cuenta? —repuso Efrén.

Se irguió para mirarse en el reflejo del cristal, se pasó la mano por la cabeza. Era verdad, hacía algún tiempo que la alopecia había hecho acto de presencia. Por eso se dejaba el flequillo un poco largo, para tapar la frente, cada vez más despejada. Pasaba sus buenos ratos frente al espejo, arreglándose el pelo con el fin de disimular la calvicie.

—Bueno, ¿qué haces aquí? —repitió Samira.

—Tenemos una novela pendiente.

—¿Qué?

—La del siglo xix. París, León Carbó, el impresionismo. ¿De verdad no te acuerdas? Madeleine.

—Ah, sí. ¿Guardas eso?

—Claro. —Efrén sacó la memoria USB y se la mostró a Samira como quien exhibe un argumento irrefutable—. Aquí está todo.

—Si no recuerdo mal, ese *todo* deben de ser unas pocas decenas de páginas.

—Dime, ¿no te gustaría pasar unos días hablando de arte, de pintores, de Madeleine? Porque no trabajas, ¿no?

—No.

—Chica con suerte. Realmente has triunfado, Sami. Mírate: vives en París, en uno de los mejores barrios, no necesitas trabajar. Y te compras una ropa estupenda.

—Supongo que para muchos soy una chica con suerte, sí.

Silencio. Menos cómodo esta vez.

—A ti tampoco te ha ido mal —siguió Samira—. Quisiste ser fotógrafo, y lo conseguiste. Quisiste ser periodista, y también lo conseguiste. Quieres retomar una novela y vienes a París.

—Bueno, ese es un resumen demasiado rápido —repuso Efrén pensando en sus fracasos sentimentales, en la pobre relación que había tenido con sus padres. En sus trampas periodísticas.

—Todos los resúmenes de vida son demasiado rápidos. Bueno, en serio, ¿me vas a decir qué haces aquí o no?

—Ya te lo he dicho, la novela. Y que estoy de vacaciones.

Samira lo miró en silencio, esperando otra respuesta.

—Y que me entraron ganas de verte.

—Siempre has sabido decir cosas bonitas —dijo Samira con una nota de tristeza—. Aunque no siempre las hayas pronunciado.

—Pero es verdad. —Y, sin embargo, ¿por qué sonaba a mentira?, se preguntó Efrén.

Samira recibió un mensaje en el móvil. Le cambió la cara enseguida. Ahora parecía preocupada y nerviosa. Con una inquietud mal disimulada se puso la pamela y se levantó. Forzó una ancha sonrisa.

—Me tengo que ir. Oye, ¿te importa invitarme al café? Es que no llevo dinero suficiente.

—Claro, mujer —repuso Efrén mirando el Boy Chanel—. Pero tú me invitas a comer.

—¿Comer? No, no puedo, me tengo que ir.

—¿A dónde? ¿Vas a apagar un fuego o qué? —quiso saber Efrén ante el nerviosismo de ella.

—Algo así —dijo Samira con una sonrisa forzada—. Es Said. Ha llegado a casa. No está pasando por un buen momento, me necesita.

—Entonces, de quedarme estos días en tu casa ni hablamos —dijo Efrén en tono de broma. Ya desde la partida había contado con alojarse en el apartamento de Samira, pero no quería parecer un aprovechado.

—Solo tenemos un dormitorio.

—Algún sofá tendrás. Me apaño en cualquier sitio.

—No puede ser, lo siento. —Se había puesto más nerviosa. No sabía qué decir ni qué hacer para poder marcharse—. Hay hoteles buenos… Si buscas bien, encontrarás alguno que no sea muy caro. Bueno… —dijo intentando irse otra vez.

—¿Estás enfadada? Escucha, sé que no he estado muy pendiente, que no soy el mejor amigo del mundo, pero te juro que tenía muchísimas ganas de verte.

—Lo siento, Efrén, de verdad. Si me hubieras avisado con tiempo… Pero te prometo que me tengo que ir. Ya nos veremos, ¿vale?

Se giró y salió del local a toda prisa. Continuó bajo la lluvia, sujetándose la pamela, corriendo. Efrén la siguió con la mirada hasta que su figura se diluyó en la cortina de agua y aquella luz entre gris y azul.

Barcelona
Noviembre de 1893

Eusebi despidió a los mossos d'esquadra en la puerta. Cuando cerró, echó todo el aire de los pulmones y miró a Manuela, a unos pasos, como si acabaran de tocar tierra firme en el océano.

—Vamos a tomar un té, anda —le dijo ella cogiéndole del brazo.

No sabían hasta qué punto su hijo estaba implicado con los anarquistas, y esperaban que no fuera más que otra de sus calaveradas, pero nadie podía enterarse. A los Mossos les había llegado la información de que León había recibido un chivatazo y tenían que investigar. Eusebi se mostró amable y colaborador. Los llevó ante su hijo, convaleciente aún de la gran impresión que había recibido a causa del atentado. Por suerte, contaban con testigos que afirmaban haber visto a León ayudando a los heridos. Eusebi les explicó que su hijo, como todos los chicos de su edad, era alocado y un poco botarate, que solo le interesaban las faldas y que había caído en la trampa de una anarquista sin que él lo supiera, pero que dejó de verla en cuanto se enteró de que pertenecía a la banda de los asesinos. Para apoyar la defensa basada en el carácter volátil de su hijo, Carbó tuvo que narrar el lío con Teresa Gilabert, que explicaba que Joan Segura hubiera acusado a León de estar involucrado con los anarquistas. Los mossos se quedaron más o menos satisfechos.

—De momento —reflexionaba Eusebi—. Pero ¿y si vuelven con más preguntas? ¿Y si presionan a León y el muy necio confiesa lo que no ha hecho?

—¡Jesús! —exclamó Manuela santiguándose—. Hay que hacer algo, Eusebi.

—Hace unos días que le doy vueltas a una alternativa.

—¿Qué alternativa?

Lo había meditado mucho y había concluido que no quedaba otra solución. Ver a su hijo ensangrentado, tirado en el suelo, sin conocimiento, fue demasiado para él. Mientras lo arrastraba a la salida en aquella noche fatal, entre empujones y chillidos, pisando otros cuerpos, Eusebi Carbó se juró que haría cualquier cosa por salvarlo. La suerte había querido que León no estuviera muerto ni herido, como él había creído, pero ahora las autoridades lo tenían en el punto de mira, y los anarquistas podrían liarlo y echarlo a perder. Tenía que alejarlo de Barcelona y solo se le ocurría un lugar:

—París.

—¿París? —se extrañó Manuela.

—Está lejos y podría aprender esas técnicas de las que habla tanto. Y así matamos dos pájaros de un tiro.

El matrimonio se quedó en silencio, mirándose de reojo. La expresión de Eusebi no había sido muy afortunada.

—Y se animará —añadió el hombre—. Lleva mucho tiempo encerrado en su habitación, como ido. París le devolverá la vida.

París
Julio de 2015

Así que Efrén estaba literalmente en la calle. Tenía que buscar un hotel que no fuera demasiado caro, aunque, tal y como habían salido las cosas con Samira, quizá no se quedara mucho tiempo en París. Tal vez se marchara ese mismo día.

Se alejó del distrito XVII pensando si debería tomar la salida de París en dirección a Madrid. Pero en el trayecto escampó, así que decidió dedicar unas horas a visitar la ciudad y, de momento, despejar el enfado.

Sentado en el Batobus que surcaba el Sena, Efrén decidió echar una ojeada a la documentación sobre León Carbó que le había proporcionado Eulàlia Espasí. Muchos de aquellos datos ya los conocía por una biografía sobre el pintor, la única publicada hasta el momento, pero esperaba que, cuando leyera esos papeles con detenimiento, encontraría hallazgos que le servirían para su ficción. En especial, necesitaba más información sobre Madeleine. La modelo y el pintor habían mantenido cierta relación, pero un velo espeso mantenía ocultos los detalles. ¿Un simple desinterés por parte de los historiadores? ¿O había algo más?

Observaba ahora los muelles del Sena atestados de gente, sombrillas, chiringuitos y arena. Tenía la cámara fotográfica colgada al cuello y los brazos en huelga; no iba a ponerse a disparar sobre aquellas vistas, sabía que en esos muelles con pretensiones no encontraría nada excepcional. ¿Por qué no dejarlos desnudos y auténticos, como en *Frenético* o en *Medianoche en París*? Efrén se preguntó qué habrían hecho Carbó o Degas o Toulouse-Lautrec si les hubiera tocado vivir en 2015. Ellos, con sus pinceles y sus óleos, tomaron instantáneas únicas del mundo que los rodeaba. Abominaban de los paisajes, pero les apasionaban las personas, sus costumbres, sus gestos, sus motivaciones, sus virtudes y sus defectos. ¿Apreciarían ellos en esa playa improvisada a orillas del Sena otra cosa diferente? Podría ser; después de todo, Efrén nunca había sido un artista, aunque lo hubiera intentado con ahínco.

Al llegar a Notre Dame, descendió. Se paseó un rato por los alrededores de la catedral, se sentó, se levantó, caminó un poco más, fue hasta el mercado de las flores, regresó. El cielo empezó a encapotarse otra vez. Miró por el visor de la cámara e hizo fotos de las torres de la catedral y de las gárgolas, que con aquella luz gris brillaban en toda su terrorífica belleza. Cuando empezó a chispear, entró en un *bistrot* y pidió una ración de *cassoulet* que comió en la barra, un poco apiñado con el resto de turistas que merodeaban por la zona y a los que la lluvia también había sorprendido.

—¡Vaya! Qué día de locos, pensé que no llovería más por hoy —exclamó una española que entraba por la puerta.

—Sí, quién lo iba a decir —abundó su acompañante mientras se sacudía el pelo.

Las horas transcurrieron lentas y aburridas. No era eso lo que Efrén había venido a buscar. Carbó tampoco. Por eso fue a Montmartre, la colina donde se daban cita pintores y poetas tan geniales como pobres; cantantes y músicos; bailarinas y putas; donde se juntaban cabarés y antros de mala muerte; y el alcohol corría libre de impuestos. Efrén pidió un café largo y sacó de nuevo la carpeta sobre Carbó. Quería seguir los pasos del joven acomodado, con recursos y palco en el Liceo de Barcelona, hasta recalar en los bajos fondos del París de finales del XIX.

El artista había dedicado decenas de páginas a describir sus primeras semanas en París, en la academia a la que acudía para aprender la técnica. A través de ese relato, Efrén había asistido, junto a Carbó, a esas locas sesiones con pintores de las más diversas nacionalidades —la Sociedad de la Paleta, se llamaba—, donde raro era el día en que no estallaban discusiones y hasta peleas entre bandos que defendían corrientes pictóricas diferentes. Efrén no se saltó ni una línea de esos apuntes, convencido como estaba de que en ese lugar Carbó conocería a su musa, que un viernes cualquiera Madeleine entraría como parte de la fila de modelos propuestos para la semana siguiente.

París
Diciembre de 1893

Al levantarse de la cama, León tuvo que sujetarse la cabeza. La noche anterior había bebido demasiado y ahora sentía que podría vomitar hasta los sesos. De la ropa tirada en el suelo brotó un intenso aroma a tabaco que lo mareó. Su mirada se topó con el cuadro que estaba pintando en la academia y aquella visión acrecentó sus náuseas. Llevaba dos semanas cumpliendo las reglas a rajatabla, acudiendo a las clases, mezclando los colores en la paleta como el maestro le había indicado; no se había metido en follones ni había salido. Hasta anoche. Dos semanas portándose bien eran una tregua demasiado extensa para él.

Se acercó a la ventana, con Notre Dame al fondo, destacándose contra un atardecer de violetas. Aquel apartamento, en la isla de San Luis, también era aburrido. En verdad se trataba de una isla, alejada del bullicioso París donde gentes y carruajes se cruzaban a toda velocidad, apenas sin mirarse. Fue lo primero que le llamó la atención y enseguida escribió a su hermana Catalineta para contarle lo pintoresco de las calles parisinas, tan en contraste con los paseos por Barcelona, más tranquilos, interrumpidos con frecuencia por conocidos y amigos con los que sentarse en un banco a charlar un rato. Sin embargo, el piso que su padre le había buscado parecía extirpado de París. Abrazado por el Sena, tenía a Notre Dame enfrente, el Panteón a un lado, el Hôtel de Ville al otro, las casas alrededor y, al fondo, como flotando en una nube, el rumor de París.

Solo la especial luz de la ciudad lo había mantenido a flote del hastío. En cuanto se instaló en aquel apartamento y echó una mirada por la ventana, sintió la imperiosa necesidad de ponerse frente a un lienzo e intentar atrapar el reflejo en los muros, en los jardines, en las maravillosas telas de los trajes y los vestidos, en la bella osamenta de Notre Dame. Pero no fue suficiente. Oía hablar de Montmartre, de Degas, de Pissarro, de Lautrec. De los molinos. De los salones de baile. De las mujeres.

La noche anterior visitó el estudio de un asiduo a la academia que solía llevarse continuas reprimendas por parte del maestro, que lo acusaba de una modernidad obscena y alevosa. Se llamaba George y, en realidad, no era un moderno obsceno y alevoso, sino puntillista. Como hacía días que no se pasaba por la academia, León decidió acercarse a su residencia, a la que George lo había invitado en diversas ocasiones.

Entró en un portal oscuro y subió unas escaleras que debían de conducir a las mismísimas cumbres de los Alpes, de lo empinadas e interminables que eran. Tocó a la puerta y le abrió su amigo. Se mostró entusiasmado de verlo y lo recibió con grandes alharacas. Le ofreció la única silla del estudio.

—La otra la quemé ayer en la chimenea para recibir a un marchante, pero… —George chasqueó la lengua—. Malditos bastardos. Se creen que pueden comprarnos por cuatro monedas.

—¿Entonces vendiste algo? —se interesó León vivamente.

—Claro —repuso George con expresión de fastidio—. Demasiado barato, pero de algo tengo que vivir. Estoy en las últimas. Ya ni tengo para encenderle a ella la estufa.

Se refería a una mujer de piel blanquísima y cabello como el cobre de los utensilios de cocina. Estaba desnuda, sentada sobre un taburete, con los brazos en alto y la cabeza inclinada. La melena suelta le caía a lo largo de la espalda.

León se sentó en la silla, con el sobretodo puesto. Observó a la muchacha. Tenía la piel erizada por el frío, pero se mantenía impasible, callada. George regresó al trabajo y León miró por la ventana. Las vistas desde allí eran un espectáculo. París se extendía sumergido en un baño de plata del que sobresalían las torres gemelas de Notre Dame, la cúpula de los Inválidos, la punta de la Torre Eiffel penetrando la neblina, el Arco de la Estrella y, al fondo, San Sulpicio y el barrio latino.

Se entretuvo también contemplando el estudio. Una luz fría caía sobre los escasos muebles, los papeles y los ceniceros colmados. Se fijó en un libro rosa en un rincón.

—¿Es una novela?

—Ni idea. Lo compré por el color de la cubierta.

León dedicó un buen rato a estudiar los lienzos de George, todos ellos realizados con diminutos y múltiples puntos que componían formas, colores, sombras, ambientes.

—Oh, no, no, por favor, son solo bocetos —se excusó el pintor, que parecía derrotado—. No he conseguido nada. A veces creo que mantengo una lucha inútil. La línea no existe, pero tropiezo con ella a cada instante. Rafael, Tiziano, Rubens, Miguel Ángel... me hacen dudar. Todos ellos se rindieron a la línea, se olvidaron del color, sí, sí, amigo mío, se olvidaron del color... Y, sin embargo, mírala —dijo señalando a la chica desnuda—: no hay líneas, solo tonos y sombras, y reflejos.

La chica tiritaba. Pero no importaba. No había diferencia entre ella y el libro rosa, ambos eran objetos y ella, además, dejaría de servir como objeto algún día.

El pintor tiró la paleta y el pincel al suelo.

—¡Imposible! ¡Es imposible! Llevo seis meses con este maldito cuerpo y ¡hoy se ha vuelto azul!

—Es por la nieve, seguro.

—Cada día tengo que borrar lo que pinté el día anterior. Ese cuerpo —dijo apuntando con el índice acusador— ¡no para de cambiar de color! ¿Sabes lo que de verdad me gustaría? Pintarla desnuda sobre la nieve blanca.

León conocía bien la obsesión de George por el blanco de la nieve que cubría las calles, los tejados y las ramas de los árboles, el blanco del cielo en un día encapotado, el blanco del aliento de los caballos que se difuminaba en un ambiente ceniciento.

La chica abrió los ojos como platos, espantada. Su pasmo pasó inadvertido para George, sumido como se hallaba en un ideal inalcanzable.

—¿Qué me dices, eh? ¿Te lo imaginas? —continuó el puntillista—. Qué belleza la de un cuerpo rosado sobre un manto blanco, esponjoso... Las líneas se habrían borrado ¡y el color habría salido victorioso!

La modelo temblaba tanto que ya resultaba imposible obviarlo. El pintor, resignado, la despidió y fue cuando tentó a León.

—¿Vamos a tomar algo?

—¿A dónde?

—Al Moulin de la Galette, por ejemplo. Tomaremos un poco de absenta y nos olvidaremos del color, de la línea y de los marchantes bastardos. Por cierto, ¿tienes hachís?

—¿Hachís?

—Me muero de ganas.

León no sabía qué era el hachís, ni había bebido absenta, ni había estado en el Moulin de la Galette, pero no iba a reconocerlo, mucho menos a poner trabas. Iba a ser su primera noche en Montmartre y no estaba dispuesto a arruinarla.

4

«¡Soy independiente!
Puedo vivir sola y me encanta trabajar».

MARY CASSATT, pintora
(1844-1926)

Sitges
Febrero de 1905

Habían desayunado en la terraza, y ahora la madre bordaba y la niña cerraba los ojos de cara al apacible sol.

—Ponte sombrero. O abre la sombrilla —dijo la mujer.

—¿Por qué? Mi piel ya está morena.

—Hazlo —replicó la mujer con dulzura.

La niña obedeció. Abrió la sombrilla y acto seguido preguntó:

—¿Cuándo volvió Madeleine a París?

A través de la balaustrada blanca veían la playa. A lo largo de la orilla, una familia daba un paseo. En pocos meses serían multitud los barceloneses que escaparían de la ciudad para sumergirse en ese mar en calma.

—Muy rápido quieres ir tú —contestó la mujer—. Antes pasaron más cosas.

—Ah, ¿sí?

—Claro. Cuando alguien cambia de rumbo es porque ha sucedido algo en su vida.

—¿Y qué sucedió?

—Después del parto y la muerte de su hijo, Madeleine permaneció en Ruan mientras su marido seguía viajando, según la versión que ofrecían a familiares y vecinos. O, como había entendido Madeleine, viviendo en París con Sarah o detrás de Sarah...

Algunas veces Charles aparecía por casa. Madeleine le presentaba las cuentas de gastos que había que satisfacer, las reformas que eran necesarias en la vieja casa. Él escuchaba ceñudo y después le recriminaba a Madeleine ser tan pésima señora de su casa, tan despilfarradora, tan poco inteligente. Madeleine callaba, asumía esos defectos como taras de nacimiento o propias de su sexo y, por tanto, irresolubles; en silencio sufría sus fallos. Pero con el tiempo fue pensando que en realidad no gastaba más que lo indispensable, que era una mujer abnegada que solo salía de casa para ir a misa con su tía y con su prima, que ni siquiera tenía amigas ni recibía visitas. Empezó, entonces, a defenderse con estos argumentos, a los que Charles respondía con ataques de cólera cada vez más furibundos.

—Si quieres que ahorre, tendré que despedir a la criada —le dijo Madeleine.

Era una buena chica, no tenía culpa de nada, una cría huérfana, sin nadie en el mundo, que cumplía sus labores con eficiencia, aunque a veces le resultaba un poco osada, como cuando la sorprendía curioseando la correspondencia, pero Madeleine la disculpaba. La vida en esa casa era un aburrimiento. En definitiva, hasta podrían haber sido amigas si una no hubiera sido la señora y la otra la criada. Madeleine ya se arrepentía de haber salido con una solución tan injusta cuando Charles le interrumpió el sentimiento de culpa:

—No, Christine se queda. A Christine no se te ocurra tocármela.

Esa advertencia, tan personal, hizo que Madeleine cayera en la cuenta de que Charles venía cada vez más a Ruan, que se quedaba más tiempo. Quizá lo suyo con Sarah se había terminado.

En los días posteriores Madeleine observó a Christine. Se movía con mayor seguridad, como si se sintiera dueña del suelo que pisaba, de las puertas que cerraba tras de sí. La víspera de un nuevo viaje de Charles, Madeleine entró en su cuarto, donde Christine preparaba el baúl.

—Deja, ya me encargo.

—No es molestia —replicó la criada con seguridad y continuó organizando la ropa de Charles con sorprendente desenvoltura.

Madeleine vio algunos plastrones nuevos. Tomó uno de color granate.

—Debe de ser de París —dijo Madeleine admirando la seda.

—No. Se lo compré yo aquí, en Ruan.

—¿Tú? ¿Se lo compraste tú? —farfulló Madeleine, confirmando sus sospechas.

—En el centro hay unas tiendas magníficas, no tienen nada que envidiar a las de París —replicó Christine.

En ese momento Charles entró en el dormitorio, con una toalla anudada a la cintura. En el silencio que pesaba entre los tres, Madeleine tuvo la certeza de que sobraba. Aquella noche durmió sola. Charles no se molestó en volver durante la noche y ocupar su espacio en el lecho matrimonial.

En las visitas posteriores él procedió a ningunearla del mismo modo o más aún; ya ni se dignaba acompañarla a la hora de almorzar o de cenar. Mientras, Christine se iba enseñoreando de la casa. Aunque seguía siendo la criada, es decir, continuaba yendo al mercado, adecentaba la casa y cocinaba, cumplía sus tareas con relajo. Ahora, además, se compraba vestidos, jabones y perfumes. Y le daba por canturrear versos de amor horas antes de que llegara Charles de viaje.

No tenía sentido continuar así, en esa casa, viviendo de prestado, pensaba Madeleine.

—Quiero el divorcio —le dijo a Charles una vez que este salía del dormitorio de Christine.

—Déjate de tonterías, mujer.

—He dicho que quiero divorciarme.

—Ni lo sueñes.

—¿Por qué no? Tú ya haces tu vida. Déjame vivir la mía. Además, ¡ni siquiera te importo! ¡Déjame en paz! —gritó Madeleine enrabietada.

Charles respondió con una bofetada que le giró la cara. Madeleine se apoyó contra la pared. La mejilla le ardía, el corazón le galopaba con ferocidad en las sienes.

—No vuelvas a levantarme la voz —le dijo Charles pegándose a su oreja—. O la próxima vez te romperé la nariz —la amenazó con el puño a pocos centímetros de la cara.

La mejilla se le hinchó y enrojeció. Cada vez que se tocaba, Madeleine recibía un pinchazo que le recordaba lo poco que valía su vida. No tenía nada, no tenía a nadie. ¿A quién podría contarle su dolor? ¿A su tía, anciana y distante? ¿A su prima soltera, tan joven e inexperta como ella misma? ¿A su prima casada, a la que no veía desde hacía tiempo? Encontró cierto consuelo en la oración y comenzó a acudir a la iglesia cada día. Lo que antes se le había antojado un compromiso baldío de los domingos, ahora constituía un remanso de paz. En los duros bancos de madera se sentía cómoda, la piedra fría de los muros la acogía con amor, las imágenes inexpresivas y oscuras comprendían las palabras mudas que les dirigía. Una tarde, el párroco se le acercó.

—Hija, ¿cómo estás?

—Bien, padre, bien.

—¿Deseas confesarte?

Madeleine dudó. Aunque lo había hecho antes, nunca se había confesado de corazón, con el conveniente sentimiento religioso.

—Creo que lo necesitas —la animó el sacerdote.

—¿Usted cree?

—Mi labor es cuidar de las ovejas que nuestro señor me ha encomendado. He observado que vienes mucho últimamente. ¿Hay algún pecado que necesites expiar?

—¿Pecado? No, no.

—¿Seguro? Acompáñame, hija.

Madeleine se confesó. O más bien confesó los pecados de Charles y de Christine, el tormento que le producía verse tan sola y desamparada, el dolor de no tener una madre, una hermana, un hijo.

—Pecas de soberbia.

—¿Soberbia?

—¿Qué has hecho para que tu marido obre de ese modo? No disculpo a Charles, él está faltando a los deberes del sacramento del matrimonio, pero tú también has fallado. Cuando un hombre busca cariño en otra mujer es porque no lo encuentra en la suya. ¿Qué no le has dado a Charles? Piénsalo, Madeleine. Y ahora reza tres padrenuestros y dos avemarías. En el nombre del Padre, del Hijo y del Espíritu Santo.

—Amén.

Salió de la iglesia confundida. ¿Soberbia? Es decir, Christine le daba a Charles algo que ella no le había dado. Y antes, Sarah. Y mucho antes, Sarah a su padre, lo que suponía que su madre era igual de soberbia. El sacerdote no había sido explícito, pero Madeleine no era tonta. Siempre se había dicho que a los hombres se les conquistaba de dos maneras: por la mesa y por lo otro. Sin embargo, eso no era decente, esas cosas las hacían solo las rameras. Quizá debía asumir que el papel de una esposa era languidecer en la vida hogareña y entender que los maridos tenían algunas necesidades que buscaban en otras mujeres, las indecentes, las que nunca se casarían. Si al menos tuviera hijos… Pero Dios no le había vuelto a conceder la posibilidad de ser madre, de ofrecer todo el amor que llevaba dentro a un pequeño salido de sus entrañas. No eran pocas las noches que se acostaba con la imagen de Michele, su rostro amoratado, sus pequeñas manitas encogidas de miedo y de sufrimiento. Rezaba por él y le enviaba un millón de besos al cielo.

Días más tarde estaba en el jardín, inclinada sobre unas preciosas begonias que cultivaba. Oyó los pasos de Charles a su espalda. Apenas viajaba ya. Al principio, Madeleine pensó que su marido necesitaba mucho a Christine, que apenas podía separarse de ella, pero empezaba a faltar el dinero en casa. Quizá los negocios habían mermado.

—¡Madeleine! —bramó.

Antes de que pudiera darse la vuelta, sintió la mano de él apretándole el brazo con fuerza, como si esos dedos fueran los dientes afilados de una bestia salvaje. La llevó hasta la casa. Madeleine tropezaba, pero Charles tiraba de ella, arrastrándola por el suelo. Al llegar al dormitorio que había sido de ambos al inicio de su matrimonio, él la agarró del pelo y la lanzó dentro. En el portazo que dio Charles, ella empezó a temer por su vida.

En dos zancadas Charles la alcanzó y le dio el puñetazo que hacía unas semanas le había prometido. La nariz empezó a sangrar.

—¿Qué...? —balbuceó Madeleine.

La respuesta no tardó. Charles le propinó otro puñetazo, en la mandíbula, y después otro, y otro. Madeleine ya no sabía por dónde le venían los golpes, pero los sentía por todo el cuerpo. Eran bolas de acero que se le hundían en la carne, eran llamas que le arrasaban la piel.

Muchos puñetazos más tarde, paró. Aunque solo de golpearla. Después la arrastró otra vez por el pelo y la echó sobre la cama. Le subió la falda, le rasgó los calzones y la penetró. Eso no lo sintió o ya no supo distinguir un dolor de otro.

—Eso es lo que te pasa cuando vas hablando por ahí de lo que ocurre en esta casa —dijo Charles cuando terminó de darle su escarmiento a Madeleine—. La próxima vez será peor.

La hinchazón, los moretones, los cortes tardaron en desaparecer. El mismo tiempo que Madeleine tardó en idear un plan, reunir algo de dinero y meterse en un coche con destino a París.

Ruan
Julio de 2015

Acababa de llegar y ya estaba harto de París. Sin embargo, volver a casa tan pronto habría significado una pérdida de tiempo. Por eso condujo hasta Ruan. Estaba a menos de dos horas en coche y, por lo que había visto en internet, allí los hoteles eran algo más baratos. Además, Madeleine era de Ruan.

Llegó avanzada la tarde, aunque a tiempo de presenciar un espectáculo abominable. La orilla del Sena en Ruan se parecía mucho a la que bañaba el río a su paso por París.

—¿Por qué tienen que poner arena y sombrillas y...? —murmuró. Efrén hizo visera con la mano. Había unos bultos de colores, parecían plásticos doblados—. ¿Castillos hinchables?

Los niños saltaban bulliciosos y los padres vigilaban. Efrén nunca tendría hijos, lo había decidido hacía tiempo. No solo por la dificultad y el coste de adoptarlos, sino por el aburrimiento y, debía reconocerlo, porque era demasiado egoísta, demasiado celoso de su tiempo y de su dinero como para destinarlos a unos hijos. Pero ¿y Samira? ¿Por qué no habría tenido hijos? Ella sí quería, recordaba que solía hablar de cuando fuera madre.

Notó que se le había pasado el enfado con ella y que le habían vuelto las ganas de verla y compartir un café. Sonó el teléfono. Buscó en el bolsillo, nervioso, pensando que la telepatía había funcionado.

Era Tomás.

—¿Qué pasa, macho? ¿Dónde andas? —Su director sonaba muy animado.

—En París. Bueno, en Ruan.

—¿Te está gustando?

—No estoy para coñas.

—Ya, hombre, pero no era una coña. Estás tenso, ¿eh? Me preocupas.

—¿Cuándo podré volver?

—¿A España?

—Joder, me refería al periódico —se alarmó Efrén—. ¿Tan mal está la cosa?

—Bastante. Es el culebrón del verano, macho. La que has liado…

—Querrás decir la que *hemos* liado. Te recuerdo que tú estás detrás de todo esto.

—Ya, ya, ya. Bueno —dijo Tomás para reconducir la conversación más a su favor—, el caso es que no creo que tengas hueco en la redacción.

Además de la virtud de preocuparse por él, Tomás también contaba con la cualidad de no andarse con rodeos.

—Joder. ¿Estoy despedido?

—Me parece que sí.

—¡Tomás!

—¿Qué quieres que haga? No es cosa mía, sino del consejo. Piénsalo: si este fuera tu periódico, ¿tendrías en plantilla a un inventor de exclusivas, sabiéndolo tu público, tus clientes de publicidad, todo el mundo? Sabes que no.

—¿Y ahora qué voy a hacer?

—Mira, a veces recibo llamadas. Me preguntan por ti.

—¿Para qué?

—Ya sabes. Que dónde estás, que dónde pueden quedar contigo y hacerte unas fotos… Me ofrecen un buen dinero, pero me he mantenido callado.

—¿Qué sugieres?

—Lo que llaman un «posado robado». Acuerdas con ellos una cantidad y te lo llevas crudo. Yo renuncio a mi parte como mediador.

—Vaya, qué amable, gracias —ironizó Efrén.

—No se merecen.

Efrén dio unos pasos sin rumbo, solo para tomarse un instante.

—Está bien, sí, dales mi teléfono —aceptó finalmente. No era práctico rechazar dinero fácil—. Pero, luego, ¿qué?

—¿Qué quieres decir?

—Que eso es pan para hoy, hambre para mañana. No puedo vivir para siempre de posados robados.

—Más que nada porque la gente se acabaría cansando de verte haciendo turismo.

Ese era el Tomás cínico. Ahora Efrén no le encontraba tanta gracia como en aquellas noches en la redacción, cuando planeaban el siguiente bulo.

—Tranquilo, hombre. Esas imágenes serán tu entrada a lo grande en esos otros programas, ya sabes. ¿Dónde crees que van a emitirse?, ¿en el telediario? Es evidente que no. Eso irá a los debates de la noche, en los que dentro de poco acabarás sentándote para contar cuánto te arrepientes y pedir perdón al público. Sueltas alguna lagrimilla, dices que lo que más sientes es haber abochornado a tus padres, haber puesto en tela de juicio la excelente labor de tu antiguo jefe, que tanto te enseñó y ayudó, y la gente te redime. Y ya tienes trabajo otra vez.

—¿En esos programas?

—¡Pues claro! No querrás entrar en la Real Academia... Con ese currículo, es lo que hay.

Un futuro profesional como opinador de cualquier cosa que no fuera importante, gritando, insultando, sentando cátedra frente a un bando rival en luchas tan encarnizadas como artificiosas. Eso era lo que le esperaba.

—Oye, que se gana bastante bien, ¿eh? Vas a ser rico y famoso. ¿No era lo que tú querías?

—O sea, que me lo he buscado.

—No te pongas en plan víctima, hombre. ¿Cómo es el dicho ese tan ñoño?... Ah, sí: si la vida te da limones, haz limonada.

—Ya.

—Efrén, tengo que dejarte. Tengo una reunión.

—Vale. Hasta luego.

Se fue a buscar un hotel. El más barato estaba alejado del centro, insertado en una zona que guardaba muchas semejanzas con los ambientes de periferia anodinos y uniformes que él tanto aborrecía.

Ya lo veía venir: también acabaría harto de Ruan.

Sitges
Febrero de 1905

—¿Cuándo ocurrió todo aquello? —se interesó la niña.

—En 1891. Fue en octubre cuando Madeleine huyó a París.

—Estaría llena de ilusión.

—No tanto —replicó la mujer—. Nada más poner un pie en París, Madeleine pensó que había hecho una tontería. Estaba sola, en una ciudad que no conocía, sin un lugar a donde ir. El dinero se le acabaría y, entonces, ¿qué podría hacer? Si regresaba a Ruan, Charles volvería a agarrarla del pelo y esta vez no saldría viva. Así que tendría que quedarse en París, salir adelante, trabajar, ganarse la vida. ¿Cómo se hacía eso?, se preguntaba desesperada, y le entraban ganas de llorar. No sería capaz, ella no sabía nada. Le vinieron imágenes de mujeres desesperadas, sucias y desdentadas, resignadas a hacer cualquier cosa por llevarse un pedazo de pan a la boca. Tembló. Notó que le faltaba el aire, que el corsé le apretaba mucho…

Se apoyó contra un muro y trató de respirar hondo. Piensa, Madeleine, piensa… París es una gran ciudad, la Ciudad de la Luz, de los sueños. Se acordó de Sarah. Después de todo sí conocía a alguien en París. Paró a un transeúnte y le preguntó por el Moulin de la Galette. El caballero la advirtió de que le quedaba lejos. Ella valoró el peso de la bolsa de viaje, la incomodidad de la falda y de los botines, pero no tenía otra cosa que hacer y hacia allí se encaminó.

Pasó buena parte de la tarde en Montmartre, sentada en la hierba, frente a las obras de construcción de la Basílica del Sacre-Coeur. Cuando Charles se refería a la colina de París lo hacía con un tono despreciativo y resaltaba, con intención burlesca, el aire rústico de las calles polvorientas del Maquis, flanqueadas por viñas y cabañas que podrían derrumbarse con un soplido de viento. Para su decepción, Madeleine tenía que darle la razón. Cenó en una fonda y averiguó que en la planta superior tenían habitaciones. Pagó una semana y al fin se libró de la bolsa de viaje. Se refrescó la cara, se cambió el vestido. Prefirió no acicalarse; no sabía cómo debía aparecer en un salón de baile sola, de noche, y que los hombres no se confundieran. Eso no era lo único que la preocupaba. ¿Cómo se presentaría ante Sarah?, ¿qué le diría? ¿Era lícito acudir a la amante de su padre, a la amante de su marido? Se santiguó.

—Perdóname, madre —musitó.

Cuando notó el bullicio en la calle, salió. Se había puesto una blusa blanca de cuello alto y mangas largas, y encima llevaba un chal. Entró en el Moulin de la Galette temblando. Había más mujeres solas, pero ellas bebían, fumaban, bailaban de esa manera tan exagerada y obscena. ¿En qué pensarían para levantarse la falda y enseñarlo todo? Sarah no era así. Bebía y fumaba, cierto, pero no se exhibía de esa manera delante de la gente.

—¿En qué puedo servirle? —le preguntó un camarero.

—Ah, sí. Eh…, ¿conoce a Sarah?

—Sarah qué más.

—Pues no lo sé. Es una dama… —Madeleine tragó saliva—. Acompaña a un hombre mayor, calvo.

—¡Ah, Sarah!

—¿La conoce? —exclamó Madeleine.

—Ya no viene por aquí —dijo el camarero con decepción—. Ahora la encontrará en el Moulin Rouge.

Madeleine no tardó en salir en busca de un llamativo molino rojo. Por el camino se topó con un cartel publicitario. Mostraba a una mujer pelirroja, con un moño en lo alto de la cabeza y una blusa de lunares, bailando de aquella manera. Cuando llegó, encontró el lugar atestado. El ruido era una mezcla de la música de la orquesta, el entrechocar de vasos, las risas, las discusiones. Madeleine paseó la vista por el local, pero había demasiada gente, demasiado humo, demasiado ruido. Se acercó a la barra.

—¿Qué te pongo? —le ofreció una chica.

—Estoy buscando a Sarah.

—¿Qué Sarah?

—Es una dama que va con un hombre calvo.

—Ni idea —repuso la chica—. Aquí viene mucha gente y muchas mujeres acompañando a viejos. Toma, te invito.

Le puso un vaso de vino caliente. Lo había probado en el Moulin de la Galette cuando vino a París con Charles y no le había gustado, pero no quería llamar la atención. Si quería encontrar a Sarah, tendría que amoldarse a ese mundo. Prefirió quedarse en la barra, desde allí podía ver la sala, las mesas, la pista de baile. Una pelirroja con un moño en la coronilla bailaba con un hombre negro. ¿Sería esa la mujer del cartel?

—¡Coñac!

Al lado se le había colocado un hombrecillo de pecho amplio y piernas pequeñas, con gafas redondas y un bigote espeso encima de unos labios gruesos como salchichas. La camarera le sirvió un vaso y él lo apuró de un trago.

—Dame la botella.

—No puedes beber tanto, Henri.

—Lo que yo beba es mi problema. Dame la maldita botella.

El hombrecillo miró de reojo a Madeleine. Le llegaba a ella por los hombros.

—Buenas noches. Me llamo Henri de Toulouse-Lautrec.

—Encantada. Madeleine Bouchard.

—¿Me acompaña a la mesa?

—¿Cómo? —Sintió algo parecido al miedo, una especie de hormigueo que la empujaba a salir corriendo.

—Tranquila —repuso Henri, como si se hubiera enfrentado a esa reacción una infinidad de veces—. Es solo para hacerle un apunte.

—¿Un apunte?

—Soy pintor. Y hago carteles.

—Viene cada noche a dibujar a los clientes —dijo la camarera y añadió señalando a la pelirroja con la blusa de lunares que bailaba como poseída por una mala enferme-dad—: A la Goulue la ha hecho famosa. Ve tranquila.

Madeleine accedió. Además, ese hombre parecía un asiduo al salón, quizá conociera a Sarah...

—¿Y ese tal Henri la conocía? ¿A Sarah? —preguntó la niña con avidez.

—Sí, pero hacía un tiempo que no la veía por el Mou-lin Rouge, ni por Montmartre.

—Oh —repuso la niña con patente desilusión—. ¿Qué hizo Madeleine entonces? ¿Se le acabó el dinero?

—Claro que se le acabó el dinero, pero para enton-ces ya había encontrado una manera de ganarlo.

Ruan
Julio de 2015

Por la mañana, a Efrén lo despertó el zumbido del teléfo-no móvil.

—¿Qué haces?

—¿Samira? —Efrén se despejó al instante—. Ayer te llamé.

—Ya, lo sé. No lo oí, estaba viendo una película. Escucha, ¿te apetece tomar algo?

—Vale.

—¿Dónde quedamos?

—En Ruan.

—¿Cómo?

—No tenía nada que hacer en París —recalcó con intención—, así que me vine a Ruan.

—Pues ahora tienes que volver.

Efrén se incorporó de súbito en la cama. Eso lo enfadó. Se había ido de París por su culpa, porque ella se había deshecho de él de aquella manera tan expeditiva, ¿y ahora le pedía que volviera?

—¿Qué tal si vienes tú a Ruan?

—Algún día podríamos dar una vuelta por allí, sí, es muy bonito. He estado varias veces… Durante un tiempo yo también fui detrás de Madeleine.

—Ah, ¿sí? ¿Averiguaste algo?

—En el Registro Civil encontré su nacimiento, la herencia de una casa familiar, un matrimonio con un tal Charles. Tuvieron un hijo, pero murió en el parto.

—¿Esa casa familiar sigue en pie?

—No, ahora es un parque.

—¿Por qué no me contaste nada?

—No sé. ¿Y tú? ¿Por qué nunca me has contado nada de nada durante todos estos años?

—No sé —respondió Efrén apurado.

—¿Te doy vergüenza?

—¡No! ¿Por qué dices eso?

—Porque eso es lo que a ti te mueve: la vergüenza.

Efrén se levantó de la cama enfadado.

—No es verdad. —En la boca se le acumulaban decenas de argumentos en su defensa, tantos que ya se aturullaba—. Yo no tengo vergüenza de nada. Lo que me mueve, ¿eh?, lo que me mueve de verdad son las ganas de mejorar, el instinto de superación. ¿Eso es malo? —Apretó los dientes pensando en que podía sentirse orgulloso de unas cuantas cosas.

—Vale.

—Lo dices porque no voy pregonando por ahí que soy gay, ¿no?

—Hay una diferencia entre pregonarlo y encerrarte en el armario con siete candados, cariño. Pero no lo decía por eso.

—¿Por qué entonces?

—Da igual. Tienes que venir a París.

—A ver, convénceme.

—Hay una profesora en la Sorbona, especialista en modernismo catalán, que ha tenido acceso a algunos detalles sobre Madeleine.

Efrén abrió los ojos.

—¿Cómo diste con ella?

—Como te dije, hace bastantes años me puse a buscar a Madeleine. Miré el apellido Bouchard en la guía telefónica de Ruan y encontré a varias personas. Las llamé, pregunté si habían tenido una antepasada que hubiera posado para los pintores más importantes de su época, pero ninguna me confirmó nada. Hasta que di con una mujer que me dijo que otra había llamado anteriormente con la misma pregunta.

—La profesora universitaria.

—Exacto.

—¿Y qué te contó?

—Nada, no fui a verla. Pero he llamado a la universidad y continúa trabajando allí. Me ha citado para esta mañana.

—¿Esta mañana?

—Sí, venga, te da tiempo de sobra. Hemos quedado a partir de las doce.

—¿Después te irás corriendo con tu amorcito?

—No, Said está de viaje.

Había sonado aliviada, liberada de un cerco estrecho. La mujer que no trabajaba, que no tenía hijos, que bajaba a un jardín a hojear revistas de arquitectura, tenía tiempo para su mejor amigo solo ahora que su marido se había ido de viaje.

Cuando colgó, cogió la cámara y echó un vistazo a las fotos que le había hecho sentada sobre el césped. Volvió a pensar en ese hipotético cerco apretado que la constreñía. Pensó también en una concertina afilada hundiéndosele en la piel, la herida, las gotas de sangre. Y a la mente le vino la imagen de Madeleine, la modelo de misteriosa mirada que acabó con un cuchillo en el cuello.

París
Diciembre de 1893

La tarde en que León regresó a Montmartre se levantó una neblina. El suelo estaba cuajado de nieve y el coche no podía ascender más, así que subió el último tramo a pie. Por los estrechos callejones de la colina, el joven admiraba el viejo armatoste del antiguo Moulin de la Galette, sus aspas como brazos descarnados moviéndose con pereza sobre el lienzo gris del cielo.

Acudió a visitar a George. Había caído enfermo de sífilis y, solo y sin dinero, le confesó a León que iba a dejar Montmartre. En el barrio de Batignolles le aguardaba otra casa, además de su mujer y su hijo, que vivían tan pobremente como él, pero al menos ellos lo cuidarían y le harían compañía. Se desearon suerte y se despidieron con la promesa de volver a verse pronto. De ese modo, León se quedó sin compañero de aventuras, pero no iba a esperar a conocer a un sustituto para regresar a la colina.

Frente a la puerta del Moulin de la Galette, se detuvo y miró la calle arriba y abajo. Tenía los pies congelados.

La vez anterior disfrutó de la bebida, de la música, del baile, aunque no del todo. En ningún momento de aquella noche pudo librarse de la sensación de estar contemplando la escena desde fuera, como el pintor que analiza su trabajo. Esta vez quería formar parte del cuadro. Paró a un hombre que pasaba a su lado. Era de estatura y constitución similares.

—Disculpe, caballero.

—¿Sí?

Por su atuendo no era fácil discernir si se trataba de un pintor, de un poeta, de un periodista o simplemente de un perdido en busca de vino caliente y mujeres, pero en cualquier caso era un desgraciado.

—Le cambio la ropa —le ofreció León.

El hombre observó con aprobación el sobretodo, los guantes, los pantalones. Se fijó especialmente en una mancha que afeaba el conjunto, pero parecía conforme.

—¿Por qué? —preguntó a pesar de todo, lleno de suspicacia.

—¿Qué más da el motivo? Si no la quiere, buscaré a otro.

—Vale, vale —resolvió el hombre—. La quiero. Pero… ¿qué ropa exactamente?

—Toda. Hasta la camisa. —Entonces León cayó en la cuenta de que esa camisa era la que Rosa le había hilvanado en el despacho de su padre y la tocó con nostalgia—. Es un buen traje. Y tiene un gran valor sentimental.

El hombre asintió, tan atónito por el acuerdo de intercambio como por la actitud emotiva del burgués hacia su ropa. Decidió tentar a la suerte.

—Tendrá que pagarme.

—¿Por darle yo mi ropa?

—Me reconocerá que el trato es extraño. ¿Quién no me dice a mí que usted es un delincuente, un asesino, por ejemplo, que está huyendo de la policía y quiere ocultarse con la ropa de un miserable? Esa mancha en el sobretodo podría ser la prueba del crimen. —El hombre se apoyó en la pared y se encendió un cigarrillo—. Tal y como yo lo veo, esto se trata de que usted me compre mi ropa y yo me encargue de hacer desaparecer la suya. Y una ocultación de pruebas no puede salirle gratis.

León suspiró.

—Está bien. ¿Cuánto quiere?

—Veinticinco francos.

—¿Qué? ¡No llevo tanto encima!… Bah, esto es ridículo. Me buscaré a otro.

—Está bien, está bien —reculó el hombre, temeroso de perder unas buenas monedas y un magnífico traje—. A ver…, ¿qué tal cinco?

León miró a un lado de la calle y se le ocurrió algo que el hombre aceptó. Entraron en un burdel cercano, se cambiaron de ropa y León le dejó pagada una noche entera para disfrutar con la mejor compañía.

Antes de salir del prostíbulo, León se miró en un espejo. Con aquella boina y la chaqueta raída, parecía uno más de aquellos pintores que maldecían la infinita ambición de los marchantes y la vasta ignorancia del público, culpables ambos de condenarlos a la miseria. Sonrió satisfecho.

Cuando cruzó la entrada del Moulin de la Galette, agradeció el calor que emanaba de la sala. Se frotó las manos y se las calentó con el aliento. Se arrimó a un rincón y desde allí observó un buen rato. Se acordaba del bello *Baile en el Moulin de la Galette*, de Renoir, y ahora revisaba palmo a palmo cada sombra, cada punto de luz, y los comparaba mentalmente con la obra del maestro. A través del espejo, León veía la escena del salón de baile, las mesas, las parejas, las mujeres, las lámparas. Todo era un juego de luces y color.

Buscó una mesa libre, pero no vio ninguna. Se paseó entre ellas, aún maravillado por el cuadro viviente. La línea no existe, decía George. Entonces oyó un acento familiar. Giró la cabeza y vio a dos tipos. Uno de ellos, con barba abundante y oscura, hablaba y gesticulaba sin moderación; el otro, de espalda ancha y fuertes brazos, tanto que las costuras amenazaban con estallar, permanecía callado.

—¡Estaba loco! ¡Completamente loco! —gritaba el de la barba abundante.

—Disculpad… —dijo León aproximándose.

—¡Coño! ¡Otro español! —respondió el de la barba.

—¿Puedo sentarme con vosotros?

—Depende.

—¿De qué?

—De si tienes dinero.

—Tengo un poco, sí.

—¡Un compatriota! ¡Pero qué alegría más grande! ¡Camarero! Tres absentas. Tú tomas absenta, ¿no?

León asintió.

—Yo soy Pascual y ese, Jordi. ¿Tienes cigarrillos?

León volvió a asentir.

—Yo soy León. De Barcelona.

—*Collons* —celebró Pascual—. Yo soy de Sitges y ese que habla tanto, de Girona. ¿Y qué te trae por París, León?

—Soy pintor.

—Nosotros también —repuso Pascual—. Bueno, yo soy pintor y Jordi lo intenta.

El camarero regresó. En la bandeja traía tres copas que parecían damas de faldas abultadas puestas del revés. Hasta la cintura, el líquido era de un verde opalino. El camarero depositó las copas en la mesa y comenzó el ritual. Colocó la cuchara con perforaciones en el borde de una de las copas, puso un terrón de azúcar en la cazoleta y comenzó a verter agua fría sobre el azúcar.

—El hada verde... —susurró Pascual, embriagado ya con solo ver el escanciado y el tono lechoso que iba adquiriendo la bebida.

—El diablo verde —corrigió Jordi con una voz tan grave como su semblante.

Pascual y Jordi no tardaron en probar de sus copas. León los imitó.

—Le contaba a Jordi lo de Vincent —le informó Pascual.

—¿Quién es Vincent?

—El holandés —dijo Pascual—. Vincent van Gogh.

—He llegado hace poco —repuso León un poco avergonzado por su falta de conocimiento de la noche de Montmartre—. ¿Qué pasa con él?

—Que estaba loco —contestó Pascual.

—Como tú —añadió Jordi.

—No, lo suyo es peor —le corrigió Pascual—. Se cortó la puta oreja, la envolvió en papel de periódico y se la dio a la prostituta de la que estaba enamorado.

—¿Qué? —exclamó León.

—El diablo verde —repitió Jordi, señalando la copa de absenta.

—Pero... —farfulló León, horrorizado.

—Es cierto —dijo Pascual—. Ocurrió en Arlés. Me lo contó Paul.

—¿Qué Paul? —preguntó León. Al instante volvió a sentirse avergonzado.

—Gauguin —respondió Pascual—. Él lo vio todo.

—Otro chiflado. —Jordi esbozó una sonrisa tan turbia como el líquido de su copa casi vacía. Se dirigió a León—. ¿Has visto sus cuadros?

—No estoy seguro.

Pascual empezó a reír. Levantó la copa a modo de brindis y contempló el licor.

—¡Le encanta utilizar el color verde! —Y apuró el último trago. Después volvió a dirigirse a León—. ¿Dónde vives?

León no quería responder que en San Luis, en un apartamento lujosamente amueblado.

—Estoy buscando nuevo alojamiento. ¿Sabéis de algún lugar barato?

—Yo puedo conseguirte algo. Con una comisión, claro.

—No le hagas caso —intervino Jordi—. Quiere timarte. A mí me estafó con esas pamplinas y por eso ahora le sigo a todas partes.

—¿Pero tú eres tonto? ¿Es que no quieres que te devuelva tu asqueroso dinero? Acabas de perder tu oportunidad.

—Siempre es el mismo cuento —dijo Jordi a León—. Pero mientras no me devuelva lo mío, seré su sombra.

—Es verdad —le confirmó Pascual a León—. No se te ocurra deberle ni un maldito chusco de pan. Este hombre es muy roñoso y muy pesado. Lo cierto es que temo que un día me mate. Si un día desaparezco, amigo —le dijo mientras apretaba el brazo de León—, ¿irás a la policía y les dirás que fue este desalmado?

—Aquí creo que alquilan habitaciones —dijo Jordi.

—¿Aquí dónde? —preguntó León.

—Aquí en el molino.

—¿En serio? —se entusiasmó León.

—Oye, y tú, ¿qué tipo de artista eres? —preguntó Pascual.

—¿Cómo?

—¿De los que venden mercancía o de los que se entregan al arte?

León pensó un momento. Su padre lo había enviado a París con el encargo de aprender la técnica impresionista para falsificar cuadros y, hasta ese momento, el arte para él solo había supuesto un entretenimiento que le permitía conquistar mujeres.

—¿De ambos tipos?

Pascual y Jordi lo miraron fijamente un rato. Estaban tan ebrios que se les cerraban los párpados. Seguramente no podrían ni levantarse de la silla. Entonces estallaron en risas, alzaron las copas y volvieron a beber.

—Si te quedas aquí —dijo Pascual haciendo referencia al alojamiento en el molino—, tienes que saber un detalle, una leyenda…

—¿Qué leyenda?

—Dicen que con los artistas devotos que acudimos a este templo a pedir inspiración, el molino es compasivo y nos recibe con generosidad. En cambio, al artista que solo aspira a convertir su arte en mercancía…, a ese el molino lo atrapa en sus aspas como una araña en su red y lo marea hasta escupirlo lejos.

Pascual acompañó la condena con un gesto de la mano y un chasqueo de los labios que envió saliva a la cara de León. Después, su torso empezó a oscilar. Hacía esfuerzos por mantenerse erguido y recto en su silla, aunque con escaso éxito. Jordi puso los enormes brazos en la mesa y acomodó la cabeza sobre ellos.

—Pídeme otra absenta —balbuceó Pascual.

—Creo que por hoy es bastante —dijo León frotándose los ojos. Veía doble y parecía como si levitara.

—A Oscar seguro que tampoco lo conoces —dijo Pascual—. Wilde, Oscar Wilde... El autor de *El retrato de Dorian Grey,* deberías leerlo. Es un tipo un poco extravagante pero muy listo. ¿Sabes qué dice de este veneno? —Pascual levantó la copa de absenta vacía—: Después del primer vaso, uno ve las cosas como le gustaría que fuesen. Después del segundo, uno ve las cosas que no existen. Finalmente, uno acaba viendo las cosas tal y como son, y eso es lo más horrible que te puede ocurrir.

Pascual sonrió, cerró los ojos y se desplomó sobre la mesa.

5

«Todas las mujeres conciben ideas,
pero no todas conciben hijos.
El ser humano no es un árbol frutal
que solo se cultive por la cosecha».

EMILIA PARDO BAZÁN, escritora
(1851-1921)

París
Julio de 2015

Se reunieron en la Sorbona. Samira, con aquella camiseta ancha, los vaqueros y las zapatillas Converse, parecía una alumna más. Excepto por la riñonera Louis Vuitton que llevaba a la cadera y la gorra Gucci.

—Hay algo que me preocupa —dijo Efrén mientras se acercaban al despacho—. ¿Cómo voy a seguir la conversación?

—La profesora habla español y catalán.

—Ah, claro, lo necesitará para sus investigaciones, ¿no?

Samira se encogió de hombros. Llamó con los nudillos a la puerta del despacho y la entreabrió.

—*Entrez!* —dijeron al otro lado.

—Buenos días. Soy Samira.

—Ah, sí. ¿Qué tal? Soy Geraldine Dagens.

—Encantado. Alberto López —repuso Efrén al estrecharle la mano.

Notó que los ojos de Samira se le clavaban en la nuca. Los tres tomaron asiento.

—Bien. ¿Qué quieren saber de Madeleine?

—Todo —contestó Efrén sin pensar.

—Todo es mucho —rio la mujer—. Tuve que leer muchas cartas de ella para averiguar solo un poco.

—¿Cartas?

—Algo menos de un centenar. Muy bien escritas para una mujer de su tiempo y estudios tan escasos. Debía de leer bastante.

—¿Y qué decía en ellas? —preguntó Samira.

—Un poco de todo. Hablaba de su trabajo, de sus amistades, de su día a día. Relató su búsqueda de empleo, de cómo descartó ser lavandera. Se había llevado una impresión muy desagradable de ese oficio. Las lavanderas se pasaban el día con las manos metidas en agua y jabón a cambio de unas pocas monedas, y con la promesa de que llegara la noche para soltar su frustración en un salón de baile. Henri le había contado que muchas de ellas solían acabar en las esquinas y burdeles de Montmartre.

—¿Henri? —preguntó Samira.

—Henri de Toulouse-Lautrec.

Samira abrió los ojos como platos.

—Henri tenía buen trato con varias tiendas de modas y le consiguió un empleo de costurera. Madeleine se entusiasmó. Sus manos ya acumulaban muchas horas entre agujas y telas, así que decidió que esa era la mejor opción para una chica como ella, sola, sin mayores estudios ni experiencia en nada. Aunque tampoco imaginaba que el trabajo en París podía ser muy fatigoso, por no decir esclavo.

—Lautrec... —Samira continuaba impactada.

—¿Le gusta Lautrec?

—Mucho.

—En aquella época no le habría gustado tanto —bromeó la profesora—. Le costó mucho que lo aceptaran. Su aspecto no era muy agraciado. Al final, solo se encontraba cómodo entre prostitutas.

El genio nacido en el castillo de Albi era de figura contrahecha, con las piernas cortas y el torso demasiado amplio, y su cara, un conjunto de rasgos tan excesivos como excéntricos: labios gruesos, ojos pequeños, lentes enormes. Mirando a Samira cabizbaja y pensativa, Efrén supuso que ella sentía que ambos eran, en cierto modo, almas gemelas: vivían en un mundo que los rechazaba por su aspecto físico.

—Pero Madeleine pronto cambió de opinión —prosiguió Geraldine Dagens—. Henri era amable, siempre dispuesto a ayudar sin pedir nada a cambio, y tenía unas enormes ganas de agradar. Así venció esa primera repulsión, de la que además se sintió culpable. La lástima y la compasión se transformaron, poco a poco, en un cariño fraternal. Recuerdo que una vez escribió: «Qué pena que Henri beba tanto y tenga esa malsana costumbre de visitar burdeles». Obviamente eso fue al principio de su estancia en París, antes de que ella también se animara a beber y a salir de noche.

—¿Fue amante de Lautrec? —preguntó Samira, muy intrigada.

—No puedo asegurarlo, pero creo que no, porque en tal caso habría convivido con él y en las cartas no hay constancia de ello, lo que tampoco desbarata totalmente la hipótesis de una relación amorosa; después de todo, las cartas no son actos notariales. Aun así, mi opinión es que no fueron amantes, no creo que Madeleine se inventara una vida con tantos detalles y la dejara escrita para ocultar una relación con Lautrec.

—¿Qué detalles?

—Al llegar de Ruan, Madeleine se alojó en una pensión y al poco tiempo se trasladó a una habitación en la Rue Cortot, en Montmartre. La compartía con otras dos costureras, Lucie y Camille, compañeras de la tienda donde trabajaban las tres. El espacio, de por sí estrecho, estaba atestado por las tres camas, una mesa, una palangana y una jarra, y una silla. Se despertaban antes del alba y en la misma habitación se aseaban tiritando de frío, con la manta echada por encima, se vestían y comían un poco de pan. Por lo general, Madeleine tenía que arrastrar a sus compañeras fuera de las sábanas. Ellas solían ir de juerga por la noche y luego no había manera de que se levantaran. Si además había cola para ir al retrete, que se ubicaba al fondo del pasillo, el tiempo se les echaba encima y luego tenían que salir corriendo, que era lo que sucedía normalmente. Después, pasaban una larga jornada en la tienda, encorvadas sobre patrones, hilvanes y costuras; clientas que llegaban a tomarse medidas o revisar pruebas y a las que había que servirles refrigerios y golosinas; ratos de cotilleos, historietas, suspiros y chistes subidos de tono. Al anochecer se marchaban, Lucie y Camille a algún salón de baile, Madeleine a la Rue Cortot. Caía en la cama rendida de sueño, de cansancio y de tristeza. Miraba a través de la ventana los techos grises de la ciudad, las luces de gas que animaban las calles del barrio de las prostitutas, de los pillos y de esos artistas volcados en retratar ese mundo tan diferente al de los burgueses. Se preguntaba: ¿por qué les gusta la pobreza, la degeneración, lo feo? Entonces Madeleine recordaba sus días tranquilos en Ruan. Y se echaba a llorar.

—En el Registro Civil hay constancia de que se casó, pero no de que se divorciara —dijo Samira.

—Correcto. No se divorció. En la época eran habituales las separaciones sin divorcio. No estaba bien visto.

—Y en esas cartas, ¿Madeleine hablaba también de León Carbó? —preguntó Efrén.

—Por supuesto —respondió la profesora con una sonrisa.

—Me encantaría leerlas.

—Lo que puede leer es mi tesis —repuso la mujer cortésmente. Escribió en un pósit y se lo pasó—. Esta es la signatura, está en la biblioteca. Y ya tienen mi número de teléfono si les surgen dudas. Eso sí, la tesis es en francés.

—No hay problema. Muchas gracias —dijo Samira.

—La pena es que no llegué a averiguar lo suficiente de ella, aparte de lo evidente o de lo que uno puede imaginar a partir del estudio de la historia de aquella época.

—¿Se refiere a su muerte? —preguntó Efrén.

—Por ejemplo. No sé cómo encajar ese otro cuerpo a su lado, no me creo que lo matara, como se llegó a decir, y que después se matara ella en un acto de desesperación. En sus cartas nunca encontré odio ni cuentas pendientes. Salía de noche, en ocasiones bebía y fumaba, de acuerdo, pero… ¿Madeleine, una asesina? No.

—Sin embargo, su apuesta es solo una intuición —apuntó Samira.

—Sí, exacto. No tengo pruebas de lo contrario. Bien podría haberse metido en la refriega por simple mala suerte y acabar mal parada.

—Gracias por todo. Ha sido muy amable —dijo Samira poniéndose en pie.

—Hum... Entonces, esas cartas... —probó Efrén una vez más.

—No las tengo. Me las dejó una descendiente de ella: Dominique Barbier. Aparece en la guía telefónica de Ruan, al menos cuando yo traté con ella hace varios años. Prueben a llamarla, es una mujer muy agradable.

Salieron con la tesis bajo el brazo, contentos, ilusionados, sonriéndose. Lejos del despacho de la catedrática, Efrén detuvo a Samira y la abrazó un rato largo. Hacía mucho tiempo que no sentía el calor de un abrazo buscado. Samira esbozó su sonrisa de piel tirante.

—No sé si puedo invitarte a comer —le dijo él con un hilo de voz—. ¿Tienes que marcharte?

Samira negó con la cabeza. Con los labios apretados, buscó en la riñonera y descubrió algo que la puso muy contenta.

—¡Invito yo! —exclamó mostrando un billete de veinte euros—. Compraremos una *baguette,* queso, aceitunas y pasteles, y montaremos un pícnic en un jardín. —Miró hacia arriba, al cielo brillante—. Hoy no va a llover.

—Mola —repuso Efrén. La idea de comer cualquier cosa sentados en el césped le hacía ilusión. Sería como cuando iban de excursión con el instituto—. Así nos ponemos al día.

—Sí, tenemos que contarnos muchas cosas, ¿no? Pero no vayas a soltarme historias.

—¿Historias?

—Sí, tú eres muy dado a inventar... —dijo Samira con esa mirada que solo ella sabía ponerle y que lo lanzaba a la confesión.

—Ya te has enterado.

—Ayer. Gracias a una simple búsqueda de tu nombre en Google.

Efrén se metió las manos en los bolsillos. Miró a otro lado.

—No necesitabas inventarte nada. Tú tienes demasiado talento como para desperdiciarlo de esa manera. ¿Por qué, Efrén?

—Dinero. Reconocimiento.

—¿Te das cuenta de lo mal que suena eso?

—Sí, me doy cuenta de que a mucha gente no le gusta decir que quiere ser rica y famosa. Pero en realidad es lo que buscamos todos. Mira tu riñonera, mira tu gorra. A ti también te gusta el dinero.

—Yo no digo que el dinero sea malo.

—¿Entonces?

—Que hace falta pasión. Si no haces las cosas con amor, con esa fuerza que te nace en las tripas y que necesitas liberar como sea, sin eso, nada de lo que hagas será verdaderamente bueno. Ni honesto.

Sitges
Febrero de 1905

—¿Pero Madeleine encontró a Sarah? Y, por cierto, ¿quién es ese Henri?, ¿es tan famoso como León? ¿Tú eras compañera de Madeleine o…?

—¡Esas son muchas preguntas! —replicó la mujer riendo—. Henri es mucho más famoso que León. Sus cuadros están en el Louvre.

La niña abrió los ojos y la boca.

—¿Tú también lo conoces?

—Hum… Sí.

—¡Fantástico! —musitó la niña como hechizada—. Entonces, ¿también ibas a esos salones de baile?

—Sí. Pero eso forma parte de mi juventud, de unos pocos años que viví con intensidad y que ya dejé atrás. Por eso te cuento esta historia, para que comprendas que París no es tan brillante como crees. Para que no cometas los mismos errores.

—¿Hablas de ti o de Madeleine?

—De ambas.

—¿Qué error comet…?

—Madeleine encontró a Sarah.

—¡Vaya!

—En ese momento vivía en una pequeña habitación y trabajaba en una tienda de modas. Solo se dedicaba a trabajar, escribir algunas cartas y dormir. Estaba cansada, triste y desilusionada, pero, en el ajetreo por superar un día más, consiguió olvidarse de Sarah, de Charles, de Christine, de las oraciones…

En ocasiones, Henri la visitaba en la tienda o la esperaba a la salida para invitarla a cenar y tomar un vino. Tantas veces lo rechazó que una noche se vio en la obligación de aceptar, pero con una condición:

—Iremos a una *crémerie*.

—¿Por qué? —protestó Henri—. Yo quería llevarte a un gran restaurante.

—No, en la *crémerie* me sentiré más cómoda —dijo Madeleine pensando en su vestido sencillo y su cara cansada.

Henri aceptó. A pesar de su origen aristocrático y de su dinero, el pintor nunca había mostrado reparos en mezclarse con obreros. En realidad, prefería tratar con pobres que con los de su clase.

En la *crémerie* tomaron asiento y pidieron huevos, queso y leche. Todo era blanco, aséptico y frío, pero Madeleine estaba tranquila sabiendo que allí no encontraría borrachos ni rameras, solo obreros cansados con ganas de cenar algo nutritivo y barato, y que los saciara. Henri pronto se puso a hacer apuntes, como él llamaba a sus dibujos.

—¿No vas a comerte eso? —le reprochó Madeleine con tono maternal. Ella ya había terminado su plato, pero Henri no había tocado el suyo.

—No tengo hambre.

—Deberías alimentarte bien. Bebes y sales mucho. Tienes que cuidarte.

El hombrecillo sonrió. No cambiaría de hábitos, pero no le desagradaba que ella se los recriminara.

—Hay un sitio que te gustaría. —Y al ver la cara que Madeleine había puesto, le aclaró—: ¡No, no! No es un salón de baile. Es una cafetería, un lugar hermoso. La fachada es rosa.

—¿Rosa?

—La Maison Rose. ¿Quieres verla?

—Bueno —contestó Madeleine sin estar muy convencida.

De noche no se apreciaba bien el tono rosa de la casa, pero en efecto parecía un lugar bonito.

—Merece la pena que vengas un día. Hay pintores que están obsesionados con esta fachada.

—¿Tú, por ejemplo?

—Me gusta, sí. El rosa queda bien en el cuadro. Es impactante, original, atrevido. Diferente. Moderno. No como el blanco demasiado respetable de la *crémerie* —bromeó Lautrec.

Por la calle abajo marchaban hombres y mujeres, hablando en voz alta, algunos cantando. Como empezó a chispear, la gente echó a correr hasta entrar en un local cercano. Pero Henri no podía correr y Madeleine lo acompañaba en su traqueteo cansado. El chispeo no tardó en convertirse en una lluvia fina y fría.

—El Lapin Agile —dijo Henri, presentándole el local nocturno donde todos entraban—. Vamos, Madeleine. Vayamos a guarecernos del aburrimiento y de la sensatez.

Llovía con más fuerza. A ella no le importaría regresar a casa bajo la lluvia, no sería la primera vez.

—Yo… prefiero irme, Henri.

—Entonces me voy contigo.

Madeleine miró al hombrecillo, sus pequeñas piernas torcidas y exánimes, el dolor en su rostro. No quería resultar desagradable ni ingrata, mucho menos con Henri, que siempre había sido tan amable con ella y con quien se sentía en deuda.

—Bueno, te acompaño dentro, pero solo un rato, hasta que deje de llover. Y después buscamos un coche, ¿de acuerdo?

—De acuerdo —repuso Henri. Tenía tan buena educación que ni siquiera esbozó un gesto de triunfo—. Estate tranquila. Tú solo siéntate a mi lado y, cuando esté tan borracho que no pueda moverme, pediremos ese coche.

—¿Me prometes que no me dejarás sola?

—¿A dónde quieres que vaya con estas piernas que me matan? —exclamó señalándose las extremidades deformes—. ¿Crees que voy a ponerme a bailar?

Ambos rieron.

—Solo busco un poco de coñac para dejar de sentirlas. —Henri se aferró a un brazo de ella y comenzó a andar hacia el Lapin Agile.

El local del 22 de la Rue des Saules era pequeño y estaba atestado. Un comediante disfrazado de mujer gruesa gesticulaba obscenidades y provocaba risas entre el público. Tan reducido era el espacio que Madeleine enseguida la vio.

—Sarah…

La amante de Charles, la amante de su padre también la vio. Estaba con otra mujer y dos hombres. Se levantó de la silla enseguida pero con calma, y se le acercó con una amplia sonrisa.

—¡Madeleine! Es una alegría verte por aquí, y tan bien acompañada, por cierto.

Le puso las manos en los hombros, en un gesto de cariño que a Madeleine le supo tan inesperado como sincero.

—De verdad, querida, me alegro mucho de que hayas encontrado nuevos amigos. —Miró a Henri y también le sonrió—. ¿Queréis acompañarnos en nuestra mesa?

La noche fue agradable, mucho más de lo que Madeleine quería admitir. Incluso a pesar de que, tal y como pronosticó Henri, tuvo que cargar con él, casi inconsciente por culpa del coñac, meterlo en un coche y subirlo por las infernales escaleras hasta su apartamento.

En los días posteriores, no podía dejar de pensar en Sarah, en el ambiente de alegría, dispersión y libertad, en la relajación que le había proporcionado el vino, así que decidió regresar.

Comenzó a acudir casi cada noche al Lapin Agile, donde se encontraba con Sarah en compañía diversa. No siempre eran señores mayores con aspecto de burgueses acomodados. A veces iba sola y a su mesa se sentaban otras mujeres con las que charlaban la noche entera. Bebían algo, fumaban mucho y no bailaban nada. El grupo era heterogéneo y nunca el mismo. Las había que procedían de una buena posición social, que habían viajado y estudiado, y que informaban de los avances del sufragismo, del feminismo y del socialismo, sentadas al lado de obreras, costureras, madres, solteras, que escuchaban y compartían sus penurias de cada día. Y, cuando poco antes del alba salían del Lapin, algo afónicas y cogidas del brazo, todas parecían tan unidas como auténticas hermanas. Madeleine solo escuchaba y se esforzaba por entender; en ocasiones, también por no correr a esconderse debajo de la mesa, muerta de la vergüenza.

—Tienes que lavarte bien después del acto, así no te quedarás embarazada. Con una jeringuilla te metes una mezcla de agua templada con vinagre.

—O a la próxima lo haces de pie.

—Nada de eso funciona. Lo que sí evita el embarazo es un invento que es como una funda.

—¿Una funda?

—Sí, ya sabes… Se la ponen ellos en el miembro.

—Es cierto. En Londres las venden. Son de caucho.

—Pero entonces… la funda se llenará de… Es decir, después de…

—Sí, hay que tener un poco de cuidado al quitarla.

—¡Qué asco!

—Un asco y todo lo que tú quieras, pero es lo único que nos salvará de la santa trinidad.

—¿Cómo?

—Embarazos, sífilis y gonorrea.

—Ah.

—Exacto. Y también nos dejará disfrutar del sexo sin miedo.

—¿Disfrutar del sexo? ¡Venga ya!

Reían con complicidad.

—Lo malo de esas fundas es su precio. Son solo para los ricos.

—Eso. ¿Y qué pasa con nosotras, las trabajadoras? A más pobreza, más enfermedad, más esclavitud, más injusticia.

—¡Por favor, fundas para las obreras!

Brindaban con vino caliente y reían.

—Yo sí que conozco un buen método para que no os quedéis embarazadas y pasarlo bien.

—¿Cuál?

—Que refinéis vuestras caricias…

—¿Eh?

—¡Que utilicéis la boca cuando él quiera terminar!

Ululaban y volvían a reír.

Otras veces se ponían mucho más serias y hasta debatían como los hombres.

—Nuestras compañeras inglesas son un ejemplo. Y una vergüenza para Francia este retraso con el sufragio femenino. ¿A qué tenemos que esperar?

—A que a los hombres les salga vulva.

—Qué necios son. No se dan cuenta de que nuestra igualdad les conviene.

—Cierto. Como dijo Hubertine Auclert, una república que mantenga a las mujeres en condiciones de inferioridad no podrá hacer a los hombres iguales.

—¡Bravo!

Y así, entre vítores, reivindicaciones y vino caliente, esas mujeres se daban un respiro en aquellas noches de confraternización femenina. No obstante, Madeleine, que disfrutaba de aquellas largas noches, prefería las veladas en las que Sarah estaba acompañada de otras parejas o de algún hombre. En esas ocasiones vislumbraba mayores oportunidades de entablar una conversación seria y profunda con la antigua amante de su padre y de su marido, preguntarle por qué, cómo, tantas cosas. Pero luego, al observarla envuelta en sedas, en el espeso humo de su cigarrillo y en ese halo entre distinguido y místico, a Madeleine se le enredaban las palabras en la punta de la lengua y solo se atrevía a despegar los labios para expresar su inocente admiración, lo que no hacía más que alimentar su fascinación por esa soberbia mujer y todo lo que la rodeaba.

De modo que, ya fuera por novedad o por una vaga esperanza, Madeleine acudía al Lapin Agile con la devoción con la que antes iba a misa, y atendía a los nuevos santos e iconos con el mismo respeto y comparable obediencia.

La contrapartida era el agotamiento. Ahora eran Lucie y Camille las que tenían que sacarla de la cama y pellizcarle los brazos para que se diera prisa. Las jornadas en la tienda de moda eran más largas que nunca. Madeleine luchaba contra el sueño, el hambre, la sed, el dolor de espalda. Se pinchaba los dedos con frecuencia y su ritmo de producción bajó. El patrón la observaba con la desilusión pintada en la cara y un evidente gesto de desaprobación. Algunas semanas antes le había sugerido que quizá la cambiaría de puesto, para atender a las exclusivas clientas, lo que suponía un sueldo mayor y unas tareas más livianas. Sin embargo, las largas noches en Montmartre hicieron mella en la buena disposición de Madeleine y dieron al traste con el codiciado ascenso. A veces, cuando lo pensaba detenidamente, no le importaba haber perdido ese tren. Qué más daba ser costurera que dependienta: era mujer, era pobre, estaba sola, y nada de eso cambiaría nunca.

Un domingo, ya de noche, oyó un jaleo terrible ascendiendo por el patio interior. No se trataba de ninguna novedad, ese patio era un apretado nudo de ruidos, hasta el punto de que Madeleine ni los oía. Pero ese domingo sí distinguió algo que le despertó un escalofrío. Estaba sola en la habitación, tumbada en la cama, leyendo unos periódicos clandestinos a la luz de una vela casi consumida. Lucie y Camille no habían regresado aún de su paseo por el Sena; quizá habían tenido suerte y habían conocido a un par de marineros. Desde que salía por Montmartre, Madeleine ya no las acompañaba en esas peregrinaciones dominicales, sino que prefería quedarse descansando, lo que para ella significaba dormir hasta el mediodía, escribir cartas y leer hasta que llegara la hora de acostarse. Precisamente pensaba en acostarse, con el fastidio de que en pocas horas tendría que levantarse para trabajar sin descanso durante interminables jornadas y una larga semana, cuando aquel gemido escaló las paredes del patio hasta su ventana y le erizó la piel. Fue un desgarro, un aullido animal, una saeta disparada desde el infierno. Madeleine se abrigó con el chal de lana y se asomó al patio. En la profunda oscuridad brillaban algunas motas de luz a través de las ventanas opacas de los pisos inferiores. Aguzó el oído, pero solo le llegaba el ruido de las cacerolas, los llantos de los bebés, los juegos de los niños, las regañinas de las madres.

Tres golpes apresurados retumbaron en la puerta. Madeleine sintió miedo y se paralizó. Otros tres golpes, tan secos y urgentes como los anteriores.

—Por favor, por favor…

La súplica era débil pero audible. Madeleine corrió a la puerta y la abrió. Como un vendaval entró un bulto oscuro, una sombra, y Madeleine se echó hacia atrás, aterrorizada y arrepentida de su imprudencia. El bulto se había quedado agazapado en la puerta, como si estuviera escuchando. Madeleine alcanzó la vela, no solo para ver, también estaba dispuesta a usarla como arma defensiva. Con pasos lentos y sigilosos se acercó al bulto. Y entonces se volvió. Era una mujer. Del susto a Madeleine se le cayó la vela, que se apresuró a pisar para que no prendiera fuego. La mujer la ayudó.

—Perdona, perdona si te he asustado —dijo en voz baja y con un dedo en los labios.

En la oscuridad, Madeleine pudo oler el rastro de sangre que un instante antes había visto que a la mujer le bañaba el rostro. En esa fracción de segundo también le había visto el ojo hinchado, como si se le hubiera salido de su cuenca, y el labio superior partido.

—Necesitas ayuda —acertó a decir Madeleine.

—Ssshhh… Puede oírnos.

—¿Quién?

—Mi marido.

—¿Él te ha hecho eso?

En la negrura de la habitación, Madeleine distinguió que la mujer asentía.

—Los domingos suele venir borracho de la taberna. Y enfadado. Muy enfadado.

A tientas Madeleine fue a la mesilla de Lucie. Sabía que guardaba un par de velas. Le cogió una a sabiendas de que se molestaría, pero se la pagaría al día siguiente por el doble de su precio. Cuando la encendió, comprobó que el miedo no le había excitado la imaginación. El pelo enmarañado y empastado de sangre cubría parte de la cara desfigurada de la mujer. Qué pena, porque parecía muy bonita; tenía forma de corazón.

—Tendrías que lavarte y curarte. —Madeleine arrimó la luz a la cara—. Parece que tienes varios cortes.

—Siento haberte metido en este lío, pero…

—No te preocupes. ¿Cómo te llamas?

—Louise.

—Nunca te había visto en el edificio. ¿En qué piso vives?

—Oh, no. Yo vivo un poco más abajo, en una choza de maderas. Se ha puesto muy bruto esta vez. Tuve que escapar y esconderme. Si no, me mataba.

—Tranquila. Puedes quedarte aquí el tiempo que necesites…

—Gracias, pero es solo hasta que se duerma. Luego se le pasa.

—Volverá a hacerlo —dijo Madeleine muy segura de sus palabras.

—De todos modos, debo regresar. Tengo tres hijos pequeños. Nunca les ha dado una paliza, aunque… a veces les da empujones. —La barbilla empezó a temblarle—. ¡Oh, Dios! ¡Y si ahora la paga con ellos! ¿Qué he hecho?, ¿qué he hecho?

—Iré a ver. ¿Dónde dices que vives?

—Un poco más abajo. Es una casa de tablones de madera mal colocados. En la puerta hay una carreta con material de desguace. Mi marido se dedica a recoger porquerías para luego malvenderlas.

—Bien. Quédate aquí y no salgas.

—¡Pero…!

—Volveré pronto.

—¿Y si te lo encuentras? Es muy fuerte, muy grande. Tiene las manos como yunques que... que... —Louise estiró una mano al máximo y la acercó a su rostro. Cerró los ojos con fuerza—. ¡Y está loco!

—Él no sabe quién soy ni que tú estás aquí. Si no, ya habría tirado la puerta abajo.

—Es verdad... —Louise asintió, temblorosa—. Ten cuidado.

—Tú también. No le abras la puerta a nadie.

Con suma cautela, Madeleine salió al pasillo oscuro. Le llegaban los ruidos cotidianos del otro lado de las puertas, mezclándose de la manera habitual, superponiéndose unos a otros. Como si tuviera entre las manos una madeja de lana, Madeleine trataba de desenredar el hilo de las voces por si descubría la amenaza de esos puños como yunques subiendo las escaleras en busca de la presa que se le había escapado.

Salió a la calle y echó a andar con aire resuelto. Tenía que aparentar normalidad, no fuera a tropezarse con el marido enfadado y le oliera el miedo. Enseguida encontró la choza de Louise. Se acercó a una de las paredes, muy despacio, amortiguando el ruido de sus pies sobre la gravilla. Oyó llantos que parecían de niños muy pequeños. Eran lamentos cansados, de rendición. Esperó un poco, por si el marido tronaba. Después de un rato, subió.

—¿Qué? ¿Qué? —exclamó Louise cuando volvió a la habitación—. ¡Has tardado mucho! ¡Estaba consumida!

—Yo creo que tu marido ni siquiera está en casa. Los niños lloran.

—¿Mucho?

—Es un llanto como... —Madeleine imitó el tono cansado—. Si él estuviera allí los habría callado de alguna manera…, supongo. O puede que se haya quedado dormido.

—Sí, sí. Tienes razón.

En su ausencia, Louise se había lavado la cara y ahora los cortes y la hinchazón resultaban más llamativos.

—¿Por qué no te traes a los niños? —Al punto Madeleine se mordió la lengua. Esas cosas tendría que consultarlas con sus compañeras. No les gustaría la idea.

Louise sonrió débilmente.

—Gracias, eres muy amable, pero debo regresar. François no es tan malo… La culpa es del vino. Cuando no bebe, es un buen marido, trabaja y cuida de nosotros.

—Bien. De todos modos, si necesitas ayuda, ya sabes a dónde acudir.

La mañana siguiente la pasó Madeleine pensando en aquello. ¿Qué habría pasado con Louise y los niños?, ¿estarían bien? ¿Y cómo se había atrevido ella misma a algo así? ¿De dónde le había salido ese valor inopinado para salir a la calle en medio de la noche a encontrarse con los puños de un salvaje? Estaba cansada. Tenía sueño. Se pinchó un dedo y sintió la acidez de la rabia subiéndole por la garganta.

Al terminar su jornada, Henri estaba esperándola en su coche de asientos de terciopelo. Madeleine no puso objeciones a la invitación, aunque tampoco se mostró entusiasmada. El pintor la llevó a cenar y, al final, le extendió un billete de cincuenta francos.

—¿Qué? —aulló Madeleine.

—Es tuyo.

—¡No! ¿Por qué?

—Veo que he conseguido que te despiertes.

—Sí, perdona… Es que estoy un poco cansada últimamente.

—Ese trabajo no es para ti. Podrías vivir mucho mejor y ganar más… No, mujer, no me refiero a que seas la concubina de nadie. Solo vuelvo a ofrecerte que seas modelo. Esos cincuenta francos te corresponden por posar para varios de mis cuadros.

—Yo no he posado para ninguno de tus cuadros.

—Sí que lo has hecho. No profesionalmente, y siempre como un simple pasatiempo, ¿verdad? Pero yo he vendido esos cuadros y esos carteles. Es justo que tú obtengas tu parte.

—¿Cincuenta francos? Es mucho.

—Y además…

—¿Además qué?

—Otros pintores me han preguntado por ti. Madeleine, ¿qué tiene de malo ser modelo?

Madeleine vio el billete, pensó en los cuadros, en lo bueno que era Henri. Y volvió a escuchar a las amigas de Sarah, esas cosas impensables. Quizá el mundo estaba cambiando. Quizá una mujer podía ganarse la vida sola, sin ser una esclava.

—Está bien, acepto. Seré modelo.

París
Julio de 2015

Al otro lado del Sena, en el Square Barye de la Isla de San Luis, encontraron un banco tranquilo que daba al río. Allí vaciaron las bolsas y colocaron el queso ya cortado, un bote de aceitunas, dos *baguettes,* media docena de trufas y una botella de vino rosado. Samira se llevó las manos a la cabeza.

—¡Los vasos!

—Beberemos a morro.

—También nos faltan los huevos duros. Y sería perfecto.

—Y el jamón.

—El jamón también —dijo Samira probando el vino con los ojos cerrados—. Cómo lo echo de menos.

—¿Said no toma cerdo?

—Él dice que no —respondió abriendo la tesis de la profesora Dagens, que empezó a hojear.

Samira venía de una familia musulmana de prácticas relajadas. Rezaban y creían en Alá, pero también tomaban cerdo, alcohol en ocasiones especiales, y las mujeres no se tapaban con velo. Su madre, una española convertida al islamismo por amor a su marido marroquí, no varió su forma de vida por haberse unido a un musulmán. En casa de Samira, incluso llegaban los Reyes Magos por Navidad.

—Pero él es musulmán, ¿no?

—Sí. De origen argelino. Es mejor musulmán que yo. Hasta va a la mezquita, que, por cierto, está cerca de aquí. Yo suelo inventarme un dolor de cabeza o lo que sea, pero a veces no cuela y tengo que acompañarlo.

—Cuéntame cómo lo conociste. Sí, ya sé que me enviaste un correo, pero quiero escucharte y que me des detalles.

—Fue en una de sus agencias inmobiliarias. Él era el jefe y yo una empleada. No hay mucho más que contar.

—¡Eh! No tenía ni idea de que fuera un magnate del ladrillo.

—No he dicho que fuera un «magnate del ladrillo», no inventes. Solo tiene varias agencias inmobiliarias. El caso es que por fin, después de mucho tiempo, conseguí que me contrataran. Pero para labores administrativas, claro, nada de tratar con los clientes —dijo con mordacidad, arrugando la parte quemada de la cara—. No te imaginas lo que fue venir a París, las primeras semanas... Una maldita pesadilla.

—Pero tú querías viajar, ser diseñadora. Fue tu decisión y te atreviste. No todo el mundo deja su vida con veinte años por un futuro incierto.

—Ya, pero no lo conseguí. Era demasiado esfuerzo y me acobardé —dijo Samira torciendo una sonrisa—. Esta es una ciudad muy hostil, ¿sabes?, sobre todo al principio.

—¿Por qué no regresaste?

—¿Para qué? ¿Qué iba a hacer? Además, tenía dinero. Supongo que, en el fondo, estaba convencida de que París era otra cosa.

—Luz, color y amor.

—Más o menos —sonrió Samira—. Llovía cuando el avión aterrizó. Quise coger el tren desde el aeropuerto y me lie un poco. Supongo que no estaba acostumbrada a espacios tan grandes. Y era la primera vez que salía de mi barrio sola. Eso no fue nada en comparación con lo que vino después. No había manera de alquilar un apartamento. Daba igual si era grande o pequeño, caro o barato. Era imposible. Me dijeron que debía presentar un contrato de trabajo, varias nóminas y recomendaciones, y aguantar colas eternas para las entrevistas. Y yo acababa de llegar, no conocía a nadie en esta maldita ciudad. No hablaba francés y mi cara tampoco ayudaba mucho... Así que me fui de compras. Me gasté casi todo el dinero que me quedaba en complementos de marca: bolsos, gafas, zapatos y cosas así, para dar una buena impresión.

—Y esa jugada te salió bien, supongo.

—Una chica buscaba compañera en un apartamento. Pedía lo de siempre, como todos los demás, por supuesto, y yo no lo tenía, pero esperé en la cola igualmente, pensando que algún día alguien me aceptaría, que quizá aquel fuera ese día, mi día de suerte. Era una chica joven, delgada, guapa, con estilo. Con mi francés de diccionario le expliqué que quería pasar una temporada en París, conocer la ciudad, vivir una experiencia.

—¿La convenciste?

—No me escuchaba. Se había quedado hipnotizada con mi bolso, un Dior Saddle, ¿sabes cuál?

—Claro.

—Se le hacía la boca agua —dijo Samira recordando el momento con la sonrisa del que se topa con una oportunidad imprevista—. Le dije que se lo regalaba si me alquilaba la habitación.

—Y aceptó.

—Antes me pidió el tique de compra para comprobar que fuera auténtico. Menos mal que lo conservaba.

—¿Te deshiciste del bolso? —graznó Efrén.

—Yo quería vivir en París. El bolso me importaba una mierda. —Al pasar las páginas de la tesis, Samira se topó con una reproducción de la *Madeleine*. Rozó la imagen con la yema de los dedos, el perfil de esa mujer que ignoraba que la observaban—. Seguro que a ella le ocurrió igual. Abandonó su ciudad, a su familia, a su marido, para venir a París.

—Quizá lo estás viendo con tus gafitas de color de rosa.

Samira frunció el ceño, la piel quemada.

—Quiero decir que una mujer de aquella época solo podía hacer una cosa así por obligación, por huir de la miseria, por ejemplo —se explicó Efrén—. O de alguien.

—En tal caso, el cambio fue bueno para ella.

—Te recuerdo que murió. Con un tajo en la yugular. Al final, París la mató.

—Pero le mereció la pena. Vivió cosas increíbles, estoy segura.

Efrén sonreía. Samira hablaba en una especie de éxtasis.

—¿Y a ti? —quiso saber él—. ¿Te mereció la pena cambiar el bolso por vivir en París?

—No lo sé —dijo con la vista en las aguas del Sena. Abrió los ojos, cayendo en la cuenta de algo—. Eh, León Carbó vivió aquí, en San Luis. Tal vez tomó algún pícnic en este banco.

—¿Sabes que te puedo reproducir lo que escribimos? —Efrén cogió su móvil y se lo mostró—. Lo tengo aquí.

Pulsó la pantalla y la voz automatizada empezó a narrar.

París
Diciembre de 1893

León volvía a su apartamento en el Moulin de la Galette. Bajo el brazo traía pan y sardinas en conserva, además de una litografía y un cuadro de George, todo en el mismo paquete, que a su llegada al molino ya presentaba, lamentablemente, unas buenas manchas de grasa. Había pagado bastante por las obras de su amigo, quizá más de lo que valían, pero se vació los bolsillos y ofreció todo lo que llevaba encima. Era la víspera de Nochebuena y había ido a visitarlo para desearle una feliz Navidad, pero se había encontrado con que había fallecido unos días atrás. La viuda se lamentaba de sus condiciones de vida, del pobre futuro que le esperaba al pequeño huérfano, de ojos tan grandes como su hambre, y León no pudo hacer otra cosa que comprarle esas dos obras.

Encendió el fuego en la chimenea. El alquiler del piso en el molino fue sencillo y rápido, no le solicitaron ni un solo papel. Jordi lo ayudó a transportar algunos muebles que compró de segunda mano —una cama, cuatro sillas, una mesa y un reloj de caja, todo de pino—, mientras Pascual cobraba su comisión de intermediario y, de paso, se dedicaba a hablar y a hacer planes de cara a los festejos navideños.

León había recibido carta de su familia. La casera de San Luis accedió a guardarle la correspondencia, a cambio de una buena propina de agradecimiento. Todos —su padre al inicio y al final, su madre y sus dos hermanas— le habían escrito unas palabras. Eusebi le preguntaba por sus avances y su velocidad de producción de pinturas; le preguntaba, además, su opinión sobre algunos artistas y ciertas obras suyas. León interpretó, sin asomo de duda, que su padre le estaba pidiendo unas falsificaciones concretas. Manuela resultó más espiritual. Manifestó su pena por las fechas que se avecinaban y su preocupación por que León pasara en soledad unos días tan señalados y familiares. Le preguntó si comía bien y le dio instrucciones para no caer enfermo. Sus hermanas le desearon unas felices fiestas y le mandaron muchos besos.

Dejó la carta a un lado. Allí, encima del salón de baile, se sentía en paz. Disfrutaba con las mañanas tranquilas y su trasiego de gente, los pintores que se apostaban alrededor para captar la magia de las aspas y del molino. Y no se perdía ninguna de las noches bulliciosas, con su luz eléctrica como de diez lunas que alejaba las sombras, las inquietudes y los miedos.

En su piso recibió a Pascual y a Jordi en Nochebuena. Comieron sopa de cebolla, salchichones, tocino y tarta de manzana. Como era una noche de celebración, bebieron. El vino y el coñac los acompañaron durante toda la noche, en sus risotadas y en las canciones populares de esa tierra común que les quedaba tan lejos. Bailaron una sardana; solo se atrevieron con una. Jordi se animó con unas sevillanas, pero tropezaba constantemente consigo mismo.

Entre un chiste y otro, León confesó que en realidad era rico, un maldito burgués, que su padre se lo pagaba todo y que aún mantenía un piso lujosamente amueblado frente a Notre Dame. Jordi y Pascual se rieron tanto que nombraron a León gran cómico de Montmartre.

Y amaneció. Un alba de colores lechosos y difuminados los dejó mudos. Entonces notaron el cansancio y la borrachera, y el sueño los venció.

París
Julio de 2015

Después de comer, dieron un paseo por el parque y buscaron una sombra para estudiar los papeles de Eulàlia Espasí junto con la tesis. Y empezaron a desarrollar nuevas tramas e idear escenas que llenaran los huecos que quedaban sueltos, que eran numerosos y profundos.

—Esta novela va a ser un trabajo duro —dijo Samira.

—No creo que la termine.

—¿Por qué no? ¿No habías venido a eso?

—Sería reconocer que no logré ser dibujante, que no logré ser fotógrafo, que no logré ser periodista. Las profesiones me van expulsando una a una, ¿te das cuenta? Y sería como confesar un defecto del que nunca me libraré porque forma parte de mí, va siempre conmigo.

Samira se quedó un momento en silencio.

—Te entiendo. Yo también me siento bastante inútil. Vine a ser diseñadora y, mírame, no he hecho nada en mi vida excepto vegetar. Ni siquiera lo intenté.

—¿Por la cara?

—Me imaginaba trabajando con modelos, tan perfectas, con telas exquisitas, la mejor ropa, los edificios más elegantes… Nunca me darían una oportunidad, no con esta cara.

—¿Y una operación?

—Me dijeron que podían mejorar un poco el aspecto de la herida, pero que se notaría de todos modos. Y luego conocí a Said. Él me quería tal cual soy, me hizo ver que no necesito la aprobación de los demás. Y creo que es cierto.

Samira se quedó entonces como en una pausa de puntos suspensivos. Tenía la boca ligeramente abierta y se había puesto tensa. A unos metros, un hombre alto y corpulento, con pantalones oscuros y camisa blanca que parecían de buena factura, la miraba de igual modo. Samira dio un respingo.

—¡Said!

En pocos segundos se había levantado y había ido casi corriendo al encuentro del hombre. Estaba acompañado por una mujer muy llamativa, de pelo largo y rubio, que Samira parecía conocer, a juzgar por cómo se saludaron. A pesar de la distancia, Efrén se dio cuenta de que Samira se sentía pequeña a su lado.

Le hizo un gesto para que se acercara a ellos.

—Efrén, este es Said. Y esta es Scarlett, una socia de Said. Él habla español, pero ella no.

—Encantado —dijo Said ofreciéndole la mano.

Aunque la ropa era impecable en corte y limpieza, todo su aspecto era de luchador de barrio. La voz rotunda, la piel como de cuero, la cabeza rapada, los ojos oscuros, hundidos y alerta, las manos gruesas y ásperas. Cuando le estrechó la mano, a Efrén le pareció que el apretón fue demasiado fuerte.

—*Comment allez-vous?* —La mujer también le ofreció la mano.

El contraste con Said era sugerente, podría inspirar una fotografía. Lo oscuro y lo claro, lo amargo y lo dulce, el hombre y la mujer. Samira, al lado, tan cerca, se hallaba fuera del cuadro.

—Le contaba a Said que llevas en París unos días y que me has llamado esta mañana para vernos un rato, ¿verdad?

—Sí, así ha sido —respondió Efrén, siguiéndole la mentira a Samira.

—Alguna vez me ha hablado de ti —dijo Said. Su acento francés era pesado y muy marcado, pero comprensible—. Será un placer conocerte un poco más. ¿Qué tal si cenamos en casa?

—¿Y el viaje? —preguntó Samira.

—Se ha complicado la transacción, parece que otro comprador se nos adelantó.

—Lo siento —dijo Samira—. ¿Estás bien?

Por toda respuesta Said miró a Samira.

Esos dos debían de tener un lenguaje especial entre ellos, porque ella apretó los labios y miró a otro lado.

Efrén llegó a la conclusión de que, en silencio, habían tenido toda una conversación.

—Entonces, esta noche nos vemos en mi casa —resolvió Said—. ¿Tienes la dirección?

—Sí.

—Bien, a las ocho en punto. —Se volvió a Samira—. Vámonos.

—Hasta luego, Efrén.

—Hasta luego…

Efrén se quedó ahí de pie, como un pasmarote, observando cómo se iban Samira, Said y la otra mujer. Y él, de nuevo, no tenía donde quedarse.

Hasta que dieran las ocho de la tarde quedaba demasiado tiempo, así que Efrén recogió y decidió buscar una cafetería, dando rodeos y sin prisa. Al pasar por delante de una papelería, se acordó de Carbó y de Montmartre, y le entraron ganas de seguir con esa historia. Compró una libreta y un lápiz y se metió en el primer café que encontró.

París
Enero de 1894

Por mediación de Eusebi Carbó —ni estando a miles de kilómetros, su padre dejaba de serlo—, León fue invitado a la presentación de un gran cuadro, la última obra de un pintor, catalán también, que solía trabajar por encargo para las personalidades pudientes de París. De esta manera, Eusebi esperaba que su hijo tomara buena nota de cómo sacar provecho de su afición, a la vez que lo introducía en los círculos distinguidos de la ciudad. Y si además lograba que se fijara en alguna joven de buena familia y posición, mejor. Eusebi Carbó, que aunque era calvo no tenía un pelo de tonto, conocía bien a León y su inclinación por las costumbres disolutas, a saber: las fiestas, la noche y las mujeres de intenciones dudosas, de modo que vivía en un constante sobresalto por el temor que le inspiraba el peligroso influjo de Montmartre.

Después de leer la carta, y con la invitación en la mano, León le dio un puntapié a Jordi, que dormía profundamente en el suelo. El gigante era tan duro que no necesitaba ni colchón.

—Eh.

El hombre se revolvió sin poder quitarse el peso del sueño y se acomodó para continuar durmiendo. La noche anterior había cargado con León, que estaba tan borracho que no podía volver solo a su apartamento. Jordi, una vez más, lo agarró de la cintura y se lo puso al hombro, y paso a paso, sobre la nieve gélida, llegó al Moulin de la Galette. Y, como León tenía la chimenea caliente, el hombretón prefirió quedarse a dormir, aunque fuese en el suelo. Pascual los acompañó, por si se perdían por el camino, dijo.

—Eh, que si vamos a la presentación de un cuadro.

—¿De quién? —farfulló el grandullón.

Pascual roncaba en un lado de la cama.

—No sé. Un tal… —León leyó la invitación—: Santiago Ben.

—¿Quién? ¿A qué baile va?

—Me parece que este no va a ningún baile.

La respuesta de Jordi fue un gran bostezo, una concatenación de palabras ininteligibles y un fuerte resoplido que pronto se convirtió en sonoros ronquidos. Eso era un sí, decidió León. De modo que el día de la presentación, allí estaban los tres. Pascual miraba alrededor con evidente ansiedad.

—¿Buscas a alguien? —preguntó León.

—La comida —le aclaró Jordi.

—Si como algo, la absenta no me caerá tan mal después.

—La absenta te cae mal porque bebes litros —adujo Jordi.

—Más quisiera yo… Litros de absenta, una piscina para bañarme en ella… —soñaba Pascual—. Pero no tengo tanto dinero.

León sentía lástima por esos dos, siempre hambrientos, siempre buscando excusas para quedarse a dormir en su apartamento y comer las migas que él dejaba en la mesa. Tendría que repetirles que era rico. Los tres podrían vivir con el dinero que le pasaba su padre.

La presentación era en el piso de una marquesa o una condesa, o lo que fuera, León ya no se acordaba de ese detalle. Esperaba que la velada fuese corta y pudiesen despedirse más pronto que tarde, después de que Pascual se llevara algo a su estómago maltratado. El piso se encontraba en la primera planta de un gran edificio en el barrio de Saint Germain. Un mayordomo, de librea, se hacía cargo de los sombreros, los guantes y los sobretodos, y guiaba a los invitados al salón, donde la dama se ocupaba de los honores de recepción. A su lado se encontraba el pintor agasajado, quien compuso una mueca de desaprobación al ver a los tres bohemios con aquellas ropas remendadas. Sin embargo, no pudo evitar las presentaciones.

—Felicidades —dijo León.

—Gracias, muy amable.

—Mi padre me avisó de que vendrías, pero no te reconocía —dijo Santiago repasando la ropa por enésima vez.

—¿Cómo ibas a reconocerme si nunca nos han presentado?

—También es verdad. Es solo que… te imaginaba diferente.

—¿Diferente?

—Sí. Ya sabes: nuestros padres son socios y amigos, vives en el paseo de Gracia…

Pascual y Jordi escuchaban con la boca abierta, sin poder creer a sus oídos. Pascual, además, apretaba los dientes y se mordía las ganas de contestar a ese estirado con ínfulas de artista, pero solo porque León le había hecho jurar por El Greco que no abriría el pico si no era para repartir elogios, y sobre todo porque, si montaba el lío, se quedaría sin cena.

—¡Eh! A ese lo conozco —dijo Pascual—. ¡Peppe! ¡Peppe!

Peppe se volvió. Era un tipo alto y desgarbado, de espalda encorvada, como si estuviera inclinado sobre una mesa. Vestía una chaqueta vieja que le venía pequeña y que le tiraba de los hombros, a pesar de su escuálida figura. Abrazó a Pascual con efusión.

—¡Cuánto tiempo, Peppe! —Se volvió a León y a Jordi, y les hizo un gesto con la mano—. Venid.

Les presentó a Giuseppe Caruso, fotógrafo, ilusionista, comerciante, inventor y trotamundos, procedente de Sicilia. Tenía unas manos grandes y cuadradas, como su cara. El bigote, espeso y retorcido hacia arriba, le acentuaba la prominente mandíbula. A León le recordó a un caballo.

—¿En qué estás ahora?

—Un poco de todo, ya sabes —contestó Caruso con acento cantarín.

Pascual le dio un codazo a León.

—Mi amigo Peppe tiene unas fotos...

León no comprendía.

—A Jordi no le gustan porque es un soso.

—Claro que me gustan, cómo no me van a gustar. Solo que no babeo como tú, que pareces un perro en celo.

—¿Tienes algo aquí? —le preguntó Pascual en voz baja.

—Sí, pero es un encargo —contestó Caruso a modo de disculpa.

—Ah... Así que a los ricachones finos también les gustan tus fotos...

—¡Y tanto!

—Bueno, pero déjanos echarles un vistazo, hombre. Ni las tocaremos, tú solo nos las enseñas.

Caruso miró a los tres y sonrió.

—*Va bene.*

Se fueron a un rincón, de espaldas a la sala, y el siciliano sacó de un bolsillo interior de la chaqueta un envoltorio de papel. Fue pasando las fotografías para admiración de los tres pintores, aunque en esta ocasión no se centraban en la luz, ni en el enfoque. Pascual se mordía los labios, León se inclinaba sobre las láminas cada vez más, Jordi estiraba el cuello.

—Madre del amor hermoso...

—Qué muslos.

—Qué tetas.

—Qué...

—*Finito!*

Giuseppe reagrupó las fotografías y las envolvió nuevamente.

—¡Qué poco tiempo! Pero si ni siquiera me ha dado tiempo a fijarme en si...

—Ah, ah, ah —replicó el siciliano con el índice en alto—. Esto es un negocio. Si quieres más, tendrás que pagar.

—Maldito italiano... —farfulló Pascual—. ¿Qué más te da enseñárnoslas un poco más? Total, ¡si vas a cobrarlas! Tú eres judío, fijo.

Pero Caruso no se lo tomó a mal; de hecho, nunca se tomaba a mal los atropellos de Pascual.

—La próxima vez te invito a la sesión fotográfica, ¿eh? ¿Qué me dices?

Pascual se quedó con la boca abierta.

—¿Harías eso por mí?

—¡Claro!

—¡Peppe! Eres un tipo estupendo —exclamó Pascual dándole un abrazo al hombre con cara de caballo.

Una campanilla interrumpió el efusivo acto de gratitud.

—Damas y caballeros —anunció un hombre de bigotes largos y canos—. Vamos a proceder a descubrir el cuadro.

El hombre corrió la cortina y el lienzo quedó a la vista. Era grande, de unos cuatro metros de ancho por dos de alto. Mostraba un paisaje de campo con el sol en lo alto, unos niños al fondo y unas mujeres preparando una merienda. Se despertaron murmullos de aprobación y poco después rompieron los aplausos, cada vez más entusiasmados.

—Bah —dijo Jordi.

—Clásico —opinó León.

—Aburrido —abundó Pascual—. ¿Nos vamos ya?

—Sí —contestó León—. Peppe, ¿te vienes?

—¿A dónde?

—A dónde va a ser, alma de cántaro —dijo Pascual—. Te esperamos en la puerta, no tardes. Este —dijo apuntando a León— va sobrado de dinero, invita él.

—*Va bene.*

—Venga, date prisa con el ricachón y sácale unas buenas monedas por las fotos.

—No es un ricachón —dijo Peppe misteriosamente.

—¿Entonces?

—Es una ricachona —susurró con una sonrisa.

París
Febrero de 1894

Una noche Peppe los invitó a una función donde él iba a estar tomando fotografías. El siciliano les había prometido un espectáculo de hombres y mujeres que jugaban con todo tipo de objetos y doblaban su cuerpo de formas inverosímiles, de modo que León dedujo que se trataría de una representación circense, similar a las que ya había disfrutado en el Teatro Español, en Barcelona. Cuando se sentaron a la mesa y pidieron absenta, León, Pascual y Jordi ya estaban servidos de cierta euforia, producida por la cocaína que Peppe les había dado a probar en unas pastillas que vendían en la farmacia para remediar el cansancio de los niños.

Los artistas se fueron sucediendo sobre el escenario, una tarima escasamente elevada, frente a un público apretado que no dudaba en abuchear y proferir los peores insultos si el número no era de su agrado. Primero actuaron dos gemelos siameses unidos por el brazo. Vestían únicamente unas polainas bordadas y un sombrero de arlequín. Jugaban al tenis, o hacían que lo intentaban, para gran regocijo de los asistentes. Después fue el turno de un hombre con un traje que parecía gris a causa del uso, caminando sobre una pelota enorme. El hombre pasó dificultades, en el rostro se le notaba el esfuerzo por mantener el equilibrio y la pobre confianza que tenía en sí mismo. No despertó admiración ni risa, lo que le granjeó la hostilidad de la concurrencia. Alguien le lanzó un huevo y la mala fortuna quiso que se le estrellara en la cara.

Mientras, en una especie de frenesí, León tomaba apuntes de todo: de los artistas, del público, de Peppe y su enorme cámara, del periodista que unas mesas más allá escribía sin cesar, de la yema líquida corriendo por la cara maquillada del lastimoso equilibrista. Esa yema tenía un color vibrante, sensacional, moderno. Y sin embargo…

—Nada bueno saldrá de esto —se dijo entre dientes.

Jordi le oyó.

—¿Qué?

—Nada, nada.

—¿Qué pasa? —preguntó Pascual, echando un vistazo a los apuntes de León.

—No dicen nada, ¿verdad?

—Aún tienes que trabajar sobre ellos. Son solo bocetos.

—Los bocetos por sí mismos deberían ser geniales —apuntó Jordi.

—Gracias —dijo León con ironía.

—Eso, gracias —lo apoyó Pascual.

—¿Queréis que mienta o qué? ¿De qué nos sirve que nos alaben todo el tiempo? Yo no espero eso de vosotros.

—Es que ninguno de nosotros alaba tus obras —replicó Pascual—. Son horribles.

—Lo sé.

—Entonces, ¿por qué lo sigues intentando? Vuélvete a Girona.

—Allí no hay absenta ni mujeres.

Las risas estallaron alrededor. En el escenario, una pareja formada por una mujer y un hombre practicaba un número de magia con una cortina, una calavera y una niña con aspecto fantasmal. Lo hacían tan mal, el truco resultaba tan evidente, que el público se burló de ellos un buen rato. A pesar de causar tantas risas, se ganaron un par de huevos, aunque la pareja y la niña lograron esquivarlos a tiempo. Con toda probabilidad estaban habituados a sentencias desfavorables.

—Necesitas inspiración —le dijo Pascual.

—No hago más que buscarla —repuso León levantando su copa de absenta y bebiendo.

—Una musa —apuntó Jordi.

—Eso, una musa —dijo Pascual con una intención menos artística.

Un murmullo de aprobación hizo que los tres volvieran a mirar al escenario. Una hermosa joven se paseaba como si en los pies llevara alas. Se cubría con una capa roja, larga y brillante, adornada con armiño. La melena castaña le caía en grandes ondas por la espalda y una diadema con piedras de colores le ceñía la frente. Tras algunas vueltas frente a un público que guardaba absoluto silencio, la joven se colocó en el centro y abrió la capa. Se oyeron los *¡ay!* de las señoras, los *¡oh!* de los señores, algunos silbidos de admiración. La muchacha vestía un mono rojo y brillante como la capa, que dejaba al descubierto unos muslos carnosos, le resaltaba las redondas caderas, le apretaba la estrecha cintura y desbocaba unos pechos de piel tersa y blanca. Pascual, que en ese momento bebía de su copa, se atragantó. Jordi no dijo nada, aunque eso no tuvo nada de extraño. Le arreó a León un codazo lleno de significado.

—Ahí la tienes.

—¿A quién? —preguntó León sin apartar su mirada de aquellos muslos desnudos.

—A tu musa.

Sitges
Febrero de 1905

La niña no le formulaba preguntas acerca de esas mujeres de la noche de Montmartre. Quizá, a pesar de lo despierta que se mostraba para otras cuestiones —pensaba su madre—, aún era pronto para que ella entreviera que no era habitual que las mujeres bebieran, fumaran, reclamaran placer sexual o amaran a otras mujeres. O puede que hubiera estado demasiado confinada a la casa de Sitges. Cuando la mujer se instaló allí con su bebé, pensó que aquel pueblo marítimo de arena blanca y mar tranquilo les haría bien. Que aquella gran casa, con todas las comodidades, lejos de tantos peligros, era un auténtico refugio. Que por fin encarrilaba su vida. Y ahora que su pequeña se hacía mayor y le picaba el gusanillo de salir y conocer, se preguntaba si no habría sido mejor quedarse en París.

No, quedarse en París, no, pero mudarse a Barcelona, a Madrid, a Roma, a Londres, donde la niña conviviera con la modernidad, con todo tipo de gente y ambas fueran invisibles, se le antojaba en estos momentos una mejor elección.

Desde el banco de la terraza, miró hacia la costa, a los pescadores que descargaban en la orilla, y aspiró una gran bocanada de ese aire húmedo en el que viajaba el salitre. Allí se estaba tan bien... En Sitges.

—¿Puedo ver a Madeleine?

La mujer se sobresaltó. La niña se le había acercado sin que ella lo advirtiera.

—Ponte un sombrero, hija. O coge una sombrilla.

La niña no movió un músculo.

—Entonces, ¿qué? ¿Puedo verla?

—Ya sabes que murió.

—Quiero decir en un cuadro. Fue modelo, ¿no?

—Ah, eso... Hay algunos en el Louvre.

—En París —refunfuñó la niña.

—Sí, el Louvre está en París —repuso la madre sin reaccionar al enfado de la hija.

—¿Fue modelo de León?

La mujer tardó un instante en responder.

—Sí.

—Entonces, cuando vuelva podré pedirle que me enseñe algún cuadro donde salga ella.

—Sí, claro.

—León es estupendo —dijo la pequeña con una gran sonrisa.

—Es verdad.

—Y muy bueno.

—Sí, cariño. —La mujer le acarició la mejilla a la niña—. Y te quiere mucho. Si no fuera por él, no sé qué habría sido de nosotras.

—¿Por qué me quiere? No es mi padre ni mi tío ni...

—Cuando se quiere a alguien no hay motivos. Se quiere y nada más.

La niña se quedó pensativa un rato, con la mirada perdida y la boca medio abierta.

—¿Aunque te peguen?

La mujer agarró a su hija por un brazo y se la acercó.

—No, eso no, ¿me oyes? No hay razones para amar, pero sí muchas para no hacerlo, muchísimas. Y que te peguen, que te insulten, que no te dejen elegir, que pisoteen tus sueños…, en fin, que te traten mal es una buena razón para retirar tu amor. —La mujer le apretó el brazo a la niña—. Dime: ¿lo has entendido?

—Sí —contestó la pequeña con una mueca de horror.

La había asustado, la mujer se lo vio en los ojos. Le dejó el brazo y trató de recomponerse. La niña se recuperó antes:

—¿Madeleine quiso a su marido?

—Claro que no.

—¿Y a algún otro? ¿Tuvo amantes en París?

—No, amantes así en plural, no. Pero se enamoró.

—¡Cuéntamelo!

—Fue una noche de invierno, en Montmartre. Madeleine había acudido a Le Chat Noir con una pareja de mujeres, del grupo de Sarah. Nevaba.

—¿Le Chat Noir es uno de esos sitios para ir a bailar?

—Exacto. Aquella noche actuaba Aristide Bruant, un cantante que se hizo muy popular, especialmente entre los artistas. Solía vestirse de negro y se metía los pantalones por dentro de las botas. Llevaba un sombrero de ala ancha y una gran bufanda roja alrededor del cuello. Era un tipo particular. Lautrec lo retrató.

—¡Oh!

—Como te decía, Madeleine llegó a Le Chat Noir con esas dos mujeres y se sentaron. Pidieron vino. Madeleine ya se había acostumbrado al trago caliente que le entonaba el cuerpo y alguna vez había sentido cierto cosquilleo de felicidad. Hablaron un rato sobre Martial Bourdin y su heroica muerte cuando los explosivos estallaron en sus manos poco antes de llegar a su objetivo, el Real Observatorio de Greenwich, en Londres. Entonces, Berthe se encendió un cigarrillo…

—¿Quieres?

—No fumo.

—¿Es que no lo vas a probar nunca?

Berthe le pasó el cigarrillo a su amante, una joven que se definía como anarquista y feminista. Contaba que había trabajado en un taller textil y que el hijo del dueño era el único burgués al que le debía algo, pues le había enseñado a leer y a escribir desinteresadamente. Era española, de Barcelona. Se llamaba Rosa.

Al verlas fumar con tanta naturalidad, como casi todas las demás mujeres, Madeleine dudó. Había posado para Lautrec, salía de noche y bebía vino. El año anterior no podría haber imaginado que su vida cambiaría tanto.

—Bueno, ¿por qué no? —pensó en voz alta y le aceptó un cigarrillo.

La primera bocanada fue como un aire cargado de brasas arañándole la garganta.

—¡Está asqueroso! —farfulló Madeleine entre toses y náuseas.

—Te acostumbrarás.

—Eh, ahí está Suzanne —dijo Rosa con un marcado acento español—. ¡Suzanne!

Era hermosa. Estaba rodeada de hombres, hablaba y gesticulaba. Se diría que quería imponerse en la discusión en la que estaba enzarzada. Sin embargo, cuando vio a Rosa llamando su atención, hizo un simple gesto con la mano y dejó al círculo de hombres para acercarse a las mujeres.

—¡Rosa! ¡Berthe! ¡Cuánto tiempo! ¿Cómo estáis?

—Esta es Madeleine —le dijo Rosa—. Madeleine, te presento a Suzanne Valadon.

Suzanne le dedicó una sonrisa y comenzó a hablar con Rosa de salarios y explotación de las mujeres. Madeleine trataba de seguirles el hilo cuando Berthe le dio un codazo discreto en las costillas.

—¿Debería estar celosa? —le preguntó al oído.

—¿De Suzanne y Rosa?

Berthe asintió.

—No lo sé… ¿A Suzanne le gustan las mujeres?

—Creo que no. Al menos yo no le he conocido ninguna amiguita, pero nunca se sabe. Y mi Rosa es la más guapa de todas. Y demasiado lista. Podría llegar a gustarle, aunque se haya acostado con los pintores.

—¿Suzanne es modelo?

—Lo era. Tu amigo Lautrec la conoce. Posó para él.

—¿De verdad? Entonces, ¿lo ha dejado?, ¿ya no es modelo? —se sorprendió Madeleine.

—De vez en cuando pintaba y Degas la animó a seguir haciéndolo. Parece ser que tiene talento.

—¿Ahora es artista?

Berthe asintió sin dejar de observar a Rosa y a Suzanne, con la mirada ya turbia por el vino. Madeleine no daba crédito. ¿Una modelo podía pasarse al otro lado del lienzo? ¿Realmente una ambición de aquella magnitud era posible?

—Eh, Suzanne —llamó Berthe con una pizca de arrogancia—. Madeleine es modelo. Ha posado para tu amigo Henri. Podrías proporcionarle más clientes.

Suzanne fijó la atención en Madeleine y la repasó de arriba abajo, sin disimulos.

—Cómo no. Es guapa y tiene un punto así como… desmayado.

Madeleine no supo si eso era bueno o malo, pero sí estaba muy segura de que no le agradaba que hablaran de ella en tercera persona, como si no estuviera presente. Como si fuera un objeto.

—Sé de alguien que busca una musa —añadió con una sonrisa—. Está allí, ¿lo ves? Ese que va mal vestido, con esa chaqueta como prestada. No tiene mucho dinero, pero quiere demostrar que no está falto de talento.

Madeleine miró en la dirección que le indicaba. Localizó a un grupo de hombres, entre los que se mezclaba alguna mujer. La descripción de Suzanne valía para todos ellos.

—Ese —señaló Suzanne—. El del canotier.

Era joven, pálido y de cabello castaño. Estaba apoyado contra la pared. Lucía la expresión relajada que proporcionaba la absenta en buenas dosis. En sus delicados rasgos, Madeleine vio la obra de arte más perfecta.

—Ven, te lo presentaré —resolvió Suzanne.

La agarró del brazo y la levantó de la silla. Mientras tropezaba con el público que disfrutaba del espectáculo, Madeleine trató de arreglarse el peinado. Los copos de nieve se habían condensado en su pelo y tenía mechones pegados a la frente, las sienes y la nuca. Pensó que debía de estar espantosa para presentarse ante un artista en busca de inspiración. Para presentarse ante él.

El joven artista miraba a ninguna parte cuando las dos mujeres se plantaron delante de sus mismas narices.

—¡Eh, André!

—¿Suzanne?

Él sonrió. Entonces, como despertando de un ensueño, fijó sus ojos verdes en Madeleine. Y amplió la sonrisa.

—Escucha, André —le dijo Suzanne a modo de recomendación—: esta es Madeleine, la musa que andabas buscando…

—¿Fue amor a primera vista? —preguntó la niña con un brillo en los ojos—. ¿Estaban hechos el uno para el otro?

—Ella se enamoró mucho, desde el principio. En cuanto a él…, no puedo asegurarlo. Solo sé lo que ella contaba.

—¿Cuántos cuadros pintó de Madeleine? ¿Puedo ver esos también, como los de León?

La mujer hizo un gesto de menosprecio que quedó oculto por el ala de su sombrero.

—En realidad no pintó ninguno.

—¿No era artista?

—Era un joven deslumbrado por las luces de Montmartre, que fue a la colina con el sueño de convertirse en alguien famoso. Estaba convencido de que un día llegaría a exponer en el Louvre. Aunque esa esperanza la tenían todos. Antes de mancharse las manos con los óleos, André se puso a buscar una musa, su musa con mayúsculas, esa que inspiraría su gran obra de arte. La buscó sobre todo en los salones. Aquella noche en Le Chat Noir decidió que esa mujer sería Madeleine…

Dos días más tarde, André la citó en el estudio que compartía con otros artistas. Se parecía bastante a la habitación en la que ella vivía, solo que este estudio estaba repleto de lienzos sin acabar y gobernaba el desorden.

Madeleine tropezaba con todo, aunque no era por culpa del caos; la presencia de André la perturbaba de un modo que le anulaba el buen sentido y hasta los modales más simples. Aunque ya había posado en otras ocasiones, mostrarse ante aquel hombre que la dejaba sin respiración era otra cosa.

El bodegón para el cuadro estaba listo: bajo la ventana, una jofaina, un aguamanil y una toalla en el suelo, junto a unas flores secas. Solo faltaba ella.

—Se va a llamar *La hora del baño* —le dijo André.

Madeleine ya se temía lo que vendría a continuación.

—Quítate la ropa.

Se aturulló y balbuceó ante un André que se había sentado a fumar un cigarrillo. Parecía estar divirtiéndose.

—Creía que tenías experiencia.

—Sí, sí, he posado. ¡Para Lautrec! Y Renoir —se apresuró a explicar. Mantener su buena reputación como modelo se había convertido en la primera preocupación de Madeleine—. Solo que nunca lo he hecho desnuda. Y hace frío.

Madeleine sabía que hacía frío porque había venido bajo esa llovizna fina pero tenaz que la calaba hasta los huesos y que le había entumecido los pies, aunque en realidad, en ese momento, el sudor le bañaba la espalda.

—Lo siento —se disculpó el pintor—, pero no tengo dinero para poner el fuego. Supongo que son gajes de tu oficio, ¿no? No todos somos Lautrec ni Renoir.

—Lo sé, lo sé. Perdone si le he molestado.

—No me has molestado. Y tutéame, por favor. Vamos a pasar muchas horas juntos, ¿verdad? Porque no me vas a abandonar, ¿no?... ¿O sí? ¿Te irás con los pintores ricos y famosos y me despreciarás a mí, un pobre infeliz?

Ante la sonrisa tibia de André, Madeleine se relajó. Él se aproximó al bodegón, donde ella trataba de decidirse a quitarse la ropa.

—Si me abandonas, estoy perdido.

Madeleine agachó la cabeza. El rubor se le había extendido por el rostro y le daba pudor mostrarse tan frágil ante él.

—Una musa tiene sus responsabilidades.

—¿Musa? —se sorprendió Madeleine.

—Sí, Maddie, eres mi musa.

André ya estaba a pocos centímetros de su modelo. Sin dejar de mirarla a los ojos le puso las manos sobre los hombros, delicadamente, parecían plumas. Con ese simple contacto, Madeleine creyó que se desmayaría. A través del chal y de la blusa, notaba el roce de esos dedos largos, esas manos ágiles que bajaron poco a poco por los brazos, rodearon las muñecas y alcanzaron las yemas de los dedos, para luego hacer el recorrido inverso de nuevo hasta los hombros. Ambos se quedaron prendidos en ese instante eterno, separados apenas por la caricia del aliento. Hasta que André cobró una mirada feroz, las manos se volvieron garras y con un tirón certero arrojó el chal al suelo y le rasgó la blusa.

Aquella tarde, André no pintó nada ni Madeleine posó, aunque sí se desnudó.

Frío no pasó.

6

«Cuando era joven decía: "Ya verás
cuando tengas cincuenta años".
Tengo cincuenta años y no he visto nada».

ERIK SATIE, compositor
(1866-1925)

París
Julio de 2015

Efrén llegó quince minutos tarde a casa de Samira. Lo había entretenido la llamada de la redactora de una revista para acordar el posado robado. Efrén intentó subir el precio, sin éxito, y tampoco pudo precisar un lugar y una hora para hacer las fotos; aunque esperaba que Said lo invitara a quedarse en su casa, no confiaba en ello.

Samira lo recibió con distancia. Said, en cambio, le ofreció una amplia sonrisa y un nuevo apretón de manos demasiado vigoroso.

—Adelante. Bienvenido a mi humilde morada.

De humilde no tenía nada esa morada. Suelos de madera, molduras en las paredes, un sofá de cuero, cortinas de terciopelo, colores coordinados y algunos cuadros que tal vez estuvieran cotizados. Parecía una casa de reportaje de decoración. Solo había algo que no encajaba en tanta armonía y perfección.

—¿Huele a quemado? —preguntó Efrén.

—Así es, amigo —confirmó Said—. La señora de la casa nos ha dejado sin cena. Le había preparado el pollo y las verduras, ella solo tenía que estar pendiente del horno. Y lo ha quemado. ¿Qué te parece?

—Es que manejar maquinaria pesada es algo muy complicado —bromeó Efrén.

Said recibió el chiste con una sonora carcajada.

—Vamos al comedor. —Said le guio con la mano hasta una sala con una gran mesa ovalada y unas sillas, todo tan perfecto como el salón. Se sentó a la cabecera y le señaló un sitio a su derecha—. Siéntate, aunque no sé qué vamos a comer…

—Cualquier cosa. Yo me apaño con cualquier cosa y en cualquier sitio —recalcó Efrén—. ¿Qué tal unas *pizzas?*

—Muy bien.

Said se dirigió a Samira en francés. Parecía que le daba instrucciones claras y precisas de cómo pedir unas *pizzas.* Ella asentía. Efrén la notaba rara. La expresión de la cara, la postura del cuerpo, la bata sin gracia. Estaba como encogida. Said, en cambio, era todo esparcimiento.

—Ah, y tráenos un vino, cielo.

—Hum…, ¿cuál?

—Tengo que decírselo todo —repuso Said con una sonrisa. Volvió a darle las indicaciones en francés—. A veces es como una niña pequeña. ¿A ti no te lo parece?

Efrén quería responder que no, pero suponía que sería una broma, así que solo sonrió levemente.

—Pero pregúntale sobre ropa y marcas. De eso sí entiende. ¿Verdad, nena? —le dijo a Samira con una amplia sonrisa cuando ella regresó con el vino y un par de copas—. Por eso he tenido que quitarle la tarjeta de crédito. No se controla.

—Sí, es verdad —contestó Samira sirviendo el vino.

Como buen anfitrión, Said propició temas de conversación amenos y cordiales. Samira, a su izquierda, callaba.

—Samira alguna vez me habló de ti, pero no mucho. Es muy reservada. Nunca quiere presentarme a sus amigos. Digo yo que tampoco doy tanta vergüenza, ¿no?

—Yo creo que no. Pero tampoco te conozco.

Said volvió a reírle la gracia a Efrén. Llamaron a la puerta, eran las *pizzas*.

—Ve, y cuenta bien las vueltas. —Se volvió a Efrén—. Es muy despistada. ¿Se le daban bien las matemáticas en el instituto? Porque a veces creo que se le han olvidado del todo.

—La verdad es que sacaba muy buenas notas.

—Si es que mi Sami vale mucho, solo que no quiere hacer nada. No tiene ninguna curiosidad ni interés.

Samira trajo las *pizzas* en unos elegantes platos, ya cortadas en porciones.

—¿Las dos son con cebolla? —preguntó Efrén asqueado.

—¿No sabías que a tu amigo no le gusta la cebolla? —preguntó Said a Samira.

—Lo siento…

—No pasa nada —dijo Efrén. Cogió una porción y empezó a hacer limpieza con los dedos—. La aparto y ya está… Hum, está rica.

—¿De verdad te gusta? Entonces con mi asado habrías tocado la gloria. Qué pena que Sami lo haya quemado.

—Recuerdo la cocina de tu madre —dijo Efrén pensando en aquellos guisos especiados y tan sabrosos. Luego se dirigió a Said—: Cocina bien, ¿verdad?

—Sí, no está mal. Pero no he tenido el honor de que me cocine mucho. Ya sabes…

—¿Qué tengo que saber?

—La suegra, el yerno... No me aguanta, no me considera suficientemente bueno para su niña. Y eso que me esforcé en hablar español para entenderme con ella, con su familia.

Efrén se extrañó. Si algo recordaba de María era su amabilidad y generosidad.

—Su hermano, igual —continuó Said—. Apareció un día por aquí, estuvo unos meses, le busqué un trabajo. Y de repente se marchó sin decir adiós. En fin, supongo que es lo típico. Samira tampoco soporta a mi madre. Son manías que uno coge sin motivo alguno. La vida es así. ¿Tienes suegra?

—No. Pero puedo decir que María es la mejor suegra que uno puede tener.

—¿Cómo lo sabes? —Y en un instante, Said comprendió. Torció la mirada hacia Samira, que guardaba silencio con la cabeza gacha.

—Pero ella me ha dicho que eres marica... Oh, ¿te ha molestado? Lo siento. Seguro que lo he dicho mal. Es que no domino el español como para no soltar una burrada de vez en cuando. Y como es la palabra que ha dicho ella...

—No te preocupes —sonrió Efrén. Miró los platos, las porciones de *pizza*—. ¿Soy el único que está comiendo?

—Está asquerosa —dijo Said—. Odio la *pizza*.

—Yo no tengo mucha hambre —se disculpó Samira.

—Por cierto —dijo Efrén olvidándose de la *pizza* y metiendo la mano en la mochila—, antes de venir compré unos *macarons*.

Sacó la caja que había traído de la cafetería donde había hecho tiempo y la abrió. Una docena de pasteles competían en fosforescencia y color.

—Qué detalle, pero no hacía falta, hombre —dijo Said con evidente duda en su voz. Miró el membrete de la caja, después los *macarons* en el plato. Sonrió.

—No son buenos, ¿no? —se temió Efrén.

—Amigo, unos *macarons* de calidad no tienen estos colores tan chillones ni son tan grandes y desiguales, ni presentan grietas en la superficie. Los *macarons* son a París como Chanel Nº 5, una fórmula preciada, solo apta para unos pocos. Mira, la próxima vez que quieras quedar bien con unos *macarons,* tendrás que ir a una pastelería especializada, como Pierre Herme o Jean-Paul Hévin. Claro, el precio no será el mismo.

Said cerró la caja y se arrellanó en la silla. Samira no se había movido.

—Bueno, gracias por la cena —dijo Efrén poniéndose en pie.

—De nada. ¿Hasta cuándo te quedas?

—No lo sé, pero no tardaré mucho en irme. Entre el coste de aparcar el coche y el hotel…

—Claro, claro. Bueno, pues ya nos veremos.

Efrén se rascó la cabeza.

—Samira, ¿mañana vienes a Ruan? Las cartas.

—¿Qué cartas? Sami, no me has contado nada.

—Se trata de una investigación sobre un pintor y una modelo. En Ruan hay una mujer que tiene unas cartas que pueden venirme bien como documentación.

—Estaremos encantados de ayudarte —dijo Said—. Mañana iremos a buscarte a tu hotel.

—¿Los dos? —preguntó Efrén. No le apetecía estar con Said. Y aún tenía mucho que hablar con Samira.

—¿Molesto? —Se dirigió a Samira—. Si molesto, me lo dices.

—No molestas —repuso Samira.

Efrén se giró para marcharse.

—Eh, espera —le dijo Said—. Te olvidas tus *maca-rons*.

Sitges
Febrero de 1905

—Así que se convirtieron en amantes —dijo la niña.

—Sí. Aunque esa es una palabra que... —repuso la mujer con desagrado.

—¿Cuál? ¿Amantes?

—Da igual —resolvió la mujer. No era momento para disquisiciones semánticas—. El caso es que después de aquella tarde Madeleine empezó a pasar más tiempo en el estudio de André que en su habitación de la Rue Cortot. Terminaban muchas noches juntos y juntos amanecían, aunque sus amaneceres ocurrieran ya a mediodía. A Madeleine le gustaba comportarse como una esposa e imaginarse que estaban casados...

Salía a comprar carnes en salazón, conservas, pan y queso para almorzar, a veces hasta pasteles, y se las ingeniaba para adecentar la mesa manchada de óleo como para recibir a un rey. Le limpiaba las manos con trapos mojados en agua tibia. Le lavaba la ropa y se la remendaba. Le arreglaba el canotier cuando él lo espachurraba presa de la frustración.

Se sentía especial. Por primera vez pensaba en sí misma, en la mujer que era, en su cuerpo, en su cara, en sus sentimientos y en sus deseos. Anhelaba una vida junto a

André, anhelaba el éxito de su amante y ya lo veía frente a su obra maestra en el Louvre. Mientras, continuó posando para otros artistas. André, por descontado, no era un cliente, no podría cobrarle y, además, era tan pobre como una rata, de modo que ella se convirtió en su modelo, en su inspiración y en su mecenas. ¿Pero acaso había mejor forma de gastar el dinero que ganaba que ayudando a su amado, a un futuro gran pintor? Si ella podía servirle para alcanzar su sueño, no podría pedir nada más en esta vida, y la posteridad le estaría eternamente agradecida.

Girando en esa espiral de felicidad y éxtasis, podía estar días sin aparecer por la habitación que compartía con las chicas. Le gustaba tanto estar junto a André, dormir abrazada a su espalda, olerle la nuca al despertar, que parecía que nunca había hecho otra cosa. Se entregaba con la misma devoción cuando posaba para él. Se quedaba quieta durante horas, sin rascarse, sin mover un dedo, aguantándose hasta las ganas de ir al retrete.

A veces, André sufría estallidos de impaciencia. Como en una sesión en la que estrelló el pincel y la paleta contra la pared y empezó a dar vueltas alrededor.

—¿Qué ocurre? ¿Te duele algo? —se preocupó Madeleine, que tras cubrirse la desnudez acudió en auxilio de su amante.

—Es imposible. Cuando no es la falta de óleos, es la luz. Y ahora, ahora… —André apretó los labios y miró a su musa con rabia.

Madeleine recibió aquella mirada como una puñalada en el corazón.

—¿He hecho algo mal?

—¡Tu cuerpo!

—¿Qué?

—¡Has engordado! —bramó. Le apartó la manta con la que Madeleine se había tapado y le señaló la tripa con repugnancia—. ¡Fíjate qué vientre! ¡Y las tetas! ¡Están más grandes! Cuando eres modelo, tienes que cuidarte, deberías saberlo ya. ¿Qué hago yo ahora con el cuadro? ¡Así no puedo seguir! ¡Todo el trabajo a la basura!

Madeleine, que había soportado el chaparrón con la cabeza gacha, levantó la mirada y sonrió. André esbozó una mueca confusa, entre el desprecio y la extrañeza ante una mujer que le sonreía como la madre de Cristo desde un cuadro, como si ningún insulto, ningún grito pudieran perturbarla. ¿Se habría vuelto loca?

—André, amor mío.

El pintor dio unos pasos hacia atrás.

—Estoy embarazada.

Lo sabía desde hacía unas pocas semanas. Había notado la tirantez en la tripa y en los pechos, las ganas de comer y las náuseas, había dejado de fumar por el asco que le daba. Echando cuentas anotó dos faltas de su menstruación y esa fue la confirmación. Se lo había contado a Louise, en una ocasión en la que se cruzaron en la calle, con los hijos mayores alborotando unos pasos por delante y el adorable pequeñín en sus brazos. La invitó a la choza —el gorila de su marido no estaba, hacía días que no aparecía— y juntas charlaron sobre ese bebé que crecía en el vientre de Madeleine, si se parecería a ella o a su padre, y soñaron que André, ahora, la amaría aún más. Era imposible ser más feliz.

—¿Embarazada? —resopló André. Se pasó la mano por el pelo, por la cara. Dio varias vueltas sobre sí mismo—. Podrías haber tenido más cuidado.

—Lo siento.

—¿Es mío?

Madeleine no daba crédito. Ahí estaba el amor de su vida, sentándose a fumar un cigarrillo con desgana, recibiendo la gran noticia como si le contaran un vulgar chisme de alguien que no conociera.

—Claro que es tuyo.

—No sé. Como las modelos sois así…

—¿Así cómo?

—Ya lo sabes.

André miró a otro lado.

—Creía que tú… —gimió Madeleine, incapaz de contener las lágrimas.

—¿Qué, Madeleine? ¿Qué creías?

Era la primera vez que André la llamaba Madeleine y no Maddie o pastelito o gatita. Ella sintió un frío como si una capa de hielo la envolviera.

—¿Creías que éramos una familia? ¿Que tú eras mi mujer, y yo, tu marido? ¿Que esta era nuestra casa, que esos lienzos eran cortinas? Tendrías que haber sido más lista, Madeleine, pensar un poco y, sobre todo, poner medidas. No puedo ser padre, ¡quiero ser artista!, ¿comprendes? No puedo dedicarme a nada más.

—Pero antes, al principio…

—Esa es otra —dijo André con sorna—. Chica, sinceramente: ya nada es como al principio.

Para Madeleine, aquel fue un golpe brutal, igual que si le hubieran arrojado la Torre Eiffel encima. ¿Cómo había sucedido? Hacía solo unas horas era una mujer enamorada, feliz y esperanzada, y ahora se sentía más hundida que un insecto cubierto de lodo. ¿No se había percatado de las señales de hastío? ¿Habría otra mujer?, ¿otra Christine, otra Sarah?… Por el momento solo sabía que, de súbito, sin haberlo presentido, estaba sola. Una vez más.

De regreso a la Rue Cortot se encontró con Louise, que reprendía a su hijo mayor en el portal. El chico había abierto una caja que no le pertenecía y se había llevado un buen coscorrón del vecino agraviado.

—¡Madeleine! Cuánto tiempo —se alegró Louise—. ¿Cómo tú por aquí?

—Sigo viviendo aquí —respondió entre triste y extrañada.

Louise abrió los ojos y la boca.

—¿Qué pasa? —se preocupó Madeleine.

—Que ya no vives aquí. Las chicas se fueron.

—¡Qué! Lucie y Camille no han podido hacerme esto.

—Todos pensábamos que te habías mudado con André. Estas cajas son de los vecinos nuevos.

—No puede ser, no puede ser…

—Ven, entra en casa. Tranquila, mi marido sigue desaparecido.

Sin ese hombre, Louise brillaba. De acuerdo, su vida era miserable, debía trabajar y hacerse cargo de tres hijos, pero desprendía como una luz que además proyectaba a su alrededor. Madeleine la observaba sentada a la mesa, mientras Louise le preparaba un té.

—Bébetelo —le dijo cuando se lo sirvió en una taza de loza. Humeaba y olía a una tarde tranquila en Ruan, antes de toda esa pesadilla—. Te hará bien.

Madeleine obedeció. Necesitaba que alguien la mimara. ¿Cuánto hacía que no recibía una palmadita en el hombro? Ni siquiera André, en sus mejores momentos, le había tendido una mano amiga. Ella siempre le había disculpado: así son los artistas, tan apasionados como egoístas.

—¿Las cosas con André no van bien?

Madeleine se derrumbó. Escondió la cabeza entre los brazos, sobre la mesa, y lloró con libertad.

—Lo siento —la consoló Louise—. Los hombres son todos iguales, solo piensan en sí mismos.

—¿Qué voy a hacer ahora?

—¿Tienes dinero?

Madeleine negó con la cabeza.

—¿De verdad? Pensé que tenías bastante trabajo y que no te pagaban mal.

—Ya, pero André no tenía nada de nada. Me lo he gastado todo.

—En él.

Madeleine asintió.

—Ojalá solo fuera dinero lo que perdiéramos con los hombres.

—¿Eh?

—Nada, nada. No me hagas caso. —Louise se enderezó y cogió aire para decir—: Te quedarás con nosotros. Así me ayudas con los gastos y con las fieras —dijo señalando a los niños, que las miraban con sus enormes ojos, excitados ante tanta novedad—. Y cuando los pequeños monstruos se duerman, nos contaremos cosas. Ya sabes, esa clase de cosas que los niños no pueden oír. ¿Qué te parece?

La choza era decrépita, oscura, fea, pequeña. Vivirían todos juntos, casi apelotonados. Madeleine tendría que convivir con esos tres pares de grandes y dulces ojos que ahora esperaban su respuesta.

—¿Y tu marido? ¿Y si vuelve?

—No va a volver.

—Tengo muy mala suerte —insistió Madeleine—.
Seguro que vuelve.

Louise se ensombreció.

—Si vuelve, ya veremos. Pero ahora no está aquí.
¿Qué me dices?

Madeleine sentía un nudo en la garganta. Estaba hecho de una emoción pura y desbordante.

—Que sí. Que me quedo.

Con un abrazo de hermanas, las dos mujeres sellaron
su acuerdo.

París
Abril de 1894

León buscó a su musa con ahínco. No la encontró en la
joven artista de la capa roja, ni en la actriz de rizos dorados
y ojos azulísimos, ni en la cantante que parecía salida de un
cuadro de Rubens, ni en la violinista polaca metida a prostituta. Aunque un día se despertó con un dolor de cabeza
más intenso de lo habitual. No era la primera vez que padecía ese dolor como de un ejército de caballería pasándole por encima de los sesos, pero aquel mediodía, al incorporarse en la cama, se mareó. La vista se le nubló e incluso
cayó al suelo, de rodillas. Le temblaban las piernas y, al
recuperar la visión y mirarse las manos, estas le recordaron
a dos finas hojas de papel zarandeadas por un fuerte viento de tormenta.

Con el miedo en el cuerpo y un cansancio extremo,
arrastró su alma en pena hasta San Luis, deseando encontrarse con una carta de Barcelona. En la sonrisa de la portera León descubrió que sí, que en esos momentos de gran

debilidad tenía suerte de que sus padres se acordaran de él, del hijo pródigo y díscolo del que resultaba imposible hacer carrera pero al que, a pesar de todo, amaban.

Se le saltaron las lágrimas cuando, aún entre los temblores de sus manos, leyó las primeras líneas:

> Queridísimo hijo y hermano nuestro:
>
> Esperamos que al recibo de la presente te encuentres bien de salud, al igual que todos nosotros.

La portera, preocupada por el quebradizo ánimo del joven, le ofreció una silla para que se sentara.

—¿Malas noticias? —se interesó la mujer.

—No, no. Todo está bien, gracias. ¿Un vaso de agua fresca no tendrá?

Mientras la portera iba a por el agua, León continuó leyendo:

> La primavera ya se deja de sentir en las Ramblas y algunas tardes nos atrevemos a dar un paseo entre el delicioso aroma a flores y a mar. Digo «atrevemos» porque ese pasatiempo, tan sencillo hasta hace poco, está adquiriendo tintes dramáticos. Por un lado, seguimos temiendo las bombas, hijo. No sé si a París habrá llegado la noticia del juicio a ese desalmado de Santiago Salvador, ese infame que nos puso en fatal peligro aquella terrible noche del último 7 de noviembre. ¿Sabes qué le ha dicho ese anarquista inhumano a su señoría? Que quiere destruir esta sociedad, que su deseo no era matar a unas personas en particular, que lo que pretendía era sembrar el terror y el espanto. Vaya si lo sembró. Ojalá lo condenen a muerte, aunque eso no nos consuela. ¿Cuántos anarquistas asesinos habrá como él, ahora

mismo, confabulando contra nosotros aquí, en Barcelona? Por suerte tú estás a salvo en París y eso sí nos consuela.

Sin embargo, el anarquismo no es el único peligro. Que se lo digan a nuestro vecino don Humbert. ¿Puedes creer que una buena mañana, saliendo de su casa, a pocos pasos, fue arrollado brutalmente por un coche? Los caballos fueron al suelo, aplastaron a don Humbert —no te voy a describir el amasijo de vísceras que se esparció por el empedrado—, el coche salió volando y la dama que iba dentro también, con su amante incluido, el cual salió huyendo y cojeando. Imagínate. Para que luego tengamos que oír que se avecina ese invento monstruoso de coches a motor. Si con caballos pasan estas cosas, ¿qué podemos esperar de una máquina que va más rápido y será más difícil de controlar? No vamos a poder salir de casa, ya te lo digo, hijo mío.

Sin más, nos despedimos hasta la siguiente con un dulce pesar en el corazón. Cuídate, León. Te extrañamos y deseamos volver a verte pronto.

Un fuerte abrazo de tu padre, madre y hermanas.

P. D.: No te olvides de trabajar.

León se derrumbó. No le importó tener a la portera frente a él, con el vaso de agua y expresión extrañada.

—¿Puedo ayudarle en algo, señor?

—Quiero volver a casa, quiero volver a casa —sollozaba.

Cuando se tranquilizó un poco, regresó a Montmartre, se metió en la cama con la carta contra el pecho y una buena tiritona. Un rato después de que cayera el sol, entraron Pascual y Jordi, que ya tenían su propia llave.

—Pero ¿qué te pasa, hombre? —preguntó Pascual—. Anda, levántate, la noche nos espera.

—No puedo.

—¿Por qué?

—Id vosotros, divertíos. Yo…

—¿Qué? —bramó Pascual, un poco impaciente.

—Me estoy muriendo.

—Que no, hombre.

—Tengo que volver casa. ¿Me ayudáis a escribirle una carta a mi padre?

—¡Que no te estás muriendo! —insistió Pascual acercándose al lecho.

—He pillado la sífilis.

—*Collons!* —exclamó Pascual, y se echó atrás con tanto ímpetu que trastabilló y cayó al suelo.

—¿Lo dices en serio? —preguntó Jordi.

—Sí… —lloriqueó León.

—¿Quién…? —quiso saber Pascual, con evidente expresión de asco.

—No sé.

—Pero, a ver, ¿te lo ha dicho un médico? —preguntó Jordi.

—Me lo noto.

—¿En qué?

—Me duele la cabeza, me mareo, me tiembla todo el cuerpo.

—¿Y eso es por la sífilis? —siguió Jordi.

—Y siento que me estoy volviendo loco.

—¡Eso sí es por la sífilis! —exclamó Pascual.

—Entonces este —dijo Jordi señalando a Pascual— tiene sífilis desde hace años.

—¡Gato! —gritó Pascual cruzando los dedos y tocando madera.

—Voy a buscar a un médico —decidió Jordi.

—Sí, ve rápido. Siento que me queda poco —musitó León con gran debilidad.

—Conozco a uno que ha tratado varios casos de sífilis.

—Venga, vamos —dijo Pascual.

—No, tú te quedas y le acompañas.

—¿A un sifilítico? ¡Ni muerto!

Jordi cogió una de las sillas de pino y sentó a Pascual con un solo movimiento de su brazo. Pascual no rechistó, pero estaba resuelto a mantenerse lo más alejado posible del foco de infección.

—Agua… —pidió León más tarde, con un quejido apenas audible.

—Madre mía. Este se nos va, pero ya. No pasa de mañana.

Pascual agarró el botijo y se lo acercó con el pie, estirando la pierna y sin despegarse de la silla. El botijo cayó y el agua se derramó.

—Te comprendo, hermano —gimió León—. Yo haría lo mismo. Mantente sano. La salud es lo más importante, no lo olvides nunca.

En esos momentos de oscuridad, León se acordó de su primera infancia entre algodones, rodeado de los amores de su madre y de sus hermanas. Recordó el cielo de Barcelona, el mar; recordó a Rosa. En los estertores de la enfermedad, revivió por dentro el placer de coger un carboncillo y dibujar. Quizá no había conocido a otro gran amor como el arte.

El médico entró después de Jordi. Abrió el cabás en la mesa y sacó un estetoscopio y un raspador de lengua. Examinó al paciente, que no cesaba de preguntarle cuánto tiempo le quedaba, mientras el facultativo continuaba el procedimiento, ajeno a las súplicas de León.

—Gripe —dictaminó finalmente.

—¿Gripe? —exclamó aliviado Pascual, que hasta ese momento había estado repasando los momentos que con León había compartido un vaso, una pipa o una ramera.

—También algo de anemia y falta de descanso. —El médico sacó del cabás una sanguijuela mecánica—. Le haré un sangrado, comerá buenos filetes y guardará reposo. En una o dos semanas estará restablecido.

Pascual soltó aire.

—Gracias, doctor. Ya me imaginaba que sería algo así, pero este chico es de lo más impresionable, ¿sabe usted? Y flojillo. Ya estaba llamando por su mamá.

—Calla y siéntate —le ordenó Jordi señalándole la silla con un movimiento de los ojos.

Como diagnosticó el médico, León se recuperó en algo más de una semana. Al cabo de ese plazo, con las fuerzas de nuevo en las piernas y en las manos, León estaba de vuelta en los salones de Montmartre con las mismas ganas de absenta y musas para sus cuadros.

Ruan
Julio de 2015

Efrén había pasado gran parte de la noche escribiendo en la libreta y, sobre todo, tachando, rodeando párrafos y marcando flechas. Lástima de no haber traído el portátil, pero la verdad era que retomar la novela había sido solo una excusa para salir de Madrid. Sin embargo, ahora se sentía subyugado a esa historia, como si esta le hubiera hecho prisionero y no fuera a dejarlo escapar, aunque él pusiera el empeño. ¿Era esto lo que les ocurría a los escritores de verdad?

Eran casi las dos. Llamó a recepción y con su inglés de instituto intentó averiguar si alguien había preguntado por él. El recepcionista tampoco era muy hábil con el idioma y su acento francés complicaba la comprensión, pero Efrén entendió que Samira y Said no habían llegado aún. Aunque no habían quedado a ninguna hora, ¿pensaban que podían hacerle esperar en el hotel todo el día?

Se comió los *macarons* del día anterior. No estaban tan malos como Said había insinuado. Menudo engreído el gilipollas ese, si ni siquiera los había probado. Masticando el asco que empezaba a inspirarle el marido de Samira, llamaron de recepción. Una pareja preguntaba por él.

—Ya creía que os habíais olvidado de mí —dijo Efrén cuando los encontró en el vestíbulo.

—¿Qué tal, amigo?

Said volvió a estrecharle la mano de esa manera tan insoportable. Si el día anterior Efrén había pensado que solo era un hombre fuerte y decidido, ahora estaba convencido de que lo hacía a propósito.

—Son las cuatro y media —insistió Efrén con un tono que no escondía su malestar. No estaba dispuesto a dejarlo pasar.

—Bueno, amigo, tenía negocios pendientes en la ciudad y he aprovechado el viaje. El mundo no gira a tu alrededor, ¿verdad?

—Nunca he pensado de ese modo.

—No es lo que dice Samira. Bueno, ¿nos vamos?

Efrén miró a su amiga, que agachaba la cabeza, roja de vergüenza.

En silencio y ceñudos, los tres se metieron en el BMW. Los asientos de cuero serían muy elegantes y distinguidos, pero los chasquidos que producían a cada movimiento, por leve que fuera, a Efrén le producían repulsión. Said y Samira, delante, se habían puesto a hablar en francés. De pronto, tenía ganas de volver a casa, aunque tuviera que enfrentarse a las críticas, aunque lo insultaran en la televisión y en la calle.

Después de aparcar, de camino al portal donde vivía Dominique Barbier, trató de serenarse. Había decidido que esa era la última parada del viaje, que, después de conseguir o no las cartas de Madeleine, se marcharía.

—Oh, no… —dijo Samira dándose un golpe en la frente.

—¿Qué?

—Me he olvidado el bolso en el coche y tenía que haberme tomado la pastilla después de comer.

Said resopló y escupió unas palabras en francés antes de girarse e ir a por el bolso.

—¿Qué pastillas son esas?

—Es un tratamiento de fertilidad.

—Ah, vaya. Ahora entiendo.

—No, no lo entiendes. Ni tengo problemas de fertilidad ni me tomo esas pastillas. No quiero tener hijos.

—Recuerdo bien que antes sí lo deseabas. Y mucho.

—Ya. Pero es que no quiero tenerlos con Said. Venga, vamos. No va a tardar. Subamos a casa de la señora Barbier.

—Te la vas a cargar.

Efrén lo dijo como una broma, pero si algo tienen las bromas es un poso de verdad. Se dio cuenta en la respuesta silenciosa de Samira, llena de un temor oculto por las oscuras gafas de sol y el frágil sombrerito panamá.

7

«¿A qué estás dispuesto por tu obra? Habrá días
en que des un paso al frente y tres atrás.
¿Tienes la tenacidad de continuar incluso cuando
apenas veas luz al final del túnel?».

SUZANNE VALADON, pintora
(1865-1938)

Ruan
Julio de 2015

La anciana Barbier era deliciosa como un pastel de crema. Pequeña, blandita y dulce. A pesar de que Efrén no entendía nada de lo que decía, sentía placer solo de oírla hablar con esa voz aguda como la melodía de un violín, y de observar, bajo un floreado vestido de verano, una piel pálida que parecía de leche. Además, era pariente de Madeleine.

Su hogar era tan sustancial como ella. Nada más cruzar el umbral, se encontraron en el salón, equipado con los muebles justos y necesarios: un sofá, una mesita de centro, una lámpara de lectura, un aparador con una televisión de tubo y estanterías en las paredes. Le sobrevino una pizca de decepción, porque había esperado encontrar algún vestigio de Madeleine, de la Belle Époque, quizá un grabado o una valiosa pintura.

—La señora dice que si quieres un té o un café —dijo Samira.

—Café, por favor.

La anciana hablaba desde la cocina y Samira no tardó en reunirse con ella. Charlaron un buen rato. Se puso a llover.

Cuando regresaron al pequeño salón, Efrén se arrimó a Samira.

—Las cartas. Pídele las cartas —le susurró.

Samira se volvió hacia la anciana para continuar hablando de lo que fuera, igual que una abuela y su nieta. Efrén estaba preocupado: se acababa el tiempo, él necesitaba esas cartas y Said estaba abajo.

Cuando la lluvia cesó, se levantó un calor sofocante por culpa de la humedad. El hogar recogido y la anciana pequeña ya no eran fuentes de placer, sino gusanos que lo devoraban por dentro.

Había transcurrido una hora cuando Samira y Dominique se levantaron y se despidieron con un abrazo muy cariñoso.

—¿Qué ha pasado con las cartas? —preguntó Efrén bajando las escaleras un poco ansioso.

Samira iba colocándose las gafas y el sombrerito panamá, ajena a las necesidades de Efrén. En el portal, le puso una mano en un brazo.

—Efrén, ¿me vas a ayudar?

—Said, ¿no?

—Como estás tú se va a controlar, pero debe de estar muy enfadado.

Efrén asintió y empujó el portón. Said estaba enfrente, de pie, las piernas algo separadas, los brazos a los lados, con el bolso de Samira en la mano y esa mirada de luchador de barrio. Estaba empapado.

Dijo algo en francés, silabeando. Conteniéndose, como había predicho Samira, pero a la vez demostrando que la rabia lo consumía. Las respuestas de Samira eran tan breves que parecían suspiros.

—Vamos a una cafetería para que se seque y tome algo caliente —le explicó Samira.

Y los tres echaron a andar, en fila, comandados por Said, Samira a unos pasos por detrás y Efrén el último, titubeante pero con su sentido de alerta disparado.

París
Abril de 1894

Alguien había invitado a Pascual a una fiesta de disfraces y este se había tomado la libertad de invitar, a su vez, a sus buenos amigos León y Jordi. El problema era que no tenían disfraces.

—Estoy sin un franco —se lamentó Pascual.

—Yo no puedo gastar más este mes —dijo León—. Mi padre empieza a extrañarse. Se supone que todo el dinero que me envía es para clases, material y manutención, y un único apartamento, el de San Luis. La excusa de que París es caro tiene un límite.

—Se me ocurre algo —dijo Jordi desde un rincón—. En Bataclan hay una función de Cleopatra y Marco Antonio.

—Egipcios… —valoró Pascual mientras se acariciaba la barba—. No está mal. ¿Pero qué tiene que ver eso con nosotros?

—Los tomaremos prestados.

Pascual sonrió de medio lado.

—Como aventurilla podría ser algo divertido —concedió—, pero no me apetece que me metan en el calabozo por unos disfraces.

—Será muy fácil —siguió Jordi—. Conozco a una de las actrices.

—Vaya, vaya —dijo León con evidente aprobación.

—Que calladito te lo tenías, tunante —le reprendió amistosamente Pascual—. ¿Es guapa?

—Infinitamente más que la más guapa que tú hayas conocido.

—Supongo que eso es todo lo que dirás sobre ella.

Jordi cogió un papel para anotar las indicaciones.

—Nos vemos esta noche a las doce. En este punto —dijo poniendo su enorme índice sobre una equis en un mapa que había trazado.

Después se puso la chaqueta, agarró una lámpara y una espátula, y avanzó hacia una esquina. Metió la punta de la espátula en un hueco y el suelo se levantó.

—Pero qué hace... —farfulló Pascual.

León estaba igual de atónito.

—No tardéis, ¿eh? —advirtió Jordi. De un salto se metió en el cuadrado de suelo que había retirado y le lanzó la espátula a Pascual—. Venga, *adéu!*

—¿Has visto eso? —dijo Pascual con la boca abierta.

—Increíble, no tenía ni idea.

—El muy bastardo —perjuró Pascual blandiendo la espátula— me la ha lanzado con mala intención. Para clavarme la punta en un ojo, seguro.

Ambos se presentaron puntuales a medianoche en el lugar convenido. Parecía la puerta de acceso para los trabajadores del teatro. El ruido de los caballos y de las voces se iba alejando.

—Si la chica tiene un papel, debe de ser muy guapa, ¿eh? —dijo Pascual—. ¿Tendrá amigas también actrices?

—Eso espero —respondió León.

Reían y fumaban cuando una puerta se abrió de golpe.

—Vamos, rápido.

Era Jordi con tres cajas que dejó en el suelo.

—Una para cada uno. Venga, daos prisa. Mejor que no nos vea nadie.

León obedeció sin rechistar.

—Uf, me ha tocado la más pesada, seguro —se quejó Pascual—. Anda, cámbiamela —le pidió a León.

—Shhh... —se enfureció Jordi—. ¡Trae! Yo llevo la tuya y la mía. ¡Pero vigila!

—Hecho —aceptó Pascual—. Con tranquilidad, chicos, que estáis haciendo mucho ruido.

Jordi le dirigió una mirada feroz.

—Venga, dejad de hacer tonterías, que al final nos cogen —dijo León.

Salieron de la callejuela. Dieron un rodeo por las vías más oscuras y menos transitadas y, antes de llegar al piso donde se daba la fiesta, en unos matorrales del Maquis de Montmartre, se cambiaron. León y Jordi parecían auténticos faraones con aquellas túnicas blancas, los brazaletes y los collares.

—¡Eh! ¿Esto qué es? —bramó Pascual—. Ya sabía yo que me había tocado la peor caja. ¡Lo has hecho a propósito!

Jordi esbozó una sonrisa, imperceptible en la oscuridad.

—Es un traje de bufón muy completo —dijo León conteniendo la risa. Tocó la tela—. Y bueno.

—¡Me da igual! Dijimos que nos vestiríamos de egipcios. ¡Ahora parezco vuestro lacayo!

—Venga, hombre, no te quejes tanto —lo animó León—. Póntelo y entremos de una vez. La fiesta no va a esperar por nosotros.

A regañadientes, Pascual se cambió, y cuando estuvieron listos entraron en el piso. Había damas griegas, fantasmas de la ópera, vestidos suntuosos y muchas máscaras. Pascual pronto se perdió.

—Tienes que ser más paciente con él —dijo León a Jordi sobre su amigo en común.

El hombretón resopló, pero León sabía que, a pesar de su aspecto temible y duro, tenía buen corazón.

No encontraron mejor forma de relajarse que con el champán. Bebieron una copa tras otra y, cuando ya sonreían y se movían sin las ataduras de la sobriedad, los tres se reencontraron y celebraron su eterna e inquebrantable amistad. Pascual insistió en continuar la fiesta en otra parte.

—Aquí no hay más que señoritos muy encopetados y nosotros ya vamos bien servidos —dijo tomando el último sorbo de su champán.

Salieron del piso y se pasearon por las calles haciendo eses y cantando sardanas con la voz quebrada, y olvidándose de las cajas donde habían guardado su ropa normal. Antes de llegar al Moulin de la Galette, Pascual se puso filosófico:

—¿Por qué mi amigo Degas no habrá pintado el baile del Moulin de la Galette?

León y Jordi deshicieron el abrazo a tres y lo interrogaron con la mirada.

—Es curioso, ¿no os parece? Después de todo, él ha venido mucho por aquí… En fin, seguro que me lo cuenta el próximo jueves.

—¿Has dicho «mi amigo Degas»?… ¿«El próximo jueves»? —le exigió Jordi.

—Oh, sí. Estaba en la fiesta. Tropecé con él por casualidad.

—¿Has hablado con él? —se maravilló León. Si por algo conocía a Degas era por su aspereza, en especial con los nuevos.

Pascual asintió con orgullo.

—Me ha invitado a su estudio. Le he preguntado si podía acompañarme alguien más.

Sus dos amigos abrieron la boca, incapaces de creer lo que oían, incapaces de imaginar el privilegio de departir con un maestro de la pintura.

—¿Y? —se impacientó Jordi.

—Ha aceptado.

Jordi y León se abrazaron, eufóricos.

—Qué suerte, Dios mío, gracias —musitaba Jordi.

Pascual le dio unas palmadas a Jordi en la espalda.

—Me alegro de que te alegres por nosotros, amigo.

—¿Qué quieres decir?

—Ya te contaremos los secretos de Degas. León y yo.

—Lo mato —dijo Jordi entre dientes, apretando los puños.

—Espera, espera —dijo León poniéndose en medio de sus dos amigos.

—Lo mato, ¡lo mato!

Jordi braceó para alcanzar a Pascual, que se divertía esquivando los golpes, parapetado a la espalda de León. El hombretón, harto del juego, apartó a León de un manotazo, cogió a Pascual por la pechera y lo levantó en el aire.

—¡Aaahhh! ¡Suelta, bruto! ¡Suelta! ¡Me ahogo! ¡Me ahogooo!

Jordi se acercó a una farola y en un saliente puntiagudo colgó a Pascual del traje.

—Me dan miedo las alturas —suplicó pataleando. Sus pies se encontraban a dos palmos del suelo—. ¡Tengo vértigo! ¡Me va a dar un ataqueee!

Pascual siguió rogando y gimiendo ante un público que se iba reuniendo en torno suyo. Lo señalaban y se reían. Al rato, dejó de ver a sus amigos.

—¡Maldito seas, Jordi! ¡Me vengaré! ¿Me oyes? ¡Me vengaréééé!

Ruan
Julio de 2015

Mientras les preparaban un café, dos tés morunos y tres cruasanes, Said se afanaba en el baño con el secamanos.

—No quemé el pollo —susurró Samira.

—Habla más alto. Con el secamanos a toda pastilla es imposible que Said te oiga.

—Me dijo que se haría en dos horas. Le pregunté si estaba seguro, que me parecía mucho. Dijo dos horas.

—Joder, deja de susurrar.

—Cuando empezó a oler a quemado me echó la culpa, que me había dicho cuarenta y cinco minutos. Que nunca me enteraba de nada.

El secamanos paró. Samira se inclinó un poco más hacia Efrén:

—Te juro que dijo dos horas. Lo hace mucho, lo de confundirme. Y luego hace como si yo estuviera loca. ¿Tú me crees? Hay mucha gente que no.

Said salió del baño, mirándose la ropa arrugada con patente desaprobación. Sus movimientos eran demasiado lentos para resultar naturales.

—Espero que al menos a vosotros os haya ido bien con la señora —dijo después de coger aire, con una sonrisa forzada.

—Sí, todo bien —repuso Efrén.

—¿De qué es esa investigación?

—Es sobre un pintor modernista y la bohemia de Montmartre.

—¡Montmartre! —exclamó Said alegremente—. ¿Sabes que Sami quería ser bailarina en el Moulin Rouge?

—¿En serio?

—No es cierto —musitó Samira.

—De esas que enseñan las tetas. No digas que no, a los amigos no hay que mentirles, luego te descubren y quedas mal. Y, además, es muy honroso trabajar como cabaretera, enseñando las tetas. ¿Verdad? —le preguntó a Efrén.

—No juzgo a nadie. Me parece muy bien que haya de todo en este mundo.

—¿De todo?

—Hum, sí, supongo.

—¿Traficantes de drogas, por ejemplo, o de personas? ¿Terroristas?

—Pensé que hablábamos de trabajos honrosos.

—¿Como cuáles? ¿Qué virtudes debe tener un trabajo para ser honroso, Efrén?

—Que no suponga un delito, no hacer daño a nadie… Supongo.

—Ya. ¿Y ser barrendero? ¿Es un trabajo honroso?

—Por supuesto.

—¿Tú quieres ser barrendero? ¿Conoces a algún joven que aspire a ser barrendero? ¿Crees que unos padres presumirán de un hijo que sueña con ser barrendero?

—Lo que creo —Efrén carraspeó— es que necesitamos barrenderos, y que si no los tenemos con vocación debemos estarles doblemente agradecidos porque la mierda presenta esa tenaz manía de no irse sola y, al final, alguien tiene que ocuparse de deshacerse de ella.

Ambos se midieron con la mirada un rato que a Efrén le pareció muy largo, pero no iba a ceder. Said entrecerró los ojos y soltó aire:

—La mierda… Un gran tema de conversación.

—Sin duda.

Said soltó una de esas carcajadas suyas, estruendosas y feroces.

—No has probado ni el té ni el cruasán —dijo Samira.

—No es lo que yo te había pedido. Te dije que café y tostada —contestó Said arrugando la nariz—. Por cierto, ¿y esas jodidas cartas que habíamos venido a buscar? ¿Dónde están? No las veo por ninguna parte.

—La pobre mujer debe de estar senil. Me confundió, se pensaba que yo era una pariente suya.

—¿Me has tenido una hora esperando, bajo la lluvia, solo para entretener a una vieja loca? —Said entonces se puso a toser. Se llevó la mano al pecho. Parecía que se ahogaba.

—¿Said? ¡Said!

Pero él rechazaba la ayuda nerviosa de Samira.

—¿Qué pasa? —preguntó Efrén.

—Tiene hipertensión. A veces le cuesta respirar.

Efrén se calló que todo le había parecido un teatro. El matrimonio intercambió unas palabras en francés.

—Tenemos que irnos, Efrén. Said necesita descansar.

Said salió el primero, después de dejar treinta euros en la mesa, sin esperar ni a ellos ni al cambio. Efrén aprovechó para agarrar a Samira del brazo.

—¿Qué haces? Suelta.

—Oye, quédate conmigo. Que se vaya él solito a París a descansar. O a tomar por el culo.

—Calla, te va a oír.

—¿Y qué?

—Que luego me la cargo yo.

—Samira, ¿qué haces con ese tío?

Said giró sobre sus talones, muy lentamente. Los hombros caídos, la mirada torcida.

—Adiós, Efrén —susurró Samira, y apretó el paso hasta su marido.

París
Abril de 1894

Edgar Degas despedía a su amiga Mary Cassatt en la puerta de su estudio mientras León y Pascual admiraban los lienzos.

—¿Serán amantes? —susurró Pascual al oído de León.

—¡Y yo qué sé! Cállate, que como nos oiga cuchichear sobre él nos echa.

Degas cerró la puerta y se volvió hacia los jóvenes aspirantes. León carraspeó.

—Vengan aquí —les indicó el artista señalando una mesa y unas sillas. Se encendió una pipa.

—Muchas gracias por la invitación, señor Degas —empezó León con la sumisión resultante de una admiración fervorosa.

Degas hizo un gesto ambiguo con la mano que cargaba la pipa. Se impuso un silencio incómodo. León volvió a carraspear.

—Parezco duro, pero es solo por una especie de brutalidad que nace de una desconfianza en mí mismo y de mi mal humor. No me teman.

—Señor Degas, he venido a aprender, pero siento que no me sale nada a derechas —confesó León—. No sé dónde está el problema, si es por falta de talento, de inspiración o de conocimientos. Si acaso falla mi mirada sobre el mundo.

—Cada vez que un joven me pide consejo, siempre digo lo mismo: céntrese en el dibujo. El dibujo, el dibujo y el dibujo. Busque ahí el interés y la inspiración. Pero los jóvenes no me escuchan.

—Nosotros sí, maestro —se apresuró a decir Pascual.

—En cuanto a la mirada sobre el mundo… —prosiguió Degas—. Un hombre es un artista solo en ciertos momentos, por un esfuerzo de voluntad. Los objetos tienen el mismo aspecto para todos.

León y Pascual lo interrogaron con el ceño fruncido.

—Los objetos percibidos tienen un valor parecido. No importa que sean personas, plantas, guantes o garrafas.

—Entonces, ¿qué es lo importante? —quiso saber León.

—El movimiento y la luz. Hay muchos que me llaman el pintor de las bailarinas —dijo Degas con arrogancia—, pero esos no entienden que las bailarinas son solo un pretexto para representar el movimiento y para pintar hermosas telas en las que reflejar la luz. La luz natural no me interesa, es demasiado fácil. Prefiero lo difícil: la atmósfera de las lámparas o la claridad de la luna.

—Sin embargo, todo parece tan fácil y natural cuando uno contempla una de sus obras… —suspiró Pascual.

—¿Natural? —se burló Degas—. Fíjese bien: la palabra arte contiene la idea de «artificio», es decir, de algo engañoso. Lo que ustedes deben perseguir es dar la impresión de lo natural por medio de una manipulación de la realidad. —Degas se inclinó hacia sus invitados y bajó la voz—. Un cuadro requiere tanta astucia, malicia y vicio como la ejecución de un crimen.

—¿Quién diría usted que es el maestro por excelencia? —preguntó Pascual.

Degas se llevó la pipa a la boca, pero no para reflexionar su respuesta, sino para darle solemnidad:

—Velázquez, sin duda. Es el pintor entre los pintores. Estudien bien a su compatriota.

Pascual y León asintieron como buenos pupilos.

—Y sumérjanse en su soledad. Si alguien quiere ser un artista serio, debe encontrarse constantemente solo.

—Y con su modelo —matizó Pascual.

—O no.

—¿Entonces cómo pinta el cuadro?

—Es bueno copiar lo que se ve, pero es mucho mejor pintar lo que queda en nuestra memoria después de ver algo. Es el momento en el que la imaginación y la memoria trabajan juntas. —Los ojos de Degas chispeaban. Levantó un índice ante los aprendices—: Solo se puede reproducir lo que nos golpea.

—Como una bofetada —musitó León para sí mismo, cayendo en la cuenta de que sus mejores dibujos habían sido fruto del rapto, que en las últimas semanas estaba obsesionado con forzar ese choque que resultaría en algo bueno.

—Una pintura no debe ser una copia, sino el resultado de la imaginación del artista. Sí, de acuerdo, puede usted añadir algunas pinceladas de realidad, copiarlas; evidentemente eso no le hará ningún mal al cuadro. Pero cuando empiece con su obra dibuje lo que le dicte su memoria. —Degas movía las manos y los brazos como enajenado—. ¡El recuerdo trabajará con la imaginación, ambos se liberarán de la tiranía de la realidad, y entonces logrará reproducir solo lo necesario: la esencia! —Degas se reclinó sobre el respaldo de la silla. Parecía agotado—. En verdad, el arte es una batalla.

Degas se quedó en silencio, con la mirada perdida, fumando, como si estuviera muy lejos de allí. León y Pascual entendieron que era la hora de marcharse, que el artista necesitaba estar, de nuevo, solo.

Salieron y anduvieron sin rumbo fijo, callados, cada uno repasando las palabras de Degas. Hasta que León se detuvo bruscamente:

—Hace tiempo que no me paso por San Luis. Seguro que tengo alguna carta.

Dio media vuelta y se dirigió a su antiguo apartamento. Allí tenía, en efecto, una carta que había llegado hacía algunos días. Y sentado en una silla, en el portal, lo esperaba un caballero con levita y chistera, y cara de pocos amigos.

Sitges
Febrero de 1905

—Me imaginaba a André guapo, amable, simpático —suspiró la niña—. Romántico.

—Supongo que al principio fue todas esas cosas.

—Me lo imaginaba diciéndole palabras bonitas, regalándole flores.

—No; regalos, no —le corrigió la madre—. No tenía ni un maldito franco.

—Qué pena que su historia acabara así. ¡Pero al menos Madeleine tuvo un bebé! Eso seguro que la alegró.

—Fue una época extraña. Después de la ruptura con André, Madeleine pasaba de la sonrisa y la ilusión a la tristeza y el desaliento…

A ratos la colmaba de felicidad esperar un hijo, un hijo de André, incluso aunque él ya no la amara. Pero luego recordaba las duras palabras de su examante; la mirada de desprecio y de rabia; la ruptura, tan repentina y seca. Y el futuro se presentaba desolador. Embarazada, no podría trabajar de modelo. Tendría que volver a la tienda, a los horarios largos y extenuantes, y temía caer enferma. Más que nunca, debía permanecer sana, fuerte, serena, por ella y por su hijo. También pensaba en el parto y recordaba la terrible noche en Ruan, en la que perdió a su Michele. Todo aquello la angustiaba. Louise se daba cuenta y siempre tenía algún gesto de aliento: un guiño, una taza de té, una caricia en la tripa, una sonrisa. Sus niños eran auténticas fieras, como ella solía decir. Pero también resultaban encantadores. Madeleine adoraba sus gritos, sus peleas y sus travesuras tanto como los abrazos espontáneos y los dibujos que hacían en la calle, sobre la arena y el polvo, de la tripa de Madeleine y del futuro «hermano postizo» que esperaban con ansiedad.

En la antigua *boutique* ya no había un puesto para ella. Tampoco estaban Lucie ni Camille. Le contaron que habían conocido a un par de gemelos, unos marineros de Marsella con quienes se habían trasladado a la costa. Finalmente, aquellas dos habían logrado su sueño: enamorarse, casarse y establecerse, pensó Madeleine. Deseó que tuvieran suerte.

Continuó buscando empleo y no tardó en encontrarlo. En una ciudad con tantas tiendas de moda y sombrererías, la demanda era constante. Esta vez, trabajaría de bordadora.

Tal y como imaginó, el trabajo era cansado. Pasaba horas y horas con la espalda encorvada, los ojos fijos en la labor y con escasa luz. Regresaba a la choza con un dolor desde la nuca hasta la lumbar, frotándose los ojos y arrastrando los pies del sueño. Subía la calle deseando tumbarse en el colchón y cerrar los ojos, pero ya en la puerta oía la alegría de los chicos y sonreía. Y, cuando entraba y los niños la abrazaban, se le olvidaban el cansancio, la pena y la incertidumbre.

—Hoy de verdad estoy muy cansada, niños —dijo una noche.

Se sentó en una silla, completamente rendida.

—¿Un día duro? —le preguntó Louise. Su semblante y su cálida voz siempre eran un bálsamo para Madeleine.

—Como todos, supongo, pero hoy… Creo que podría echarme a dormir ahora mismo y despertarme dentro de un mes.

—Te entiendo. A mí me pasa igual.

Louise trabajaba de lavandera. Tenía las manos ásperas, encallecidas y agrietadas, como las de una anciana. Por las noches, Madeleine le enseñaba a coser y a bordar; Louise quería mejorar, encontrar otro empleo y ganar más dinero.

—He hecho sopa —le contó Louise—. Le he puesto un pedazo de gallina que me ha dado Jeanne cuando he ido a recoger a los niños. Qué buena es esa mujer. No solo me cuida a las fieras, encima nos da comida… En fin, que la sopa me ha quedado riquísima, ¿verdad, niños? Te pondré un cazo.

—No tengo mucha hambre.

—Pero tienes que alimentarte, mujer. Hazlo por el bebé.

—Es que tengo náuseas.

—Normal. Tú haz el esfuerzo. Tu hijo tiene que nacer sano y fuerte.

Madeleine asintió. Con desgana se tomó el caldo. Olía bien. El líquido caliente la entonó y se fue al colchón de mejor humor.

—Gracias, Louise. No sé qué haría sin ti.

—Qué boba eres.

Tuvo una pesadilla horrible. Eso fue lo que dedujo cuando se despertó en medio de la noche, empapada de sudor. El corazón le latía fuerte y rápido, y respiraba con gran agitación. Al tumbarse de nuevo, sintió un pinchazo en los riñones. Se cambió de postura y un latigazo le recorrió la cintura. Del grito que se le escapó, despertó a Louise.

—¿Madeleine?

—Louise…

—¿Qué pasa? —preguntó la mujer asustada, acercándose a Madeleine.

—Me duele mucho.

—Tranquila. No pasa nada.

—Sí pasa, Louise. Sí pasa.

Aquel dolor le resultaba desafortunadamente familiar. De nuevo aquellas garras de fuego tirando de su vientre hacia los infiernos. Aullaba, pero con los gritos no se iba el mal de mil demonios. Cuando Louise encendió una vela, vieron la sangre…

La niña escuchaba con el corazón en un puño.

—¿Sangre? ¿Otra vez?

—Sí, hija, otra vez. Aquella noche, Madeleine perdió a su bebé.

Ruan
Julio de 2015

Efrén le envió un mensaje a Samira por la noche; quería saber si estaba bien. Ella respondió que sí, que gracias por todo y que esperaba que pudieran volver a verse algún día. Él apeló a la compasión. Le habló del posado robado, que la redactora de la revista le había llamado dos veces, que él necesitaba el dinero porque le iba a resultar difícil encontrar otro empleo. Ella no entendía por qué él la necesitaba en esas fotos. Él le dijo que así parecería más natural, incluso que se encontraba relajado, que no había salido de España solo por huir. Aunque todo esto era cierto en parte, Efrén buscaba otra oportunidad para convencer a Samira de que dejara a Said.

Se ofreció a recogerla en la estación de tren de Ruan, pero ella insistió en que se encontraran en el hotel. No sabía cuándo llegaría, porque Said estaba cansado aún por todo lo ocurrido el día anterior y solo acudiría a la oficina después de comer.

Pasaban de las cinco cuando Samira tocó a su puerta. Efrén no sabía qué decirle.

—¿Paso?

—Sí, claro, perdona. Has traído la tesis.

—Sí, he estado leyendo en el tren. ¿Sabías que Madeleine tenía amigas verdaderamente revolucionarias? Me impresionan algunos detalles de sus vidas, ¿sabes? No sé, en ocasiones me parecen más modernas y valientes que las mujeres de hoy en día.

—Tenían más guerras que pelear, tal vez. O estaban más acostumbradas a luchar.

—No sé. En sus cartas Madeleine cuenta su vida en Montmartre, pero a grandes rasgos, ocultando lo que a sus familiares no les gustaría leer. Es decir: nunca conoceremos la historia completa de Madeleine, pero lo poco que nos deja ver de ella es… inspirador.

—Es cierto, nunca conoceremos la historia de Madeleine —remarcó Efrén—. ¿Es cierto lo que dijiste en la cafetería sobre la anciana Barbier, que está senil?

—Sí.

—¿Y para qué tanto rollo, Samira? ¿O es que querías hacer esperar a Said a propósito?

Samira miró a Efrén un instante. Después se sentó en la cama, abrió el libro y pasó páginas hasta que encontró lo que buscaba. Leyó traduciendo:

—«Como modelo profesional, Madeleine Bouchard sentía la inquietud de aquel que es mirado por otros como un mero objeto sin alma. Cualquier modelo, en cualquier época, cuando posa frente al artista, queda despojada de personalidad, debe entregarse a las exigencias del artista, que puede pedirle que sonría o que llore, que adopte una actitud festiva o pensativa, que ame u odie. De este modo, el autor pasa a poseer su voluntad y se convierte en dueño y señor de los sentimientos, pareceres y ánimos de la modelo para devolvérselos al futuro espectador de la obra de arte. En una carta a su prima menor, datada en 1894, Madeleine expresa esta inquietud».

Samira alzó la cabeza para mirar a Efrén, para constatar su interés, y continuó:

—«Nótese —leyó con tono de nota a pie de página— que en esta fecha ya está documentado que Bouchard había posado para Toulouse-Lautrec, Renoir, Manet y cartelistas de la época, pero en la carta oculta el dato a su pariente. Recordemos que la profesión de modelo no estaba bien vista en aquellos años, menos aún en los ambientes más conservadores, de donde ella procedía».

Samira carraspeó y siguió con la carta de Madeleine:

En París, hay una gran actividad nocturna, y, aunque yo no soy asidua, estoy al corriente de los espectáculos que en los salones de baile se desarrollan cada noche. Mis compañeras de la tienda salen a menudo y me hacen partícipe de algunas anécdotas. Hoy mismo, por ejemplo, me han contado que han entablado cierta amistad con una cantante. Al parecer, su voz es prodigiosa, se oye incluso por encima del bullicio del salón de baile, aunque pocos le prestan atención. ¿Por qué? La cantante es añosa, sus vestidos pobres no llaman la atención, no es guapa. En otro tiempo le fue mejor, cuando trabajó como modelo. Los artistas se peleaban por contar con ella para sus cuadros y carteles, y durante varios años ganó un buen dinero. Ahora, sin embargo, ¿en qué ha quedado todo eso? ¿Alguna vez le importó ella al artista, al crítico que juzgó el cuadro, al marchante que lo compró, al público que lo aplaudió? Ninguno de ellos la valoró a ella, a la persona que se escondía debajo de aquella pose artificial. Ella era solo un encuadre, una forma, un conjunto de colores y texturas, un juego de contrastes. Ella no importaba nada. Ahora se da cuenta de que fue tan efímera, tan pequeña, tan limitada, como una estrella fugaz.

—¿Por qué ese fragmento?

—Hay vidas que no importan nada —musitó Samira—. La cantante mayor de Montmartre que no sirve ya como modelo, las prostitutas, las mujeres pobres. Madeleine. Y Dominique Barbier. Solo nos interesa por las cartas, pero es una mujer atrapada en su mente. ¿Qué mal podía hacerle que alguien le diera un poco de conversación? ¿Viste su cara de felicidad?

Efrén se acuclilló frente a Samira:

—No, no me di cuenta. Lo siento. Tienes razón y lo siento. —Cerró la tesis y la puso en la mesilla de noche—. ¿Qué tal si salimos a dar una vuelta? El fotógrafo nos espera.

—Sí, te llevaré a conocer Ruan.

Fuera hacía calor, el bochorno húmedo de los días de altas temperaturas y gruesas nubes bajas. Pero la ciudad merecía los sudores. En la ribera derecha del Sena, Efrén se sentía transportado a un pasado medieval, caminando por callejuelas empedradas, entre fachadas de un peculiar entramado de madera y restos góticos. Samira lo condujo al atrio de Saint-Maclou y Efrén fotografió las macabras decoraciones de aquellas fosas comunes. Pasearon también por una calle muy transitada, con tiendas variadas a uno y otro lado. Samira contemplaba los escaparates con preocupación.

—¿Has visto? —le preguntó señalando hacia arriba.

Sobre un arco había un gran reloj, un sol con una sola aguja y relieves dorados.

—Es Gros Horloge. Data del siglo XIV. Marca la hora, las fases de la luna, y en esa caja de abajo muestra el día con una escena alegórica. Ahora te voy a llevar a la plaza del Viejo Mercado.

—Aguanta un poco. El fotógrafo de la revista está disparando. Y el reloj merece la pena. Por cierto, ¿a qué hora tienes que volver a casa?

—Tengo tiempo.

—Y yo hambre.

—Pues vamos a la plaza. Es el lugar donde quemaron a Juana de Arco.

—Oh, bien.

—¿Sabes? Ayudó a los suyos a liberar Francia del dominio de Inglaterra y luego no hicieron nada por ella cuando los ingleses la quemaron. Hasta se pusieron a ver el espectáculo desde La Couronne. Es un restaurante que todavía sigue en pie. Está lleno de fotos de famosos y se come un buen pato a la naranja.

—Estos gabachos… Menudos cabronazos, ¿eh? Comida y fuegos artificiales por el mismo precio.

—Así somos los seres humanos. Encontramos placer al contemplar lo feo, el dolor, la rareza. Pero en los otros y solo desde la barrera.

París
Abril de 1894

El caballero con levita y chistera y cara de pocos amigos llevaba esperando un buen rato, y no era la primera vez que se presentaba allí, de buena mañana, preguntando por don León, según le informó la portera. Venía de Barcelona.

—Creo que sería mejor si me dijera dónde puedo encontrarle —le sugirió la mujer, saboreando la propina extra—. Así podría avisarle si alguien más viniera a visitarlo a usted.

León asintió, convencido de que aquella era una buena idea.

—¿Y qué excusa le ha dado a él? —quiso saber León antes de presentarse ante el caballero.

—Que estaba usted de viaje.

—Excelente —celebró León y, tras recompensar generosamente a la portera por su discreción, se volvió hacia la visita—. Siento que haya tenido que esperar, caballero. He estado de viaje.

—Aprendiendo, espero —repuso el hombre con arrogancia. Y se puso en pie.

—Sí, claro.

—A su padre de usted no le gustaría oír que su hijo está malgastando el esforzado capital de la familia en juergas nocturnas.

—Por supuesto que no, caballero. ¿Puedo invitarle a un café aquí cerca?

—No será necesario. Mi misión es una, directa y concisa.

—Usted dirá.

—Vengo a recoger sus trabajos.

—¿Mis trabajos? —se alarmó León. No había hecho prácticamente nada.

—Lleva aquí varios meses. Alguna producción artística habrá culminado. —El caballero sacó un papel de un bolsillo de la levita y lo desplegó con suficiencia ante León—. Don Eusebi solicita que usted me entregue *La clase de danza*. Usted le había contado que estaba trabajando en esa obra.

—Sí, sí.

En efecto, antes de partir a París, León acordó con Eusebi copiar varios lienzos, todos ellos por encargo, entre los cuales se encontraba el mencionado de Edgar Degas. En cada carta que recibía de Barcelona, su padre le pedía cuentas del trabajo, hasta que en una ocasión León le contó que *La clase de danza* estaba prácticamente terminada. Ahora se la reclamaba.

—¿Puede entregármela?

—¿Ahora?

—¿Cuándo, si no?

—Los lienzos necesitan una preparación antes de un viaje. Para que no sufran ningún daño.

—Ah. —El hombre frunció el ceño—. ¿Cuánto tiempo necesita?

—Deme la tarjeta de su hotel y yo iré a buscarle.

—Pero ¡cuándo! Tengo que regresar a Barcelona lo antes posible.

—¿Usted quiere que mi padre se enfade si recibe el lienzo maltratado? Pues tendrá que esperar.

Despedido el emisario de Eusebi Carbó, León corrió a su estudio. Había empezado ese cuadro de Degas, pero le faltaba mucho aún.

—¡Ayuda! —le pidió a Jordi cuando entró por la puerta.

—¿Mía? ¿Degas no ha sido suficiente?

—Déjate de rencores, esto es serio.

León le explicó que tenían que falsificar una de las obras maestras de Degas. Le mostró a Jordi el dibujo sobre la tela. El hombretón se acercó.

—Está muy bien —dijo con sincera admiración.

—Solo queda pintar.

—Ah, sí, muy fácil —ironizó Jordi.

—Venga, hombre. Cuando venga Pascual seremos tres. Podemos hacerlo.

Jordi suspiró con resignación. No aceptaba propuestas a la primera, pero nunca dejaba de hacer un favor.

—Está bien. A ver, me pongo con esta esquina.

Trabajaron frenéticamente durante tres días. Se iban turnando para comer y dormir unas horas. Hasta renunciaron a salir de noche.

—Yo creo que ya está —dijo León, al fin.

El alba entraba por la ventana. Jordi y Pascual se despertaron al oírle.

—Ha quedado… —Pascual se frotaba los ojos y estudiaba la pintura—. Sí, ha quedado bien, ¿eh, Jordi?

Tras una breve y muda reflexión, Jordi asintió.

—¡Bravo! —aplaudió León—. Gracias, amigos, gracias.

—De gracias, nada —replicó Pascual—. El trabajo hay que remunerarlo, maldito burgués.

—Este burgués te da de comer y te aloja en su apartamento sin pedirte nada a cambio —repuso León.

—¡Qué explotación! ¡Qué alienación! Marx te diría unas cuantas cosas.

—Estarás contento —dijo Jordi.

—Sí, por supuesto —repuso León mientras preparaba el lienzo.

—Degas te invita a su casa y luego le falsificas un cuadro —siguió el hombretón negando con la cabeza—. Me voy a dormir. No me despertéis.

—Yo también voy a acostarme —musitó Pascual con la cabeza gacha—. ¿O no se nos permite el descanso, patrón?

León tragó saliva. Toda la alegría que había sentido hacía un momento se había evaporado. Recordaba a Degas, su pasión, sus consejos, y él lo había traicionado. El maestro había dicho que un cuadro requería tanta astucia, malicia y vicio como la ejecución de un crimen. León acababa de comprobarlo.

Sitges
Febrero de 1905

—Pobre Maddie... —dijo la niña—. Continúa, mamá, por favor.

—Madeleine pasó siete días tirada en el colchón, sin hablar, sin comer, sin apenas moverse. Solo aceptaba una infusión de vez en cuando y, con la mirada perdida, volvía a hundirse en el lecho. Por descontado, perdió el trabajo. Aunque el dolor físico había pasado, Madeleine sentía un lamento por dentro, como un latido débil pero constante, que le recordaba su desgracia igual que el manchón de sangre en el suelo que Louise no había conseguido eliminar...

Cuando se levantó, por fin, fue una noche. Los niños ya respiraban con la pesadez del sueño y Louise practicaba unos bordados. Se alegró de ver a su amiga en pie.

—¿Te caliento un poco de guiso?

—No, gracias. Necesito salir. Comeré algo fuera.

—¿Seguro? —se preocupó Louise—. ¿Y si te mareas por ahí? Hace días que no pruebas bocado.

—No me pasará nada.

Se cambió de ropa. Se puso una falda de color claro y una blusa encarnada para animarse. Se arregló el pelo.

—Vaya, te estás poniendo guapa —celebró Louise, aunque casi al instante palideció—. ¿Vas a...? No vayas a buscarlo, Maddie.

—¿A André? —Madeleine agachó la cabeza—. No, tranquila. Solo quiero pasar un rato en el Moulin de la Galette.

Lo que Madeleine no dijo fue que, a pesar de que no planeara llamar a la puerta de André, sí guardaba la pequeña esperanza de verlo, aunque fuera solo a lo lejos.

—Muy bien —aprobó Louise y continuó con aire soñador—: Esos bailes deben de ser divertidos, ¿no? Las luces, la música, la gente...

—Es un ambiente especial, sí. A mí no me gustaba del todo al principio, pero Montmartre me ha conquistado. Es mucho más de lo que creía. ¿Nunca has estado en un salón?

—¿Yo? ¿Tú me has visto? Ojalá...

—Tendrías que acompañarme.

—¿Y dejo a los niños solos? —Louise negó con la cabeza—. Esperaré a que sean mayores. Entonces yo seré vieja, me crujirán los huesos y no me quedará ni un solo diente sano.

Madeleine, que ya había terminado de arreglarse, le dio un beso a Louise en la frente.

—Vendré pronto.

—Cuídate.

En la calle, le compró a un chico un cucurucho de almendras tostadas que vendía en una esquina. No tenía hambre, pero temía marearse, como le había advertido Louise. Qué buena era esta Louise, era un ángel de la guarda. En algún momento le llegaría el turno de devolverle tantos favores, se dijo Madeleine, y ella correspondería. Al chico de la esquina también le compró unos cigarros.

Poco antes de llegar al Moulin de la Galette, tiró el cucurucho y vio que el papel de periódico le había manchado las manos. Por suerte, el chal que le cubría los hombros era oscuro, así que se frotó la piel en la lana hasta que las manos quedaron más o menos limpias.

Al entrar, aspiró el humo del salón de baile. Lo echaba de menos. No tardó en mezclarse entre la muchedumbre, mirando a todas partes. ¿Estaría él, esa noche, en el molino? Una mesa quedó libre y se sentó.

—Buenas noches, señorita —la saludó el camarero—. ¿Qué desea tomar?

—Absenta. ¿Tiene cerillas?

El camarero le sirvió la absenta y las cerillas. Era la primera vez que tomaba absenta. Sarah la tomaba, sus amigas también, igual que André. Él la había animado a probarla, pero temía los efectos de la borrachera brutal que solía provocar. Ahora no tenía miedo. Dio un sorbo y cerró los ojos para captar mejor el sabor. Sin sorpresa, reconoció todas y cada una de las notas del licor: poesía, arte, pasión, locura.

—¡Madeleine!

Abrió los ojos. Enfrente tenía a la extravagante Suzanne. Llevaba un sombrero muy grande.

—¿Te he dicho alguna vez que mi madre también se llama Madeleine?

—No. ¿Te apetece sentarte?

—Hum, bueno. ¡Camarero! Absenta, por favor. Querida, ¿me ofreces un cigarro?

Se lo dio y se encendió otro para sí misma. Ya no tosía ni le sentaba mal. Berthe tenía razón cuando le aseguró que se acostumbraría. Siguió fumando y bebiendo. La sensación era tan agradable.

—Oh, ahí está André —dijo Suzanne interrumpiendo su cháchara.

—¿Dónde?

—¿Qué tal os va, por cierto?

Madeleine miró a todos lados. A pocos metros lo encontró. Él sonrió y saludó con la mano.

—¡Voy! —chilló Suzanne—. Qué querrá este ahora... Gracias por el cigarro, cielo. Nos vemos.

Suzanne se levantó. Madeleine también, por cortesía, aunque la pintora se fue enseguida, como un suspiro. Madeleine la vio reunirse con André, que ambos se besaban en las mejillas, que se sonreían, que se decían cosas al oído.

Volvió a sentarse, muy lentamente, o quizá las fuerzas la abandonaron. No dejó de observarlos, ni siquiera a pesar del dolor que le atravesaba el pecho. Lo único que podía hacer era mirar, fumar y beber.

París
Abril de 1894

El cuadro de Degas le gustó mucho a la burguesa de Barcelona, según contaba Eusebi en su última carta. La dama había convocado a sus amigas para la presentación de la gran obra y los pedidos se habían multiplicado. Pascual estaba eufórico.

—¿Por qué no nos dedicamos a copiar cuadros?

—¿Estás proponiendo que nos organicemos en banda criminal? —tradujo Jordi.

—No hablaba contigo. Qué, León, ¿qué me dices?

—Lo cierto es que mi padre me envió a París para copiar los cuadros de «los modernos», como él los llama. Hay un mercado importante de obras falsas. Los más interesados son los burgueses que han hecho mucho dinero y quieren hacer ostentación.

—¿Compran esos cuadros sabiendo que son falsos?

—En el caso del que hemos copiado, sé que el comprador le pidió a mi padre que yo se lo pintara. Es un regalo para su mujer. Lo que no sé es si ella será consciente del fraude. En cuanto a los demás, ni idea.

Pascual paseaba por la habitación acariciándose la barba.

—Dile a tu padre que has conseguido un socio. ¡Que produciremos a gran escala! —dijo Pascual con los brazos abiertos, como las aspas del molino en el que vivían.

—Mira tú el socialista preocupado por la explotación del capital... —dijo Jordi entornando los ojos. Se volvió a León—: Si pintas los cuadros de otros, no tendrás tiempo para pintar los tuyos.

—Pero sí tendré dinero para gastar.

—Por no hablar de la falta de ética y moral...

—¿Sabes si Pepito Grillo va a estar sermoneando por aquí mucho tiempo? —le preguntó Pascual a León.

—No. De hecho, me bajo al baile —respondió Jordi—. Va a venir Suzanne Valadon y quiero hablarle de mi obra. Ojalá me haga un hueco para exponer en el Salón.

—¿La Valadon? —exclamó Pascual—. ¿Aquí? ¿Esta noche?

—Sí.

—Voy contigo.

—¿Y qué le vas a presentar? —quiso burlarse Jordi—. ¿Tu proyecto de falsificación a gran escala?

—¡Bah, cállate! Mis cuadros tienen muchas más posibilidades. En cuanto la Valadon vea los tuyos se los dará a su cabra para que se los coma. León, ¿bajas? Es una buena oportunidad. ¿Te imaginas que la convencemos?

—Sí, bajo. Aunque lo único que yo puedo ofrecerle es que me acompañe a beber.

Los tres amigos dieron vueltas buscando a Suzanne.

—No habrá llegado aún —supuso Jordi.

—¿Seguro que venía esta noche? —preguntó Pascual.

—Seguro.

—¿Qué tal si nos quedamos en un sitio? —propuso León—. Si ella también se está moviendo, será más difícil verla.

Se sentaron a una mesa y pidieron vino. Aún era pronto para la absenta y no querían espantar a la nueva administradora del Salón de París, la exposición de arte anual más importante del mundo.

—¿Con quién se habrá acostado esta vez? —se preguntó Pascual.

—Pinta mejor que tú —contestó Jordi—. Y tiene más tesón.

—¡Oye, es que todo lo que digo te parece mal!

—No, es que tienes la boca muy grande y no dices más que tonterías. Tú te has acostado con más mujeres que Suzanne con hombres.

—No sé yo.

—Eh —dijo León interrumpiendo la pelotera—. ¿No es esa Suzanne?

—¿Dónde?, ¿dónde? —Pascual se puso en pie y miró alrededor—. Sí, ¡ahí está!

Estaba sentada a una mesa, contra la pared, frente a una mujer con una blusa roja y una falda de color crema. En la mesa había dos copas de absenta y ambas fumaban. De pronto, Suzanne se levantó con su copa, la mujer la imitó, pero enseguida se quedó sola y de pie, como un pasmarote. Sus ojos... León se quedó atrapado en aquella mirada gris; gris por el color de las pupilas, gris por la emoción que desbordaba. La mujer observaba a Suzanne y a un joven con un canotier y un traje tan gastado como el suelo del Moulin de la Galette. León volvió su atención a la mujer de ojos grises. Ella no parecía estar allí, parecía un espectro que se hubiera asomado a la realidad desde la frontera de la muerte. Se sentó, lentamente, como si se desinflara, sin dejar de mirar a Suzanne y al joven.

—¿Quién es ese? —bramó Pascual—. Ya se nos han adelantado.

—Esperamos un poco y ya está, hombre.

León escuchaba la discusión de sus amigos, la música y el bullicio como un eco lejano. Él, al igual que la mujer que contemplaba, se había convertido en un espíritu, en una sutil sustancia que atravesaba cuerpos y materia, y que sublimaba aquel momento pleno de poesía, de enajenación.

—¿Y a ti qué te pasa? —preguntó Pascual.

—¿Eh?

Su amigo le había desviado la atención y, cuando quiso regresar a esa imagen mágica, ella, la mujer, había desaparecido. León se levantó tan bruscamente que tiró la silla.

—¿Dónde se ha metido?

—¿Quién?

—¡Ella! La chica que...

—Madre mía —dijo Jordi apoyando la frente en la mano—. Ya se ha enamorado otra vez.

La buscó en cada rincón, a través de las parejas bailando, del humo, de la música. No la encontró, se había volatilizado. Le dieron ganas de beberse toda la absenta del almacén, pero se le ocurrió algo mejor. Corrió arriba, a su habitación, cogió una tela nueva y empezó a dibujar frenéticamente, en un rapto de la memoria que le traía un conjunto de luces, sombras, colores, sensaciones. Notaba el latido delirante del corazón. No importaba que ella no estuviera enfrente, el recuerdo le bastaba, la impresión que le había dejado era suficiente. Al fin había atrapado lo que de verdad importaba: la esencia.

Ruan
Julio de 2015

Sentados cerca del monumento que señalaba el lugar donde quemaron a Juana de Arco, bajo la sombra de un árbol, Samira se quitó las gafas, la pamela de paja y se revolvió el pelo. Con el ala del sombrero se abanicó.

—¿Qué tal tu madre? —Efrén se había extrañado de la mala opinión de Said sobre María. Y se preguntaba cómo esa mujer de gran carácter no había logrado arrancar a su hija de un hombre como Said.

—En Marruecos. Vive con mi abuela y mis tíos, en una casa fea y pequeña, y con el retrete en el establo.

—¿No vas a verla?

—No, aquello no es para mí. Además, nuestra relación se ha enfriado un poco. Y ella no es la misma desde que perdimos a Omar.

—Entonces, ¿es verdad que no sabéis dónde está?

Samira negó con la cabeza.

—¿Vamos a cenar algo? —propuso Efrén para intentar animarla.

—Pero no tengo dinero.

—Lo sé. No te preocupes, yo te invito.

Samira sonrió levemente.

—Te voy a llevar a un sitio que nunca imaginarías.

—¿Al restaurante ese del pato a la naranja? Tanto dinero no tengo, ¿eh?

—No, a otro mucho mejor.

Se llamaba La Cantine. El cocinero los recibió con amabilidad, el menú era barato, el local resultaba incluso acogedor, pero desde luego Efrén nunca había comido en un restaurante donde él tuviera que servirse y ayudar en la cocina. Por eso era barato.

—¿A que es divertido? —le preguntó Samira con un delantal sobre su ropa de marca.

—Mucho —repuso Efrén mientras pelaba patatas sin entusiasmo.

La comida estaba rica, a pesar de que eran riñones con salsa. Eran las nueve y media.

—Samira, ¿a qué hora vas a volver a casa?

Ella desvió la mirada. Estuvo un momento en silencio, mordiéndose el pulgar.

—Tengo que hacerte una pregunta… ¿Iba en serio lo que dijiste ayer? ¿Que podía quedarme contigo?

—Por supuesto.

—Ayer te fuiste con él. ¿Qué ha pasado para que hayas cambiado de opinión?

—Nada especial, lo de siempre: el silencio y el vacío. Puede estar semanas así, haciendo como si yo no existiera. Porque no solo no me habla ni me mira, es que se mueve por la casa como si yo no estuviera. Si me encuentro en su camino, puedo llevarme un empujón o un pisotón. O si está sacando una bandeja del horno y yo estoy cerca, salgo con una quemadura en un brazo. Cuando me castiga con ese silencio, yo no puedo dormir apenas. Anoche me puse a leer la tesis de la profesora y, al pensar en Madeleine, en lo que hicieron esas mujeres hace más de un siglo, me dije que yo también podría conseguirlo, pero…, ya lo ves, soy una mujer adulta que no tiene ni diez euros para pagarse esta cena barata. No tengo mayores estudios, no tengo experiencia, no soy nada. ¿Cómo voy a hacer para continuar?

—¿Por eso no te has marchado antes?

Samira se encogió. Echó mano del bolso y sacó el móvil.

—Antes de salir hice la maleta, la he dejado en la taquilla de la estación, por si no podía quedarme contigo.

—Qué tontería. ¿Cómo has podido pensar eso?

—Y le dejé una nota. —Le mostró el móvil a Efrén—. Lo tenía silenciado, para que no nos molestara. Mira.

Tenía siete mensajes y diecinueve llamadas perdidas. Se llevó las manos a la cabeza, derrumbada.

—Creo que he hecho una tontería. ¿Qué voy a hacer ahora? ¡Tengo miedo!

—¿De él?

—De él, de mí, de París. No lo conseguiré. ¿Qué va a ser de mí?

Samira rompió a llorar, callándose el sollozo y tapándose las lágrimas. Efrén la abrazó, y le susurró en el oído:

—Mañana será otro día.

Eran las ganas de seguir peleando de Escarlata O'Hara al término de *Lo que el viento se llevó,* después de perder lo que más quería. Ambos adoraban esa película, el personaje de la singular sureña, y su frase final se convirtió en una clave entre Samira y Efrén cuando alguno de ellos sufría un dolor. Pero eso era en la época del instituto, cuando creían que el futuro era un lugar en tierra firme al que llegarían sanos y salvos.

Mientras la abrazaba, Efrén también se hizo sus preguntas. No tenía empleo, iba a ser difícil conseguir uno, no imaginaba cómo reconducir su vida y ahora, de pronto, estaba Samira. Era hermosa, era su mejor amiga, era su primera y única novia, le encantaba estar a su lado porque era jodidamente especial. Pero Efrén se temía que sus brazos no podrían sostenerla.

8

«La mujer, que es igual al hombre,
no tiene por qué obedecerle».

HUBERTINE AUCLERT, periodista
y primera sufragista de Francia.
Texto leído mientras oficiaba una boda civil
(1848-1914)

Ruan
Julio de 2015

Samira acariciaba a la Madeleine del papel satinado de la tesis: el rostro, la blusa, la falda, y de nuevo el rostro.

—¿En qué estaría pensando?

Se habían hecho esa pregunta una infinidad de veces, y la siguiente:

—¿Se estaría sentando o levantando?

—Aún no lo sé.

—Yo creo que se sienta —dijo Samira mordiéndose un padrastro—. Si fuera a ponerse de pie, habría apartado el brazo derecho o lo habría puesto sobre la mesa, para apoyarse. En esa postura me parece difícil levantarse. Además, no se ha terminado la copa. Y parece lo suficientemente triste como para querer terminársela.

Se quedaron en silencio un rato, contemplando la belleza de la obra de arte.

—¿Te acuerdas de las lecciones de arte que me dabas durante las clases del instituto? —preguntó Efrén un poco nostálgico.

—Pues no —se rio Samira.

—Cuando me descubriste a Madeleine me dijiste unas palabras que no he olvidado. Me dijiste mira, parece una fotografía. Y yo debí de poner cara de pasmarote. Me refiero al encuadre, me explicaste. —Efrén siguió con voz aguda, como para imitar a Samira—. Hasta el impresionismo, los pintores encajaban la escena en unos límites muy definidos. En cambio, los modernos, como los llamaban, cortaban sus escenas. Les llamaba la atención un tejido, una luz, una sombra, un gesto casual, y plasmaban el instante sobre el lienzo. Igual que ocurre con la fotografía. Fíjate, las sillas y el espejo están cortados.

—Yo no hablo así —sonrió Samira.

—No, pero sí que eras muy redicha… ¿Por qué no estudias? En serio, no lo entiendo. Aunque no sea diseño, pues otra cosa. Por ejemplo, Historia del Arte.

—Bah, qué tontería. No voy a ponerme a estudiar a estas alturas. Tendré suerte si me contratan para limpiar oficinas.

—Eso te lo ha dicho él, ¿no? Todo este tiempo se ha encargado de meterte en la cabeza que eres una inútil.

—Es que lo soy.

—¿Vamos a desayunar o qué?

Unos golpes furiosos tronaron en la puerta.

—¡Samira! ¡Samira! —gritaba la voz bronca de Said al otro lado.

—¡Mierda! —se asustó Samira.

—Bueno, era de esperar —repuso Efrén más sereno que ella.

—*Ouvrez! Ouvrez la porte!*

—Tranquila. No va a pasar nada. Llamo al servicio del hotel y enseguida le echan.

—¿Y mañana qué? ¿Crees que se va a dar por vencido?

—Tendremos que buscar otro sitio.

—¿Y qué? ¿Toda la vida huyendo?

Echaron a Said, pero pasaron unos minutos angustiosos. Mientras acudían los agentes de seguridad, Said había golpeado la puerta para forzarla y entrar. Efrén se lo imaginaba con su cabeza rapada, los ojos enloquecidos y ese cuerpo de toro atacando la puerta. También a él le dio miedo esa forma de perder el control, esa violencia bruta, aunque fuera contra una simple puerta.

Para no caer en una espiral de suposiciones y negras posibilidades, se pusieron a trabajar: ella traducía la tesis, él tomaba notas para la novela.

—Parece que vivió en diferentes direcciones. ¿Por qué lo haría?

—Por las mismas razones que todos: por mejorar o por falta de dinero o por estar más cerca de un trabajo o de alguien.

—La profesora registra aquí esas direcciones.

—Podríamos visitarlas —probó Efrén.

—Dagens destaca diferentes tonos en las cartas de Madeleine.

—¿Tonos?

—Sí: a veces feliz, a veces triste. A su prima siempre le habla maravillas, que si París es una ciudad asombrosa, un encanto para la mirada, una fiesta para el espíritu… —leyó Samira—. Y en ocasiones, sobre todo durante el invierno de 1894, Madeleine se expresa con gran exaltación.

—Estaría enamorada.

—¿De Carbó?

—No, a Carbó lo conoce más tarde. Ese dato lo tengo confirmado y está bien documentado. Seguro que está en la tesis, solo que aún no has llegado ahí.

—O quizá empezó a valorar la ciudad. Eso acaba pasándonos a todos. Al principio París es terrible, pero luego te conquista.

—¿A ti cuándo te conquistó?

—Poco después de instalarme con Sophie.

—La del Saddle.

—Sí, la del Saddle.

—¿Os hicisteis amigas?

—Sí. Era maravillosa. Trabajaba en el Moulin Rouge. Era bailarina. —Samira puso una sonrisa melancólica—. A veces la acompañaba y veía el espectáculo. Desde bastidores, claro.

—¿Quisiste ser bailarina del Moulin Rouge?

—No. No realmente... Es decir, no podía: mira mi cara.

—Así que te habría gustado. —Efrén recordó que Said había contado que Samira había querido ser cabaretera y enseñar las tetas.

—Sí, pero no es algo sucio, como Said dio a entender.

—Lo sé, no hace falta que me expliques eso.

—Por eso estoy aquí.

—Llevabas mucho tiempo esperando una oportunidad, ¿a que sí?

—Supongo.

—Insistirá —le advirtió Efrén—. Said no me parece del tipo de los que se conforman con un no. Te pondrá mensajes bonitos, te regalará flores o ropa o perfume. Después, las lágrimas, las súplicas, las promesas. Debes estar preparada, porque todo será una farsa, porque los hombres como ese no cambian, y cuando haya conseguido que vuelvas a su lado, él, su verdadero él, regresará.

—No lo permitas —le suplicó Samira—. ¿Me ayudarás? ¿Me ayudarás a resistir?

Efrén la abrazó contra su pecho. Era la única forma que se le ocurría de escurrirse de una promesa que no sabía si podría cumplir.

Sitges
Febrero de 1905

—¿Eran amantes? ¿André y esa tal Suzanne?

—Ni idea —admitió la mujer.

—¡Maldita Suzanne! ¿Por qué se metería en medio?

—Suzanne era una mujer inteligente, con talento, con poder. Fue la primera mujer que dirigió el importante Salón de París. Pero nada de eso importa. No se le puede reprochar a Suzanne el comportamiento de André. Fue él quien la engañó y le hizo daño, no lo olvides.

—Es verdad —comprendió la niña—. ¿Y Madeleine qué hizo?

—Estuvo un rato mirándolos juntos hasta que no pudo más. El dolor era tan intenso que podría perder la cordura y hacer alguna tontería, de modo que se levantó y se abrió paso hasta la salida entre empujones y codazos. Anduvo varios metros, hasta una zona menos iluminada, y cerró los ojos. Sintió la lluvia fina que caía sobre sus párpados y sus mejillas ardientes. Aquellas gotas delicadas parecían besos como los que podría haberle dado Michele, que ahora sería un pequeño hombrecito de cuatro años…

Fue cuando sintió una presencia a su espalda. Se dio la vuelta rezando por que no fuera un borracho con ganas de mujer, o un ladrón, o un simple bellaco que quisiera divertirse a su costa.

Era André.

—Qué rápido te has ido. Estaba esperando a terminar de hablar con Suzanne para ir contigo. Qué mujer más pesada, no sabía cómo quitármela de encima.

—¿Cómo?

—Sí. Se cree interesante, pero lo único que tiene es poder y suerte.

—Ya es bastante —dijo Madeleine limpiándose la cara, no sabía si de la lluvia o de su llanto silencioso—. No me importaría tener una pizca de esas dos cosas.

—Tú tienes mucho más. Tienes juventud, pasión, inteligencia... Belleza. Eres increíblemente hermosa, Maddie.

André había vuelto. El André seductor, amable, con las palabras adecuadas.

—Debo marcharme —se disculpó Madeleine.

—¿Te espera alguien? ¿Un hombre, quizá? —André le cogió una mano y se la puso en el pecho, en un gesto de profundo pesar—. Maddie, no me digas que otro se ha enamorado de ti, no podría soportarlo.

—¿Qué dices?

—Lo que oyes. Estas semanas sin ti han sido horribles. Te he echado de menos como nunca podrías imaginar. No podía pintar ni comer... ¡ni respirar! Casi me vuelvo loco. Maddie, mi vida, mi amor. Mi gatita. —André la agarró por los hombros y la atrajo hacia sí—. Dime que no me has olvidado, que aún me quieres. Si no, te juro que me quito la vida.

—¡André!

—Como lo oyes. Si tú no me quieres, no me quedará nada por hacer en esta vida miserable. Y me mataré.

André pegó sus labios a los de ella, la abrazó por la cintura y la apretó contra su pecho. Madeleine, incrédula al principio, se rindió a aquel gesto de pasión desbordada. ¡André la quería! Y ella qué tonta había sido pensando todo este tiempo que él la había rechazado.

—Te quiero. Yo también te he echado de menos —le susurró Madeleine al oído cuando al fin se separaron para tomar aire.

—Qué alegría me das. Te juro que acabas de hacerme el hombre más feliz de este mundo.

—Perdí al bebé... Nuestro hijo, André —sollozó Madeleine.

—No pienses en eso ahora, mi princesa. ¡Qué digo mi princesa! ¡Mi reina, mi emperatriz, mi zarina!

—Amor mío, he sentido mucho tu ausencia. ¡Te necesito tanto! —Madeleine se refugió en las solapas gastadas de la chaqueta de su amante y lloró.

—No perdamos más tiempo entonces. ¿Qué?, ¿vuelves a casa?

Madeleine se separó para ver el rostro de André. Ahí estaba el brillo en sus ojos, la ilusión de los buenos tiempos.

—¿Quieres decir que quieres que me vaya a vivir contigo, a tu estudio?

—Tendremos que buscarnos algo. Del estudio me echaron, ahora estoy con unos compañeros muy amables, pero ese no es lugar para ti. Tú te mereces un palacio.

—No podemos pagar un palacio.

Ambos rieron llenos de felicidad.

—Algún día, Madeleine, algún día, ya verás…

—¡Ojalá, André! No lo digo por el dinero, sino porque eso significaría que han reconocido tu talento, ¡que tus pinturas son un éxito!

—Eso lo verás con tus ojos, mi vida, y serás la reina de mi casa y de todo lo que tenga. De momento, tendrás que conformarte con ser la reina de mi miseria…

Volvieron a reír.

—Yo solo quiero reinar en tu corazón, André.

Se besaron nuevamente y de allí se fueron agarrados por la cintura, como dos adolescentes que acabaran de declararse.

Los primeros días los vivieron como en una auténtica luna de miel. Madeleine solo salió a comprar algo de comida y a efectuar dos visitas. La primera, a su amigo Henri. Acudió después del mediodía, a sabiendas de que antes no lo encontraría despierto.

—Hace semanas que no aparece por aquí —le explicó la portera.

—¿Está enfermo?

La portera suspiró resignada.

—Está viviendo en la Rue des Moulins.

—¿En el salón? —preguntó Madeleine, aunque, tratándose de Henri y de uno de los burdeles más populares de Montmartre, imaginaba la respuesta—. Cuando regrese, ¿podría decirle que Madeleine Bouchard está buscando trabajo?

—Por supuesto, señorita, descuide.

La segunda visita la postergó un buen rato más. Entró en algunas tiendas, solo por curiosear y por escoger las palabras que le diría a Louise para justificarse. No había vuelto desde la noche en que se reencontró con André y habían pasado cinco días.

Con un poco de fruta para su amiga y unos caramelos para los niños, Madeleine subió la Rue Cortot hasta la pequeña choza de Louise. Una luz débil salía por debajo de la puerta. Llamó.

—Louise, soy yo, Maddie.

La mujer abrió. Llevaba una vela en la mano que proyectaba unas sombras siniestras en un semblante lleno de terror.

—Louise, perdona que… —Entonces se dio cuenta de que los dos niños mayores estaban en la cama, con el cuello infladísimo y esa liviandad del cuerpo tan propia de la enfermedad.

—¿Qué ha pasado?

—Están malitos —sollozó Louise—. Tienen fiebre, la piel fría, se les ha ido la fuerza. Les duele mucho la garganta… El pequeño está con Jeanne.

—¿Les has mirado la garganta?

Louise asintió.

—¿Y es…?

—¡Sí, difteria! ¡Es difteria!

La mujer se sentó en una silla y rompió a llorar.

—¿Qué voy a hacer? ¿Qué voy a hacer ahora? ¡Van a morir!

—No, no van a morir, ¿me oyes? Conseguiremos un remedio, Louise, te lo prometo.

—¿Dónde? ¿Y el dinero?

—Por eso no te preocupes. Tú cuídalos, ábreles bien la garganta. Vuelvo enseguida.

Madeleine corrió. Siguió corriendo después de tropezarse y caer en un charco, siguió corriendo cuando las piernas le quemaban tanto que ni las sentía, siguió corriendo cuando empezó a toser por falta de aire. Llegó al Salón de la Rue des Moulins ahogada.

—Henri… Dónde… Henri… —le pidió a la primera mujer que encontró en el prostíbulo.

Vestía una camisa clara de tirantes finos que le llegaba un poco más abajo de las rodillas, y zapatos de tacón alto.

—¿Y a esta qué le pasa? ¿Te aprieta el corsé, hija? —se burló la ramera—. Chica, no te entiendo. ¿Alguien la entiende?

Vino otra mujer; la madama, quizá. Madeleine ya había recuperado el resuello en parte.

—Necesito ver a Henri de Toulouse-Lautrec. Dígale que soy Madeleine. Es muy urgente, por favor.

La mujer asintió sin hacer preguntas. Al poco rato regresó y le indicó que la acompañara escaleras arriba. La condujo a una habitación de moqueta y sofás rojos, donde Henri pintaba frente a un grupo de prostitutas.

—¡Madeleine! Mira —le dijo señalando el lienzo en el que pintaba la escena—. ¿Qué opinas?

—Henri, ayúdame.

—¿Qué pasa?

—Es por unos niños, de una amiga. Están muy malos. Difteria.

—Oh, lo siento —repuso ceñudo Henri—. Te mandaré a mi médico. Es excelente.

Madeleine le cogió la cara y le dio un fuerte beso en la mejilla. Henri sonrió como un niño pequeño que ha obrado bien y se siente halagado.

—Eres tan, eres tan… —dijo Madeleine temblando, sin poder contener la emoción.

—Nada, nada. Mira, esta es la dirección del médico. —Lautrec le tendió una nota—. Mi coche está abajo, úsalo. Yo voy a tardar en salir de aquí —le dijo con un guiño.

—Gracias, Henri, gracias. Te debo un gran favor.

—No me debes nada, Madeleine. Somos amigos, ¿verdad? Los amigos se ayudan y nada más.

Con el corazón encogido, Madeleine volvió abajo. En efecto, el coche de Henri estaba apostado cerca de la puerta. El chófer espoleó los caballos y pronto llegaron al domicilio del médico, que se vistió rápido para acudir en ayuda de los pequeños.

—¿Cómo los salvará, doctor? —preguntó Madeleine cuando se subieron al coche.

—Lo ideal es el suero diftérico. Pero me temo que no tengo. No suelo atender a niños.

—¿Entonces?

—Hay dos posibles soluciones: la intubación o la traqueotomía.

—¿Abrirles la garganta y dejarles un agujero?

El médico asintió.

Madeleine y el doctor encontraron la puerta entreabierta. En un colchón, Louise tenía al mayor en el regazo, con una mano metida en la boca para mantenerla abierta. El niño roncaba.

—¡Doctor! ¡Sálvemelo! ¡Sálveme a este por lo menos!

Al otro lado del colchón yacía el cuerpo del otro niño.

El médico cogió al que aún vivía, le abrió la boca y examinó.

—La enfermedad está muy avanzada… Las membranas son extensas.

—¡Haga algo, por Dios se lo pido!

El hombre sacó del maletín un aparato que le metió al niño en la boca. El crío eructó, le salió baba, torció los ojos. Louise le sujetaba los brazos mientras lloraba a mares sobre el pelo de ángel de su niño. Madeleine se dio la vuelta, no podía mirar. Siguieron los lloros, los gritos, los quejidos ahogados.

—¡Nooo!

Madeleine se dio la vuelta. Louise gritaba hacia arriba, hacia el cielo, solo que arriba no estaba el cielo, sino el techo de su miseria.

—Lo siento, señora. Ya era tarde.

—No... —lloró Madeleine. Se agachó junto al colchón, abrazó a su amiga, que aún se aferraba a su hijo exánime.

Juntas se mecieron en aquel dolor que conocían demasiado bien.

París
Mayo de 1894

León llevaba algunas semanas encerrado con las telas y las pinturas en el apartamento del molino. A veces bajaba al jardín o se quedaba al baile, pero permanecía como ausente y pronto se marchaba. A tal punto había llegado su frenesí por el trabajo que Jordi se preocupó.

—Es posible trabajar y divertirse, ¿sabes?

—Desde que llegué a Montmartre, prácticamente solo me he divertido. Estoy compensando. Además, debo terminar esto.

León le daba las últimas pinceladas a *La Grenouillère*, de Monet. El movimiento del agua bajo las barcas y la luz en un ambiente de sombras le habían dado múltiples quebraderos de cabeza, pero al fin lo había logrado. Sobre la mesa descansaba la tela de *Los novios,* de Renoir, ya acabada.

—Pascual sí encuentra tiempo —insistió Jordi.

—Será que tiene más talento.

—No te enfades, hombre, no te lo digo a mal.

León dejó la paleta y el pincel a un lado y se reclinó sobre el respaldo de la silla. Dejó caer la cabeza atrás y hacia los lados, masajeándose el cuello. Estiró las piernas y los brazos.

—Ya lo sé, perdona, Jordi. Es que tengo muchas cosas en la cabeza.

—O más bien una sola. —Jordi se acercó a la pintura de la chica del Moulin de la Galette.

—¿Vas a dejarla sin terminar? Solo tienes que acabar la falda.

—El marchante de mi padre llega en dos semanas. No puedo entretenerme con tonterías.

—A mí me gusta.

León guardó silencio y observó el cuadro por enésima vez. A él también le gustaba. ¡Qué narices!, le encantaba. Cada vez que miraba esa escena se transportaba a la noche en el baile y revivía las sensaciones que la muchacha le había despertado en ese instante fugaz. ¿Pero eso significaba que el cuadro merecía la pena?

No volvió a verla, ni en el Moulin de la Galette ni en ningún otro salón. ¿Se la habría imaginado?

—León, esa pintura es buena. No te lo digo porque seas mi amigo. Deberías dejarte de falsificaciones y dedicar más tiempo a tu arte. Sería una pena que la posteridad se quedara sin tus obras.

—La posteridad… —replicó León con desdén—. ¿Tú crees que eso existe? ¿Para nosotros? En cualquier caso, poco me importa. ¿Sabes una cosa? Mi padre tenía razón. Nunca le escuché, pero tenía razón: lo que de verdad importa es el dinero.

—No se puede hablar contigo últimamente —dijo Jordi dándole unas palmadas en la espalda que casi doblaron a León—. Te dejo con tus cuadros falsos, voy a comer. ¿Quieres que te suba algo?

León miró su cuadro, el de la chica misteriosa y triste. Iba a contestarle que le subiera a esa chica, que la buscara, que le pagaría bien, que esa chica era lo único que quería.

—Bajo contigo. Creo que tengo hambre.

El merendero del molino estaba a rebosar de gente y de ruido. En el centro bailaban algunas parejas al son de la música de la orquesta.

—Allí está Pascual, con unas modistas.

—Por cierto, ¿y tu actriz?

—Tenía muchos admiradores. Con más dinero que yo.

—Lo siento.

—Bah.

—¿León?

Alguien en una mesa cercana lo llamaba. León giró la cabeza, pero había demasiada gente.

—¿León? ¡Dios mío, León!

Una joven con un vestido de rayas amarillas se abría paso entre la multitud. Era menuda y de hermosas facciones, y de carácter fiero.

—No puede ser… —se maravilló León en cuanto la tuvo delante—. ¿De verdad eres tú?

—¡León!

—¡Rosa!

Se fundieron en un largo abrazo que les supo a Barcelona, a lecturas prohibidas y a amor hasta el amanecer.

—Os dejo solos, tortolitos —dijo Jordi, aunque el hombretón no estaba seguro de que aquellos dos lo hubieran oído.

León se separó para volver a mirarla, para confirmar que aquello no era un sueño.

—¿Qué haces aquí?

—Te dije que me iba de España, ¿recuerdas? Que quería viajar. Y tú, ¿qué demonios haces aquí?

—Aprender a pintar. Convencí a mi padre. Bueno, en realidad le convenció la bomba de Salvador. ¿Sigues con eso?

—¿A qué te refieres con «eso»? —preguntó Rosa con suspicacia, con los brazos en jarras y a punto de fruncir el ceño.

León recordó entonces lo tenaz que era Rosa, sus ganas de aprender, de mejorar el mundo, de luchar por los derechos de las mujeres. Sonrió.

—No te haces idea de cuánto me alegra verte —terminó diciéndole y volvió a abrazarla.

Cenaron, charlaron, bailaron. Se hizo de noche y las luces se encendieron.

—Estás igual de guapa. No, igual, no: más.

—No empieces.

—Es verdad. Será por el paso del tiempo, los viajes, la gran ciudad… No sé, pero estás preciosa.

—Para el carro, que ya tengo amante.

—¿Te vale solo con uno? No soy celoso.

—Me basta y me sobra. Y mi amante sí es celosa.

—¿Es una mujer?

Rosa respondió con un baile de cejas. León asintió con aprobación.

—De todos modos, ¿puedo invitarte a mi apartamento? Aquí hay demasiado ruido. Me gustaría seguir hablando y que me cuentes todas esas cosas que haces. Sabía que llegarías lejos.

—¿Seguro? —replicó Rosa con incredulidad.

—¡Claro que sí! —mintió León. Lo cierto era que estaba atónito con los logros de esa chiquilla que era una analfabeta cuando la conoció y ahora se había convertido en una mujer independiente que hablaba francés e inglés con fluidez, y se ganaba la vida como periodista—. Venga, subamos.

A Rosa le gustó el apartamento del molino, en especial, las vistas.

—¡Eh! Es Madeleine.

—¿Quién?

Entre nervioso y asustado, León siguió el índice de Rosa, que señalaba el cuadro de la chica misteriosa.

—Esa. Es Madeleine.

—¿La conoces?

—Sí. No sabía que había trabajado para ti —suspiró—. Qué pequeño es Montmartre.

—Espera, espera. ¿Es modelo?

Rosa lo miró extrañada.

—No lo entiendo. ¿No ha posado para ti?

—No. La vi una noche en el baile y...

Ambos se volvieron hacia la pintura y guardaron silencio. Rosa se acercó a la tela y la examinó con creciente interés.

—Esto me recuerda a Baudelaire —dijo la mujer.

—¿El poeta?

—Exhortó a los artistas a pintar la modernidad. Para él, lo moderno era lo transitorio, lo fugitivo, lo contingente. En tu obra veo pinceladas esbozadas, espontáneas.

—¿Sí?

—En el espejo, por ejemplo. Hay caras borrosas, en contraposición con Madeleine, que es el foco principal. Diría que... Sí, diría que has querido «olvidar» ciertos aspectos de este instante. No es que hayas querido captar el momento con todos sus detalles, como una cámara fotográfica, no; este es el producto de tu recuerdo, ella es lo que de verdad te interesa. Esta obra representa el paso del tiempo sobre un instante.

León estaba estupefacto. Estupefacto por aquel análisis breve aunque preciso, por la capacidad que él ignoraba que tenía, por la madurez e inteligencia de Rosa.

—Entonces, la conoces. ¿Podrías presentármela?

París
Julio de 2015

Amanecía cuando Efrén remató la escena en la que León y Rosa se reencontraban. En mente ya tenía el momento en el que la catalana le presentaba, al fin, a Madeleine. Estaba entusiasmado, y, en general, muy satisfecho por cómo estaba transcurriendo la historia. Lo bastante como para intentar publicarlo. Quizá Tomás podía echarle un cable con algunas editoriales... Qué cojones, se lo debía por mantener la boca cerrada y no delatarle.

Tocaron a la puerta y Samira, que estaba desperezándose, enseguida se puso alerta.

—No te preocupes. Será la camarera. —Fue hacia la puerta y alzó la voz—: ¿Quién es?

—*Samira, ouvrez la porte, s'il vous plaît.*

Samira negó con la cabeza y le hizo a Efrén una señal para que guardara silencio.

—No pienso quedarme callado. No puede acosarte. Voy a llamar a seguridad.

—*Samira, s'il vous plaît... Je suis venu pour parler. Simplement parler. Nous devons parler.*

—¿Qué dice?

—Que quiere solo hablar. Que tenemos que hablar. Parece tranquilo.

—No le creas. En cuanto abras la puerta, te arrastrará hasta su jaula de oro.

—Sí, tienes razón. —Se acercó a la puerta—. *Je ne reviendrai pas, Said.*

—*Je sais et comprends. Mais il faut signer des papiers. Vous voulez être libre et je... Je veux la même chose.*

—¿Qué pasa? —preguntó Efrén.

—Le he dicho que no pienso volver a casa. Y él ha dicho que lo sabe y que lo entiende.

—Esa es una trampa de primero de timadores.

—Quiere que firmemos los papeles. Que él también quiere ser libre.

—Haz lo que creas, pero prométeme que no saldrás del hotel.

—Te lo prometo.

Samira abrió la puerta. Afuera esperaba Said. Por lo que Efrén pudo ver antes de que Samira cerrara tras ella, en efecto su marido parecía relajado, pero no lo conocía del todo. Si hablara bien francés o inglés, podría llamar a recepción y pedir que los vigilaran, aunque tampoco estaba seguro de que esa petición entrara en el catálogo de servicios del hotel. Respiró hondo. Ojalá Samira mantuviera la sangre fría. Por mucho que él quisiera ayudarla, era ella quien debía solucionar ese aspecto de su vida.

Fue al móvil y consultó su cuenta bancaria. Le habían ingresado un adelanto por el posado robado. Soltó aire. Con ese colchón aguantaría unos meses, pero ¿y después? Ahora, además, tenía a Samira con él. La adoraba de verdad, pero no podía comprometerse de esa manera, no podía, no iba a ser capaz.

Poco después de colgar, Samira regresó.

—¿Qué tal ha ido? —le preguntó antes de que tuviera tiempo de cerrar la puerta.

—Pues… —Se sentó junto a Efrén, con aire distraído, como si estuviera en una nube de la que le resultara difícil bajar—. Ha ido muy bien.

—Mierda —masculló Efrén—. Lo sabía, te ha convencido, vas a volver con él.

—No, qué va. Él también quiere romper.

—¿Cómo?

—Dice que al principio se enfadó, que solo pensaba en que yo volviera a casa. Que cuando vino la primera vez, si yo hubiera salido de la habitación, me habría llevado con él a rastras.

—Pelín prehistórico, ¿no?

—Ha sido sincero.

—Ya. ¿Y qué más?

—Al día siguiente se despertó con otro pensamiento.

—El sueño fue como una epifanía.

Samira entornó los párpados.

—¿Me vas a escuchar?… Se despertó cansado. No había dormido mucho y la ira lo había agotado. Mientras desayunaba lo vio claro: si estaba tan enfadado era porque en realidad ya no me quería. Se dio cuenta de que hacía tiempo que lo nuestro había muerto, pero la costumbre, el sentimiento de culpabilidad, la tradición, yo qué sé, tantas cosas lo obligaban a perseverar, a seguir intentándolo. Hubo un día en el que nos juramos amor eterno.

—No sé. Es un poco raro todo esto.

—No tiene nada de raro. Ya ha hablado con un abogado y me va a enviar los papeles para el divorcio. Hasta me ha traído esa maleta con más cosas mías —dijo señalando un bulto en la entrada de la habitación.

—Hasta que no vea su firma estampada, no me lo creeré.

—Yo sí me lo creo. Hay algo más.

—¿El qué?

Samira se sentó en una silla frente a la ventana.

—Está enamorado de otra mujer.

—Ah, sí, deja que adivine. La rubia esa. ¿Se llamaba Scarlett?

—Sí, su socia. —Asintió y agachó la cabeza.

—¡Aj!, qué burgués. Y qué hijo de puta... —dijo Efrén, pero Samira no lo secundaba. Se acercó preocupado—: Eh, ¿estás bien?

Samira se limpió la mejilla de una lágrima que se le había escapado.

—Sí, muy bien. Es una buena noticia, ¿no?

Pero su cara, arrugada por las cicatrices y la emoción, no parecía el modelo portador de una feliz enhorabuena.

Sitges
Febrero de 1905

—Pobrecita —suspiró la niña tras escuchar el relato de la muerte de los dos hijos mayores de Louise.

—Así es la miseria, hija mía. Recuerda esto: una cosa es la pobreza y otra la miseria.

—¿Qué diferencia hay?

—La pobreza es la escasez de dinero y de medios para vivir. La miseria es la falta absoluta de recursos. La miseria te deja sin fuerzas, te deja sin salud, te deja sin esperanza, te despoja de todo, hasta de las ganas de vivir. La miseria es estar rodeada de lujos y no poder acceder a ellos. El pobre puede ser feliz; el miserable, no.

La niña se asustó visiblemente.

—Pero eso no es culpa de París —dijo la pequeña.

—París es una gran ciudad. Si algo hay en todas las grandes ciudades es una enorme cantidad de miserables. Y también me refiero a los miserables de corazón. Mira. —La mujer se dirigió a la librería del salón y buscó un libro que le tendió a la niña—. Transcurre en París, y hay muchos miserables, de los dos tipos.

—*Los miserables,* de Victor Hugo —leyó la pequeña en la tapa.

—Es una historia dura y, a la vez, esperanzadora. Te gustará.

—¿Madeleine era pobre o miserable?

—Madeleine vivió entre miserables durante algún tiempo, de la clase de los que no tenían dinero y de la clase de los que no tenían bondad.

—¿Qué pasó después de la muerte de los hijos de Louise?

—Madeleine regresó a su nueva residencia, una mansarda a unos diez minutos, en la Rue Lepic, donde se había instalado con André. Pero ni siquiera volver junto a su amor la aliviaba de tanto dolor. El cuerpo y el espíritu le pedían dormir horas, días. André la esperaba sentado en la cama, en un rincón contra la pared. Estaba afilando un cuchillo a la luz de una vela.

La niña dio un respingo.

—Sí, esa misma sensación tuvo Madeleine —dijo la mujer—. Una especie de frío tan afilado como ese cuchillo se le metió en los huesos. Y no entendía por qué se sentía así, pues no había nada de especial en que André afilara uno de los cuchillos que había en esa mansarda...

La habían alquilado gracias a que Madeleine había mencionado dos o tres nombres como garantía de que podría pagar: Valadon, Renoir, Lautrec.

—¿Qué estabas haciendo por ahí? —le preguntó André con voz gélida—. Es muy tarde.

—Oh, nunca lo creerías —gimió Madeleine. Se cubrió la cara con las manos y rompió a llorar—. Louise ha perdido a sus dos hijos mayores. ¡Qué tragedia!

—Has venido en coche de caballos. ¿Te lo ha puesto Louise en agradecimiento a la magnitud de tu dolor?

Madeleine despegó las manos del rostro. El tono de André la había puesto en alerta.

—Es de Henri. Él me lo prestó: el coche y a su médico.

—Qué amable este Henri. Qué detalles tiene contigo. ¿Siempre es así de agradecido? ¿Por qué te hace tantos favores? ¿Qué es lo que le debes?

A Madeleine se le cortó el llanto. Algo no iba bien. ¿Por qué? No entendía nada.

—Es rico y buena persona, nada más.

—Nada más. —André se puso socarrón—. Solo es un aristócrata sobrado de dinero y bondad. Vaya, vaya…

—¿Has cenado? —preguntó Madeleine para espantar el miedo—. ¿Te preparo algo?

—Precisamente te estaba esperando para cenar juntos. Pero, por lo visto, la señora de la casa tenía otros compromisos que atender. Por lo visto, a la señora de la casa no le ha importado que su hombre estuviera esperándola, muerto de hambre y de ansiedad.

—Lo siento, André, de verdad, pero ¿qué podía hacer? Si hubieras visto a Loui…

—¡Me da igual! —gritó furioso. Igual que una serpiente que se pone en guardia, André saltó de la cama y se colocó frente a Madeleine, muy cerca de su rostro, con el cuchillo por delante—. Escúchame bien: es la última vez que me dejas de lado, la última vez que me haces esperar, la última vez que me contestas. ¿Está claro?

Sin embargo, el hombre no le dio tiempo a responder. La cogió de un brazo, tan fuerte que le dolió, y la empujó fuera de la mansarda, a la zona oscura de las escaleras.

—Esta noche la pasarás ahí. Así reflexionas y aprendes.

André se volvió al interior de la mansarda y, antes de cerrar la puerta, Madeleine pudo oír que murmuraba:

—Mujeres… Son todas unas rameras.

André no la perdonó a la mañana siguiente, ni salió en todo el día, al menos mientras Madeleine permaneció en el rellano. Pero ella no podía quedarse en las escaleras; debía buscar trabajo. Recorrió los cafés, habló con varios artistas y pronto consiguió un par de posados. En una abacería compró bacalao y pan, y se dio prisa por regresar. Temblaba solo de pensar que André podría salir al rellano y no encontrarla.

Cuando llegó, se acercó a la puerta con el corazón en la garganta y llamó con delicadeza. Tampoco quería despertarle. Pegó la oreja a la madera; no oyó nada. Fue a sentarse a las escaleras, a esperar. Puso la comida a un lado. Al sentir el aroma del pan y del bacalao, el estómago le rugió, pero no probó bocado, prefería compartir la comida con André, un poco por propiciar la reconciliación, pero también para que él se diera cuenta de cuán importante era para ella. Ese era el problema, barruntó Madeleine, que André era muy inseguro. Pobrecillo. Tal vez había tenido una infancia carente de afectos, debía de haber sufrido mucho. La dura lucha por hacerse un nombre en el arte también era fuente de frustración. Pero el amor lo curaba todo, hasta las heridas más profundas. Ella lo ayudaría, lo salvaría de su pasado, de su rabia y de su dolor.

Se encontraba Madeleine más animada cuando la puerta por fin se abrió. El rellano estaba muy oscuro. Se había hecho de noche.

—André —susurró Madeleine. Se puso en pie, pero no se atrevió a moverse del sitio.

Él cerró la puerta y se volvió hacia las escaleras. Se había puesto su chaqueta gastada y su canotier. Pasó por delante de Madeleine sin mirarla y le dio una patada a la bolsa de comida, que se desparramó en el suelo sucio. André siguió escaleras abajo, sin mirar atrás.

Madeleine se derrumbó. Se pegó contra la pared y rompió a llorar. Algo se le había desgarrado por dentro. Aún llorando, recogió el bacalao y el pan. Los limpiaría con cuidado. Cuando André volviera, tendría hambre y seguro que le apetecería tomar algo.

Después se sentó en el mismo lugar. Cruzó los brazos; tenía frío.

No se dio cuenta de que había echado una cabezada hasta que notó algo en la pierna. Se desperezó sobresaltada y enseguida echó mano a la comida, no fuera que un gato o un crío quisieran arrebatársela. Pero no, ¡era André! Gracias a Dios. Sin embargo, volvió a pasar por delante sin decirle nada.

—¿Eso es comida? —oyó que le preguntaba desde la puerta abierta.

—Sí… Es pan, bacal…

—A ver.

Madeleine le acercó la bolsa. Él olisqueó dentro e hizo una mueca de asco, pero se la quedó y empujó la puerta para cerrar.

Pasó en las escaleras otra noche, o lo que quedaba de esa noche y parte de la mañana. André se despertó temprano.

—Maddie… —la llamó desde el dintel.

Madeleine alzó el rostro hacia su amante.

—Me has hecho mucho daño, Maddie.

—Lo siento, amor mío, lo siento mucho.

—Entra.

Madeleine era todo agradecimiento. André la había perdonado y estaban juntos de nuevo, felices, recuperando aquellas horas perdidas que a ella se le habían hecho eternas. Como en sus mejores tiempos, se besaban a todas horas, dormían abrazados y jugueteaban entre las sábanas hasta el mediodía. Ella posaba para él, en silencio, sin moverse, sin quejarse, alabando sus progresos. También se ocupaba de la comida y mantenía limpia y pulcra la mansarda. Salía a trabajar para ganar el dinero que a ambos alimentaba y pagaba el alquiler. A veces traía flores con las que adornar los rincones. Le regalaba sonrisas, sobre todo en aquellos momentos en los que él sufría un estallido de impaciencia. Y cuando las sonrisas no solo resultaban insuficientes, sino además inoportunas, Madeleine callaba y agachaba la cabeza...

—Así que Madeleine lo hacía todo —dijo la niña.
—Excepto pintar.
La niña no ocultó su enfado.
—¡No es justo!
—No, claro que no —repuso la madre, satisfecha de que su hija hubiera observado el desequilibrio de poder en aquella relación.
—Él era el amor de su vida. Tenía que haber sido amable, cariñoso, atento. ¡Como al principio! Madeleine se merecía ser feliz, que él la quisiera.
—Lo injusto no es un amor no correspondido. Eso le pasa a todo el mundo.
—¿A todo el mundo? —se alarmó la niña.
—A todo el mundo, alguna vez —confirmó la madre—. Lo injusto es que una persona trate a otra con desprecio, que la considere inferior por la razón que sea, y que encima abuse. ¿Te das cuenta?
—No sé —contestó la niña muy confundida.
—Madeleine tenía que trabajar mucho. Había que pagar el alquiler, la comida, las pinturas y los lienzos

de André. Y sus vicios. Le gustaba salir cada noche y fumar y beber como si el dinero les sobrara. A veces, hasta tenía el descaro de invitar a algunos amigos. Pero ella no iba a descuidar a Louise. La visitaba con frecuencia y le llevaba comida o unos hilos para bordar. Los bordados no se comen, desde luego, pero alegran la vida, la ponen bonita, y Madeleine pensaba que la vida debía ser bella, tanto como un cuadro de Renoir...

Las dos amigas pasaban largos ratos en un silencio cargado de comprensión que Madeleine encontraba reconfortante. Hasta llegó a pensar que aquellas visitas las hacía más por sí misma, por refugiarse y estar un rato a solas con su alma, que por su amiga.

Retomaron las lecciones de costura. Madeleine traía el material necesario, y Louise se entregaba a la labor, callada y meditabunda. Solo rompían aquel silencio los juegos y grititos del pequeño, que, con poco más de un año de edad, permanecía ajeno al infortunio. Había dejado de gatear y ya recorría la habitación con pasos cortos y vacilantes.

En muchas ocasiones, a Madeleine se le hacía tarde y, cuando regresaba al apartamento, hallaba a André hecho una furia y lleno de exigencias.

—¿Dónde has estado metida? —clamaba.

—Trabajando...

—¡Mentira! ¡Eres una mentirosa! Me estás engañando. ¿Quién es? ¿Alguno de esos pintores engreídos?

—André, yo solo te quiero a ti. No hay nadie más. Es solo trabajo.

—Te voy a decir una cosa: como te atrevas a engañarme, te mato. Te juro que te mato. ¿Está claro?

Madeleine asentía. No valía de nada discutir, tratar de convencerlo de que él era el único y de que siempre lo sería. Cuando lo había intentado, se había ganado un empujón, un puntapié u otra noche de destierro en las escaleras. De modo que pronto dejó de defenderse: lo mejor era asentir y callar.

André empezó a aficionarse al Ely. Aunque era un lugar barato, Madeleine no sabía qué le atraía tanto de aquel lugar como para repetir noche tras noche y no entrar en ningún otro salón, y tampoco se atrevió a preguntarle. Cada vez le hacía menos preguntas y proposiciones, por si se enfadaba. A medida que pasaban los días, se volvía más y más suspicaz.

Una noche que André estaba muy ebrio, se cruzaron con Berthe y Rosa. André dejó patente su aversión hacia ellas.

—¿Nos hacéis un favor? —preguntó Rosa amablemente, obviando el desdén de André, que se concentraba ahora en lo que ocurría en la pista de baile.

—Claro —respondió Madeleine.

—Estoy esperando a unos amigos españoles. ¿Nos guardáis esta mesa y las sillas?

—Sí, tranquila.

En cuanto se fueron, comenzaron las recriminaciones. Madeleine se había confiado, pensaba que André estaba tan borracho que no se enteraría de nada.

—Es solo un favor —se excusó ella.

—A esas. A esas dos desviadas. Qué harán juntas… ¿Te lo imaginas? No, no te lo imagines, que seguro que te aficionas.

París
Mayo de 1894

Rosa trajo buenas noticias el día que volvió al apartamento del molino.

—Esta noche Madeleine irá al Elysée Montmartre.

—¿Seguro?

Desde el día que se despidió de Rosa, con la promesa de que le presentaría a la misteriosa chica del cuadro, León vivía comido por la ansiedad. Había vuelto a salir, hasta muy tarde, y tampoco había restado tiempo a su trabajo diario: así ocupaba sus horas de insomnio pertinaz.

—Pero irá con su amante —le advirtió Rosa.

—Ah.

—Es pintor también. O eso cree él.

—¿Qué quieres decir?

—Que es un vividor. No es capaz ni de dibujar un maldito corazón en la corteza de un árbol, pero el arte es una buena excusa para quedarse en Montmartre y vivir a costa de las mujeres.

—Bueno, solo hay una cosa que me interesa de ella: su trabajo como modelo.

—Ya —replicó Rosa con incredulidad.

Acordaron verse en el Ely. Después de despedirse, León se volvió hacia su cuadro inacabado. Aquella mirada triste… O quizá no se trataba de tristeza, sino de frustración por un sueño roto. O era nostalgia. O puede que simplemente fuera a causa de la absenta. De lo que sí estaba seguro era de que quería averiguarlo.

Esa noche Jordi y Pascual no perdieron la oportunidad de acompañarlo. Acudían muchas lavanderas, costureras, modelos y modistillas, y el baile siempre era divertido. Y era parada frecuente de Lautrec.

—Puedes tratar de engañar a este también, sonsacarle secretillos y después falsificar sus obras —le dijo Jordi a Pascual.

—Pues no vengas —replicó Pascual.

—¿Cuándo me vas a dar lo que me debes?

—Qué pesado. Ya te he dicho que tengo que ahorrar. Y, si te pago, ¿cómo quieres que ahorre?

Nada más entrar, los tres se dirigieron a la barra. Rosa ya los esperaba. A su lado, una mujer la tenía abrazada por la cintura y le decía algo al oído. Rosa reía y encogía el cuello, como si tuviera cosquillas.

—Buenas noches, caballeros. Esta es Berthe. Berthe, estos son mis amigos españoles: Jordi, Pascual y León.

Berthe les dio la mano con frialdad, especialmente a León.

—¿Dónde está? —preguntó León.

Rosa sonrió.

—Primero pedid bebidas.

Los hombres encargaron absentas. Una vez servidos, la pareja de mujeres echó a andar entre la gente y las mesas.

—Ya han llegado mis amigos, gracias —dijo Rosa a una pareja sentada y tomó asiento en una de las sillas libres en torno a una mesa cercana, que estaba vacía.

Esa pareja eran un hombre con un canotier y…

—Madeleine, estabas buscando trabajo, ¿verdad? —siguió Rosa.

—Sí, sí. Ya sabes que nunca es bastante.

—Bien, pues este es León Carbó, un pintor español muy prometedor. Si posas para él, acabarás en algún museo, no es broma. Y, sobre todo, te pagará bien.

—Un placer, señor Carbó.

Ella se levantó y le tendió la mano, blanca, fina, delicada. Vestía la misma blusa y la misma falda que aquella vez en el Moulin de la Galette. Hoy, esta noche, sus ojos destilaban ese algo que su sensibilidad de pintor ya había captado antes. Jordi tuvo que arrearle un codazo para que pudiera reaccionar.

—Entonces, ¿puedo contar con usted para algunos trabajos?

—Por supuesto. Le estaría muy agradecida, señor Carbó.

—¿Dónde puedo encontrarla?

León sacó papel y lápiz de su chaqueta y tomó nota de la dirección de Madeleine.

—Iré a buscarla pronto.

—A su servicio, señor Carbó.

—Llámeme León.

—De acuerdo. Muchas gracias, León.

Agachó la cabeza y volvió a sentarse al lado de su amante, el del canotier, que parecía más metido en su propio mundo, el de la absenta que acababa de beberse, que en el que sucedía a su alrededor.

—Voy afuera. A mear —le dijo a Madeleine—. Cuando vuelva, quiero otra absenta aquí —añadió señalando la mesa con un dedo.

Se fue a trompicones. Madeleine se levantó enseguida.

—¿Vas a sujetársela? —le preguntó Berthe y rompió a reír.

—No... —Madeleine sonrió débilmente, más por cortesía que por auténticas ganas—. Voy a por la absenta. Es mejor que André no tenga que esperar.

—¿Por qué? —bramó Berthe—. ¿Es un bebé acaso?

—Tome la mía —atajó León—. Apenas la he probado. No creo que André lo note.

—Gracias —musitó Madeleine.

León se la puso en su mesa, en el punto exacto que André había indicado. Al posar la copa se derramó algo de líquido. Madeleine se apuró a limpiar la copa y la mesa con su chal.

—¿Pero qué haces? —volvió a protestar Berthe.

—Es que no quiero que se enfade. Así es mejor.

Cuando André regresó, no dijo nada. Se sentó y bebió. León se acomodó en su silla para darles la espalda. No quería seguir viendo a Madeleine, a su inspiración, atada a ese infame. Pero no lograba evadirse, ni siquiera con la ayuda del licor que Jordi compartía con él.

Antes de cometer alguna estupidez, se levantó.

—Me voy —anunció a todos, aunque después le dedicó a Madeleine unos segundos exclusivos, solo para ella—. Nos veremos pronto, espero.

Ella solo asintió, sumisa, bajo la pegajosa vigilancia de André.

Sitges
Febrero de 1905

—¿Sabes cuál es la diferencia entre esas correntonas del molino y tú? —le espetó André cuando estuvieron de regreso en casa.

Madeleine no contestó. Repasó la noche, el motivo que habría irritado a su amante. Quizá que Rosa destacara que ese tal León sería un gran artista.

—Ninguna —siguió André.

—Cómo puedes decir eso —musitó Madeleine. Sentía las lágrimas a punto de rebosar.

—Te vendes a esos pintores por una limosna que no nos da para nada. ¿Y mis cuadros? —gritó como poseído—. ¿Qué hay de mí?

—Yo poso para ti cuando quieras...

Pero últimamente André solo estaba para salir y beber. Sin embargo, eso Madeleine no se lo podía decir.

—Estás demasiado usada —replicó André con desprecio—. Como sigas así, ir al Louvre va a resultar un poco repetitivo.

El hombre se quitó el canotier y la chaqueta. Madeleine lo ayudó a desvestirse y a meterlo en la cama. Él ocupó todo el lecho. Lo hacía a menudo y Madeleine tenía que dormir en una silla o, si estaba muy cansada, acostarse en el suelo.

—Ah, y mañana vete a buscar otro lugar para vivir.

—¿Por qué?

—Porque este ya no me gusta, ¿es suficiente?

—Sí.

André no tardó en caer dormido. Ese era el mejor momento del día, cuando Madeleine se quedaba sola, libre de algún modo, invisible. Aquella noche se desvistió con pereza, con la languidez del cansancio. La apenaba tener que mudarse. No tanto por la habitación —era tan fea y vieja como cualquier otra—, ni por el barrio —sabía que se quedarían en Montmartre—, sino porque aquel hombre le había dicho que iría a buscarla. No se quitaba de la cabeza el aire melancólico, tan elegante a pesar de la ropa modesta, tan educado y delicado en sus ademanes. Su voz suave acariciándola mientras le pedía que posara para él. Ya no podría ser, y eso era lo que Madeleine más lamentaba, perder de vista a León Carbó…

—¿León? —exclamó la niña—. ¿Mi León?

—Sí, tu León —rio la mujer.

—Pero tú dijiste que ella fue modelo de sus cuadros.

—Sí.

—Así que volvieron a verse.

—Claro que volvieron a verse. Pero eso te lo cuento otro día. Ahora, a dormir.

9

«Más que a España, amo yo al mundo, y más que a mi tiempo, a toda la historia de esta pobre, interesante humanidad, que viene de las tinieblas y se esfuerza, incansable, por llegar a la luz».

LEOPOLDO ALAS «CLARÍN»,
escritor y crítico literario
(1852-1901)

Sitges
Febrero de 1905

Todo estaba oscuro. Había gritos alrededor, pero no ubicaba su procedencia. La mujer solo giraba sobre sí misma, confundida. Sentía frío. Algo correteó entre sus pies húmedos. Chilló, enloquecida por el pánico. Entonces volvieron los pasos, esos pasos pesados, rotundos, de fantasma. El fantasma había regresado. Le vio las manos grandes, monstruosas, que se acercaban como garras a su cuello.

—¡Mamá, mamá! Despierta.

La niña tironeaba el brazo de su madre. La mujer abrió los ojos y se incorporó en la cama, ahogando un grito.

—¿Qué pasa? —preguntó la niña, asustada.

—Nada, nada. —La mujer tomó de la mesilla de noche un vaso con agua y bebió—. Un mal sueño, es todo.

De un salto, la chiquilla se subió a la cama. Mostró una gran sonrisa y una mirada chispeante.

—Sigue con la historia.

—¿Te has lavado la cara?

—Sí. Y las manos también.

—¿No tienes hambre?

—Aún no.

La mujer miró a través de las rendijas de la ventana veneciana de su dormitorio. Era muy pronto. En el ambiente había una bruma ligera que parecía niebla.

—Tápate, no vayas a coger frío —dijo la madre echándole a la niña la sábana y la colcha por encima.

—Se mudaron porque André quiso. ¿Y después qué?

—Se trasladaron a la Rue Lamarck, a una habitación similar, aunque los vecinos eran más jóvenes: obreros, lavanderas, costureras y más artistas. André estaba contento en el nuevo edificio. A veces visitaba otras habitaciones y pasaba allí sus buenos ratos. Fue una época en la que hizo… muchas amigas.

La niña miraba a su madre muy atenta, sin dar muestras de haber comprendido la última insinuación.

—Madeleine iba por los pasillos y las escaleras, ponía la oreja en las puertas y oía las risas, los chistes y hasta la música. André se lo pasaba bien. —La mujer suspiró y se arrebujó bajo la colcha—. Al menos ahora Madeleine tenía tiempo y libertad. Podía aceptar varios trabajos a la vez, comprar comida después de los posados y continuar visitando a Louise. Aunque André seguía resultando tan impredecible como siempre. Podía pasar de no querer nada de ella, ni siquiera mirarla a la cara, a exigirle estar juntos como siameses todo el día. Una mañana de cielo luminoso y despejado se obstinó en pasear a lo largo del Sena. Por fortuna, se cansó pronto y le entró hambre. Fueron al Café de la Nouvelle Athènes…

Ruan
Julio de 2015

Cuando Efrén despertó, le extrañó no encontrar a Samira. En la mesilla, el reloj marcaba más de las once. Al lado, una nota:

He salido. Enseguida vuelvo.

Odiaba esas notas que no decían nada y cuyo único fin era servir de descargo para quien las escribía. Se sentó al escritorio y abrió la libreta. De madrugada se había quedado atascado, de nuevo le faltaban datos concretos. Tendría que inventarse los detalles, pero ¿qué más daba? Resultaba irónico y absurdo que tuviera tantos escrúpulos ahora, después de haberse ganado la vida con ficciones periodísticas.

Le costó arrancar. Aquella historia, tanto tiempo dormida, parecía un coche viejo de motor gripado y andares renqueantes. Pidió café al servicio de habitaciones. Era lo único que sabía decir en francés, o en inglés, si su francés se volvía absolutamente incomprensible. Después de servirse una taza y dar un par de sorbos, se sintió más animado, capaz de cualquier cosa. Igual que cuando uno llega a septiembre, o a enero, y se compra unas zapatillas, unas mallas y una camiseta transpirable para empezar a correr de una vez por todas. Los rituales son importantes.

El lápiz empezó a fluir sobre las hojas. Le entró un poco de nostalgia al recordar la época en la que le dio por escribir esa historia. Llevaba dándole vueltas desde que Samira le mostró a Madeleine, y una mañana, durante el descanso en el instituto, se atrevió a decirlo en voz alta y ella aplaudió la idea. En aquella época ambos eran tan estúpidos que pensaban que escribir una novela era cuestión de echarle cuatro tardes y que, luego, cualquier editorial estaría ansiosa por publicar una novela que sería un *best seller.* Las primeras líneas también las escribió a mano; con la otra, sujetaba un cigarrillo. El tabaco lo dejó mucho más tarde que la historia.

Había logrado cierto ritmo cuando Samira entró por la puerta con paso ligero y resuelto. Eran casi las dos.

—¿Qué tal? —saludó Efrén sin despegar la atención del papel.

—¿Trabajando?

—Ajá.

—Tengo una gran noticia —exclamó Samira a su lado.

Efrén levantó la mirada. Está bien, haría una pequeña pausa.

—He alquilado un piso. ¡En Montmartre! ¿Te vienes a vivir conmigo?

—¿Eh? —Seguro que no había entendido bien—. A ver, a ver… ¿Tú, un piso? ¿Con qué dinero?

—Said me va a pasar una pensión. Hasta que encuentre trabajo.

—Ah, que estabas con él.

—¿Qué pasa? ¿Cuál es el problema?

—No sé. ¿Y a ti te parece bien que te pague un sueldo? ¿Por qué iba a hacerlo?

—¿Por qué no? No tengo trabajo, de algo tengo que vivir y París es difícil. Solo quiere ser amable. ¿Eso es malo?

Efrén reflexionó un instante. No era del todo injusto que el exmarido le pasara una especie de pensión durante un tiempo, especialmente por lo mal que se lo había hecho pasar, por paralizarla y hundirle sus sueños. Y eso era un alivio económico para él.

—Creo que se siente culpable —barruntó Samira—. Por la otra mujer, quiero decir.

Guardaron silencio un rato.

—Entonces, ¿qué? ¿Te vienes conmigo o no?

Efrén llevaba mucho tiempo solo. No había compartido piso ni cuando se fue de casa de sus padres. Ni siquiera había convivido con Turi, a pesar de que este se lo había pedido en infinitas ocasiones; era su gran caballo de batalla, el gran escollo en su relación. Efrén zanjaba la cuestión con la promesa de que sí, que pronto le dejaría mudarse. Así evitaba que la discusión fuese a mayores y la verdad: que no quería compartir las miserias del día a día con nadie.

Se estiró como un gato y pasó el brazo por los hombros de Samira.

—Bueno, vale. Seré el hombre que te arregle los desperfectos.

—No necesito a un hombre que me arregle nada —replicó Samira fingiendo indignación. Miró la libreta—. ¿Qué tal vas?

—Inventando. Los biógrafos de Carbó dicen que cuando conoció a Madeleine ella tenía un amante, pero fue uno de esos tantos pintores de Montmartre que nunca llegó a nada, así que estoy estancado por ese lado.

—Pues cuenta otras cosas.

—¿Sabes que Rosa fue una militante destacada del anarquismo?

—Hum…

—Después de París fue a Nueva York y trabajó con Emma Goldman.

—No sé quién es esa, pero da igual. Quiero que lo escribas. Quiero saberlo todo.

Samira estaba muy animada, como si se hubiera tomado un complejo ultravitamínico de efecto instantáneo. Ojalá fuera por la historia que él estaba escribiendo, pensó Efrén, o por la nueva vida que ella podía trazarse. Qué pena que no fuera por eso.

París
Mayo de 1894

Algo después de que Rosa le presentara a Madeleine, no tan pronto como para desenmascarar su desesperación ni tan tarde que pudiera parecer falto de interés, León se presentó en la dirección indicada. Subió al último piso, pero tras la puerta encontró a una mujer enlutada, avejentada, con una niña escondida tras su falda. No le dio razón de ninguna Madeleine, aunque sí le explicó que se habían mudado a esa mansarda el día anterior.

Por tanto, la había perdido, una vez más. Bajó a la calle maldiciendo, recriminándose no haber acudido antes. Tendría que buscarla de nuevo por los salones de Montmartre.

Enfurecido, se encaminó al 9 de la Place Pigalle. Allí, en el Café de la Nouvelle Athènes, había quedado con Jordi y Pascual para almorzar. Los encontró en torno a una mesa frente al espejo de la pared, junto a Erik Satie y Peppe.

—¿Qué tal te ha ido? —quiso saber Pascual.

León le respondió negando con la cabeza. Ahora le interesaba más el pobre Satie, que parecía no levantar cabeza tras su separación de Suzanne Valadon.

—¿Alguna vez habéis vivido la fortuna de estar al lado de un ser tan completo? Qué ojos tan encantadores, qué manos tan gentiles, qué pies tan pequeños...

—Sí, Erik, tu gato es un dechado de virtudes —dijo Pascual.

Los caballeros se rieron mientras Satie continuaba con la mirada perdida.

—¡Eh, León! Peppe nos ha invitado a Italia. Tiene unos parientes en Lombardía que han pasado a criar malvas y ahora la casa está vacía. El pelmazo de Jordi y yo nos vamos el mes que viene. ¿Te apuntas?

Sitges
Febrero de 1905

Madeleine y André se habían sentado en la única mesa libre que quedaba, al lado de un muchacho de piel morena, ojos oscuros y rasgados, alto y fuerte. Habían terminado la sopa y el café cuando sus miradas se cruzaron y el muchacho les sonrió con unos dientes blancos como el marfil.

—Es negro —escupió André.

En ocasiones como esa, a Madeleine le daba por pensar que, para ser artista y bohemio, André resultaba algo estrecho de miras.

—No es negro —objetó Madeleine—. Es... café con leche. O más bien leche con café.

Le sonrió al muchacho. Realmente parecía encantador. Y guapo.

—¡Eh! —le reclamó André.

Madeleine volvió a mirar a la mesa, con la cabeza gacha.

—¿Maddie?

—¡Louise!

—¡Qué sorpresa! ¿Qué haces aquí?

—He venido a almorzar —dijo su amiga, sentándose junto al muchacho moreno—. Este es Joseph. Viene de la Guayana.

—Mucho gusto, señora.

Le tendió la mano a André, pero este lo miró fijamente a los ojos y se encendió un cigarrillo.

—Disculpadle. Es artista y…, bueno, ya se sabe que los artistas tienen un carácter… Y anoche trabajó mucho y está cansado. —Madeleine se interrumpió. Si no medía las palabras, André la mandaría a dormir a las escaleras y en este nuevo edificio había grandes humedades—. Encantada de conocerte, Joseph. Que disfrutéis de la comida.

Se volvió hacia André.

—¿Quieres algo más? —le preguntó, solícita.

—Nada. Se me ha quitado el hambre. Vámonos.

París
Mayo de 1894

León aceptó la invitación a Lombardía. Estaba un poco decepcionado con París, con Montmartre, que le había entregado a su musa para luego arrebatársela. Debía renunciar a Madeleine. Por un lado, pensaba que tendría demasiada suerte si volvía a verla. Después de medio año en Montmartre solo había coincidido con ella en dos ocasiones, efímeras además. Por otro lado, algo le decía que ella lo había esquivado. Le había dado su dirección y poco después se había mudado. ¿Por qué no se había molestado en dejarle las nuevas señas a la portera? ¿O por qué no le avisó de que iba a cambiar de casa cuando los presentaron? Para entonces seguro que sabía que se marcharía de esa mansarda. Aunque le doliera, debía admitir que Madeleine no quería posar para él.

—En Lombardía hay magníficos paisajes —dijo Satie.

—No tienes ni idea —le reconvino el barbudo de Pascual—. Los paisajes son cosa del pasado.

—¿Y entonces qué pretendes pintar en Lombardía?

—Lombardesas.

—¿En qué parte de Lombardía está esa casa, Peppe? —preguntó León.

—En el lago de Como. ¡Espléndido! Bellas casas alrededor. Hermosas, *veramente,* aunque no tanto como en mi amada Sicilia —subrayó el italiano moviendo mucho las manos—. Es un pueblo pequeño. Se llama Cernobbio... *Ciao, André!*

León se giró en la dirección en la que Peppe saludaba. Un hombre con canotier y una chaqueta muy usada tenía el brazo levantado y se despedía. Lo acompañaba una mujer.

—Madeleine —musitó León.

Se levantó de un respingo, la sopa caliente se le derramó encima y el plato se estrelló en el suelo. A causa del estrépito, ella volvió la cabeza cuando pasaba el dintel. Sus miradas se cruzaron en ese instante. ¿Le había sonreído? Sí, León estaba seguro de que Madeleine le había sonreído.

La siguió. Fue a la puerta, salió a la calle, miró a un lado y a otro. Había mucha gente que se apartaba a su paso arrugando la nariz; su ropa mojada de sopa destilaba un penetrante olor a cebolla. Se puso de puntillas, por si en aquel mar de tocados, bombines y sombrillas distinguía un punto de luz como ningún otro, la sutil estela que solo ella emanaba.

Nada. En un suspiro la había perdido de nuevo.

Sitges
Febrero de 1905

—Y entonces León fue tras ella, la rescató de André y se la llevó al molino a pintarla —exclamó la niña.

La mujer se rio ante tal estallido de entusiasmo.

—No, aún no. Aquel día solo se vieron. Madeleine y André regresaron a su habitación, aunque él no llegó a entrar. Llamó a la puerta de una vecina y dejó a Madeleine en el pasillo, sola y con la palabra en la boca. Pero a ella no le importó. Tenía el recuerdo de León, ese pintor de aire melancólico y modales delicados, de pie, observándola, solo a ella. Cada vez que Madeleine pensaba en ese instante, sentía un agradable calor subiéndole por el cuello, pues habría jurado que nunca en su vida la habían contemplado de aquella manera.

—Este André me cae fatal. Con lo buen novio que era al principio. ¿Es verdad que había sufrido mucho y que por eso se portaba así?

—No sé si había sufrido o no, pero nadie puede volcar sus frustraciones en los demás. Es una crueldad redimir las penas de esa manera. Y una injusticia.

—¿Cuándo volvieron a encontrarse? León y Madeleine, quiero decir. —La niña puso cara de pilla—. Me da en la nariz que esos dos...

—Eres tú muy lista, me parece a mí.

A través de la ventana entró un sol cálido. La bruma se había levantado. La mujer se destapó, tenía ganas de sentir la brisa fresca en la piel. De entre las sábanas le subió el olor de la noche junto a León. Por suerte, él se había escurrido de la habitación y de la casa a tiempo.

Algún día tendrían que decírselo a la niña, antes de que ella lo descubriera por sí misma.

París
Julio de 2015

El apartamento estaba en el 23 de la Rue Chappe, una calle estrecha y empinada, de edificios a diferente altura y separados por un tramo del tipo de escaleras que abundan en Montmartre, con las farolas alineadas a lo largo del eje central y los árboles a los lados.

El apartamento era pequeño, pero resultaba espacioso. Samira le explicó a Efrén que lo habían reformado recientemente y que era uno de esos pisos en edificios antiguos, de habitaciones muy compartimentadas, que ampliaban tras una rehabilitación. Ese suelo que pisaban —el que estaba por debajo de la moderna tarima— probablemente lo habían transitado costureras, obreros o pintores en busca de fortuna a finales del siglo XIX.

—Debería pagarte un alquiler —dijo Efrén.

—Vas a dormir en ese sofá cama, en un salón abierto a la cocina. No puedo cobrarte un alquiler.

—Claro que puedes. Y yo puedo pagártelo. Recuerda, mi cuenta ha subido varios ceros.

—Invita Said, ya lo sabes.

—Said te invita a ti. No creo que entrara en sus planes que hicieras de buena samaritana con un amigo que no le gusta.

—Said no ha hecho planes de nada —protestó Samira con suavidad, con ese tono de leve hartazgo que ponen las madres cuando repiten a sus hijos pequeños que se vayan a dormir.

Efrén se sentó en el sofá cama. Era cómodo y el salón era bonito. Tras la puerta corredera estaba el único dormitorio y el baño *en suite.*

—Cuando yo me ponga a trabajar y Said no pague el alquiler, entonces hablaremos.

—Para entonces espero haber regresado a mi casa.

—Tómate unas vacaciones, un año sabático —sugirió Samira—. Hazme compañía. ¿Nunca has querido ser hombre florero?

Hablaba y se comportaba con un tono alegre y distendido, es decir, el tono opuesto al de alguien que necesita compañía. ¿Tendría miedo por las noches? ¿De vivir sola?

—¿Le echas un vistazo a esto? —Efrén le tendía la libreta.

Samira, que metía su ropa en el armario, se acercó enseguida.

—¿Qué es?

—Lo último que he escrito. ¿Lo lees y me das tu opinión?

—Claro.

Samira se acomodó en el sofá, con las piernas cruzadas y, encima, un cojín. Parecía ilusionada. Efrén la miró y creyó, por un momento, ver a Turi. Esa cara era la que él habría puesto la primera noche juntos en su piso, después de ponerse una bandeja sobre las piernas, dispuestos a ver un nuevo capítulo de *Juego de tronos*. Si Efrén hubiera aceptado que vivieran juntos, claro.

—¿Sabes a qué me recuerda esto? —dijo Samira—. A cuando ayudaba a mi hermano a hacer los deberes del colegio.

Su sonrisa se ensombreció.

—Sí sabes dónde está tu hermano, ¿verdad?

Samira levantó la vista de la libreta.

—Sí y no. Sé que se fue a Siria.

Efrén guardó silencio.

—Ya sabes… A hacer la guerra contra los infieles.

—Lo siento.

—Los que mandan creen que con responder a la guerra y ganarla basta —masticó Samira—. Se creen que esto se soluciona con quitarles las armas y un *pim, pam, pum*. Se creen que tienen que combatir la religión.

—¿Y qué hay que combatir?

—Mi hermano era como cualquier otro chico. Daba igual que fuera musulmán, ya sabes que en casa ninguno lo éramos demasiado.

—Lo sé.

—Sin aspavientos, sin hacer ostentación, aunque tampoco nos avergonzábamos.

Efrén asintió.

—Después papá murió y nos callaron con una indemnización. Omar quería justicia, pero solo nos podían ofrecer dinero y mi madre lo aceptó. Él nunca se lo perdonó. Me vine a París y más tarde lo convencí de que viniera a visitarme, por si se relajaba un poco, para que mi madre no tuviera que sufrir sus reproches cada día. Por aquel entonces yo ya salía con Said. Ellos dos se gustaron enseguida. Fue como el café instantáneo en agua hirviendo. Mi hermano era el agua hirviendo... A veces salían sin mí. Yo estaba feliz de que se llevaran tan bien. Veía a Omar más contento, había incluso días enteros en los que no mencionaba a mi padre. Y se lo debía todo a Said y a esta maravillosa ciudad. París podía obrar maravillas.

Samira se quedó callada.

—¿Pero...? —la animó Efrén a continuar.

—Yo no sabía qué hacían exactamente ni a dónde iban. Solían irse por las tardes y volvían al cabo de dos o tres horas. Decían que paseaban y tomaban café.

—No te lo creíste.

—Al principio, sí. Pero eran muchos paseos y muchos cafés. Yo preguntaba, insistía, pero ellos estaban satisfechos de compartir un secreto y mantenerme a mí al margen. Lo que ocurre es que Omar es demasiado impulsivo y una vez que estaba enfadado me lo soltó. Acudían a un almacén abandonado en un descampado. Allí se daban cita bastantes hombres... con sus perros. Apostaban y luego empezaba la pelea. Soltaban a los perros y ellos se mordían y se atacaban hasta que uno de los dos caía rendido, a veces incluso muerto. Si hubieras visto la cara de Omar contándome eso... El placer de la sangre, de las orejas mutiladas, el rugido de odio.

Samira se tocó la piel quemada.

—Recuerdo que me entraron náuseas. Adoro a los perros, siempre he querido uno. Quería darles una paliza, a Omar y a Said. —A Samira se le quebró la voz. Se le escaparon las primeras lágrimas cuando siguió—: Omar me agarró de un brazo y me insultó.

Samira dejó la libreta en la mesa de centro y hundió la cara en las manos. Lloraba sin consuelo.

—¡Mi hermano me echó agua cuando me cayó el aceite encima! ¡Él lo arruinó todo, pero yo le perdoné! Solo quería ayudarme. Me oyó gritar: «¡Quema, quema!», y creyó que el agua fría me ayudaría. ¡Pobrecito!

Efrén la abrazó con más fuerza.

—Él nunca se perdonó. Se peleó tantas veces por mí, para defenderme, cuando alguien me miraba más de la cuenta... Pero ahora... ¡Ahora se había convertido en otra persona! —Samira siguió llorando—. Es el odio, Efrén, la frustración, la injusticia. Mi hermano solo era otro adolescente estúpido que no sabía manejar su rabia. Primero la descargó contra mi madre, después con los perros, después junto al Daesh. ¡Y no sé dónde está ni qué ha sido de él! Me lo robaron esos desalmados, pero podría haber sido cualquier otra cosa, las drogas, el juego, el alcohol. ¡Faltan libros, falta filosofía! ¡Faltan Platón y Aristóteles y Kant y Sartre! Si todos nos hiciéramos preguntas, no podríamos escapar de ellas. Y faltan manos que ayuden; si todos abriéramos nuestras manos para levantar al que lo necesita, no tendríamos tiempo de cerrar los puños.

Samira siguió llorando, derrotada, con las manos sobre el pecho, abrazada a Efrén.

París
Mayo de 1894

El viaje a Italia estuvo precedido por unas semanas de frenética actividad para León. Al tiempo que remataba unas falsificaciones de Manet y Pissarro, con la remunerada colaboración de Pascual, se entregaba a sus propias creaciones. Regresó a los bailes, a los que acudía cada noche, pero no con las intenciones de antes, porque había hecho un gran descubrimiento. No fue fruto de un fogonazo imprevisto, de esa revelación repentina que descarga un calambrazo en el cuerpo, no; fue un proceso lento, gradual y tranquilo, como el amanecer tras unas persianas venecianas. Había descubierto que siempre había dibujado a mujeres: a su hermana leyendo en una mecedora; a su otra hermana tomando té en el patio del paseo de Gracia; a sus amantes vestidas y después desnudas; a Rosa. A Madeleine. Le gustaban las mujeres, más allá de lo que podían ofrecerle sus cuerpos bajo las sábanas.

De ese modo, empezó a fijarse con una mirada profesional y se dedicó a ellas por entero. Le gustaba observarlas mientras bebían absenta y fumaban, mientras leían una revista, mientras charlaban con otras mujeres, mientras debatían con hombres. En ellas León tenía un interés estético —quería retratar las telas de sus vestidos, los velos y adornos de sus sombreros—, pero también social. Las mujeres cultivaban ahora nuevas costumbres y aficiones; trabajaban, estudiaban, leían, alimentaban pasiones intelectuales y ensanchaban sus límites, distanciándose del constreñido círculo familiar.

En su deambular profesional por los cafés y bailes de Montmartre, se cruzó con muchas mujeres que se parecían a Madeleine en el cabello, en la ropa, en un gesto. Iba de sobresalto en sobresalto, pensando que la había encontrado, para un instante después llevarse la decepción de la realidad.

Una tarde, en el merendero del Moulin de la Galette, vio a Rosa con unos hombres, formando un estrecho círculo. A juzgar por la postura inclinada de su cuerpo y el entrecejo fruncido, debía de estar enfrascada en una reunión de vital importancia. Cuando el grupo se separó, ella vio a León y se acercó a saludarlo.

—¿Dónde está Berthe?

—No sé. Por ahí, supongo.

—Te invito a unas *galettes*.

—Fantástico. Voy escasa de fondos.

Frente a la comida, charlaron sobre los cafés, sobre la revolución, sobre arte.

—Nos vamos a Italia el próximo mes, al lago de Como —le informó León—. Pasaremos por Lyon a ver a unos amigos de Peppe que van a probar un invento. ¿Cómo se llamaba?… Cinemato-no-sé-qué. Por lo visto, se trata de…

—¿Qué día?

—No está decidido aún. A finales, creo.

—Salid de allí antes del 24.

—¿Por qué? —preguntó León divertido. Por un momento, Rosa le había recordado a su madre cuando le pedía que se abrigara antes de salir o que tuviera cuidado con el vino.

—Que sea antes del día 24 —repitió muy seria—. Y yo no te he dado esta información, ¿de acuerdo?

León recordó el otro aviso de parte de Rosa, en Barcelona, y comprendió.

—De acuerdo.

Continuaron comiendo, en un silencio pesado que no había manera de aligerar.

—¿Sabes? Hay algo en mi cuarto que te gustaría —recordó León.

—Bien. ¿Subimos?

León se transportó a Barcelona. Recordaba bien la época en la que albergó el intenso deseo de que Rosa aceptara cada uno de sus ofrecimientos en aquellos días de 1888. Estaba igual de guapa. No, más aún. Ahora que se había preocupado de estudiar y viajar, resultaba más interesante, y sin embargo…

—Es que no he terminado de comer —dijo señalando una *galette* a medias, y nada más pronunciar la negativa se arrepintió del tono que había empleado. Era cierto que le apetecía enseñarle algo en su cuarto, pero no tenía nada que ver con ellos dos muy, muy juntos. Queriendo resultar gracioso, temía haber metido la pata.

—Entiendo que ese algo no está relacionado con tu cama, ¿verdad?

—No, no —repuso León aliviado.

—Pues vamos.

Rosa y sus ganas de saber, su curiosidad, su necesidad de ir lejos. León dejó el plato sin terminar y subieron a su apartamento en el molino. Jugaron a ver si ella adivinaba el misterio. La mujer preguntaba y fisgoneaba con las pistas que León le dosificaba. Tocó las paredes, apartó la mesa, las sillas, la cama. Allí en un rincón, tanteó el suelo. Sonrió cuando sus dedos siguieron una forma cuadrada. Rosa se giró y lo miró con los ojos chispeantes.

—¿Esta trampilla?

León asintió.

—Le falta la anilla —dijo Rosa.

—Ten. —León le tendió una de sus espátulas—. Jordi abre esa trampilla como si nada.

Rosa trajinó en la madera, resopló, hizo fuerza con el cuerpo. Hasta que lo consiguió. Una sección del suelo, como de un metro cuadrado, se despegó y un aire a humedad se escapó del agujero. Rosa se inclinó y movió la cabeza, examinando la negrura. León se acercó con una lámpara. El agujero se extendía hacia abajo pero el suelo parecía cerca. Sin pensárselo, Rosa saltó. La cabeza le quedó a ras de la trampilla.

—Pero esto es perfecto... —se relamió la mujer—. ¿A dónde lleva?

—Ni idea. Jordi dice que París es un queso de gruyer, así que ahí abajo debe de haber un laberinto. ¿Sabías que la colina de Montmartre está hecha de yeso?

—Voy a dar una vuelta.

—Eh, espera, podría ser peligroso. No sabes qué hay ahí. No seas loca.

—Conozco las catacumbas. A veces nos reunimos por aquí abajo. Pero no sabía que los túneles llegaran hasta tu cuarto... ¿Me prestas la lámpara?

León le devolvió una mirada de incredulidad. Ella no se inmutó.

—Eres más tozuda que una mula.

Le entregó la lámpara. Rosa se internó unos pasos y enfocó hacia el frente.

—Esta galería es larguísima, no veo el fondo —dijo, y su voz se propagó en un eco cavernoso—. Gracias, cariño.

—Estás completamente loca.

—Oye.

—Di.

—Sé que te he pedido muchos favores, León, y lo siento de veras, pero puede que un día necesite venir con alguien y bajar por aquí. ¿Te importaría?

—No, no me importaría. Ven cuando quieras.

—Probablemente nunca sea necesario, ¿sabes?

León contaba con que aquello ocurriría, que Rosa llamaría a la puerta en algún momento, seguro que de noche, que vendría con ese alguien y que ambos desaparecerían por la trampilla.

Sitges
Febrero de 1905

Antes de continuar, la mujer obligó a la niña a asearse y desayunar. No podían quedarse todo el día encamadas.

—¿Por qué no?

—Porque no somos reinas ni princesas. Hay que trabajar y estudiar. Nunca te quedes ociosa, hija. El ocio es un gusano que se hace cada vez más gordo y que termina devorándote.

—¿No puedo jugar con mi muñeca?

—Sí, claro, pero también debes estudiar. Y, cuando seas mayor, podrás pasear, leer, ir a los cafés, a…

—Recuerda que me has dejado en el Nouvelle Athènes. A medias, como siempre.

La mujer suspiró. Estos jóvenes de hoy en día eran respondones. Impensable cuando ella era una niña, nunca le habría hablado así a sus padres.

—Está bien, por dónde iba…

—Madeleine vivía con el malvado de André y había encontrado a León en ese café.

—Ah, sí. Madeleine seguía haciendo lo posible por agradar a André, aunque parecía que nada funcionaba. Es más, sentía que lo fastidiaba todo cada vez más. Una noche iban a salir. Ella ya estaba preparada y esperaba a que André terminara de vestirse cuando llamaron a la puerta…

Se trataba de una vecina, una de las nuevas amigas íntimas de André. Había subido a invitarle a una fiesta. Lo invitó solo a él, soslayando a Madeleine descaradamente, ni siquiera la miró. André aceptó y, sin despedirse ni disculparse, se marchó junto a la vecina, cogida del brazo.

Madeleine tardó en reaccionar. Se había quedado como una estatua de mármol, fría e impertérrita. Después parpadeó, agarró la faltriquera y también bajó, pero hasta la calle. Por primera vez en meses acudiría a un baile sola. La idea la llenó de una ancha sensación de libertad.

Caminaba por el empedrado con pies ligeros, la espalda recta, los hombros hacia atrás. La mirada al frente. Esta noche no tenía nada de que avergonzarse, nada que cargar a la espalda. Quizá viera a ese pintor español, León Carbó. Tenía la sensación de que volvería a topárselo. Si deseas algo con mucha fuerza, acaba cumpliéndose, le decía su madre.

Fue al Folies. Tras un vistazo rápido, distinguió a Sarah, acompañada por un caballero. La mujer la saludó con la mano y Madeleine le devolvió la cortesía acercándose a su mesa. Lucía un collar que le cubría casi todo el amplio escote y que despedía haces de destellos. Debían de ser diamantes.

—Hace siglos que no te veo —le dijo a Madeleine—. Este es Alphonse. Querido, esta es Madeleine, una buena amiga.

—Encantada.

—Pero siéntate, cariño. Tómate algo con nosotros. ¿Te apetece un grog?

—Sí, gracias.

Sarah le ofreció un cigarrillo que Madeleine también aceptó. Le gustó volver a sentir el viaje del humo adentro y afuera. André no quería que fumara. Decía que la embrutecía.

—¿Qué tal te va? —le preguntó la dama.

—Bueno…

—París es una ciudad dura. Pero solo al principio. Después se porta bien.

—Vine a París por ti —dijo Madeleine de sopetón. Muchas veces había planeado esta conversación, las preguntas que le formularía.

—Me imaginaba que sí.

—¿Te lo imaginabas?

Sarah guardó silencio, aunque le sostuvo la mirada. Era una dama, no iba a nombrarle las razones que habían empujado a Madeleine a buscarla en París: su padre, su marido.

—¿Qué quieres saber?

Sarah le allanaba el camino, pero ese señor a su lado… Madeleine lo miró y la mujer entendió.

—Querido, ¿puedes ir a averiguar qué pasa con el grog de Madeleine? Y no te des prisa. —Le ofreció al hombre sus labios como recompensa por el favor de dejarlas a solas. O como adelanto a lo que le daría cuando ellos dos estuvieran a solas.

—¿Lo quieres? —preguntó Madeleine.

—¿A Alphonse? No.

La respuesta fue tajante, sin un resquicio a la duda.

—Entonces, ¿por qué…?

—Se porta bien —contestó Sarah pasando los dedos por el collar—. Eso es lo más importante.

—¿Alguna vez un hombre se ha portado mal contigo?

—Una vez. Y me juré que nunca más ocurriría. Ninguna mujer se merece que un hombre la trate mal. Todo hombre debería respetarse lo suficiente como para tratar bien a una mujer.

Madeleine suspiró. Pensó en Charles. Y en André.

—¿Fue Charles? Quien te trató mal.

Sarah descargó una risa sonora pero sincera.

—Charles era un pobre estúpido. Un niño mal criado. Un acomplejado que se creía un gran señor. Perdona si te ofendo.

—No me ofendes. ¿Y mi padre?

Sarah dio una gran calada a su cigarrillo antes de contestar. Saboreó el humo.

—Él era otra cosa. Pero tú le conocías mejor que yo. Qué podría decirte yo que tú no sepas ya.

—Muchas cosas. Creo que tú le conocías de otra manera —dijo Madeleine con sinceridad—. Cuéntame, por favor.

—Era de esos hombres que de verdad merecen la pena: bueno pero no idiota, atento sin resultar empalagoso, respetuoso aunque no caía en la indiferencia. Era de los que escuchaban antes de hablar, de los que daban las gracias a las camareras del hotel, de los que sonreían para dar los buenos días.

—Le faltó ser un buen esposo.

—¿Qué es ser un buen esposo, Madeleine?

—Por ejemplo, guardarle fidelidad a la esposa.

—Es importante, estoy de acuerdo, pero si el matrimonio es fruto del amor entre los novios. No todos los matrimonios se unen por amor. Tú deberías saberlo en carne propia.

Aquello de «en carne propia» le recordaba dolorosamente a los puñetazos de Charles en la cara, en la tripa, en los muslos.

—¿Mi padre no se casó por amor?

—Fue un negocio entre dos familias y tu padre cumplió con el trato: le dio a tu madre una hija, seguridad material y económica. Y la respetaba lo suficiente como para no abandonarla. —Sarah volvió a darle una larga calada al cigarrillo—. Te quería mucho.

—¿Sí?

—Sí —sonrió la mujer—. Siempre hablaba de ti con devoción. A veces le amenazaba con ponerme celosa —bromeó.

—¿Te enamoraste de él?

Madeleine esperó la respuesta con el corazón en la boca.

—No.

Qué decepción. Y qué estupidez sentir ese pesar. Por un momento Madeleine había latido con la ilusión de que Sarah hubiera amado a su padre, que ella le correspondiera porque él se lo merecía, porque era un hombre bueno y cariñoso como pocos.

—Lo siento —añadió Sarah.

—No lo sientas. Las cosas son así. —Se levantó de la silla—. Gracias por el cigarro. Y por la charla.

—¿No te quedas a tomar el grog?

—No. Voy a dar un paseo.

—Muy bien. Pero antes, toma. —De un bolsito con piedras tan brillantes como las de su collar sacó una tarjeta—. Si me necesitas, deja recado en este hotel. Ellos me buscarán.

—De acuerdo. Gracias.

—Cuídate, Madeleine.

Anduvo sin rumbo, sin fijarse a dónde iba. Buscaba despejarse, que el fresco de la noche le diera en la cara, que el murmullo de Montmartre la envolviera como una nana. Pasó por delante del Moulin de la Galette. Allí había estado la primera noche que llegó a París, la primera noche después de perder al hijo de André. Ella no era la misma en ninguna de esas dos ocasiones; tampoco ahora...

París
Junio de 1894

Unos días antes de partir a Italia, los tres pintores del apartamento del Moulin de la Galette acudieron a una de las veladas que Stéphane Mallarmé solía organizar, a la que convocaba no solo a poetas y literatos. Los acompañó Peppe Caruso.

En la pequeña sala, atestada de muebles y objetos, también estaba Paul Verlaine.

—Está acabado —dijo Pascual.

Jordi le chistó para que callara.

—¿Qué? ¡Es verdad! Míralo: no hace más que beber y lamentarse.

—Y escribir poemas que son obras de arte —añadió León—. Está maldito, como todos los genios.

—Sí, pobrecillo —ironizó Pascual—. También recibe una pensión del gobierno.

—Cállate o te sello la boca con un puñetazo —advirtió Jordi.

—Ellos no entienden el español, imbécil.

—Que te calles.

Mallarmé y Verlaine comenzaron su velada de poesía. Recitaban sus últimos versos y se comentaban recíprocamente, lanzándose elogios de ida y vuelta.

—No era posible, usted lo sabe —respondía Mallarmé a una pregunta de un asistente—, para un poeta vivir de su arte, aun rebajándolo muchos grados, cuando ingresé en la vida. Habiendo aprendido el inglés simplemente para leer mejor a Poe, partía a los veinte años a Inglaterra, con el fin de huir, principalmente; pero también para hablar la lengua y enseñarla en un rincón, tranquilo y sin otro ganapán obligado: me había casado y eso apremiaba.

Pascual bostezó, lo que no pasó inadvertido para los allí reunidos. Jordi le pisó un pie, pero solo un poco, como una amenaza.

—¡Ay! Es que me aburro —susurró—. Mucho.

—Cállate.

—Verás como empiece Verlaine a hablar de su amantísimo Rimbaud… —Y volvió a bostezar—. Jordi, ¿a ti también te gustan los hombres?

Los poetas se quedaron mirándolos y guardaron un silencio expectante.

—Disculpen. Ya nos vamos. Disculpen —se excusó León.

Jordi agarró a Pascual por la chaqueta y lo arrastró fuera. El barbudo logró escapar a la lluvia de manotazos del hombretón.

—¡No me deis las gracias, eh!

—¿Por avergonzarnos? —bramó Jordi.

—Por libraros de ese tostón.

—Calma, calma —los tranquilizó Peppe—. Lo cierto es que yo no entendía una palabra… ¿Qué tal si vamos al Moulin de la Galette?

—¿Cuánto dinero llevas? —le preguntó Pascual a León.

—El suficiente como para que todos olvidemos ese recital.

Sitges
Febrero de 1905

Madeleine entró en el Moulin. En el pasillo de la entrada chocó con un grupo de alegres bebedores de absenta.

—¡Madeleine!

—León...

—¿Entraba usted?

—Sí.

León miró alrededor.

—¿Ha venido sola?

—Sí —respondió Madeleine agachando la cabeza.

—¿Nos haría el honor de acompañarnos?

—Hum... —Eran todos hombres, todos achispados. A Madeleine no le asustaban los hombres, ya no, mucho menos que la vieran con ellos, pero esta noche prefería estar sola y sobria—. En otra ocasión, quizá. Gracias.

—Nos vamos a Italia.

—Qué bonito.

—¿La conoce usted?

—No, no —repuso Madeleine sonrojándose. Qué estupidez de respuesta, Italia podría ser un país feísimo y ella estar diciendo tonterías. Si fuera una mujer de mundo, como Sarah, sabría si Italia valía una visita.

—Pues véngase —resolvió León.

—¿Cómo?

—Necesito una modelo. Usted quedaría espléndida en los paisajes de Lombardía. Partimos el día 20.

Madeleine no sabía dónde quedaba Lombardía ni cómo eran esos paisajes. Ni siquiera esperaba una oferta así.

—Pues... —Dudaba. Un país nuevo, gente nueva. Serían como unas vacaciones.

—Todos los gastos pagados —insistió León—. Y también le pagaría por sus posados, claro está.

Él quería una respuesta, en ese momento. Parecía de esos hombres que perseguían con ahínco el objeto de sus deseos y no se detenían por nada ni por nadie. Eso le dio miedo. Y entonces cayó en la cuenta: André no se lo permitiría.

—Creo que no voy a poder. Lo siento.

La cara de León era de puro desencanto.

—Vaya. Es una pena. Creo que... Creo que sus ojos... —No le salían las palabras, pero su mirada resultaba elocuente.

—Gracias, León. Lo pensaré —dijo Madeleine a modo de escapatoria.

—Está bien. Me alojo aquí, en el molino. En el apartamento de arriba.

—Así quedamos entonces. Ahora voy a entrar.

—Claro, claro, no la molesto más.

—No es molestia —repuso Madeleine con timidez—. Hasta otra, León.

—Hasta pronto, espero. Y piense en mi oferta. Por favor.

Madeleine asintió y se giró para entrar en el baile. Antes de cruzar la puerta se volvió. Allí estaba él aún, sin moverse, sin dejar de contemplarla...

Madre e hija paseaban por la arena, la madre sosteniendo la sombrilla con una mano y con la otra agarrándose la falda para no estropear los bajos. La niña corría y saltaba cada pocos metros.

—Cuidado, no vayas a…

La mujer se calló. Qué importaba si se llenaba de arena, qué importaba un vestido. Qué importaba si le daba demasiado el sol.

La niña siguió brincando y riendo, bajo la mirada feliz de su madre. Aquella risa mezclada con el murmullo del oleaje era música, la música de la vida de verdad. La enfermedad, la miseria y el dolor quedaban muy lejos.

—Qué pena que no haya playa en París —dijo la niña con las mejillas coloradas por el ejercicio.

—Exacto, en París no hay playa. No podrías jugar con la arena ni con las olas. París no huele a mar como Sitges.

—París huele a perfume, a chocolate y a restaurantes.

—Una parte de París. Hay otra que huele mal: a letrina atascada, a grasa frita, a desperdicios putrefactos, a llagas abiertas, a pus, a vómitos y a esputos.

—¡Aaajjj!

—Es cierto. ¿Ya no recuerdas la choza de Louise?

La niña se llevó el índice a los labios con aire pensativo.

—Y aún no sabes nada de ella —siguió la mujer—, solo te he hablado de Madeleine. Mira, vamos a sentarnos allí. Te contaré algo. Ya sabes que Madeleine vivía con André en ese edificio con tantas vecinas nuevas y que él pasaba cada vez más tiempo con ellas. Lo bueno de eso es que le dejaba a Madeleine más tiempo para sí misma…

Decidió visitar a su amiga. La última vez que coincidió con ella fue en el Café de la Nouvelle Athènes, acompañada de ese hombre tan alto, grande y guapo. Por fin la veía feliz. Antes fue a comprar tarta de manzana y en la tienda se cruzó con Jeanne, la señora que siempre había ayudado a Louise con los niños.

—Si me espera, la acompaño. Precisamente voy a visitar a Louise.

—Oh —dijo la mujer con gesto contrito.

—¿Qué ocurre? —se alarmó Madeleine.

—Su marido volvió.

—¿Cuándo? ¿Y Louise?

Las brutales palizas que ese desalmado le propinaba a Louise eran bien conocidas en las casas colindantes. Imposible no oír los golpes, insultos y lamentos, imposible no ver las marcas en la cara de Louise. Pero nadie hablaba nunca de esas cosas; cada familia debía resolver sus asuntos de puertas para adentro y ninguno podía inmiscuirse. La bienintencionada señora compuso un gesto de resignación y solo añadió:

—La pena es que el bebé... —negó con la cabeza.

Madeleine no esperó más explicaciones. Dejó a Jeanne en la tienda y corrió hasta llegar a la puerta de Louise.

—¿Está él? —preguntó Madeleine cuando su amiga le abrió.

Ella negó y le dejó paso. Volvió con una pierna renqueante hasta la única silla que quedaba y se sentó con dificultad, sobándose la lumbar. La mesa en la que habían compartido tantas cenas y charlas tampoco estaba.

—Perdona que no haya más asientos.

Madeleine se acuclilló a su lado y estudió sus heridas. El lado izquierdo de la cara estaba magullado, con varios cortes que empezaban a cicatrizar. Tenía moretones en la sien, el pómulo y la mandíbula. El ojo derecho estaba hinchado.

—¿Qué ha pasado? Y… ¿dónde está…? —Madeleine miró alrededor, buscando en los rincones donde al chiquitín le gustaba jugar a esconderse.

Louise le devolvió una mirada inquietante, de ferocidad y entereza al mismo tiempo.

—Estoy cansada, Maddie —dijo apoyando la cabeza en una mano—. Muy cansada.

Guardaron silencio.

—¿Tus padres te querían? —le espetó de pronto Louise.

Madeleine pensó en los brazos cálidos de su padre y sus regalos. Estaba segura de que él la había querido. Sarah, además, se lo había confirmado. Su madre se había comportado siempre con frialdad, como una institutriz, aunque ahora la comprendía y recordaba con cariño los bizcochos, los preciosos vestidos que le había cosido incluso a la insuficiente luz de las velas, y sus múltiples consejos.

—Sí, me querían. Me querían mucho.

—Qué suerte.

—¿Y tu casa era bonita?

—Sí. Tenía jardín, salón y varias habitaciones. Había bastante espacio y mucha luz.

—Nosotros vivíamos en una casucha de placas de aluminio y escombros, todos apiñados. En invierno te morías de frío, y en verano, de calor. Hacíamos turnos para comer, primero mi padre y mis hermanos; después mi madre, mis hermanas y yo. Al lado estaban los jergones de paja, que en invierno acercábamos a la cocina todo lo posible. Lo de dormir todos tan pegados unos contra otros tenía ventajas en invierno, aunque también pasaban otras cosas. Mis hermanas y yo salimos vírgenes de casa, claro, pero conociendo muy bien el cuerpo masculino y su cosa grande. Había noches en las que una mano cogía la mía y la llevaba ahí, y yo tenía que frotarla arriba y abajo. A mis hermanas les pasaba lo mismo. Nunca hablamos de eso, nos habríamos muerto de vergüenza, pero todas lo sabíamos por los ruidos y el olor. Hablando de olor, la letrina estaba fuera, en una ciénaga. Cuando llovía o nevaba te llenabas de fango hasta más arriba de los tobillos y a veces no sabías si eso era barro o mierda. Hasta que acercabas la nariz para oler. Y cuando era mierda y entrabas en casa sin haberte limpiado, te ganabas una buena tunda. Mis padres nos regañaban y nos pegaban. Todo el tiempo. Con las manos, con varas, con patadas, con lo que fuera. Pero en las demás casas ocurría lo mismo, así que no se me ocurrió que fuera posible vivir de otra manera.

»Por el barrio merodeaban un mendigo y su perro flaco y pulgoso. Los veías hurgando en la basura y en las letrinas; así calmaban el hambre. Los vecinos les tiraban piedras, pero ellos siempre regresaban. Supongo que éramos el barrio más opulento en varios kilómetros a la redonda. Los niños estábamos aterrorizados porque nuestros padres solían amenazarnos con entregarnos al mendigo, y, claro, ninguno queríamos pasar el resto de nuestra vida comiendo mierda.

»Un día cometí una estupidez. Fue después de una especie de banquete en casa. Mi hermano mayor había conseguido trabajo y con el primer sueldo mi madre compró carne y verduras. Hizo un guiso que a todos nos supo a gloria, más que nada porque pocas veces comíamos carne. Yo comí bastante, me sobró un poco. En un pedazo de pan metí el resto de mi ración y salí fuera, a tomar un poco el sol. El perro merodeaba por allí. Tenía una cara de pena y de hambre que se te rompía el corazón. Así que le di ese trozo. Con tan mala suerte que unos vecinos me vieron. Se burlaron de mí y empezaron a contárselo a los demás, como un chiste. Hasta que llegó a oídos de mi familia. Mi madre me dio una bofetada. Mi padre y mi hermano mayor me dieron golpes en la espalda, por todas partes. Los había avergonzado, yo, haciéndome amiga de un mendigo, dándole de comer, como si nos sobrara, que si me había creído una gran dama haciendo caridad. No sirvió de nada defenderme, decir que solo le había dado un poco de pan con carne al perro, que no era verdad que yo hubiera hablado con el mendigo. El chisme se hizo enorme y ya decían que el mendigo y yo nos íbamos juntos tras unos matorrales.

»Me echaron de casa. Mi padre me dijo que me fuera con mi amante el mendigo. Me acusaron de deshonrarlos, de ser una viciosa, de ser una ingrata. Salí de mi casa sin nada, solo con lo puesto. Me había convertido en una mendiga.

»¿Qué podía hacer? Me fui con él, con el pordiosero. Él comprendió enseguida, no hicieron falta las palabras… Maddie, ¿te imaginas la vida de una persona que se alimenta de basura? ¿Me creerías si te dijera que me sentí querida por ese hombre? Y respetada.

»Cuando murió lo sentí mucho. Vagué sola durante semanas hasta que una noche me recogió François. Me había visto desde hacía tiempo, pensaba que yo era una correntona del bulevar. Aquella noche acepté que me llevara a su choza. ¿Qué otra cosa podía hacer, Maddie?

—Lo siento —dijo Madeleine—. De verdad, lo siento mucho.

Le besó las manos, hinchadas, cubiertas de cortes y durezas. ¿Por qué tanta injusticia?

—Mejor, vete —dijo Louise—. Podría volver en cualquier momento y lanzarte la única silla que queda.

—¿Eso hizo contigo?

—Me partió las sillas en la espalda, en las piernas, en la cara. La mesa también. No me di cuenta de que el niño estaba junto a mí. No lo vi. Si no hubiera estado tan pendiente de protegerme, lo habría visto y lo habría salvado a él, el único hijo que me quedaba.

—¡No es culpa tuya! —se indignó Madeleine al borde del llanto.

—Lo sé. Pero el problema que tengo es que no me di cuenta, que yo era su madre, que debí haber prestado atención y que, si hubiera sido una buena madre, ahora todo sería diferente.

Madeleine empezó a llorar, llena de impotencia, y por Louise, que se había quedado seria y seca como una estatua.

—Estoy tan cansada, Maddie, tan cansada. A veces, cuando camino al lado del Sena, rezo para tropezarme y caer al agua. No sé nadar.

En los días posteriores, Madeleine llevó en el corazón el peso de la terrible historia de su amiga. Caminaba encorvada, sin ganas, como si le hubieran echado encima cien años de dolor. Se volvió sorda, ciega y muda. Se pasaba los días mirando a ninguna parte, como en trance, hasta que alguien le reclamaba a voces que regresara al mundo real. André elegía zarandearla o empujarla. Una vez lo hizo con tanta fuerza que Madeleine, que estaba de pie, trastabilló hacia atrás y se golpeó la espalda con la mesa. El dolor le subió por la columna como un relámpago.

—¡Que dónde está la salchicha, mujer! —chilló André.

Madeleine, en el suelo, se frotaba la espalda.

—En el aparador.

—¡No, ahí no!

—Se habrá acabado entonces —susurró Madeleine.

—¿Qué?

Madeleine se levantó apoyándose en la mesa. Cogió la faltriquera.

—Voy a comprar más.

—¡No tardes! Tengo hambre.

Bajó. Con movimientos más propios de una máquina fabril, Madeleine entró en un par de tiendas y compró un par de salchichas y pan. Llevaba la comida de vuelta a la habitación cuando tropezó con un grupo de críos corriendo y recibió otro latigazo en la espalda. Casi se le cae el paquete. Se apoyó en una farola para recuperar el aliento. Después reanudó la marcha y no se detuvo hasta que cruzó el Moulin de la Galette, subió las escaleras y llamó a la puerta de León Carbó. Nadie respondió. El miedo y la desesperanza la hicieron temblar. Aún era día 18, ¿verdad? Bajó a preguntar por el pintor con una sensación similar a cuando, de niña, esperaba a su padre que venía de viaje y oía los cascos de los caballos acercándose a casa.

—Ha salido —la informaron.

Subió de nuevo, se sentó en el suelo junto a la puerta de Carbó y esperó. Le entró hambre, miró la compra que había hecho para André y comió. Se lo comió todo.

Que ella recordara, era la primera vez en mucho tiempo que el embutido y el pan le sabían tan bien.

París
Agosto de 2015

Era una buena tarde para leer; afuera llovía. Samira se puso con la tesis de Geraldine Dagens. Se sentó de cara al estrecho balcón, con los pies desnudos apoyados en la barandilla de hierro y el grueso tomo sobre las rodillas dobladas. Efrén observaba a través de la lente de su cámara cómo las gotas de agua resbalaban por los pies de Samira. La fotografió como cuando eran unos críos y él empezaba a practicar.

—Hicieron un largo viaje a Italia —dijo Samira sin levantar la vista de la tesis—. Hay una anécdota curiosa.

—¿Cuál?

Samira le mostró la imagen de la portada del periódico *Petit Journal.* Se trataba de una ilustración en tonos grises que mostraba a un hombre condecorado, desmayado en un coche de caballos y, a su alrededor, un revuelo de brazos.

ASSASSINAT DU PRÉSIDENT CARNOT.

—El asesinato de Sadi Carnot, presidente de Francia —dijo Samira—. Fue un atentado perpetrado por un tal Sante Geronimo Caserio, un anarquista italiano. Fue el 25 de junio de 1894, coincidiendo con el viaje de Carbó y Madeleine a Italia. Qué casualidad, ¿verdad?

—Quizá no —musitó Efrén, que ya había visto esa portada anteriormente.

Llamaron al telefonillo.

Samira se levantó alegremente y respondió como si ya supiera quién venía.

—Es tu marido, ¿no?

—Sí, qué pasa.

—No sabía que lo hubieras invitado a tomar té y pastas.

Samira enfiló hacia el dormitorio mientras se quitaba la camiseta sin importarle que él estuviera delante. Efrén la siguió al cuarto.

—Oye, que no eres mi padre. —Samira se había quedado en sujetador frente al armario abierto. Tenía la piel tan bonita como entonces: cobriza, brillante y, probablemente, igual de suave.

—Hemos quedado por el divorcio.

—¿Y por qué te arreglas?

—No me arreglo, solo me he cambiado de camiseta —bufó y fue a abrir la puerta.

En el dintel de la puerta, Said pidió permiso para entrar.

—¿Qué tal, Efrén? —Le estrechó la mano, esta vez sin apretar.

—Bien.

—¿Estabas trabajando? Molesto, ¿verdad?

—No molestas —repuso Samira.

—Da igual —dijo Efrén—. Me voy al dormitorio para que podáis hablar de vuestras cosas.

Pero Said había avanzado hacia la libreta y leía.

—¿Por qué no me la pasas y te doy mi opinión?

No. Esa era la respuesta que le encantaría dar, un único monosílabo, seco y que reverberara en el salón.

—Es que es solo un boceto.

—Claro, claro, pero cuantas más opiniones tengas, mejor, ¿no? Eh, siempre he leído mucho, tengo un poco de criterio. ¿Verdad, Sami?

—Sí, es verdad.

—Ya, pero… —Efrén se rascó la cabeza—. Lo siento, aún no es posible. Quizá más adelante.

—Puedo prestarte un portátil, en la oficina hay dos o tres que nadie utiliza. Te será más cómodo.

—No es necesario. Gracias.

—Sami, creo que deberíamos bajar a una cafetería.

—¿Por mí? —preguntó Efrén—. No hace falta.

—Aquí vamos a interrumpir al creador.

Efrén torció el gesto, confundido.

—Era una broma —aclaró Said—. Entiendo que un escritor necesita soledad.

—Ya.

—Tienes razón, mejor bajamos —dijo Samira.

—Vale. —Efrén los acompañó a la puerta y le dio un beso a Samira—: Pásalo bien, no bebas, pídele un montón de dinero y vuelve pronto a casa.

Said lo miraba fijamente.

—Era una broma —dijo Efrén.

Cernobbio
Julio de 1894

La casa de los parientes de Peppe Caruso se encontraba en la falda de una montaña. Sus gruesos muros de piedra albergaban seis habitaciones y un gran salón en el que el grupo de amigos se reunía cada noche a beber, fumar y charlar. Contaban, además, con un huerto en el que asomaban ya los frutos del verano: tomates, pimientos, pepinos y lechugas entre hierbas de orégano, albahaca y tomillo. Pero la mayor joya de esa casa era la terraza. Un solado casi tan amplio como el salón se extendía como con los brazos abiertos al lago de Como y la sierra circundante. El denso azul oscuro de aquellas aguas tranquilas era un zafiro engarzado en un anillo de montañas altas, tapizadas de una frondosa vegetación y de un conjunto desordenado de casas que se asentaba a las orillas del lago.

León se quedó mudo cuando vio a Madeleine contemplar aquella belleza.

—Nunca le agradeceré lo suficiente que me haya traído aquí —dijo ella con emoción.

Una de las maravillas que se podía admirar desde aquella terraza, era el hotel Villa d'Este. Caruso les explicó que el palacio fue construido por el cardenal Tolomeo Gallio en el siglo XVI —«Ah, los curas y su voto de pobreza», dijo Pascual—. Cambió de propietarios varias veces hasta que hacía unos pocos años, en 1873, lo transformaron en un hotel.

—De lujo, obviamente —matizó Peppe.

—Seguro que es precioso —apostó Madeleine.

—Si queréis verlo, puedo hablar con alguien que conozco y que trabaja allí.

—Tú siempre conoces a alguien, ¿eh? —observó Pascual.

—Nos enseñará los fantásticos jardines, las mágicas grutas, las gloriosas fuentes, las inefables pinturas y esculturas. ¡Villa d'Este no tiene nada que envidiar a Versalles! Aunque los mejores palacios del mundo, queridos amigos, están en Sicilia.

Y siguió hablando en su dialecto natal, que nadie entendió, aunque, a juzgar por el énfasis de sus gestos, debía de estar enumerando los encantos de su añorada isla. Desde que habían llegado a Cernobbio, Caruso se expresaba con más afectación de la acostumbrada, y, si en París sus manos y brazos danzaban alegremente en el aire al hablar, ahora trazaban piruetas y cabriolas como las estrellas principales de un espectáculo circense.

Aunque su manera de expresarse fuera tan rimbombante, las expectativas que creó no defraudaron. El grupo disfrutó con la visita a Villa d'Este, igual que con Villa Pizzo y la iglesia de San Michele di Rovenna. Durante el paseo por Villa d'Este, el grupo alcanzó un templete cuyas columnas cercaban una escultura de estilo griego. Desde allí se contemplaba la grandeza del lago, de los Alpes, y se respiraba paz. Madeleine posó una mano en una columna. A León le entusiasmó aquel juego entre las líneas clásicas del templete y de la escultura, y el halo callado y misterioso que desprendía su musa de París. Antigüedad y modernidad frente a la eternidad del lago que asiste al paso del tiempo.

Además de los esplendores artísticos, Caruso ofreció a sus invitados otros placeres más terrenales, en festines pantagruélicos y rebosantes de colores, sabores y aromas: pescado fresco a la brasa; pasta elaborada cada día, rellena y acompañada de salsas espesas y abundantes; y una especie de torta de pan cocida al horno con condimentos de lo más variado, que Peppe llamaba a veces *pizza*, a veces *focaccia*, aunque Pascual sostenía que se trataba de la copia —«regulera»— de una coca catalana. El aire olía a queso fundido, tomate seco y albahaca.

Una mañana, poco antes de almorzar, estaban todos en la terraza, tomando *bruschette*, cuando Pascual entró eufórico.

—¡Adoro Italia!

—¿Y ahora qué te pasa? —gruñó Jordi.

—En Villa d'Este me han pedido un par de carteles: uno para anunciar el hotel y otro para una exposición de bicicletas.

—¡Bicicletas! —exclamó León—. Yo quiero probarlas.

—Me van a pagar bien —continuó el barbudo antes de llevarse a la boca un pedazo de pan con aceite, sal, ajo y tomate. Masticaba con un aire de suspicacia y le echaba miradas de desdén a la bandeja donde estaban las *bruschette*—. Así que no solo nos copian la coca, ¿ahora también el *pa amb tomàquet*?

—¿Ya no te gusta Italia? —le picó Jordi.

—Olvídame. —Pascual se acercó a la balaustrada, abrió los brazos como si fuera a echar a volar, y respiró hondo—. Adoro Italia… ¡Peppe!, no quiero irme de aquí nunca.

—¿No quieres volver a Sitges? —se extrañó Jordi.

—Sitges, hum… —Pascual lo pensó un instante—. No, me quedaría aquí para siempre. Peppe, ¿podríamos llegar a un acuerdo?

—No le hagas caso —intervino Jordi—. Acabaría hartándose, lo conozco demasiado bien. Y nunca te pagaría el alquiler. Yo aún estoy esperando a cobrar mi dinero.

—Mi familia vendrá de visita —informó León.

—¿A por cuadros? —preguntó Pascual. Necesitaba saber si tenía que ponerse a falsificar a toda prisa.

—No, solo de vacaciones. Todos estamos de vacaciones —aclaró León—. Se alojarán en ese hotel que tanto adoras.

Bebió un sorbo de vino y miró a Madeleine. No sabía cómo acercarse a ella. Cualquier movimiento o palabras que ensayara le sonaban forzados. Al menos, ella parecía estar disfrutando del lago, de las excursiones y de la comida. Lucía cierto color en las mejillas y eran cada vez más escasas las ocasiones en las que se ponía corsé. León se sentía seducido por múltiples gestos de ella que volcaba en rápidos bocetos: una mirada al lago, una lectura tranquila, un sorbo a una taza de café. Se preguntaba si ella permanecía ignorante de esos momentos que él le robaba o si era tan buena modelo como para quedarse quieta, ajena a la mirada de León. Y él ya no estaba seguro de que la contemplara solo como pintor.

París
16 de agosto de 2015

El apartamento estaba a oscuras. Hacía un rato que Efrén había apagado las luces, incapaz de continuar con la historia de León Carbó. El motivo de su desvelo no era otro que ya pasaban de las dos de la madrugada y Samira no había vuelto aún de otra reunión con su exmarido. Últimamente quedaban demasiado con la excusa de que él iba al psicólogo y le contaba a Samira, su única amiga, la persona en la que más confiaba, sus desvelos, avances y retrocesos. Eran casi las tres cuando el ruido de la llave en la cerradura terminó con el suspense.

—¿Ha pasado algo? —preguntó Efrén casi abalanzándose sobre ella.

—Nada. ¿Por? —repuso Samira mientras entraba y encendía la luz.

Traía una caja de cartón en las manos, con un lazo.

—¿Qué es eso?

—Tarta.

En la encimera de la cocina abrió el paquete. Era una de esas tartas de nata y fresas. Quedaban dos o tres raciones.

—Habéis comido tarta.

—Bravo, Sherlock. ¿Quieres?

—Tarta. ¿Por qué? —Entonces vio unas velas doradas: Una era un tres; la otra, un ocho—. ¿Hoy es tu cumpleaños?

—No me tires de las orejas treinta y ocho veces, por favor.

—¿Por qué no me avisaste?

Samira no contestó. Metió un dedo en la nata y le ofreció a Efrén. Él la rechazó arrugando la nariz.

—A mí tampoco me gusta demasiado, pero siempre he querido una de estas tartas. Son tan bonitas, ¿no crees? Por el color, las fresas brillantes… Mírala. Parece que dice «cómeme, cómeme».

—Y por fin la tienes.

—Sí, por fin. Es mi primera tarta de nata y fresas.

—Te la ha regalado él.

Samira asintió.

—No es lo que piensas —se apresuró a explicar—. Ha venido con Scarlett.

—¿Su novia?

Samira fue con la tarta hasta el sofá, seguida por Efrén.

—¿Por qué no? Ya nos conocemos y somos personas adultas y civilizadas. Hemos pasado página, hay que seguir viviendo.

—Sí, es de lo más natural.

—Toma —le dijo Samira tendiéndole una servilleta—. De la boca te está saliendo un hilillo de veneno.

—Bueno, si a ti te parece bien, yo no tengo nada que decir —se rindió Efrén.

Samira se sentó en el sofá.

—Su cara es perfecta.

Efrén no podía replicar como lo haría con cualquier otra mujer, con los consabidos consuelos del tipo «tú eres más guapa». Menos aún referirse a su personalidad única, a su elegancia innata o a su chispeante inteligencia. Era una lástima que él, de verdad, tuviera esa opinión de ella y que ahora no resultara creíble.

—Lo siento.

—No, está bien. Y nos hemos divertido.

—¿Vais a ser amigos? ¿Saldréis en pandilla? ¿Serás la sujetavelas?

—Prueba un poco de tarta, hombre. Es mi cumple.

Efrén agarró una fresa, la untó en nata y le dio un mordisco.

—Que sepas que estoy muy ofendido.

—Ah, ¿sí?

—Celebras tu cumpleaños con tu todavía marido y su amante, y a mí me dejas en casa, solo, esperando y muerto de la preocupación.

—Pobrecillo.

—Es verdad.

—¿Te estás poniendo celoso?

—A lo mejor, sí.

Samira echó un vistazo a la libreta.

—Hum, así que ahora estás en el lago de Como, ¿eh?

—¿Has estado?

—No, pero creo que merece la pena. Me encantará que me lleves allí.

—No soy tu perrito faldero. Búscate un hombre como Dios manda, mujer.

—Me refería a viajar montada en tu historia. Escribes muy bien.

—Qué va.

—Que sí. A mí me gusta. Me transporta, me parece que estoy allí, con un moño en la cabeza y uno de esos vestidos largos con polisón.

—Habrías estado estupenda. Como ahora.

—Sí, claro.

—Pues sí. Eres la mujer más elegante, interesante y buena que he conocido en mi vida.

Se quedaron callados, inmóviles.

—Hoy no es sábado, ¿verdad? —preguntó Efrén.

—No, es domingo. Bueno, técnicamente ya es lunes. ¿Por qué?

—Vamos a bailar.

—Técnicamente mi cumple también ha pasado.

—Menuda excusa —sonrió Efrén—. Lo que ocurre es que no quieres pasar vergüenza.

Cogió el móvil y buscó algo sin que lo viera Samira. Las notas musicales la pusieron de buen humor.

—¿*Saturday night*?

Efrén le tendió una mano:

—*Pretty baby...*

—Dios mío, eso es de hace mil años —protestó Samira.

—Y lo sabes porque ya eres muy mayor. —Y empezó a reproducir la coreografía de la canción de Whigfield.

Samira se carcajeó:

—¡No es así! Lo haces fatal.

Pasaron la noche bailando, una canción detrás de otra. Comieron el resto de la tarta y bebieron vino. Cayeron sobre el sofá cuando empezó a amanecer. Estaban muy quietos, el sueño tenía prisa por apoderarse de ellos.

—Me gusta hacer el tonto contigo —dijo Efrén.

—¿Es una declaración de amor?

—Puede.

Samira se abrazó a Efrén y este agarró la colcha que descansaba en el reposabrazos. Se taparon, se acomodaron con los cuerpos bien apretados, y se dispusieron a dormir.

Sitges
Febrero de 1905

La mujer desplegó un mapa sobre la mesa.

—Cernobbio está aquí.

—Tiene forma de i griega, pero al revés —dijo la niña.

—Sí, así es.

—¿Italia es bonita?

—Muy bonita.

—¿Tú has estado?

—No, pero he visto cuadros, fotografías, y me han contado muchas cosas.

—Algún día también me gustaría ir a Italia.

—Me has salido viajera —sonrió la mujer.

—¡Como León! Cuando venga, le pediré que me hable de ese lago. ¿A Madeleine le gustó?

—Mucho. Quizá fue la mejor época de su vida. Los días transcurrían tranquilos, luminosos, tan azules. Las habitaciones eran amplias, el aire se colaba por las ventanas y podía sentirlo acariciándole el cuerpo. El cielo siempre estaba despejado, no había nubes que amenazaran su descanso…

Todo era muy diferente a París. Si no fuera por el acento melódico que trepaba por la falda de las montañas y alborotaba los mercados, si no fuera por esa brisa fresca con notas de limón, por ese horizonte tan lejano, casi sentía que estaba en Ruan. Al cerrar los ojos y dejarse llevar, le resultaba imposible no comparar aquella sensación de ligereza con la que había vivido en la casa en la que creció, junto a su padre.

Durante ese retiro estival, Madeleine conoció las montañas y los paseos. Habían transcurrido tres semanas desde que llegaron cuando alguien propuso subir el monte Bisbino y almorzar en las alturas, con vistas al lago y los Alpes. Prepararon cestas, manteles, vajilla y cubiertos. Los hombres se pusieron sus pantalones más viejos y se remangaron. Madeleine estaba algo preocupada. Ninguno de sus vestidos era especial ni delicado, pero tampoco resultaban apropiados para un paseo ladera arriba.

—Puedes ponerte unos pantalones de Pascual —sugirió Jordi—. Seguro que te valen.

—¡Tú eres imbécil! —protestó el barbudo.

—Qué pasa ahora… —intervino León—. Oye, me tenéis harto, ¿eh?

—Este, que se cree muy grande y me llama pequeño.

—Solo he dicho que unos pantalones suyos le valdrían a Madeleine —dijo Jordi haciéndose el inocente.

—¿Pantalones? ¿Yo?

Sin saber por qué, Madeleine miró a León. Fue un gesto tan espontáneo como extraño, pues no tenía que pedirle su aprobación, ni siquiera su opinión. Retiró la mirada pronto, en cuanto se dio cuenta de su torpeza. Al final, no se atrevió a ponerse los pantalones. André no se lo habría permitido.

Pero André no estaba allí.

Salieron temprano. El ambiente estaba cubierto por una bruma fina que ocultaba la cumbre del Bisbino, como si fuera el envoltorio de un regalo que se les reservaba hasta que no coronaran el pico.

Comenzaron la excursión en coche y cuando el camino se hizo arduo para los caballos y las ruedas, bajaron y continuaron a pie. A pesar de que no se había puesto el corsé, a Madeleine pronto le faltó el aliento. En un par de ocasiones tropezó con unas raíces semienterradas, aunque logró mantener el equilibrio. Al pasar cerca de unas zarzas, se le enganchó un volante de la falda y el bajo se rajó.

—Oh, Dios...

Madeleine observaba con preocupación el jirón de tela que le colgaba y rozaba el suelo, y amenazaba con hacerle caer de bruces en un mal paso. Trataba de buscar una solución cuando León se acuclilló a sus pies.

—¿Me permite?

Madeleine asintió, por amabilidad más que otra cosa. No imaginó que León cogería la tela y la rajaría del todo, y continuaría hacia arriba hasta acortar la falda a media pantorrilla.

Madeleine chilló.

Su espanto no lo causó la vergüenza. El chasquido de la tela, el ímpetu del hombre, el dominio de su fuerza le trajeron recuerdos amargos. Fue como una bofetada de Charles, un insulto de André. Se sintió ultrajada, humillada, forzada. Sintió miedo otra vez.

—Lo siento, no quería...

Madeleine no pudo terminar de escuchar la disculpa de León. Todo se nubló a su alrededor, las piernas le fallaron. Después, cuando abrió los ojos, se descubrió tendida en el suelo, abanicada por León con una servilleta de tela, y un círculo de hombres que la estudiaban como a un bicho de una rara especie.

—Disculpen, no sé qué me ha ocurrido.

Al incorporarse, se mareó. La cabeza le dolía.

—Tenga. —León le ofreció agua de una cantimplora de hojalata—. Creo que deberíamos volver y que la vea un médico.

—Oh, no, no. —Madeleine sabía que no estaba enferma. Se había desmayado por la intensidad del miedo—. Sigamos, por favor.

Pero entonces se vio las piernas descubiertas y una oleada de calor le subió a la cara. Se tapó con las manos. Sus piernas eran muy feas, André nunca quería retratarlas, y sus manos, tan insuficientes...

—Perdone, no pensé que... Soy un necio —se lamentó León.

—No se preocupe.

—Usted descanse. Amigos, hagamos una parada. Bajaré hasta el coche y después a casa, a buscar una falda para Madeleine.

—Unos pantalones estarán bien. Son más adecuados —dijo ella.

—Puedo traerle la falda y un caballo. Usted subirá montada en el caballo. ¿Le parece bien?

—No quiero importunar.

—No importuna. Volveré enseguida.

Echó a correr ladera abajo, brincando como un muelle. Madeleine lo siguió con la mirada hasta que desapareció entre los árboles, sin dejar de hacerse una incómoda pregunta: ¿cuántas veces André la había humillado para después ser amable con ella?...

—Eso fue solo un error, un accidente —dijo la niña preocupada—. León no es malo. ¿Verdad, mamá? Dime que no lo es.

—No, claro que no. Es solo que Madeleine se asustó. Es lo que pasa cuando en la vida solo te encuentras con un tipo de gente: que pierdes la esperanza y crees que todo el mundo es igual. No todos los hombres son como Charles o André o el marido de Louise.

—¿León fue bueno con Madeleine?

—¿Sabes que ella conoció a la familia de León? A sus padres y a sus hermanas.

—¿León tiene familia? —preguntó la niña llena de consternación.

La mujer sonrió.

—Pues claro que tiene familia, preciosa.

—¿Y por qué yo no lo sabía? ¿Por qué no los conocemos?

—Aprovechando que León estaba en Cernobbio, ellos también fueron allí, para pasar unos días juntos. Madeleine los conoció la tarde posterior a su llegada, cuando León los llevó a la casa de Peppe…

Se estaba aseando en su dormitorio, con la ventana abierta. Oyó los cascos de los caballos avanzando por el camino de tierra, luego las voces y los saludos. Con el cuerpo cubierto con una toalla se asomó y vio aquellos magníficos vestidos de las mujeres, el porte galante del caballero que se atusaba la punta del bigote. Se dio prisa. Una mujer como ella, una simple modelo, no podía hacer esperar a unas personas tan distinguidas.

Tenía aún el cabello de la nuca mojado cuando se presentó ante la familia Carbó en la terraza. Se levantaron de sus asientos en cuanto la vieron entrar.

—Madeleine —dijo León en francés—, estos son mi padre, Eusebi; mi madre, Manuela; y mis hermanas, Elisa y Catalina. Todos hablamos francés.

—Oh, qué bien. Encantada. Espero que disfruten de su estancia en el lago. ¿Qué tal el viaje?

—Cansado, hija mía, cansado —respondió Manuela que volvió a sentarse enseguida.

—¿Qué te apetece tomar? —le ofreció León.

—Vino.

Pero había respondido demasiado deprisa, antes de darse cuenta de que el vino lo estaban tomando solo los hombres, mientras que las mujeres bebían agua con gas y una rodaja de limón.

—O agua —se corrigió.

—El vino está más rico —dijo León con un guiño.

Madeleine tomó asiento. Su mirada se cruzó con la de aquellas mujeres. Manuela y Elisa la observaban con cierta frialdad y distancia. Catalina le sonreía con más cercanía.

—Hablábamos de la boda de Elisa —la informó León cuando le tendió un vaso de vino espumoso—. Se casa al año que viene.

—Felicidades.

—Gracias.

—Y desde el compromiso ya no hay otro tema de conversación —protestó Catalina, que se levantó para sentarse al lado de Madeleine—. Un aburrimiento.

—Te recordaré estas palabras cuando te toque a ti —dijo Elisa.

—¿Tú estás casada? —le preguntó Catalina haciendo caso omiso a su hermana.

—Es modelo —se adelantó Elisa.

—¡Es verdad! —exclamó Catalina dándose una palmada en la frente.

—Sigo soltera, pero supongo que algunas se casan. En cualquier caso, poco importa si hoy en día una mujer se casa o no.

Madeleine, que no buscaba ninguna intención en esas palabras, entendió que había dicho algo fuera de lugar al ver la expresión hierática de Manuela y de Elisa, y la sonrisa, cada vez más abierta y divertida, de Catalina.

La conversación volvió por los derroteros nupciales, entre vino, agua con gas y aceitunas en adobo. Catalina estaba volcada en Madeleine.

—¿Te bañas? —le preguntó llena de curiosidad.

—Hum…, sí.

—¿En un cuarto de baño? ¿En una bañera?

—Si hay, sí. En esta casa tenemos algo parecido a una bañera. Es como una bacinilla gigante.

—¿Te has metido dentro?… ¿Desnuda?

Madeleine asintió. Catalina estaba completamente seducida.

—¿Y tú? ¿Te has bañado alguna vez?

—Uy, no. En casa ni siquiera hay cuarto de baño. Mi madre no lo permitiría nunca.

—En París se está poniendo de moda. Sobre todo, entre la gente elegante, como ustedes.

—¿Cuántos amantes tienes?

—¿Cómo? —Madeleine miró a Manuela y a Eusebi, que participaban en la conversación de la boda, y después a Catalina—. ¿Cuántos años tienes?

—En diciembre hago catorce. —Se arrimó a Madeleine y le dijo al oído—: Pero sé más cosas de las que todo el mundo cree.

Pascual alzó la voz para pedir un brindis: por Cernobbio, por el arte y por Cataluña…

Cernobbio
Julio de 1894

Una noche los Carbó invitaron a los amigos de León a una cena y un baile en Villa d'Este. En una zona del jardín, una orquesta tocaba melodías tranquilas y delicadas. Manuela comentaba con las mujeres lo caluroso que había sido el día y celebraba el aire fresco que venía del lago. Eusebi desplegó una lista de títulos de cuadros y autores que comentó con León y Jordi. Peppe los interrumpió para anunciar que en unos días se marchaba a ver a un amigo que había hecho notables progresos con un curioso aparato que enviaba señales de radio a larga distancia.

—¿Y eso para qué sirve? —se interesó Eusebi.

—Para las comunicaciones, *signore* Carbó. Muy importante. Esas ondas podrían cruzar el Atlántico.

—¿Todo un océano? ¿Por el aire? ¿Sin hilos? Imposible. No lo conseguirá.

—Nada es imposible para mi amigo Marconi, *signore*. Hay inventos realmente increíbles. Por ejemplo, la electricidad. O el coche a motor.

—¡Ah, no! ¡No me hable de esas máquinas asesinas! Las ha inspirado el diablo.

—A propósito, ¿dónde se ha metido Pascual? —preguntó León.

—Allí —respondió Jordi.

Señaló una mesa apartada. Pascual estaba sentado frente a una dama enjoyada y muy ricamente vestida, de ojos rasgados y pómulos altos.

—Es Tatiana Bashkírtseva —dijo Eusebi—. Una princesa rusa. Habla francés a la perfección, además de italiano e inglés. Muy bien educada, de gustos selectos y conversación interesante.

—Bueno, Pascual ya ha conseguido entretenimiento para sus vacaciones —dijo Jordi.

En efecto, el barbudo de Sitges encontró en la rica y culta princesa una fuente de múltiples y variados placeres que luego relataba a sus amigos sin ocultar los detalles.

—¡Ssshhh! —tuvo que reconvenirle León la noche anterior al viaje de Peppe a Lombardía—. Cuida ese lenguaje delante de Catalineta.

La hermana menor de León se había unido a esa velada en casa de Peppe, no sin algo de recelo por parte de sus padres, que prefirieron quedarse en Villa d'Este. Sin embargo, a la niña le permitieron asistir; insistía mucho y ellos estaban cansados después de una ajetreada jornada de excursiones.

—Estoy hablando solo de arte —se justificó Pascual, y se dirigió a la muchacha—: Disculpe, señorita, si he ofendido su sensibilidad.

—Oh, no. No me ha ofendido usted para nada —replicó muy vivaracha. Se acercó a él y, con disimulo, le dijo—: Si esa princesa es como Vavara Sofía, puedo imaginar bien el arte que tienen entre ustedes dos.

—¿Cómo dice? —Pascual, que siempre había creído estar preparado para cualquier circunstancia ante una mujer, se quedó descolocado con la hermana pequeña de su amigo.

—*Memorias de una princesa rusa...* Es un libro.

—Sé qué libro es —dijo Pascual anonadado. Por suerte, los Carbó se marchaban en dos días.

—¡Y bien, damas y caballeros! —exclamó Peppe.

Se había vestido con levita, chistera y pajarita, y se había atusado el bigote para curvar las puntas hacia arriba. Arrastraba una gran caja sobre una plataforma con ruedas.

—Parece que Peppe nos va a torturar con uno de sus números —musitó León.

A su lado, Madeleine trató de ahogar la risa, pero no dejó de oír aquel gorjeo alegre que le hizo cosquillas en el corazón. Se atrevió a lanzarle una mirada de complicidad.

—No es tan malo —lo disculpó ella.

—No es que sea malo, es que a veces se pone muy pesado.

Madeleine rio otra vez.

—¿Se lo está pasando bien? ¿Está disfrutando de las vacaciones?

—Sí, sí, todo es estupendo, pero…

—¿Pero? —León se preocupó.

—Para este número —anunció Peppe con su habitual grandilocuencia— contaré con la inestimable ayuda de la valiente Catalineta, venida directamente desde la bella Barcelona para participar en este peligroso número de enorme riesgo para su vida.

—¿Qué? —bramó León.

Se levantó alarmado, tratando de identificar el enorme riesgo, pero a su lado Madeleine seguía con gesto adusto, con ese «pero» aún flotando entre ellos. Mientras, Catalina se situaba junto al loco de Caruso. ¿Qué tramaban? ¿Qué peligro? ¿Qué riesgo? Jordi tiró de él para volver a sentarlo.

—Estate tranquilo, hombre —dijo el hombretón sin cuidarse de bajar la voz—. Es Peppe…

—Precisamente quería hablar con usted, solo que no he encontrado el momento —dijo Madeleine—. Y ahora tampoco lo es.

—¿Eh? ¿Qué? —León se rascó la barbilla—. Está bien, cuénteme, por favor. ¿Qué le ocurre? Hable con libertad.

—Bueno, verá… —Madeleine dirigió la mirada a la servilleta que tenía en el regazo, que retorcía y estiraba—. Creo que será mejor que vuelva a París.

—¿Por qué? —se aceleró León.

—Ya sé que he dejado de interesarle. Quiero decir, usted me trajo para trabajar, pero no he posado en ningún momento y, aun así, sigue pagándome y asumiendo los gastos de mi manutención. Supongo que no sabe cómo decirme que no le sirvo para sus cuadros, porque usted es… decente. Sí, eso es: usted es decente, León, honesto, ha cumplido con su palabra y precisamente por eso no puedo permitir convertirme en una carga para usted. —Madeleine levantó la mirada para encarar a León y anunciar—: Me marcho.

El número de ilusionismo proseguía frente a ellos, pero no prestaban atención. Catalina se había metido en la caja y Peppe había sacado una sierra de grandes dientes herrumbrosos.

—¡Voy a partirla por la mitad! —exclamó el siciliano.

Todos se quedaron sin habla, expectantes. ¿De verdad podría hacer como que la cortaba por la mitad? Excepto León, que, ajeno al espectáculo que se desarrollaba en la sala, se preparó para pronunciar las palabras más importantes de su vida:

—Madeleine, la he dibujado a usted tanto que me duelen las manos y los ojos. Me gusta retratarla cuando cree que está sola o que nadie la observa. Debe saber usted que soy un falsificador, un mercenario, que pongo mi arte al servicio de la necesidad de ostentación de algunos y que traiciono a los maestros copiando sus obras. Debe saber también que me falta compromiso, me falta voluntad, me falta ambición, y que me sobran las ganas de olvidar, de superar todos esos defectos que en mis manos está resolver. Pero, Madeleine, necesito que sepa algo más, y es que mi sueño es vivir para pintar, que soy inmensamente feliz cuando atrapo un instante auténtico y logro plasmarlo en el lienzo, que mi primera obra de verdad, la mejor de todas, la tiene a usted de protagonista: su blusa carmín, su falda que no acabé, su absenta, su cigarro, su mirada entre azul y gris…, y su profundo dolor. Quiero que sepa, Madeleine, que nunca volveré a pintar nada parecido, porque ese instante ya no regresará, porque ahora la tengo a usted cerca, no es usted simplemente el espectro que se me apareció entre el humo, una noche, en el Moulin de la Galette, para luego esfumarse. Pero prefiero tenerla cerca que pintar mil obras de arte verdaderas. Por eso le pido a usted, le ruego, le suplico, que no se vaya, por favor. No se vaya usted de mi lado, ni ahora ni nunca.

Le temblaba la mano a León cuando la alargó hacia la de Madeleine y se atrevió a estrechársela. Ella la tenía fría e inmóvil. Se miraron en un diálogo mudo mientras Peppe Caruso separaba las dos mitades de la caja y la pequeña Catalina quedó partida: los pies por un lado, la cabeza en el otro extremo.

—¡Oh, no!

—¡Cielos!

—Pero…

Catalina sonreía triunfalmente, satisfecha de tener el cuerpo segmentado y de que tal cosa causara espanto y estupefacción en los espectadores. Sin embargo, su éxito no fue absoluto: León y Madeleine participaban de un desconcierto diferente que les pertenecía solo a ellos dos.

Sitges
Febrero de 1905

Antes de regresar a Barcelona, los Carbó fueron a despedirse de León y sus amigos. Dieron un paseo por los alrededores, por los caminos que pasaban por delante de otras casas, dejándose asaltar por esos aromas que para siempre identificarían con las vacaciones de 1894. Madeleine los acompañó. Catalina pronto se puso a su lado, comentando tanto la belleza del lago y del pueblo como los lances amorosos entre Pascual y la rusa, de los que ella ya estaba bien enterada a fuerza de poner el oído cuando los hombres pensaban que ella no escuchaba o no entendía. Así pues, a Madeleine no le sorprendió demasiado cierta confesión de Catalina:

—Yo, cuando me case, tendré un amante. O varios. Nunca se sabe.

—¿Y por qué quieres tener un amante?

—Así es más divertido.

—Quizá te enamores de tu marido y eso ya sea bastante divertido.

—No lo creo. Me casaré con alguien que me convenga, alguien de mi clase y posición. Pero me divertiré con otros. Es divertido tener amantes, ¿verdad?

—No sé a qué te refieres ni qué te has figurado sobre mí, pero creo que estás equivocada —repuso Madeleine con serenidad.

—¿En qué estoy equivocada? —La pequeña Catalina era una muchacha bien vestida, con lazos y volantes, de piel blanca y modales comedidos, que ocultaban con eficacia el vigor de su carácter.

—En todo. —Madeleine pensó que tenía una obligación con aquella chica. Por Dios, solo era una niña—. Debes casarte enamorada. El matrimonio merece la pena, pero solo por amor. Y merece la pena que os guardéis fidelidad, que os acompañéis mutuamente, que seáis amigos y confidentes. Pocas cosas hay más valiosas que una unión fuerte y sincera entre dos personas que se aman.

Catalina se rio y sus carcajadas hicieron que los demás, que marchaban delante, se giraran.

—Madeleine es muy graciosa —dijo Catalina a modo de explicación. La niña retuvo a Madeleine por un brazo y esperó a que los Carbó se alejaran lo suficiente.

—Suéltame.

—Vaya, vaya. Si hasta eres capaz de enfadarte. ¿También te enfadas con mi hermano? ¿O con él haces otras cosas?

—Ya basta, Catalina. No sabes de qué hablas, no sabes nada. Eres una niña, te queda mucho por aprender… Y yo respeto mucho a León.

—Soy una niña, sí, pero no soy tonta. He leído mucho, seguro que más que tú. Eres modelo.

—¿Y qué?

—Vamos, no me hagas explicártelo. Tú eres modelo, mi hermano es el pintor… ¿Con cuántos pintores has… trabajado?

—Veo que es inútil.

Madeleine apuró el paso para unirse a los demás. Catalina la siguió y volvió a agarrarla por un brazo.

—Escucha una cosa, Madeleine: lo tuyo con mi hermano es imposible, ¿lo has entendido? Él es rico, heredará un gran patrimonio, en Barcelona es alguien. Tú solo eres una modelo.

Madeleine se quedó paralizada en el sitio mientras Catalina corría para alcanzar a su familia. Manuela la regañó por correr. León le pasó un brazo por los hombros a la niña y le guiñó un ojo. En alguna ocasión le había confesado que Catalineta, como él la llamaba, era su gran debilidad.

Sintió que le faltaba la respiración. Quizá fuera por el corsé, hacía tiempo que no se lo ponía y puede que se hubiera desacostumbrado.

—¡Madeleine! —la llamó León—. ¿Viene?

Asintió y los siguió, aunque a cierta distancia, lo más silenciosamente posible y sin pronunciar palabra. Catalina no volvió a mirarla hasta que se despidieron formalmente. Al estrecharle la mano la notó fría, igual que la de Elisa y la de Manuela y la de Eusebi.

—¿Le ocurre algo? —le preguntó León cuando el coche se llevó a su familia camino abajo.

—Nada.

El hombre la asió por los hombros y la obligó a mirarlo de frente.

—¿Nada? ¿Seguro?

Madeleine agachó la cabeza.

—Que soy solo una modelo. Y que hui de mi casa, en Ruan, porque mi marido, con el que aún estoy casada, me pegaba brutalmente. No soy mala mujer, se lo juro. Es que no quería morir.

Contuvo las ganas de llorar y, cuando levantó de nuevo la barbilla para coger aire, se encontró con la cara de León muy cerca, demasiado. Podía olerle, sentir electricidad en la barba. Madeleine sabía qué iba a suceder, lo sabía desde hacía tiempo, probablemente desde la noche en que fue a buscarlo a su apartamento en el Moulin de la Galette. Y, aunque fuera solo una modelo, aunque fuera una mujer que había abandonado a su marido, decidió que iba a arriesgarse una vez más, porque si algo merecía la pena era el amor de verdad. Cerró los ojos y adelantó un poco más la barbilla, ofreciéndole a León su apuesta.

Él aceptó…

París
Agosto de 2015

Un intenso aroma a hierbabuena impregnaba cada rincón del salón. Samira colaba la infusión que había hecho con un manojo fresco que había comprado en el mercado. Haber leído que en el siglo XIX era habitual frecuentar el mercado de París para abastecer la despensa le despertó las ganas de visitar puestos y tenderetes. Le tendió una taza a Efrén y se sirvió otra para sí misma. Ocupó su taburete en la barra que separaba la cocina del salón y continuó leyendo. No era la tesis.

—¿Con qué estás ahora?

—Con Flaubert. Era de Ruan, como Madeleine.

—Lo sé —repuso Efrén. Se acercó y leyó el título en la tapa—: *Madame Bovary*. Una gran novela.

—Lo sé —replicó Samira, imitando el tono de suficiencia de Efrén, que se quedó ahí de pie, en silencio, un buen rato—. ¿Qué pasa?

—Tu lectura me ha dado una idea.

—Me alegro. Ahora, déjame en paz. Quiero seguir leyendo sin que me observes. A veces pareces un moscardón, revoloteando a mi alrededor sin cesar.

—He recibido el resto del dinero de las fotos. Te invito a cenar.

—Mejor otro día.

—¿Te ocurre algo? —se preocupó Efrén.

—Nada. Solo quiero leer.

—Pero pararás para cenar, supongo.

—He quedado.

No le hacía falta preguntar con quién. Solo había una persona en París con la que Samira podía haber quedado para cenar.

—¿También irá su socia? Quiero decir, ¿su novia? En ese caso podría unirme, en plan cena de parejitas.

—No va a ser posible —rezongó Samira—. Ella está de viaje.

—No te enfades, solo quería bromear.

Siguió un silencio que pronto llenó el pequeño apartamento.

—Cuando está él, todo se fastidia —dijo Efrén al fin, regresando al sofá y a su libreta—. ¿Te das cuenta?

Ella no respondió. Continuó frente al libro abierto, fingiendo que leía, y la taza de hierbabuena, que terminó enfriándose sin que la hubiera probado. Efrén también simuló que escribía, pero solo consiguió volver a la historia de León Carbó después de que ella saliera por la puerta, lista para encontrarse con Said.

Cernobbio
Agosto de 1894

Estaban todos en la terraza. Jordi, Pascual y León trabajaban en sendos lienzos. Peppe, que había regresado de visitar a su amigo inventor, les contaba detalles de la radiotelegrafía.

—Recordad su nombre, amigos míos: Marconi. Pasará a la Historia.

Madeleine no prestaba demasiada atención, en parte porque no entendía nada sobre radiotelegrafía, en parte porque estaba centrada en su lectura.

—¿Qué es?

Pascual se había acercado para servirse un poco de agua con gas de la mesa que Madeleine tenía cerca.

—*Madame Bovary.*

—¿Lo recomiendas?

—Y tanto. He perdido la cuenta de las veces que lo he leído y nunca me canso.

—¿En serio?

—De verdad. —Cerró el libro y se lo ofreció—. Léelo. Yo ya seguiré cuando termines.

Pascual lo ojeó.

—Es la historia de una mujer que no se conforma —dijo Madeleine.

—Entonces lo acepto. Quizá me ayude a entender a Tatiana.

—¿Qué le pasa?

—Me quiere y no me quiere. Me busca y me rechaza. Me vuelve loco y, por extraño que parezca, es la única que me ha dado calma. Pero nunca será mía.

—¿Está casada? ¿Comprometida?

—Sí. Con la morfina. Es su verdadero y único amor.

Pascual le señaló el cuadro. Aún era un boceto, pero se apreciaba la figura de una mujer tumbada en una cama, con un brazo colgando por fuera. El cuerpo laxo y abandonado se enredaba entre las sábanas.

—¿Por qué así? ¿Por qué no un retrato más…?

—¿Bonito? ¿Decoroso? —terminó Pascual—. Cuando toma tanta morfina que ni siquiera sabe quién es, entonces siento que es un poco mía. En esos momentos podría hacer con ella lo que quisiera, incluso estrangularla. Pero solo la contemplo, centímetro a centímetro. Me siento un poco ladrón.

—¿El cuadro es un regalo para ella?

Pascual enarcó una ceja.

—En sus palacios tiene Botticellis, Tizianos, Tintorettos… Eso de ahí —dijo con profundo desprecio hacia su obra— no se le puede comparar. La pinto porque sí, porque me obsesiona. Y porque, cuando me rechace del todo, al menos me quedaré con algo de ella: su alma.

—Por eso será un gran cuadro —dijo León, que los había oído hablar—. Y lo verás expuesto en el Louvre.

—Al lado de tu *Madeleine*.

Ambos se carcajearon. Ese era el efecto cuando esbozaban sus sueños como pintores: una risa alegre y nerviosa.

—¿Qué es eso de «tu *Madeleine*»? —preguntó la modelo con curiosidad.

León se puso serio.

—Voy a seguir con lo mío —dijo Pascual regresando a su lienzo.

—¿Recuerdas que te lo conté? ¿El cuadro que pinté de ti en el Moulin de la Galette?

—Sí… No sabía que lo llamabas así. Con mi nombre.
León calló.

—¿Entonces es cierto? —preguntó Madeleine.

—¿El qué?

—Todo. Lo que me dijiste.

—Claro que es cierto. Si no has creído mis palabras,
es que soy más torpe de lo que pensaba.

Ahora fue Madeleine la que guardó silencio.

—Tengo calor —dijo al cabo de un rato en el que
León se mantuvo a la espera—. Voy adentro, a darme un
baño.

—Madeleine, yo…

Quizá fue por el calor, por el día tan radiante, por
esa pintura de Pascual, tan íntima y tan perturbadora.

—Quizá quieras pintar un cuadro de una mujer ba-
ñándose.

Madeleine se volvió, tranquila, hacia el interior de
la casa y escaleras arriba. León la siguió a pocos pasos,
nervioso. Al llegar al baño, ambos entraron y cerraron la
puerta. No habían traído pinceles ni un lienzo ni un mí-
sero papel para bosquejar unos trazos.

Ni falta que les hacía.

10

«También Emma hubiese querido, huyendo
de la vida, evaporarse en un abrazo».

Gustave Flaubert (1821-1880)
Fragmento de *Madame Bovary* (1856)

Sitges
Febrero de 1905

Qué pena que Madeleine muriera —lamentó la niña.

—Sí.

—Me refiero a que León parecía quererla mucho.

—Eso creo yo también —repuso la madre.

—¿Y ella? ¿Quería a León?

La mujer sonrió.

—Sí, mucho —respondió—. Por fin encontró a su gran amor.

—Y fueron felices hasta que murió.

—Bueno, al principio todo es bonito, perfecto. Pero ocurrieron cosas. Siempre ocurren cosas, hija. Madeleine y León empezaron a dormir uno junto al otro y se amaban...

También caminaban abrazados cuando daban un paseo, se rozaban los pies al sentarse a almorzar y se cogían de las manos cuando se sentaban como público de Peppe Caruso. A veces se buscaban a propósito; otras, se sorprendían de estar juntos sin haberlo pretendido. Y a los demás les parecía algo natural. Nadie hizo comentario alguno sobre aquella novedad, sino que actuaban como si siempre hubiera sido así.

Por las tardes empezaba a refrescar. En esa bajada de temperatura el grupo de París sentía el fin del verano y, con él, el adiós a Cernobbio, al lago, a las deliciosas comidas y a esa manera de vivir tan en el presente. Pascual parecía un alma en pena, entre la nostalgia de ese verano que nunca olvidaría y el desamor de la princesa rusa, a la que seguía frecuentando sin esperanza. Jordi desaparecía por las noches y regresaba casi al amanecer, y nunca rendía cuentas a nadie sobre sus aventuras nocturnas. Peppe trabajaba a todas horas en nuevos números de magia e inventos que, decía, cambiarían el mundo.

Madeleine se abrigó con un chal de lana, pero no le resultaba suficiente.

—¿Te encuentras bien? —le preguntó León pasándole la mano por la espalda.

—Tengo un poco de frío.

—Pasemos dentro. Estás un poco pálida. ¿Te ha sentado mal la cena?

Lo cierto era que le dolía la tripa. Era una molestia vaga, difusa, que crecía en oleadas. Se levantó de la silla con dificultad, cogiéndose la cintura, doblada por la mitad.

—Madeleine…, pero qué… ¡Madeleine! ¡Madeleine!

Había caído al suelo. León la recogió entre sus brazos. No estaba inconsciente, pero no podía sostenerse por sí sola.

—¡Llamad a un médico! —gritó León mientras se la llevaba dentro.—. ¡Madeleine! ¡Madeleine!…

La niña observaba a su madre sin pestañear, pendiente del relato.

—Peppe llamó al médico que atendía a los clientes de Villa d'Este. Era un buen galeno, eficiente y amable. Cuando llegó, Madeleine ya había manchado.

—¿Manchado?

—Había perdido a un nuevo bebé.

—¡Un bebé!

—El médico le proporcionó unos analgésicos y en los días posteriores la citó en su consulta. Le hizo toda clase de pruebas y llegó a una conclusión: nunca podría gestar a un hijo de manera natural. El primer parto le había dañado la matriz gravemente. La única solución para lograr un embarazo a término y evitar el aborto era coserla. Se trataba de una nueva técnica que ya se había practicado en algunas mujeres con éxito. Pero sufrían embarazos dolorosos y complicados...

Madeleine no salía de la conmoción. Ni siquiera se había dado cuenta de que esperaba un hijo, un hijo de León. Habría sido bonito descubrirlo por sí misma y comunicarle la noticia. Lo miraba a hurtadillas y en él veía un gesto taciturno, demasiado meditabundo. Se mantenía cerca de ella, pero no era el León de siempre.

—Yo no lo sabía —se atrevió a decir Madeleine, por fin, unos días después del diagnóstico.

—Un hijo... —murmuró León.

—Lo siento.

—¿Por qué dices eso? —se sorprendió.

—No sé.

Era cierto, no sabía por qué lo había dicho, pero sentía que debía decirlo. Tal vez se hubiera convertido en una costumbre.

—Nunca pensé en tener hijos —dijo León—. Pero tampoco pensé que un día querría tener una mujer a mi lado, para siempre.

—Debes pensar bien si deseas tener hijos porque yo no puedo dártelos.

—Pero el médico ha dicho que...

—No, León. No me haré esa operación. Si la vida no quiere que yo tenga hijos, no los tendré.

Sus palabras estaban asentadas en la determinación. Había tenido tiempo para reflexionar sobre ello y aquella era su decisión. Madeleine creía que los hijos eran un regalo del destino, no algo que hubiera que perseguir a toda costa, como tampoco era un derecho ni un premio que uno creyera merecer.

—Entonces nos tendremos el uno al otro —dijo León—. A mí me basta contigo.

—A mí también.

París
Agosto de 2015

Samira estaba radiante. Esa sonrisa solo se la había visto Efrén una vez antes, cuando ambos se mudaron a aquel apartamento en Montmartre.

—¿Quieres dejar ya al chucho? —se quejó Efrén.

—No es un chucho —replicó Samira en el sofá, sin perder la sonrisa ni parar de jugar con el perrito—. Para tu información es un terrier de Yorkshire y es una chica, y muy guapa. ¿A que no adivinas cómo la voy a llamar?

—¿*Criatura del infierno*?

A Efrén no le gustaban las mascotas. Podía soportar un poco a los gatos, pero a los perros desde luego que no. Turi, que los adoraba, le decía que solo las malas personas odian a los perros. Él tenía uno, por supuesto, un pomerania al que le ponía collares con piedras brillantes y de colores, incluso perfume, y al que Efrén le tenía prohibida la entrada en su piso. Recordaba bien que *Bobby* tenía tanto temperamento como este terrier, que ahora le ladraba como a una maldición.

—Si le llamas esas cosas, *Maddie* va a terminar cogiéndote manía.

—¿*Maddie*?

—Sí, *Maddie*. De Madeleine.

—Esperemos que no acabe como ella. —Efrén hizo con la mano el gesto de cortarse el cuello.

—Muy gracioso.

Definitivamente, Samira estaba de un humor espléndido. El chucho había obrado milagros en su ánimo. Últimamente parecía siempre enfadada y nerviosa. Efrén quería achacarlo a la infructuosa búsqueda de empleo, al divorcio y al cambio de piso y de barrio, y hasta de compañero de vida.

—Siempre he querido tener uno. —Samira le ajustaba la coletita de la frente y acariciaba al inquieto animal.

—Oye, ¿y por qué Said te ha comprado uno justo ahora?

—Porque ahora no tiene que soportarlo.

La vida a veces podía deparar unas coincidencias tan imprevistas como odiosas.

—Qué detalles tiene este Said.

—Te pasas mucho con él.

—¿Cómo dices?

Samira dejó a la perra en el suelo, junto a una pelota que se puso a mordisquear y perseguir.

—Él está cambiando de verdad. Va al psicólogo, reconoce sus errores, hace esfuerzos por mejorar. Y tú no haces más que meter mierda. ¿Sabes que él solo tiene buenas palabras hacia ti? Piensa que eres un buen amigo y está feliz de que vivas conmigo.

—Madre mía… —Efrén se llevó las manos a la cabeza. Temía que esto sucedería—. Ya has caído en la trampa. Te lo advertí.

—Es increíble… Te crees que lo sabes todo, pero no tienes ni idea. No sabes nada de mi vida, ni de lo que pienso, ni de lo que siento, ¡nada! Ni siquiera te interesa. ¿Cuántos años has estado sin preguntarme nada, sin acordarte de mí? Y ahora vienes y crees que puedes manejar mi vida como te plazca. ¿En qué siglo vives?

Efrén, impresionado por la reacción de Samira, no se amilanó:

—¿Pero tú te estás oyendo? —Él también gritaba—. ¿Cómo puedes estar tan ciega? ¿Cómo puedes ser tan…?

—¿Tan qué? ¡A ver, qué, tan qué! Tan tonta, ¿no? Tú eres muy listo y yo soy muy tonta, ¿verdad? ¿Así funciona esto? Pues te voy a decir una cosa: hace tiempo que esto —hizo un gesto señalando el espacio entre ambos— no marcha nada bien.

—Samira, cuando vinisteis a recogerme al hotel, antes de visitar a Dominique… Said dijo que tú le habías dicho que yo creía que el mundo giraba a mi alrededor. Eso es verdad, ¿no?

Efrén tenía esa sospecha guardada. Le dolía pensar que su amiga hablara de él de ese modo.

—Sí, es verdad. Es lo que pienso.

Se quedaron mirándose, en silencio. La herida crecía y crecía, hasta que el dolor se volvió inaguantable.

—Voy a hacerme la maleta —dijo Efrén.

—Quédate esta noche.

—No es necesario.

—Es lo mejor, para que tengas tiempo suficiente de recoger todas tus cosas. Mañana no quiero verte aquí.

Cogió a la perra y se fue.

Efrén apenas durmió, y no porque tuviera demasiadas pertenencias que recoger. No quería despedirse así de Samira. Aunque ella había sido clara al pedirle que no estuviera cuando volviera, iba a esperarla.

Llegó antes de las diez. Efrén estaba sentado en el sofá, con la maleta preparada. Se esquivaban las miradas.

—Puedes quedarte más tiempo —le ofreció ella—. Aunque el apartamento sea pequeño, somos personas civilizadas.

—Gracias, pero no. Ya es hora de que me vaya. He tenido suficientes vacaciones y París no tiene nada más que ofrecerme.

—Lo siento.

—¿El qué?

—Haberte gritado, las cosas que te dije.

—No lo sientas —repuso Efrén con sinceridad—. No dijiste nada grave o que no sea verdad.

Se produjo un silencio breve pero incómodo que él se apresuró a romper.

—Bueno, que te vaya bien.

—Seguiremos en contacto.

—Claro.

Se dieron dos besos corteses.

—Está lloviendo —dijo Samira, como si estuviera disculpándose por el mal comportamiento de su ciudad en la despedida a su huésped.

Efrén sonrió:

—¿Sabes qué? Creo que ahora París solo me gusta si llueve.

Sitges
13 de febrero de 1905

Cuando aquella mañana salieron a dar un paseo, la niña aún estaba enfadada. Su madre la había obligado a desayunar más de la cuenta.

—El estómago me pesa tanto que se me va a caer por el camino —refunfuñaba la chiquilla—. ¡Oh, Dios mío! —se maravilló—. ¡Es una bicicleta! ¿Es para mí?

—¡Pues claro! Feliz cumpleaños, mi niña. Por eso quería que desayunaras bien, para que no te desmayes por el esfuerzo. Ya haremos una fiesta en condiciones cuando León regrese de París.

—Vaya…

La muchacha admiraba la bicicleta y tocaba el manillar, el sillín, las ruedas, los radios de las ruedas… Le parecía imposible que, al fin, tuviera una.

—¿Puedo probar?

—Sí, pero ve con cuidado. Yo te sujetaré al principio.

Sin embargo, la mujer no tenía tanta fuerza como para sostener a su hija encima de la bicicleta y pronto la niña cayó al suelo. Se hizo un rasguño en la pierna, pero no se rindió, y siguió y siguió intentándolo toda la mañana, hasta que Mercè las llamó para el almuerzo.

—¿Puedo volver a cogerla cuando termine de comer?

—Sí que te ha gustado.

—¡Es fantástico! ¿Te imaginas cuando consiga mantener el equilibrio y pueda dar paseos con León? ¿Tú sabes montar?

—Sí, sé montar. Es imposible conocer a León y no montar en bicicleta —sonrió la mujer.

—¿Y Madeleine también aprendió?

—Claro, en Cernobbio. En Villa d'Este celebraron una exposición. Pascual dibujó el cartel. Acudió mucha gente, además de los huéspedes del hotel y muchos vecinos de Cernobbio. Fue muy divertido...

El evento se anunció en el periódico. El cartel de Pascual se imprimió por cientos y empapeló las paredes de Cernobbio. Durante la exposición, Pascual se paseó con aire orgulloso, y le contaba, a todo aquel que quisiera escucharlo, que él era el artífice del cartel de la muestra. Cosechó un buen número de felicitaciones, aunque no tantas como miradas de extrañeza.

De entre las máquinas expuestas, había una bastante extravagante que atraía la curiosidad de todos los visitantes. Se trataba de un velocípedo con un motor de vapor ubicado entre ambas ruedas, es decir, entre las piernas del ocupante.

—Yo quiero probarla —dijo León enseguida.

—Eso tiene que ser peligroso, ¿no? —comentó Jordi señalando el motor—. Se te van a quemar las piernas.

Aquello puso a Madeleine en alerta, que no dejó de sufrir mientras León estuvo encima de aquella montura infernal. Iba tan rápido que, si daba un mal paso, se rompería la crisma.

—¿No te encanta? —le preguntó León cuando, por fin, bajó de aquella cosa.

—¡Por Dios, no!

—Entonces tendrás que conformarte con las sencillas.

—¿Cómo?

—Que voy a comprarte una... Tranquila, será sin motor.

Una discusión estalló a lo lejos. Daban tales voces que llamó la atención de muchos de los asistentes a la feria. Eran Pascual y Tatiana. Él la tenía cogida fuertemente por los brazos y parecía enloquecido, mientras que ella no forcejeaba, pero le respondía con los mismos gritos y, a juzgar por la expresión de la cara y cómo la voz le raspaba la garganta, no debía de estar dedicándole palabras de amor.

—León, para eso —le pidió Madeleine.

—No es de nuestra incumbencia.

—Sí que lo es. No podemos quedarnos plantados mirando. Le está haciendo daño.

—¿Quién está hiriendo a quién?

—Tiene razón —dijo Jordi—. Hay que pararle. Vamos.

El grandullón no esperó y fue hacia la pareja. Convenció a Pascual para que dejara en paz a la rusa, tiró de él, hasta que consiguió que la soltara. Pascual se marchó corriendo. Dijo que debía terminar el cuadro.

Cernobbio
Septiembre de 1894

Para despedirse de Cernobbio, celebraron una última cena, que resultó tan divertida como solemne. Cuando pasaron al salón, Pascual descubrió el cuadro acabado de la rusa.

—Se titula *La morfina*. ¿Qué os parece?

El barbudo estaba exultante. Se había liberado de aquel pesar en el que se había sumido desde la discusión con Tatiana durante la exposición de bicicletas y que había supuesto su ruptura. Desde ese momento no volvió a verla, no volvió a Villa d'Este. A veces lo descubrían en la terraza, mirando al hotel —o al lago o a las montañas—

con una expresión indescifrable y que él no explicaba cuando le preguntaban. Pero aquella noche, la última, el Pascual de siempre había vuelto.

—¡Estoy deseando volver a París! —celebró elevando su copa de licor de limón.

—¿Ya no adoras Italia? —se burló Jordi.

—¿Italia? ¿Quién quiere vivir en Italia existiendo París? ¡Oh, París! ¡París de mis amores! Eres una malvada mujer, querida París —decía Pascual para su público.

—Es magnífico —dijo León acerca del lienzo.

—¿Tú crees? ¿Me ayudarás a venderlo?

—Se venderá solo.

—El problema es a qué precio —añadió Jordi.

—Malditos marchantes. ¡Oh, miserables! ¡Asesinos del arte! ¡Mercenarios del poder!

—Por Dios, está borracho —dijo Jordi a León—. Quítale el *limoncello* o le arranco la cabeza.

—¡Celos, cuchillo de las más firmes esperanzas! —exclamó Pascual blandiendo la copa hacia Jordi como si fuera una lanza—. ¡Oh, envidia, raíz de infinitos males y carcoma de las virtudes! Sábete, Sancho, que no es un hombre más que otro si no hace más que otro.

—Jesús, y ahora se pone a recitar el *Quijote*…

—¡Cada uno es como Dios le hizo, y aún peor muchas veces! —continuó Pascual.

—Cállate o te rompo la cara, es en serio.

Todos reían, excepto Jordi. Pascual dejó la copa en la mesa y, cuando ya creían que la función había terminado, arrojó al suelo las uvas de una fuente de alpaca y se la colocó sobre la cabeza, a modo de yelmo:

—El que esté para morir siempre suele hablar verdades.

—Lo que estás es delirando —replicó Jordi.

—He oído decir que esta que llaman por ahí fortuna es una mujer borracha y antojadiza y, sobre todo, ciega, y así no ve lo que hace, ni sabe a quién derriba ni a quién ensalza…

—Suficiente.

Jordi se levantó y fue hacia Pascual, pero el hombre era rápido, a pesar de su embriaguez, y escapó de las manazas de su poco paciente amigo, que además resbaló varias veces por culpa de las uvas espachurradas en el suelo. Jordi se rindió, sobre todo por no hacer más el ridículo delante de sus amigos, que no paraban de reír, pero antes de volver a su asiento cogió la botella de *limoncello*.

—¡Eh! ¡Mi elixir! —vociferó Pascual.

Y se lanzó contra el hombretón, que, sorprendido por la embestida, se tambaleó. El licor se derramó en el suelo y Pascual se puso a cuatro patas a lamer los restos. Jordi lo dejó por imposible mientras los demás reían con lágrimas en los ojos.

—¡Ay! Creo que unas arenillas me han roto una muela —se quejó Pascual.

Ahí lo dejaron, chupando el suelo y separando el licor de las arenillas. Cansados y con sueño, Peppe, Jordi, León y Madeleine subieron a sus dormitorios.

—No tardes, que tenemos que salir pronto —le recordó León, aún riéndose.

Pero no se acostó. Lo encontraron a la mañana siguiente todavía en el suelo, aovillado como un bebé. Cuando Jordi le dio un puntapié, dio un respingo hacia atrás: Pascual estaba azul.

—¡Dios mío! ¡Pascual, Pascual!

No pudieron hacer nada por él. Llamaron al médico y dijo que había sido arsénico.

—¿Arsénico? —se alarmó Peppe—. Pero todos comimos y bebimos lo mismo, es imposible.

Madeleine se llevó a León a un aparte.

—No ha sido un accidente. Él tomó el arsénico.

—¿Qué quieres decir?

—*Madame Bovary...* Pascual ha cogido la idea del libro que le presté.

—Pero no puede ser. ¿Por qué? ¿Por Tatiana? Por favor, no es la primera mujer con la que discute... Anoche nos reímos. Había terminado un cuadro maravilloso, una obra de arte. Quería regresar a París. Estaba feliz.

—Me parece que no era tan feliz como creíamos.

Sitges
Septiembre de 1894

La blanca Sitges recibió el cuerpo de Pascual con el cielo encapotado. Al hijo pródigo no le había dado tiempo a que lo reconocieran como a un gran artista. Había vendido unos pocos cuadros a marchantes mezquinos y sus obras no estaban expuestas aún en ningún museo, pero su ciudad del alma, la perla a orillas del mar, se había puesto gris aquel día para despedirlo con el honor de la tristeza.

Cargaban el ataúd Jordi y León, y detrás de ellos, Peppe y unos parientes de Pascual. Seguían el féretro una docena de familiares, además de Madeleine y la familia Carbó. Aunque Pascual abominaba de la religión, su madre se empeñó en celebrar un funeral. Fue breve y modesto, en la iglesia de Sant Bartomeu i Santa Tecla, donde fue bautizado e hizo su primera comunión. El mar, rompiendo en el acantilado, tañía el adiós a Pascual.

Tras el entierro, Peppe se marchó de nuevo, rumbo a París. Jordi, más callado que nunca, aceptó la invitación de León de quedarse unos días con los Carbó.

—Me ha gustado Sitges. Quizá deberíamos comprar una casa o una torre. Para las vacaciones —dijo Eusebi—. ¿Qué opinas, Manuela?

—Se está poniendo de moda —dijo Elisa.

—¡Me encantaría que tuviéramos casa en la playa! —exclamó Catalina.

—¿Qué tal si visitamos a mi amigo Santiago Rusiñol?

—¿Santiago Rusiñol? —exclamó Jordi y miró a León—: ¿Lo conoce? ¿Lo conoces tú?

Eusebi rio con cierto orgullo.

—Nos conocimos en la Exposición Universal. Él trajo su colección de hierro forjado. Un tipo afable, seguro que nos recibe, aunque no le hayamos avisado con antelación.

Eusebi Carbó no se equivocó. El artista barcelonés se mostró complacido y dio entrada al grupo en su casa. Carbó, aún con la idea de adquirir una propiedad en Sitges y por el simple gusto de hablar de economía y negocios, no tardó en preguntarle a Santiago Rusiñol a quién le había comprado aquella encantadora casa de pescadores.

—A Dios Nuestro Señor.

—¿Cómo dice? —replicó Eusebi.

—La dueña se la dejó a Él, me imagino que para asegurarse el paraíso.

—¿Fue dura la negociación? —bromeó León—. No tiene barba como todos se empeñan, ¿verdad?

—León, no seas hereje —le reprendió Manuela.

—Me quedé con las ganas —prosiguió Rusiñol—. Tuve que conformarme con tratar con sus intermediarios en el obispado de Barcelona.

La casa constaba de dos plantas: abajo se hallaba la vivienda, y arriba, su colección de arte. La planta baja estaba dispuesta y decorada como una típica casa popular sitgetana. Rusiñol contó a sus invitados que había distribuido el espacio en tres ámbitos, separados por dos arcos de piedra, uno de ellos original. Cruzaron el recibidor, la sala de estar con chimenea y la sala del manantial, con fachada al mar, por cuyo vitral se filtraba el crepúsculo.

—Qué belleza —dijo Manuela, maravillada por la pila de bautismo en el centro.

—Tiene usted buen gusto, señora —alabó Rusiñol—. Es del siglo xv, procede del santuario de la Virgen del Vinyet.

Mientras Eusebi y su anfitrión seguían hablando de la casa y de su ampliación con el corral de al lado, León y Jordi se acercaron a la vidriera y admiraron los rosetones en el centro de los vidrios, con decoraciones animales y vegetales.

—Me muero por ir arriba —suspiró Jordi.

—¿Desean ver mis Grecos? —preguntó Rusiñol a su espalda—. Los compré en París.

Jordi y León se miraron con los ojos como platos.

—No puede ser verdad —farfulló Jordi.

—Vamos —repuso León.

La planta superior era un gran salón, ocupado por innumerables objetos y obras de arte: hierro forjado, pinturas antiguas y modernas. La sala en sí ya era una obra de arte. Grandes columnas sostenían el techo artesonado de madera, decorado con motivos heráldicos, y los vitrales, con su especial luz policroma, proyectaban un aire mágico en el ambiente.

Jordi y León se aproximaron a los Grecos. Eran dos: *Magdalena penitente* y *Las lágrimas de San Pedro*.

—Tiene el *San Pedro*... —Jordi parecía emocionado ante el cuadro favorito de Pascual.

León solo podía pensar que él había copiado esa obra de arte. Eso sí que era una herejía y no bromear a cuenta de Dios.

De regreso a Barcelona, los Carbó no pararon de hablar de Sitges y, tomando un té en la casa familiar, empezaron a dar forma a sus sueños de vacaciones en la playa mientras León y Jordi guardaban silencio. Madeleine le daba vueltas a su taza, sumida en el sutil espacio entre la despreocupada conversación de los anfitriones y el luto de los artistas.

—¿Escuchaste lo que dijo Rusiñol? —le preguntó Jordi a León—. Están preparando la tercera fiesta modernista. Sitges se está convirtiendo en centro del nuevo arte.

—Sí, lo oí.

—Me quedo.

—¿Cómo? —León lanzó una mirada a Madeleine, con la sola intención de establecer un contacto mudo. La notaba incómoda, probablemente por hallarse en un salón donde solo se hablaba español.

—Voy a intentarlo —dijo Jordi.

—¿Exponer?

Jordi asintió:

—Pero me refiero a los cuadros de Pascual. Rusiñol está haciendo un buen trabajo aquí. Va a hacer de Sitges un centro del modernismo. *La morfina* le gustará, estoy seguro.

León apretó una mano de Jordi con afecto. A pesar de que él y Pascual siempre discutían, sabía que en el fondo se apreciaban y se respetaban.

—Es un gesto que quieras darle a Pascual el lugar que merecía como artista.

—Y eso que el muy bastardo se fue sin devolverme mi dinero.

Se sonrieron. León miró de nuevo a Madeleine.

—Perdona —se disculpó con Jordi—. Voy con ella, la hemos dejado sola.

Se sentó a su lado y pronto se unió Catalineta.

—¿Has oído, León? —le preguntó en español—. Ya está decidido: papá va a comprar una casa en Sitges. ¿Te imaginas cuando todos vayamos allí de vacaciones? Elisa y su marido, incluso sus hijos... Tú, yo... Tu esposa y mi esposo...

León sonrió a Madeleine; estaba nerviosa y destilaba cierto aire despistado. Aunque en Cernobbio le había enseñado algo de español, no creía que estuviera enterándose de mucho.

—Eso espero —dijo Manuela—. Que León pronto siente la cabeza. Hijo, ya tienes treinta años, me gustaría ser tu madrina mientras pueda caminar y acompañarte en el altar.

—Sí, eso, León —abundó Catalina—. Dinos: ¿tienes novia? Quiero decir novia formal, del tipo con la que te casarías.

—¡Catalina! —la reprendió Manuela—. No seas desvergonzada.

—Puede que sí —repuso León.

—¿De veras? —se interesó Eusebi.

—Cuenta, cuenta —jaleó Catalina—. No te lo calles.

—Lo cierto es que sí hay una mujer muy importante.

Madeleine agachó la cabeza y empezó a manosear la taza de té. Tal vez eso sí lo había entendido.

—¿Le has pedido matrimonio? —aulló Elisa—. ¡No puedes casarte antes que yo!

—No se lo he pedido aún —farfulló León y siguió en francés—, pero es una idea que tengo en mente desde hace semanas. Casarme con ella y volver a España juntos, si ella acepta, por supuesto.

A ninguno le pasó inadvertido que León había cambiado al francés para que Madeleine pudiera comprenderle. Eusebi levantó la barbilla. Manuela se tensó.

—Entonces, ¿es francesa?, ¿parisina? ¿Quién es? —quiso saber su madre. Su voz traslució una nota de aprensión.

Un golpe seco quebró el suspense. Fue la taza de Madeleine, que había caído sobre la alfombra.

—¡Oh, qué tonta! —exclamó Madeleine—. Disculpen, por favor. No sé cómo… Por suerte, estaba vacía. —Madeleine puso la taza sobre una bandeja—. Y no se ha roto.

—No se preocupe —dijo Eusebi.

—Sí, mujer, tranquila —añadió Manuela.

—En Barcelona hace un tiempo estupendo —siguió Madeleine con forzada soltura—. No como en París, que siempre llueve.

—Bueno, León —dijo Catalina de nuevo en español, clavándole la mirada a su hermano—. ¿Nos vas a decir quién es la afortunada o no?

Antes de responder, León se preguntó a qué había venido aquel teatro de dejar caer la taza y enseguida elaboró su propia deducción:

—No hay ninguna afortunada porque ella no quiere casarse conmigo —contestó, de nuevo en francés, tras una breve reflexión—. Eso es todo.

—Ella se lo pierde, cariño —lo consoló Catalina, también en francés—. Estoy segura de que esa mujer no merece la pena.

11

«Quienes buscan la verdad
merecen el castigo de encontrarla».

SANTIAGO RUSIÑOL I PRATS,
pintor y escritor
(1861-1931)

Barcelona
Septiembre de 1894

La gran máquina negra aguardaba en la vía, expulsando sus vapores, mientras los viajeros se mezclaban en el andén. El ambiente estaba cargado de voces, silbatos, humedad y un calor pegajoso. León se quitó el sombrero y se retiró el pelo húmedo de las sienes. Madeleine le ofreció un pañuelo. El artista pensó, con amargura, que sus padres deberían estar contentos de que hubiera encontrado a una mujer que se preocupaba por su desastrado aspecto. Pero era modelo.

—Quiero que te quedes en el molino —insistió León una vez más.

—Ya hemos hablado de eso.

—Yo voy a pagarlo igual, es una tontería que permanezca vacío y que tú gastes dinero en otro alojamiento, que será más pequeño y peor.

—Tú ahora concéntrate en tus cuadros, en la fiesta modernista, en Sitges, en tus amigos. Lo demás ya se verá.

—Volveré a París.

La locomotora soltó un bufido que reverberó en toda la estación.

—Es la hora —dijo Madeleine.

Agarró la bolsa de viaje.

—Espera, te ayudo —se ofreció León. Le cogió la bolsa y se la llevó hasta la puerta del vagón. Cuando regresó al andén, miró a Madeleine con nerviosismo.

—Adiós —dijo ella.

—No, adiós, no. Volveré a París, te lo prometo.

—No te inquietes, León.

Le acarició la mejilla con la mano enguantada de un encaje blanco que León le había comprado hacía un rato. Acababan de salir del paseo de Gracia cuando León saltó del coche en marcha para entrar en una tienda. Con esos guantes tan blancos, tan delicados, León había querido decir lo siento. Sentía dejarla marchar, sentía que su familia la hubiera tratado con frialdad. Sentía haberla malinterpretado, haber dudado de su amor en el salón, cuando dejó caer la taza de té. Y también quería decirle que solo estaba interesado en el futuro de ambos, juntos. Durante el trayecto hasta la estación había buscado las palabras, pero no las había encontrado.

—Madeleine, quiero que sepas que...

—Ya lo sé, mi amor, lo sé todo —lo interrumpió ella, y de verdad parecía que lo sabía todo—. Mi madre decía que lo que tenga que ser será, que lo que tenga que pasar pasará. Y lo que no, por algo será.

Le dio un beso en la mejilla. Un beso frágil, delicado y hermoso, como el encaje que le cubría los dedos.

León tuvo el impulso de subir el escalón que los separaba y montarse en el vagón. Sin embargo, se frenó a tiempo. Debía ayudar a Jordi y había llegado el momento de probar suerte con sus propios cuadros. Era un artista, después de todo, ahora lo sabía. Mientras subía de nuevo al coche de caballos de los Carbó, de vuelta a casa, pensaba en la decepción que le había causado su familia. Le dolía que ninguno de ellos aceptara a Madeleine, ni siquiera Catalineta, su pequeña hermana, la que por edad debía ser la más idealista y soñadora de todos los Carbó, a la que creía una fiel devota de los imposibles. Ni siquiera ella. Todos habían formado un muro infranqueable, no iban a dejarle paso a Madeleine. Pero no le importaba. Ya lidiaría con eso. Ahora tenía que dedicarse al arte. Lo había acordado con Madeleine, aunque en la estación tuvo la desagradable sensación de que ella se despedía para siempre.

Al llegar a casa, se cruzó con su madre y sus hermanas, que planeaban la boda. No las saludó. Subió a su dormitorio a preparar una bolsa con lo justo e indispensable. Se marchaba a Sitges.

Sitges
Marzo de 1905

—Después de unas vacaciones tan especiales, fue extraño para Madeleine encontrarse en el apartamento del Moulin de la Galette sola y, a la vez, tan rodeada de León, de Jordi y de Pascual. Para espantar a los fantasmas, y a pesar del cansancio por el viaje, fue a la Rue Cortot. Tenía ganas de ver a Louise, de sentarse a su lado y compartir un té. Ella era su hogar en París...

Se dieron un abrazo largo. Madeleine se alegró de ver a su amiga con tan buen aspecto. La última vez tenía la cara marcada por los golpes y el cuerpo dolorido. Ahora, sin embargo, no dejaba de sonreír. En la sala había muebles nuevos: una mesa, un par de sillas y un armario de luna. Sobre la mesa, un cesto con madejas de lana y agujas.

—¿Sabes? Ahora tejo chales, bufandas, chaquetitas para bebés...

—¿De verdad? Cuánto me alegro, Louise.

—Es gracias a ti. Tú me enseñaste.

—El mérito es tuyo. Aprendiste muy rápido. Y fantásticamente bien, por lo que veo —dijo Madeleine examinando la labor.

—Cada vez tengo más encargos. ¡No doy abasto!

—Acabarás abriendo una tienda.

—Si me mantengo como estoy, me doy por satisfecha. Y eso que estoy cansada. Cansadísima. Me despierto muy temprano, me pongo a trabajar. Por la tarde salgo a entregar los trabajos terminados. Y por la noche... salimos a divertirnos.

Louise sonrió con timidez y Madeleine por fin intuyó el motivo de la felicidad de su amiga. Miró alrededor y creyó adivinar el rastro de otra persona en ese apartamento: dos sillas, el armario de gran capacidad, dos platos y dos vasos en una estantería.

—¿Lo conozco?

—Te lo presenté en el Nouvelle Athènes, ¿recuerdas?

Claro que lo recordaba. Aquel joven moreno, alto y educado que André despreció porque era mestizo.

—Sí, por supuesto —respondió Madeleine—. Es muy guapo.

Louise le contó que estaban enamorados, que se divertían mucho, que querían pasar el resto de su vida juntos. Que no le importaba que algunos los miraran con extrañeza: ella tan blanca, él tan moreno. Joseph había cruzado un océano para buscar una vida mejor, lejos de la Guayana, junto a una hermana. Ahora era bailarín en los salones y pasmaba a todos con sus golpes de cadera y sus volteretas en el aire. No era exactamente lo que había soñado cuando abandonó su isla, pero no se quejaba. Joseph nunca se quejaba, decía Louise.

Ambas celebraron las buenas noticias. Louise estaba tan contenta que Madeleine no sabía cómo preguntarle algo que le rondaba y le daba miedo.

—Lou, ¿has pensado si…?

—¿Si François vuelve? Sí, claro. Joseph lo matará.

Madeleine no supo qué responder. Se quedó callada, observando a Louise, que continuaba tejiendo como si tal cosa.

—No hablas en serio, ¿verdad?

Louise levantó la vista de la labor.

—Claro que no. Solo bromeaba.

Madeleine no estaba muy segura. Tenía una extraña sensación en el cuerpo.

—Pero sí le dará una buena paliza —siguió Louise—. Que se entere de que él, aquí, ya no tiene nada que hacer.

—Es tu marido. Quiero decir, François podría querer hacer valer sus derechos. Desgraciadamente, la ley está de su parte.

—No es mi marido. No estamos casados.

—Oh… Entonces, ¿por qué has aguantado tanto?

Louise dejó la labor sobre la mesa.

—¿Y qué iba a hacer yo sola? Ya te conté mi historia. ¿A dónde podría haber ido? François tenía ya este cuchitril y a mí me pareció un palacio.

—Olvida lo que te he dicho —dijo Madeleine agachando la cabeza y acordándose de las humillaciones de

Charles y de André—. No soy la más indicada para juzgarte de ese modo. Perdóname.

Se cogieron de las manos.

—¿Y tú? ¿Qué tal te ha ido en Italia?

—Bien. Muy bien.

—¿Me lo cuentas esta noche? ¿Vamos a algún salón? Así podrás conocer un poco mejor a Joseph. ¿Qué me dices?

—Sí, claro que sí.

Se abrazaron de nuevo para despedirse.

—Oye, estás más... —Madeleine observó que la chambra le quedaba muy justa y que el rostro lucía más exuberante.

—¿Gorda?

—No quería decir eso.

—Sí, he engordado —confirmó Louise—. Es lo que suele pasar en estos casos...

—¿Estás...?

—Embarazada.

Madeleine sintió un pinchazo en el corazón. Ella podría haberle dado la misma noticia a su amiga, habría sido bonito tener a sus hijos juntas. Contuvo las ganas de llorar.

—Cómo me alegro.

Le apartó de la cara algunos cabellos que se le habían soltado del moño y la miró bien. Louise había cambiado mucho en poco tiempo, aunque conservaba esa bonita cara con forma de corazón. Ahora, sin los golpes, plena de felicidad, a Madeleine le dio la impresión de que frente a ella tenía a la Louise de verdad. La veía tan joven...

—¿Pero tú cuántos años tienes?

—¿Yo? Diecinueve.

—Virgen santa…

Madeleine volvió a abrazarla, esta vez como una madre lo haría con una hija…

En ese momento, madre e hija terminaban de almorzar y León entraba por la puerta.

—¡León!

La niña se tiró a sus brazos, como hacía siempre, y él la apretó fuerte contra el pecho, la levantó y le dio unas pocas vueltas en el aire, también como siempre.

—Cuidado, hija —dijo la madre, enternecida—. Ya estás muy grande para esas cosas. Le vas a romper la espalda a León.

—¿Te voy a romper la espalda? —preguntó la niña preocupada, de nuevo con los pies en el suelo.

—No, claro que no —repuso León acariciándole una mejilla a la niña. Después, hurgó dentro de su levita—: Te he traído una cosa.

Eso también solía suceder: en cada visita él le ofrecía un regalo.

—León… —dijo la mujer haciéndose la enfadada, aunque en el fondo le encantaba que mimara tanto a la pequeña.

La niña empezó a chillar enloquecida y a dar saltos descontrolados como una atracción de feria.

—¡Mamá! ¡Mamá! ¿Has visto? ¿Has visto?

Fue corriendo a ponerle el regalo delante de las narices, literalmente.

—Imposible no verlo —contestó la mujer apartando levemente el volumen de la cara para poder leer el título—. ¿Otro de Sherlock Holmes?

—No es otro de Sherlock Holmes —replicó la niña, ofendida—. Es *The return of Sherlock Holmes.* ¿Te das cuenta? Sherlock ha vuelto, ¡ha vuelto de la muerte!

—Jesús…

La niña barboteaba elogios y exageraciones, pero su madre ya no la escuchaba. Se había quedado prendada por la exquisita pronunciación del inglés de su pequeña y se sentía orgullosa. Miró a León y se sonrieron. Esa niña era el orgullo de ambos.

León fue a sentarse cerca de la mujer, a una distancia que cualquiera juzgaría de cortesía.

—He visto a Pablo —le dijo mientras ella retomaba la labor de bordado.

—¿Pablo?

—Sí, mujer. El chico de Málaga que iba mucho por Els Quatre Gats. Con un gran talento.

—Ah, sí —repuso la mujer haciendo memoria—. El del apellido raro.

—Picasso.

—Sí, lo recuerdo. Estaba en París, ¿verdad? ¿Y qué se cuenta?

—Nada que yo no me imaginara antes de que se marchara. Ha expuesto en la galería Sérurier. La crítica le alaba.

—Fantástico. Me alegro mucho por él. Es duro ser artista.

—Pablo llegará muy, muy lejos, ya lo verás. Es excepcional. También hay novedades del caso Dreyfus.

—¿Quién es ese? —preguntó la niña.

—¿Pero tú no estabas leyendo? —saltó la madre.

—Leer no te deja sorda.

—León, no sé si te habrás enterado de que esta niña está un poco contestona últimamente.

León sonrió divertido y se acercó a la pequeña, sentada en la alfombra con el libro en el regazo.

—¿Para qué quieres saber eso? Son cosas de política. Un aburrimiento.

—Ah… Es que he oído «caso Dreyfus» y pensaba que hablabais de un asesinato.

León rio.

—No, no es tan emocionante, ni mucho menos. Pero es una historia que va a terminar bien. Te resumo: acusaron a Dreyfus de traición y lo condenaron, solo por ser judío, pero él era inocente. Y se está demostrando. Acabará saliendo de la cárcel.

—Entonces es un caso de injusticia.

—Exacto —dijo León—. Chica lista.

—¿Tú conoces a ese Dreyfus? ¡Ah, por cierto!, eso me recuerda que tengo muchas preguntas que hacerte.

—¿Sobre qué?

—Sobre Madeleine.

León miró a la mujer. Ella ya le había advertido de que llevaba algunos días relatándole a la niña historias de París.

—Madeleine casi conoció a Dreyfus —intervino la madre.

—¿Casi?

—Fue en octubre de 1894. Una noche Madeleine salió con Rosa. León le había escrito a su amiga para pedirle que cuidara de Madeleine.

La niña miró de reojo a León y le sonrió de medio lado.

—Pero Madeleine ya era mayor para que la vigilaran.

—Tienes razón, preciosa —repuso León guiñándole un ojo.

La mujer carraspeó para atraer la atención de nuevo a la historia:

—Eso mismo fue lo que dijeron Madeleine y Rosa…

Por primera vez en su vida, Madeleine se mostraba segura de sí misma.

—No necesito que nadie me cuide. Vine a París sola y sola he sobrevivido. Y seguiré sobreviviendo.

—Lo sé —contestó Rosa sin la menor sorpresa por la respuesta—. Pero yo tampoco he venido a buscarte por obedecer a León. No obedezco a nadie, mucho menos a un burgués. Es solo si te apetece tomar algo con nosotras.

—¿Tú y Berthe?

—Oh, no, aquello se terminó.

Se refería a su grupo de amigas activistas y periodistas. Hablaban de los mismos asuntos, con la misma pasión que cuando Madeleine las conoció, solo que ahora ella era diferente. Prestaba más atención, trataba de aferrarse a las ideas y conceptos que esas mujeres iban desgranando con la facilidad con la que ella hacía la lista de la compra. Se sintió estúpida, vulgar, ignorante, pero iba a remediarlo.

—Buenas noches, amigas mías. Disculpad el retraso.

Era Sarah. Bella, deslumbrante, distinguida. Madeleine se dio cuenta de que en las mesas de alrededor las cabezas se giraban para admirarla.

—¡Madeleine! ¿Cómo estás?

—Bien, gracias.

A Madeleine le agradaba que una mujer como Sarah le dispensara un trato especial. Se le ocurrió que, tal vez, no era tan estúpida, vulgar, ignorante. Le contó el viaje a Italia, tan agradable, y el trágico destino de Pascual.

—Sarah —la llamó una de las mujeres—, ¿dónde has dejado a tu comandante? ¿Le has dado la noche libre?

—Está interrogando a Dreyfus.

Todas se quedaron congeladas. Tal era la tensión que amenazaba con hacer estallar el corro de mujeres.

—Le van a arrestar, ¿verdad?

—Supongo —contestó Sarah.

—Tu amante es un maldito antisemita, y todo ciudadano tiene derecho a un juicio justo. ¡Tienes que hacer algo!

—¿Yo?

—Te acuestas con él. Podrías pedirle cualquier cosa.

—La política no me interesa, lo siento. Y ahora —dijo levantándose de su asiento, porque si algo sabía Sarah era retirarse antes de que nadie le dijera adiós—, disculpadme, voy a saludar a unos amigos. Madeleine, ¿vienes?

¿Qué hacer? Rosa y las demás esperaban su respuesta; Sarah también. Tenía que decantarse.

—Sí, te acompaño.

—Magnífico.

Madeleine siguió a Sarah hasta la puerta, sin mirar atrás. Afuera hacía frío, así que se cubrió bien con el chal.

—Qué maravilla —alabó Sarah acariciando el delicado entramado de la lana.

—Me lo ha hecho una amiga.

—Pues tu amiga tiene buenas manos. Conozco a mujeres que pagarían muchos luises por algo así.

—¿De verdad?

—No lo dudes.

Comenzaron a caminar. Sarah le daba detalles a Madeleine sobre las personas que esperaba encontrar en el salón al que se dirigían, pero ella permanecía demasiado callada.

—¿Ocurre algo? —preguntó Sarah.

—Estaba pensando... En realidad, llevo un tiempo pensándolo.

—¿Qué cosa?

—Un negocio.

Sarah se mostró vivamente interesada.

—Un negocio de prendas tejidas y bordadas. Entre mi amiga y yo. He trabajado en algunas *boutiques* y... si tú nos presentas a las personas adecuadas...

—Cuenta con ello.

—Gracias, Sarah. ¿Sigues alojada en el mismo sitio?

—Sí.

—Bien. Hasta pronto, entonces.

—¿Cómo? ¿No vienes conmigo?

—¡Tengo que contárselo a Louise! ¡No se lo va a creer!...

La niña parecía algo decepcionada.

—¿Estás enfadada? —se extrañó la madre.

—No. Es solo que Madeleine no estuvo relacionada con ese Dreyfus.

Se levantó de la alfombra, con la última entrega de Sherlock Holmes en las manos, y antes de irse dijo, con la misma expresión que la madre había juzgado de enojo:

—Por cierto, nunca me has dicho cuándo conociste a Madeleine, ni dónde. Pero ya sé quién eres en esta historia.

Dejó a los adultos solos en la sala, impertérritos.

—Tranquila —le dijo León con una sonrisa amarga—. Va de farol.

—¿Tú crees?

—No lo sabe, es imposible.

Sitges
Octubre de 1894

Jordi despotricaba contra el gobierno central y su caprichosa política, que obstaculizaba una mayor afluencia de trenes a Sitges y, en consecuencia, el despegue definitivo de la ciudad como capital artística.

—«Es la tercera vez que el Cau Ferrat se reúne cerca del mar; la tercera vez que, huyendo del ruido de la ciudad, venimos a soñar al pie de esta playa hermosa, a sentirnos besar al compás de las olas...» —Rusiñol levantó la vista del texto que componía—. Quería seguir con la relación arte–Sitges... No estoy fino hoy.

—¿Es el discurso de inauguración? —preguntó León.

—Del certamen literario.

—Al compás de las olas... —reflexionó Jordi—. A tomar aguas de poesía, enfermos que estamos del mal de prosa que hoy corre por nuestra tierra.

—Magnífico —dijo Rusiñol, aprobando la contribución, y regresó a la escritura.

—¿De dónde sacas ahora tantas palabras? —se maravilló León, y volviéndose a Rusiñol—: En París no decía ni mu.

—Pascual ya hablaba por todos.

—*La morfina* es una obra de arte —dijo Rusiñol con gravedad—. Es un honor que el Cau Ferrat cuente con ese lienzo. Y con la *Madeleine*. Esta tercera edición va a ser memorable, caballeros.

—¿Has conseguido que algún periódico publique los textos del certamen? —quiso saber León.

—Sí. Me lo ha confirmado el director de *L'Avenç*.

—He pensado en esta disposición de los cuadros —dijo León.

Jordi y Rusiñol se acercaron a ver.

—Haremos de esta casa un templo de fe modernista —dijo León con entusiasmo.

—Centro de peregrinación de sus devotos —añadió Jordi.

—Y con una procesión… —pensó Santiago Rusiñol en voz alta.

Madrid
Septiembre de 2015

Efrén leía en unos ejemplares digitalizados de *El Eco de Sitges* y de *La Vanguardia* el relato de la inauguración de la Tercera Fiesta Modernista. Aquel cuatro de noviembre de 1894 habían acudido a Sitges numerosos intelectuales, escritores, artistas, arquitectos e interesados en el arte nuevo que llamaban modernismo. La fiesta comenzó con la solemne procesión de los dos Grecos de Santiago Rusiñol hacia el Cau Ferrat, que los artistas cargaron en dos turnos. Una banda tocaba música y los vecinos, desde las ventanas, arrojaban flores al paso de la particular romería. Después del discurso de Santiago Rusiñol, que vertió ideas decadentistas y noventayochistas, de rebeldía, modernidad y crítica a la burguesía, se anunciaron los ganadores del certamen literario, a lo que siguió un baile con orquesta en el Cau Ferrat, que según *La Vanguardia* duró hasta las dos de la madrugada.

Tomaba notas en un cuaderno viejo, de esquinas dobladas y mal organizado. Entre sus páginas se mezclaban tanto ideas para la historia de Carbó como apuntes de sus próximos artículos periodísticos, tarea en la que debería centrarse más, ya que su futuro editorial no pintaba bien. Había hablado con Tomás para pedirle que le buscara salida a su novela, pero él no le había prometido nada.

—Tu firma ahora mismo no vale mucho, tío. Seguramente no haya editorial que se arriesgue, entiéndelo.

Un diario regional acababa de publicarle una entrevista falsa a Mijaíl Gorbachov, en la que pedía el voto para Donald Trump. El texto iba con la escueta firma «L. C.», las iniciales de León Carbó.

—Si nos descubren, diré que nos engañaste —le advirtió el director del diario.

El día siguiente a la aparición de aquel número, Efrén buscó la repercusión en Twitter, un poco por miedo y un mucho por vanidad, pero esos tuits sorprendidos con la insólita noticia quedaron pronto sepultados por los resultados del último programa de un concurso de jóvenes promesas de la canción. Por la tarde, el director lo llamó y le encargó más artículos.

Como no pagaban mucho, Efrén tendría que buscar más publicaciones. Ya había confeccionado una lista con las cabeceras más modestas en términos de audiencia y alcance —para no llamar demasiado la atención—, y les había mandado la misma entrevista a Gorvachov. A lo que no estaba dispuesto era a crear un artículo nuevo para cada publicación. Tanta imaginación no tenía.

Se levantó para hacerse un té. Volver a casa estaba siendo casi como unas vacaciones, sobre todo ahora que no tenía moscones en el portal. Estar solo le sentaba bien. Mientras esperaba a que hirviera el agua, se acordó de un juego de tetera y tazas que le regaló Turi. Era de firma, así que debió de gastarse un dineral. Efrén no dijo nada, pero quedó claro que ni le gustaba el regalo ni pensaba utilizarlo. En alguna ocasión, cuando Turi lo veía con esa tetera de hierro, herencia de su abuela, le recordaba, con tono empalagoso, que a ver si estrenaba de una vez el set que le había regalado, al menos que lo desembalara, aunque solo fuera para quitarle el polvo, coño. Efrén solo asentía.

Ni siquiera sabía dónde estaba esa caja. Cogió el móvil y llamó a Turi. Le debía unas cuantas llamadas y algunas explicaciones. Mientras oía la señal, Efrén decidió que buscaría ese juego de té. En Wallapop podría sacar de él un buen dinero.

Sitges
Noviembre de 1894

Días después de la fiesta modernista, León y Jordi aún comentaban la celebración. León había vendido algunas obras a buen precio y recibido elogiosas críticas de los círculos modernistas. Estaban sentados en el salón de la casa que Eusebi Carbó acababa de adquirir y que León y Jordi iban a ocupar hasta que regresaran a París. Fumaban y leían *El Eco de Sitges:*

Desde la inauguración del Taller-Museo Cau Ferrat son en gran número las personas de Barcelona y de esta comarca que lo han visitado, quedando todas sumamente complacidas de la riqueza y buen gusto acumulados en el grandioso edificio.

Deseoso su dueño el señor Rusiñol de que cuantos lleguen á esta villa puedan contemplar su obra, ha dejado órdenes terminantes para que las puertas del Cau Ferrat permanezcan siempre abiertas para los visitantes forasteros, reservando á los de esta villa los domingos como día de visita.

La colección de objetos artísticos existente en el Cau Ferrat ha sido recientemente aumentada, avalorándola una notable arquilla del siglo trece adquirida por don Santiago Rusiñol Prats á muy elevado precio. Felicitamos a nuestro entusiasta amigo augurándole por su campaña artística muchos y merecidos éxitos.

—Ese debe de tener más dinero que tú —calculó Jordi.

La aceptación obtenida por EL ECO DE SITGES en el último número dedicado al artista y amigo D. Santiago Rusiñol ha sido tal que, a pesar de haber aumentado el tiraje, se nos agotó la edición, viendo con gusto que cuantos artistas, literatos y personas visitaron nuestra villa para asistir á la fiesta de la inauguración del Cau Ferrat lo pedían con interés; también hemos agotado la edición del número 448 correspondiente al 14 de octubre último, en el que describíamos lo importante que encierra aquel museo artístico, valiéndonos el haber recibido un sin número de felicitaciones que admitimos por la calidad de los felicitantes. Nosotros que agradecemos en estremo lo hecho por Rusiñol para Sitges, estamos dispuestos siempre á secundarle en sus proyectos.

—¿Y qué harías con todo ese dinero? —le preguntó
León.

Jordi se repantigó en la silla y cruzó las manos en la
nuca. Con la mirada perdida en la costa, se permitió soñar:

—Comprar Grecos como él, supongo. Y Cezánnes.
Y Degases. Y abrir un cabaré.

—¿Abrir un cabaré? La primera vez que te oigo decir algo así.

—A imagen y semejanza de los de París. Con actua-
ciones, artistas, cantantes, magos, pinturas en las paredes.
Publicaría también una revista. Sería un lugar de reunión
para el modernismo. Aquí, en Sitges.

—Suena bien. —Era buena idea, sin duda, y Jordi
parecía que lo había pensado largo y tendido, aunque León
adivinaba cierta decepción en sus palabras—. ¿Ya no quieres ser pintor?

—Ha estado bien intentarlo, pero no es lo mío.

—Tonterías.

—Qué va. Me falta el genio que tienes tú, que tiene
Rusiñol, que tenía Pascual. Me entretiene dibujar, pero
no puedo aspirar a ganarme la vida con eso.

León frunció el ceño. Su amigo parecía convencido
de renunciar para siempre al arte.

—Necesito dinero —siguió Jordi, y miró a León—.
Necesito socios, dos socios que entiendan este proyecto,
que se entusiasmen con él igual que yo, que aporten su
magia al lugar y puedan ser ejemplos para los futuros
artistas.

—No sé a quién te refieres —repuso León con mo-
destia.

—A quién va a ser: a Rusiñol y a ti. Y al cabaré lo
llamaremos Els Quatre Gats, como a la revista.

—Cuatro gatos, ¿eh? —A León cada vez le gustaba más la idea.

—El cuarto es Pascual.

—Lo sé.

Los amigos se sonrieron y en ese gesto se pusieron de acuerdo. Entonces León dio un respingo que a Jordi le pasó inadvertido, a bordo como se encontraba ya de un nuevo sueño vital. ¡Madeleine! Le había prometido que volvería a París poco después de la fiesta modernista. Ahora no podría cumplir su palabra. Pero enseguida se relajó; ella se encontraba bien, enfrascada en su negocio con Louise. Ella lo entendería.

Sitges
Marzo de 1905

La niña se limpiaba los pies dentro de la bañera. Cuando jugaba en la playa con León siempre acababan igual. Se lanzaban bolas mojadas, se revolcaban en el suelo y al final regresaban con la ropa y los zapatos mojados y estropeados, y un montón de arenillas atrapadas en las medias, en los bolsillos, en los sombreros. Era divertido.

—¿Madeleine nunca estuvo en la playa?

—Pues... sí —respondió la mujer, que recogía la arena que había caído en el suelo del baño—. Una vez, cuando era muy pequeña, con sus primas.

—Eran como hermanas, ¿verdad?

—Especialmente con la menor. Tenían la misma edad y se habían escrito muchas cartas. Hasta que su prima no pudo hacerlo más.

—¿Por qué?

—Se había casado y su marido no le permitía tener correspondencia con una mujer que había abandonado sus obligaciones matrimoniales. Durante un tiempo, Madeleine envió sus cartas a la dirección de su tía, pero cuando esta murió no pudo seguir manteniendo el contacto.

—Oh, qué pena.

—Lo que más le dolió a Madeleine fue no poder asistir a su entierro y enterarse así.

—¿Así cómo?

—A través de la última carta de su prima, que había enviado a la Rue Lamarck. Madeleine se encontró por casualidad con el portero y este la avisó de que le guardaba una carta desde el verano. Así también se enteró de que André tampoco vivía ya en la habitación que habían compartido. Sin embargo, André era la menor de sus preocupaciones…

Estaba nerviosa cuando se subió en el coche a Ruan. No se desasió de esa inquietud en todo el trayecto, a pesar de que intentó encontrar la calma en el paisaje de los bosques, los caminos enlodados y el aire fresco y húmedo que había dejado la lluvia durante la noche. La última vez que hizo ese viaje, a la inversa, también estuvo nerviosa.

Al salir del coche puso cuidado en no hundir los botines en el barro. Se subió la falda lo necesario para que el paño negro no se ensuciara. No podía presentarse ante los suyos manchada de lodo. El sombrero de fieltro oscuro tenía un ala ancha y un velo escueto pero suficiente para taparle el rostro.

Aunque aún era temprano, era el primero de noviembre y ya había gente comprando flores y entrando en el cementerio. No podía arriesgarse a que nadie la reconociera y avisara a Charles. Aunque quizá a él ya no le importara nada Madeleine. De su todavía marido solo sabía lo que le había contado su prima en las cartas, que seguía viviendo con Christine en su casa, la casa de la familia Bouchard. Le subió un sabor amargo por la garganta, aceleró el paso sin darse cuenta, hasta que notó que se hundía ligeramente en el fango. Cálmate, se dijo. Había venido para visitar las tumbas de su tía, de su madre y de su padre, y tenía que cuidarse de pasar inadvertida. Por eso no les llevaba flores, para mezclarse mejor con el negro de los trajes de los demás, aunque eso no logró que se sintiera menos culpable.

Se acordó de las flores de su jardín. Eran hermosas las que ella había cultivado en su casa. Les había dedicado tiempo y cariño para luego abandonarlas a la suerte de esa desagradecida de Christine que… Alcanzó el cruce que conducía a su antigua casa. Que el camino estuviera seco por el centro fue como una invitación a seguirlo. Le bastó un mínimo instante de reflexión para echar a andar. No sabía qué quería conseguir, pero de pronto necesitaba ver su casa, acaso atisbar un retazo de la vida conyugal entre su marido y Christine. Marchaba con la ligereza que le daba la ira, el rencor, las ganas de algo a lo que no sabía poner nombre.

Desde fuera, todo parecía igual: la misma verja, los mismos árboles, los mismos muros. Se internó en el bosque colindante para acercarse más. A escasos metros, vio el jardín árido y descuidado; ya no estaban el banco de madera ni la mesa redonda ni las sillas de hierro. En el techo faltaban algunas tejas. Los marcos de las ventanas necesitaban un buen lijado y barnizado. Las cortinas eran las mismas. Fijarse en ese detalle era una simpleza, pero

Madeleine sintió una cálida satisfacción. Habría jurado que Christine, nueva ama y señora del hogar, cambiaría hasta las cortinas. Pero el estado de la casa, como triste y apagada, le ensombreció el ánimo. Cuando unas cortinas se movieron, Madeleine se escondió tras un árbol y huyó de allí lo más rápido que pudo.

Tras la caminata y el paseo en el cementerio, los bajos de la falda acabaron empapados, también los botines. El manguito en el que metía las manos no fue suficiente para entrar en calor. El cielo amenazaba con un nuevo chaparrón. Cuando subió al coche de caballos de vuelta a París, no sentía los pies, fríos y tumefactos. Una sensación viscosa se le pegó a la piel cuando corrió el visillo de la ventana del coche: no muy lejos, el sacerdote le sonreía y le decía adiós con la mano.

Madrid
Septiembre de 2015

Se sorprendió cuando recibió un correo electrónico de Samira. Aunque se dijeron que mantendrían el contacto, él se lo había tomado como una mera formalidad de la despedida. Un mes después de aquel adiós seco y distante, Efrén no encontró en sus líneas rastro de dolor ni de rencor ni de cuentas pendientes. Por el contrario, parecía que aún seguían compartiendo apartamento en París, él escribiendo y ella traduciendo la tesis.

Tal vez por eso no se enfadó cuando Samira deslizó que se le había olvidado contarle algo sobre la visita a la señora Barbier, en Ruan. En aquel momento, debido a las muestras de senilidad, no le había dado importancia a algunos detalles que podrían ser importantes. Como que Charles, el marido de Madeleine, desapareció un día y no regresó. Después de la marcha de Madeleine a París, el hombre se recluyó en la casa familiar de Madeleine —su herencia y, por lo visto, su dote de casada—, avergonzado por esa esposa que lo había abandonado. Vivía con la sirvienta y todos adivinaban la relación que los mantenía bajo el mismo techo. Los negocios no debían de irle bien porque apenas viajaba ya y la sirvienta compraba fiado cada vez más. Hasta que un día se fue en un coche de punto a París. A los compañeros de viaje les dijo que iba a terminar de atar un acuerdo muy ventajoso. Esos testigos también contaron que Charles parecía lleno de energía, como si hubiera resucitado. Sin embargo, no regresó. Pasaron los años y, como Charles seguía sin aparecer y Madeleine tampoco, los maridos de las primas de Madeleine consiguieron reclamar la casa y echaron a Christine, que también terminó yéndose de Ruan, nadie sabe a dónde.

Seguro que Charles fue a buscar a Madeleine, ¿qué te juegas? Mi hipótesis es que Charles fue a matar a Madeleine como venganza por haberlo abandonado y luego se dio a la fuga. Aunque eso no resuelve lo del otro muerto ni cómo Madeleine llegó a hacer lo que hizo. ¿Cómo es que Madeleine se convirtió en una asesina?

Sitges
Diciembre de 1894

En los días soleados y templados como este, León pensaba en Madeleine bajo el cielo frío y gris de París que como artista lo entusiasmaba, pero maldecía cuando debía ir por sus calles, encogido y con el cuello de la chaqueta subido. También pensaba en ella al ver, en la terraza de la nueva casa de Sitges, a su madre y a sus hermanas tomando té y charlando, de la boda, por supuesto; como había mencionado Catalineta en Cernobbio, no había otro tema de conversación. Cada vez que las observaba, recordaba con dolor que nunca aceptarían a Madeleine.

—Por cierto, hijo —dijo Eusebi bajando la voz e inclinándose hacia León. Estaban sentados en un aparte, lejos de los preparativos nupciales, el padre hablando mientras el hijo hacía que escuchaba—, me han pedido más cuadros. Es un negocio… —y juntó las yemas del índice y el pulgar para formar el rosco que expresaba toda su aprobación.

—Quería hablarte de eso.

Eusebi se encendió la pipa y asintió con interés.

—Voy a pintar solo mis cuadros. No voy a copiar ninguno más.

Eusebi se quedó mirándolo. Chupaba la boquilla de la pipa y soltaba humo.

—Regresaré a París.

—¿Cuándo? Espera al menos a enero. Si te vas antes de Navidad, a tu madre le das un disgusto.

—En enero entonces. Sacaremos el primer número de la revista que estoy preparando con Jordi, y me marcharé.

—¿Cuánto tiempo piensas quedarte?

—No lo sé. Unos meses, un año… Quizá más tiempo.

Eusebi suspiró.

—Está bien, hijo. Si eso es lo que quieres… No te faltará dinero ni nuestro apoyo.

—Gracias, papá. Por cierto, no necesito el piso de San Luis. Encontré otro más barato.

—No quiero que pases penalidades, hijo.

—No te preocupes, en el nuevo sitio estoy bien.

—De acuerdo… A cambio, te pido una cosa. —Eusebi se aseguró de que León le prestaba total atención—. No te cases con ella. Al menos, espera a que tu madre ya no esté en este mundo.

Padre e hijo se quedaron callados. Eusebi esperaba la respuesta, León trataba de pensar rápido. Veía a su madre recortada contra la barandilla blanca y, más allá, el azul Mediterráneo. Veía a Madeleine en su recuerdo, en el Moulin de la Galette, su mirada neblinosa. Tenía que decidirse.

—Está bien. No me casaré con ella. Te lo prometo.

—Gracias.

Sellaron su pacto con un apretón de manos.

—¿Vamos con tu madre y tus hermanas? Quizá aún esté a tiempo de ahorrarme algunos gastos. Están demasiado entusiasmadas, me van a arruinar.

León asintió. Al levantarse se sintió cansado, como si le hubieran colocado una losa sobre los hombros de la que nunca se libraría.

—Por cierto, casi se me olvida —le dijo Eusebi—. No sé quién ha sido, pero por intermediación de varios, me ha llegado una petición… curiosa.

—¿Curiosa? ¿Qué quieres decir?

—Una copia de tu *Madeleine*. Ya sé que has dicho que no quieres falsificar más, pero ¿te copiarías a ti mismo?

León se quedó callado, mirando a ninguna parte.

—Piénsalo bien, hijo. Alguien lo va a copiar. ¿No será mejor que seas tú quien lo haga y no otro, que acabe estropeando tu obra? Además, ganaremos un buen dinero. Tengo que reconocer que te estás poniendo de moda.

—Lo haré.

Eusebi asintió, satisfecho.

León ya solo pensaba en volver a pintarla como aquella vez, recordar el rapto de los sentidos, verla de nuevo, tocarla, aunque fuera en un lienzo.

Sitges
Marzo de 1905

—Todo iba bien. Por fin. Madeleine se había ido a vivir con Louise y Joseph. León le había insistido para que se quedara en el apartamento del Moulin de la Galette, pero ella quería vivir por su cuenta, ganarse la vida. «Está bien, entiendo tus ganas de hacer otras cosas, yo también las he sentido. Pero seguiré pagando el apartamento, no olvides que volveré algún día», le dijo León en una carta. Ella, íntimamente, se sentía agradecida, halagada y, por qué no decirlo, amada…

Esa alegría le daba ánimos y fuerza para trabajar sin descanso junto a Louise. Se despertaban pronto, comían cualquier cosa y apuraban la jornada entre agujas, telas e hilos. Por la noche, Joseph salía a trabajar en los cabarés; Louise casi siempre lo acompañaba. A pesar del embarazo, pocas veces decía que no a un rato de baile y música.

Los pedidos se acumulaban. Louise se encargaba de tejer y Madeleine de bordar y de tratar con los clientes. Ya servían a tres tiendas y en los círculos burgueses habían corrido la voz y las recomendaciones. Todo iba bien, demasiado bien. Incluso el sol brillaba y le daba de frente una mañana en la que Madeleine salió del apartamento con un paquete bajo el brazo, listo para entregar en una *boutique* cuyo dueño estaba más que satisfecho con la labor de ambas mujeres. Si hubiera caminado con pasos menos alegres o menos ilusionados, quizá podría haberlo esquivado a tiempo.

—Maddie.

La misma chaqueta raída, el mismo canotier. La cara un poco gris, los hombros algo caídos. Olía a alcohol. Madeleine agachó la cabeza y trató de seguir su camino, pero él se le ponía delante a cada paso.

—¿Qué quieres, André?

—Estás muy guapa.

—Debo irme, llego tarde.

—¿A dónde? Te acompaño.

—No hace falta. Puedo ir sola.

—Vamos, Maddie… Hay mucha gente mala por ahí. Yo puedo defenderte.

—Estás borracho.

—Aun así, podría defenderte.

El tono de André no era lastimero como aquellas veces en las que venía haciéndose el arrepentido, tratando de ganarse su perdón; más bien sonaba como en esas otras ocasiones que precedían a la tormenta.

—Maddie, no eres lo que se dice una dama, ya me entiendes. Debo protegerte. Por ejemplo, de tu marido.

Madeleine se detuvo en seco.

—¿Cómo?

—Charles sabe que te viniste a París. Estuvo preguntando y alguien le dijo que eras mi amante.

—¿Charles está aquí? —Empezó a mirar en derredor, presa de la angustia.

André se rio.

—Mira que eres boba. Si estuviera por aquí, ya te habría matado con esa pistola que lleva encima.

Madeleine empezó a temblar. No podía evitarlo, no podía esconderlo.

—Tranquila, tranquila... —André sacó un cigarrillo y se lo encendió con parsimonia—. Conmigo estás a salvo. Sin mí, estás perdida.

—¿Qué quieres, André?

—Está bastante claro. Tú eres mi mujer, aunque seas un poco... demasiado alegre, pero, bueno, nadie es perfecto, ¿verdad? Ya hablaremos de tus aventurillas y del flaco ese por el que me abandonaste. Como comprenderás, mi honor está en entredicho. Habrá que resolver eso de alguna manera.

Un carruaje pasó al lado de ellos, casi rozándolos, con los caballos relinchando. Madeleine aprovechó para echar a correr con todas las fuerzas que encontró en sus piernas. Le respondieron. No sabía que podía ir tan rápido. Pronto quedó lejos del pestilente hálito de André, pero tuvo tiempo de oírle gritar:

—¡Eh! ¡Correr no te servirá de nada! ¡No vas a escapar!

12

«En el arte, sería falso mirar
solo el lado agradable de la vida».

Edvard Munch, pintor
(1863-1944)

Sitges
Marzo de 1905

No sé si quiero que sigas contándome la historia de Madeleine.

—¿Por qué?

La niña hizo un puchero.

—Ven, anda. Eres muy joven, hija. Quizá habría que esperar.

—No, ya no. Ahora quiero saberlo todo. Mamá...

—Dime.

—¿Madeleine temía por su vida?

—Sí. Tenía miedo. Pensaba que acabaría mal. Y no solo por las amenazas de André y de Charles. Te contaré una anécdota...

Una noche Louise estaba tan enferma que Joseph le pidió, por enésima vez, que fuera a ver a su hermana.

—Es que es bruja —le chistó a Madeleine—. Me dan miedo las brujas. ¿Y si no le gusto y me hechiza?

—¿Y por qué no le vas a gustar? Menuda tontería.

Pero Madeleine tampoco se fiaba de las brujas. Acaso por los cuentos de la infancia, por lo que se decía de ellas, que eran locas, peligrosas, histéricas.

Joseph se puso serio cuando constató que la fiebre no bajaba y la muchacha ni siquiera se sentía capaz de ponerse en pie.

—Una de dos: o te cargo sobre los hombros y te llevo donde mi hermana, o ella viene aquí.

La sola idea de que la bruja pudiera hechizar también su hogar la convenció:

—Está bien, iré. Pero que nos acompañe Madeleine.

—Pierde cuidado, yo voy con vosotros —respondió enseguida Madeleine, ocultando bien su intranquilidad.

Martha, la bruja, estaba durmiendo. Se le notaba en cómo se esforzaba por despegar los ojos y en el hablar pesado. Los dejó entrar y encendió unas velas. Lo primero que llamó la atención de Madeleine fueron sus manos: largas, de dedos finos y uñas afiladas. Al instante le subió un estremecimiento por la espalda, como si esas uñas le arañaran la piel.

—¿Tienes frío? —le preguntó la bruja.

Madeleine negó con la cabeza y se quedó pegada a la pared, junto a la puerta.

Mientras la bruja buscaba en los estantes sus pócimas secretas de maléficos ingredientes, los cuatro permanecieron en silencio. Joseph se había servido un cuenco de una sopa aromática y se concentraba en degustarla. Louise tragaba saliva, se tocaba el vientre abultado con manos temblorosas. La bruja le echaba miradas de reojo. Puso unas hierbas en agua hirviendo, colocó las manos por encima del cazo y empezó a salmodiar. Para terminar, trazó unos símbolos en el aire y sirvió un poco del líquido en un cuenco.

—Toma —le dijo la bruja a Louise, tendiéndole el brebaje—. Bébetelo caliente.

La enferma miró a Joseph, pero este solo tenía ojos para la sopa. Esa despreocupación debió de darle confianza, porque Louise se llevó el cuenco a los labios y sorbió. Su gesto contrariado no ofendió a Martha.

—Sabe mal, sí, pero mañana estarás como nueva. Venga, bebe.

Se sentó enfrente de ella y se cruzó de brazos, a la espera de que Louise terminara de tragar la pócima.

—¿Quieres saber qué va a ser? —le preguntó señalando la tripa.

Louise se encogió de hombros.

—Sí, yo sí quiero —exclamó Joseph.

La bruja se quedó mirando fijamente el vientre, Louise dio un respingo.

—Es niña. Morena como él. Y con los ojos claros.

Louise no pudo contener la sonrisa.

—¿Quieres saber más?

Asintió. La noticia de que tenía una niña morena como su padre y el calor del brebaje la habían relajado.

—Dame tu mano izquierda. —Martha acercó la palma a la mesa, donde había una vela. La examinó con aire experimentado—. Familia numerosa…

—¿Vamos a tener muchos hijos? —preguntó Louise llena de ilusión.

—Me refería a ti, a tu pasado. Tu familia es muy numerosa. La que dejaste en los arrabales. Hiciste bien en poner tierra de por medio —dijo Martha igual que un médico comunica su diagnóstico—. Este no es tu primer bebé… Él no es un buen hombre, nunca te ha querido.

Madeleine se preguntó a qué hombre se referiría.

—No lo has tenido fácil, pero veo un futuro brillante, serás muy feliz, harás grandes cosas, aunque lejos de aquí. A cambio, tendrás que decir adiós. Será muy doloroso.

—¿Adiós? —se inquietó Louise— ¿A quién?

—No le hagas caso —resolvió Joseph, que había terminado su sopa—. Venga, vámonos, tengo que ir al Folies o me despedirán.

Louise apuró el cuenco hasta la última gota y, al devolvérselo a Martha, trató de adivinar en ella un consejo, una advertencia más. Pero la bruja parecía haber cerrado el oráculo. Ni siquiera se levantó para despedirse, aunque sí pronunció unas últimas palabras:

—Tú —le dijo a Madeleine—. Deberías saber algunas cosas. Aún estás a tiempo. Después, será demasiado tarde...

La niña abrió la boca y los ojos al máximo.

—¡La bruja sabía que iba a morir! ¿Y qué hizo Madeleine?

—Nada. Se asustó y se fue. De vuelta en casa, Louise le dijo que no le hiciera caso, que todo era una mentira para ganar dinero.

—Ojalá se hubiera quedado para escuchar lo que la bruja tenía que decirle —se apenó la niña—. ¿Por qué no volvió?

—Sí que volvió. Aunque por otro asunto...

Algunas semanas más tarde, el dueño de la tienda recibió a Madeleine con muy mala cara.

—Si esta tarde no tengo la canastilla que le encargué, ya puede ir olvidándose de que le haga más pedidos.

—Disculpe, de verdad, señor Fontaine. Tenemos tanto trabajo que a duras penas le damos salida. Estamos buscando empleadas, pero ya sabe que está muy difícil encontrar a gente válida.

Era mentira. Louise llevaba tirada en la cama una semana, llorando por la repentina desaparición de Joseph, pero no podía decir eso. Madeleine ya había cometido el error, en otra tienda, de confesar que su socia estaba indispuesta, lo que le había valido un acceso de ira del dueño de la tienda y la fulminante anulación de su acuerdo comercial. Si continuaban perdiendo clientes, se quedarían sin trabajo.

Ahora, el tendero que tenía enfrente hizo un leve gesto de comprensión.

—Vagas y torpes. Así son las obreras de hoy en día. Solo piensan en beber y en bailar. Una vergüenza. ¿Cómo vamos a salir de esta crisis? Desde que echaron a Napoleón, todo va como va.

—Eso digo yo, señor Fontaine. ¿Me concede, entonces, una semana? Y le prometo que usted tendrá la canastilla completa.

—¿Ahora qué le digo yo a la señora Toussaint? Es rica e importante. Mi reputación está en juego.

—Dígale la verdad: que tenemos mucho trabajo y que no hemos encontrado aún a quien confiarlo. Y que le regalaremos un par de pañuelos más.

El tendero parecía conforme.

—De acuerdo. Una semana. Y si me permite un consejo: mano dura con las obreras. Enseguida se nos suben a la espalda.

—Sí, señor Fontaine. Muchas gracias.

Madeleine salió de la tienda apesadumbrada. Había conseguido mantener al cliente, aunque a costa de traicionarse a sí misma y a sus amigas y compañeras. Al llegar a casa, Louise seguía tirada en la cama.

—Louise, tienes que levantarte —dijo Madeleine con firmeza.

Los días anteriores había elegido la dulzura de tono y de palabras, le había dado tiempo. Pero la tregua tenía que terminar.

—Louise —la zarandeó—, tienes que ponerte a trabajar, yo no doy abasto. Hemos perdido a un cliente.

—Lo siento —sollozó—. Soy una carga. Mejor vete... ¡Como él!

—Esto vamos a solucionarlo ahora mismo.

—¿Eh?

—Levántate. Vamos a buscarlo.

—Pero en los salones no está, ya fui y nadie supo decirme dónde se ha metido.

—Iremos a casa de su hermana.

—¿La bruja?

Madeleine asintió mientras ayudaba a su amiga a levantarse.

—No, no, a donde la bruja no voy más.

—Ella te dirá lo que necesitas saber. Y cuando lo sepas, seguirás con tu vida. Va a nacerte una hija. Debes asegurarte un porvenir para ambas. No vas a quedarte tirada en la cama para siempre. Vamos.

Louise temblaba tanto como la primera vez que fue a casa de Martha. En esta ocasión, la bruja las recibió bien despierta y vestida. Llevaba una amplia túnica de vivos colores que resaltaba el tono oscuro de su piel, y se cubría la cabeza con un turbante de la misma tela. A través de la rendija de la puerta, frunció el ceño.

—Buenas tardes, Martha —empezó Madeleine—. Necesitamos saber algo.

—Di. Tengo prisa, estoy haciendo un trabajo.

Louise, aferrada al brazo de su amiga, le clavó sin querer las uñas en la carne.

—Hace varios días que Joseph no aparece por casa. Tampoco están sus pertenencias. ¿Está aquí?

—No.

—¿Y sabes dónde podríamos encontrarlo?

—Tampoco. —Martha miró fijamente a Louise y a su barriga—. Mira, niña, mi hermano es así. Viene y va, nunca se queda en ningún sitio. Ni con ninguna mujer.

—Pero… —dijo Louise con la voz quebrada y abrazándose el vientre—, vamos a tener una niña.

—Joseph ha tenido tantas niñas y tantos niños que hace tiempo que perdimos la cuenta. Y ahora debo cerrar. Como os he dicho, estoy con un trabajo.

La bruja cerró la puerta. Madeleine guio a Louise, aturdida, escaleras abajo.

—Pensé que me amaba —dijo en la calle, después de andar durante varias manzanas.

—Lo sé. Lo siento.

—¿Por qué son así? Los hombres, digo.

Madeleine se encogió de hombros. Abrazó fuerte a Louise, un poco por reconfortarla, un poco por protegerse a sí misma. Acababa de ver a André apostado en una esquina. No era la primera vez que su antiguo amante se le aparecía donde menos se lo esperaba. Desde hacía días la seguía, la vigilaba, aunque nunca se acercaba. Entonces ella apuraba el paso y desaparecía de su vista. Sin embargo, ahora no podía echar a correr. Asustaría a Louise y podría causarle daño al bebé.

—¿No pueden ser sinceros? —siguió Louise con lágrimas en los ojos—. ¿No pueden respetarnos? Yo soy una persona y tengo un corazón.

—Lo sé, cariño.

—Dos corazones.

—Esa niña será preciosa. Y tiene una madre también preciosa. Y fuerte e inteligente. Es afortunada esa niña.

—¿Te quedarás con nosotras?

—No lo dudes —respondió Madeleine. Miró hacia atrás. Ni rastro de André—. Yo seré su tía.

—Porque nosotras somos hermanas, ¿verdad?

—Claro que sí.

En la entrada de casa encontraron un papel doblado.

—Es un telegrama… Oh, Dios mío —sollozó Louise.

Los telegramas no solían ser portadores de buenas noticias. Madeleine desdobló la hoja y leyó con avidez.

—¿Qué? ¿Qué ha pasado? ¡Di! —se preocupó Louise.

—Nada… o todo —sonrió Madeleine—. León vuelve.

—¿Cuándo?

—¡Mañana! ¡A las cinco!… Hay tanto por hacer… Limpiar su cuarto del Moulin, poner algunas flores, comprar algo de comer y beber… ¡No me va a dar tiempo!

Las siguientes horas fueron frenéticas. A las tareas que Madeleine se había impuesto, debía sumar el trabajo atrasado de tejer, coser y bordar. Al menos, Louise había despertado de su desconsuelo y se entregaba a las agujas y a la lana con el afán de recuperar el tiempo perdido, aunque solo fuera por ayudar a su desesperada amiga.

Al día siguiente, a las cuatro de la tarde, Madeleine estaba preparada y nerviosa. Había elegido su mejor sombrero, uno con un gran lazo, y hasta se había colocado el polisón que tenía casi olvidado en el armario. Pero al mirarse en el espejo, el sombrero oscuro y el traje negro de lana no le dieron buena impresión.

—Parece que voy a un entierro —se lamentó.

—Pues ponte esto. —Louise desenvolvió un suntuoso chal de color cereza, con cuentas brillantes cosidas en el entramado.

—¡Cómo se te ocurre! Es de una clienta.

—¿Y qué? Será un préstamo por una o dos horas. No te va a durar mucho puesto —le dijo Louise guiñándole un ojo.

—¿Y si le pasa algo? —dudaba Madeleine.

—No le va a pasar nada. ¿Has estropeado tu ropa alguna vez? Pues eso. Además, hoy no va a llover. Venga, ve. No querrás llegar tarde.

Salió del portal con paso seguro, feliz e ilusionada de encontrarse con León después de tanto tiempo. Tenía planeado pararse en un puesto de flores que había cerca de la estación. Tenían que ser unas flores vistosas, de vivos colores. León siempre se fijaba en las luces y el color, se lo había dicho muchas veces.

En estas cosas pensaba cuando vio a lo lejos, apoyado contra un muro, a André.

París

Enero de 1895

Desde la ventanilla, León ya podía ver la gran boca oscura de Saint-Lazare, llena de bombines negros y sombreros floridos. Intentó distinguir a Madeleine, pero la muchedumbre en la estación aún era apenas un conjunto de puntos de color, luces y sombras. Tiró con impaciencia de la leontina que sobresalía del bolsillo de la levita y sacó el reloj. El tren llegaba con demasiado retraso. Pobre Madeleine. Se la imaginaba esperando, sentada en un banco durante dos horas, ¡y con ese frío que hacía! Tendría que compensarla. La llevaría al Maxim's, cenarían como dos señores, luego al baile. Luego, a su habitación en el Moulin de la Galette.

Se lo contaría todo: la fiesta modernista, el proyecto de *Quatre Gats*, la revista, los encargos que había recibido de varias empresas catalanas para que les creara los anuncios de sus productos. Tenía tantas ganas de que ella lo supiera todo de su vida, de esas semanas que habían estado separados. Se le habían hecho eternas.

El tren se detuvo y sonó el silbato. El corazón le galopaba con ferocidad. Se miró el paño oscuro de la levita y los pantalones: ni una sola mancha, ni el más mínimo rasguño. Tuvo cuidado al cargar con el bolso de viaje y al descender por los escalones. En el andén miró a un lado y a otro. Había mucha gente. Decidió arrimarse a una pared y quedarse en el sitio, así Madeleine acabaría encontrándolo o él viéndola.

La estación se fue despejando de equipajes, silbatos y gentes. No estaba. Madeleine no lo había esperado. ¿Habrá leído el telegrama? Sí, eso seguro. Se habrá cansado de esperar, se dijo León, herido. ¿Será que se ha olvidado? Eso incluso sería peor.

Fuera de la estación llamó a un coche y se subió junto con su gran decepción, camino al Galette. Cuando vio las aspas de su molino, se enfadó consigo mismo. ¿Y si está enferma?

¿Y si le ha pasado algo?

En la recepción casi no lo reconocieron de tan elegante y pulcro como apareció. Al entornar la puerta de su cuarto, ya solo quería tumbarse sobre la cama y dormir. Pero había una vela encendida y en su luz temblorosa vio esos ojos grises que tanto anhelaba.

—Llegas tarde —le dijo Madeleine con su voz suave.

—Llego toda una vida tarde.

Sitges
Marzo de 1905

La niña cerró el libro de Sherlock Holmes y suspiró.

—¿Y ahora qué? —preguntó al techo.

—¿A qué te refieres?

—Ya he terminado el libro que me regaló León. ¿Ahora qué leo?

—Ah, eso… Bueno, hay muchos libros en esta casa.

—Ninguno que me interese.

—A Madeleine también le gustaba leer.

—¿Sherlock Holmes?

—Flaubert. Tolstói. Clarín. Deberías probarlos.

—¿Clarín? ¿Madeleine conocía a Clarín?

—Claro. Leyó *La Regenta.*

—¿De verdad? —La niña se levantó de la alfombra y fue a la estantería—. Teníamos esa novela por aquí, ¿no?

—A Madeleine le gustaban las historias de mujeres. Pero de mujeres diferentes, o de mujeres comunes pero contadas con sinceridad, con valentía. Sus experiencias en París influyeron en sus gustos literarios, supongo. Conocer a mujeres como Rosa o Sarah, a Berthe, a las prostitutas amigas de Lautrec, a las modelos, a las bailarinas, las cantantes, las lavanderas, las costureras… En nada tenían que ver con su madre, con su tía, con sus primas. Y ella se daba cuenta de que cada vez se iba pareciendo más a aquellas mujeres de París, con sus problemas, sus contradicciones y sus deseos.

—¿Y eso le gustaba?

La mujer se tomó un instante para reflexionar:

—Yo creo que ella sentía que se descubría a sí misma. Y eso siempre es bueno.

—¿León le regalaba libros sobre mujeres?

La mujer sonrió.

—Cuando regresó a París, León le traía un regalo. Se lo dio al día siguiente, por la mañana...

Era tarde para desayunar y pronto para almorzar, aunque ¿qué les importaban a ellos las horas y las convenciones? León salió de la cama para desenvolver el embutido que había comprado Madeleine el día anterior. En la mesa seguían las cartas y notas que le habían entregado en la recepción del Moulin. Se quedó mirando una de ellas.

—Es para ti —dijo con la boca llena. Se limpió la grasa de los dedos en la camisa para no manchar la nota y se la pasó a Madeleine.

—¿Para mí?

Era una nota elegante, del hotel Saint James, escrita con letra cuidada:

Querida Madeleine:

Debo hablar contigo de un asunto de tu interés. Es urgente. Ven a verme al hotel, no antes de las doce ni después de las dos.

Te saluda afectuosamente,
Sarah.

¡Sarah! No había fecha, así que Madeleine no podía saber cuándo le había dejado el aviso. ¿De qué querría hablarle? Decía que era urgente.

—¿Qué es?

—Nada, nada. Una amiga que hace tiempo que no veo.

—¿Salimos a dar un paseo?

Madeleine pensó en el trabajo pendiente, en la nota de Sarah y su tono apremiante. En André. ¿Estaría esperándola? La tarde anterior, al divisarle, Madeleine cambió el rumbo. No quería conducirlo a la estación y que la viera con León. La atemorizaba no poder predecir de qué sería capaz André. Por eso fue directamente al Moulin de la Galette.

—Parece que tienes hambre —dijo Madeleine señalando el envoltorio vacío del embutido—. ¿Qué tal si bajas a comer algo y nos vemos por la noche? Nos encontraremos aquí.

León parecía decepcionado.

—Si eso es lo que quieres…

Madeleine sonrió y se acercó al artista para espantar su mentira con unas dulces carantoñas.

—¿No dijiste que me habías traído un regalo?

—¡Ah, sí! —Buscó en el bolso de viaje y sacó un paquete rectangular y voluminoso.

Madeleine lo cogió ilusionada. Desató el elegante lazo y se puso a retirar el papel brillante con cuidado.

—Ya sé lo que es —dijo sin contener la felicidad.

—¿De verdad?

—Sí, es *La Reg…* —Se detuvo al descubrir el regalo: una tetera con una escena campestre. Era bonita, refinada, seguramente muy cara.

—Sospecho que no he acertado —dijo León con aire divertido—. ¿Qué pensabas que era?

—Nada.

—No, nada, no. Dímelo. Si no te gusta, no me ofende, pero quiero saberlo.

—Bueno —Madeleine encogió los hombros y esbozó una sonrisa de compensación—, creí que era *La Regenta*. Como hablamos de esa novela y me dijiste que me la regalarías, en español, para aprender un poco más…

—Ah, es verdad. Perdona, lo olvidé. Nunca pensé que querrías un libro como regalo.

—Es muy bonita la tetera. Muchas gracias. —Madeleine le dio un beso y lo conminó a vestirse con ropa limpia y decente y bajar a comer. Él no opuso resistencia.

Ella también se vistió, y rápido. Al salir miró a ambos lados de la calle: ni rastro de André. Echó a andar con ligereza, en dirección al Saint James. Pasaban de las doce y aún le quedaba una hora caminando hasta el hotel.

Le dolían los pies cuando se detuvo frente al castillo. El Saint James era, si no el mejor hotel de París —cosa que Madeleine ignoraba—, sí el más imponente. Atravesó los jardines, pasó junto a la fuente y subió las escaleras hasta la recepción. Entonces se dio cuenta de que no conocía el apellido de Sarah.

—Buenos días. ¿En qué puedo servirle?

—Buenos días. Querría ver a Sarah.

—Por supuesto, señora. Sígame.

Madeleine no sabía qué la impresionaba más, si la opulencia del hotel, los exquisitos modales de los empleados, o que bastara con mencionar a Sarah para que el mundo se pusiera a sus pies, como ya le había ocurrido antes. ¿Cuántas puertas podía abrir esa mujer?

Su habitación era amplia, luminosa, rica en comodidades y detalles lujosos. Recibió a Madeleine con una bata de seda que se le pegaba al cuerpo de una forma llamativa.

—Me alegra verte y que te encuentres bien —le dijo Sarah después de darle un sentido abrazo—. Ha pasado tanto tiempo que estaba preocupada. Tienes que decirme dónde vives. Te dejé la nota en el molino porque estuve preguntando por ti y me dijeron que te habían visto por allí, en el apartamento de arriba.

—Me asustas.

—No es para menos. Siéntate.

Sarah señaló unas grandes butacas. Eran tan mullidas, blandas y opulentas que Madeleine no encontraba acomodo. Sarah, en cambio, resultaba tan natural que cualquiera habría dicho que había caído en una de ellas nada más nacer.

—¿Qué ocurre? ¿De qué tienes que hablarme?

—Charles estuvo en París. Hará unos dos meses.

Madeleine dio un respingo. Hacía dos meses que ella había ido a Ruan, al cementerio, y el sacerdote la había visto en el coche de punto. La noticia fue como si le hubieran apretado el corsé varios centímetros.

—Perdona si soy brusca, pero no me gusta andarme con rodeos.

—No pasa nada. Lo prefiero así. Continúa.

—Lo vi al salir de la ópera. Mejor dicho, él me vio y se acercó. No me dio buena impresión.

—¿Por qué?

—Estaba demacrado, mucho más delgado. Estaba borracho.

—¿Y qué pasó?

—Me dijo que me echaba de menos, que estaba be-
llísima. Que le gustaría recordar viejos tiempos. Yo le con-
testé que estaba acompañada, pero insistió, así que le dije
claramente que él ya no me interesaba.

—Se enfadó, supongo.

—Claro que se enfadó. Todos se enfadan, querida,
pero Charles…

—¿Qué?

—Normalmente, los hombres, cuando sufren en su
amor propio, nos insultan, nos desprecian, nos recriminan
lo que perdemos sin ellos.

—¿Charles no hizo eso?

—Me dijo que no importaba, que yo no era el motivo de su visita a París. Que se había enterado de que su
esposa había venido a la ciudad, que vivía en Montmartre,
que tenía un amante, y que él, ahora, tenía que darle su
merecido a esa adúltera traidora. Que la ley y la moral
estaban de su parte. Sus palabras fueron: «He venido a
matar a Madeleine».

Madrid
Septiembre de 2015

«Madeleine no es una asesina». Así empezó Efrén el correo
electrónico en respuesta al de Samira. No necesitaba haber
conocido a Madeleine como para estar seguro de que esa
mujer no había empuñado un arma en su vida, y que, por
lo tanto, no disparó al otro hombre que murió aquella
noche en una casucha de Montmartre. La había contemplado lo suficiente para estar seguro de eso. Aunque igual
de cierto era que la veía a través de los ojos de Carbó,

como que no le gustaba detenerse a reflexionar sobre ese aspecto del artículo del periódico que había leído tantas veces que se sabía de memoria:

> Testigos presenciales han confirmado a la policía que Madeleine Bouchard disparó un total de tres veces contra un hombre cuya identidad se desconoce, puesto que el desdichado acabó con el rostro desfigurado y nadie ha denunciado su desaparición. Los vecinos de la Rue Cortot señalan que la modelo caída en desgracia vivía junto a la pareja de amantes Louise Magné y François Trinker. Es fácil suponer la relación que mantenían los tres en una choza tan pequeña, pero no entraremos en esos detalles, en atención a la sensibilidad de nuestros lectores y en respeto a su moralidad.
>
> Sí podemos contar que los vecinos señalan que el señor Trinker había estado ausente durante varios meses, un tiempo que su mujer, de hecho, aprovechó para relacionarse con un bailarín de la noche de Montmartre, procedente de la Guayana y del cual se quedó embarazada. Presa de su honor humillado, el señor Trinker le pidió cuentas a la señorita Magné, pero la modelo respondió enfrentándose al hombre ultrajado y trató de darle muerte, aunque logró escapar de sus garras. De Louise Magné no se conoce su paradero.
>
> El vampiresco asunto no hace más que confirmar, una vez más, las desastrosas consecuencias de mezclar la bebida, las pasiones y una vida disoluta carente de toda decencia.

Evidentemente, Samira también había leído el artículo. En París le había sacado el tema a colación en diversas ocasiones, que Efrén había sorteado con desenvoltura. Pero ahora se encontraba con la hipótesis ahí, escrita, haciéndole daño. No, Madeleine no era una asesina, seguro.

¿Qué credibilidad puede tener una noticia tratada con tanto sensacionalismo, que juzga y condena a la muerta por ser mujer y modelo, que salva al hombre de honor mancillado, que da por hechos consumados lo que solo son meros supuestos? Le enumeró a Samira esas inconsistencias y alguna más:

> ¿Crees que Madeleine tenía tanta puntería como para darle en la cara a un hombre? ¿La crees capaz de tanta frialdad como para disparar tres veces? ¿Tienes idea del retroceso de un arma cuando se dispara, más aún, de un arma del siglo XIX? ¿Qué probabilidad hay de que Madeleine manejara tan bien una pistola?

Efrén envió el mensaje sabiendo que Samira no tardaría en responder. Porque ella también se había enamorado de Madeleine. Y porque temía que su vida, una vez más, no le bastaba.

> Su mejor amiga, su «hermana», como Madeleine la llamaba en sus cartas y diarios, la traicionó.

Efrén dio un respingo. De sorpresa, de ilusión. El mensaje le había llegado por WhatsApp. Si no la conocía mal, era su forma de decir: «Estoy de vuelta y somos amigos otra vez». Se apresuró a responder:

> Cuéntame eso de la traición.

Era casi como en París: ella leyendo la tesis universitaria y traduciendo, y él transformando esas revelaciones en argumentos para la novela que nadie le publicaría.

París
Enero de 1895

Era raro estar de nuevo en Montmartre, en su cuarto del Moulin de la Galette. Raro porque León ya no escuchaba conversaciones de mujeres ni de fiestas donde se diera comida gratis; porque ya no olía tanto a óleos y porque los únicos chasquidos del pincel contra el lienzo eran los suyos. Durante buena parte de la jornada, León compartía su espacio con Madeleine y Louise, a las que había animado a instalar allí su negocio de labores. La luz entraba a raudales, la chimenea estaba encendida todo el día y el trabajo les cundía más. A cambio, ellas lo trataban con mil atenciones. Por la noche, después de cenar, Louise regresaba a su casa a dormir y Madeleine se iba con ella, demasiadas veces en opinión de León.

—Vivo allí, ¿recuerdas?

—No lo entiendo. No entiendo por qué no te mudas aquí, conmigo.

—Louise me necesita. Su embarazo está muy avanzado, le cuesta moverse. Y, además, me gusta que las cosas estén así.

—¿Así cómo?

—Tú en tu casa y yo en la mía.

—Has estado viendo mucho a Rosa, ¿verdad?

—He visto a Rosa, sí, pero no sé por qué crees que yo no puedo tener mi propia opinión, o querer vivir por mi cuenta. Hasta hace poco he vivido empujada por las circunstancias, reaccionando. Ahora quiero reflexionar, decidir y actuar por mi cuenta.

—Vale, vale. —León levantó las manos, retirándose de la batalla.

No se acostumbraba a la nueva Madeleine. Con temor pensaba que en esos meses separados sus vidas habían tomado rumbos divergentes, sin posibilidad de volver a cruzarse. En ocasiones, hasta sentía que Madeleine lo evitaba a propósito, que utilizaba a Louise como una cortina para ocultar la grieta que se iba ensanchando entre ellos. La muchacha era alegre, se pasaba el día hablando, a veces cantaba con una voz melodiosa y cuajada de emoción, a veces contaba chistes verdes. Parecía que Louise era la única que realmente disfrutaba de la compañía. Y de la comida, pues en los últimos días también era la única que sentía apetito. Ella comía y hablaba mientras León y Madeleine escuchaban y evitaban mirarse entre sí. Solo se relajaba la tensión cuando Madeleine salía a la calle a comprar el almuerzo o la cena. León se quedaba a solas con Louise, que se tumbaba en la cama para descansar y se frotaba la barriga y la lumbar soltando gemidos.

—Madeleine tiene suerte contigo —le dijo a León una tarde.

—Creo que ella no piensa lo mismo.

Louise guardó silencio.

—Entonces es cierto, ¿verdad? —se alarmó León—. ¿Se ha enamorado de otro?, ¿es eso? Va a dolerme, pero prefiero saber qué ocurre.

Louise se incorporó para sentarse en la cama. Su gesto era grave.

—No sabe cómo decírtelo porque te tiene cariño y porque eres muy bueno con nosotras, pero…

—¿Pero?

—Madeleine está considerando volver con André.

León se levantó de la silla y fue a la ventana. Dio unos pasos por la habitación, tan nerviosos y erráticos como los pensamientos que se le cruzaban por la cabeza.

—¿Estás segura?... ¿André? Pero él no la quiere, él no la trataba bien, él...

—Qué quieres que te diga. Las mujeres somos así —zanjó Louise. Torció la boca como para disculpar la debilidad femenina—. Soñamos con que un caballero distinguido y apuesto nos trate como a una reina, pero luego, a la hora de la verdad, entregamos nuestro corazón al miserable que nos arrastra por los suelos. Lo siento.

Louise se acercó a León, que había vuelto a sentarse, o a desplomarse sobre la silla. Se había quedado sin fuerzas. Trataba de asimilar las palabras de Louise, la nueva situación.

—Hablaré con ella —dijo León—. Si no quiere estar conmigo, lo entiendo, pero no puede volver con ese desgraciado. No lo permitiré.

—No te obsesiones, León —dijo Louise acariciándole los hombros—. La vida sigue.

Bajó la cara, a la altura de la de León, y le pasó las yemas de los dedos por el pelo, por el rostro, por el bigote, por los labios. Ahí se detuvo y miró a León a los ojos un momento antes de darle un beso. Fue un beso breve porque los sorprendió un ruido.

Era Madeleine, con la mirada gris, como aquella noche en el baile del Moulin. Se le había caído el envoltorio que traía en la mano y los arenques en conserva se desparramaban por el suelo. Ese olor acre nunca lo olvidaría León, como nunca lograría disociarlo del dolor y del adiós.

Sitges
Marzo de 1905

Fuera hacía un día espléndido, muy soleado, pero el ceño de la niña presagiaba tormenta.

—Cuando vuelva León se va a enterar.

—No seas injusta —le corrigió la madre—. A ti León no te ha hecho nada más que cosas buenas.

—¿Eso quiere decir que si León es bueno conmigo y malo con otras personas no pasa nada?

La mujer suspiró, sorprendida y abrumada.

—Vamos, no te pongas así. Además, yo solo te he contado que Madeleine lo sorprendió besándose con Louise, no sabes cómo ocurrió en realidad. No hay que juzgar tan a la ligera. Debes ser más reflexiva.

—Entonces, ¿qué pasó?

—Madeleine dio vueltas por las calles, no podía quitarse de la cabeza lo que acababa de ver. El dolor era tan profundo que no era consciente de nada más…

Entró en un salón, por inercia, se sentó a una mesa y pidió un *bock*. Como lo terminó pronto y le supo a poco, pidió otro. A una señorita que fumaba en una mesa cercana le preguntó si le dejaría un cigarrillo, que la otra le ofreció sin reparos. Madeleine tenía planeado pasar allí toda la noche. ¿A dónde iba a ir si no? No podía volver al apartamento de León ni a casa de Louise. Se había quedado en la calle.

Se acordó de André. Miró alrededor, pero no estaba por allí, aunque tampoco podría jurarlo, pues su visión no era muy clara en ese momento. Sin embargo, sí tenía claro que no volvería con él jamás, ni siquiera vencida por el *bock*.

Sintió que alguien se le acercaba. Miró de reojo, temerosa de encontrarse con su antiguo amante, pero André nunca llevaría ese frac impecable, nuevo, tan negro, tan sin desgastar. Ni esa camisa tan blanca ni ese cuello tan rígido ni esa corbata de tan costosa factura. Ni llevaría el pelo tan arreglado ni olería tan bien. Era Beau Dunne, el Bello Dunne.

Sabía de él lo que les había oído hablar a Rosa y sus amigas. Era un inglés, antes adinerado pero ahora en la más completa ruina, que se cuidaba de vestir a la moda y de disfrutar de los placeres de la vida. Se aseaba cada día y se preparaba con tanto esmero que tardaba cinco horas en salir de casa. Decían que se cepillaba los dientes, que se bañaba en leche, como la Cleopatra de Egipto, y que afirmaba de sí mismo que le gustaba pasar «notoriamente desapercibido». Madeleine recordó que Pascual se reía de él cada vez que lo veía en algún salón o alguien lo mencionaba; exclamaba que era un dandi, un ridículo y, sobre todo, un estúpido por dilapidar su fortuna en trapos y afeites. Ay, Pascual… Madeleine no pudo evitar sonreír de pena.

—¿Puedo sentarme? —preguntó el Bello con su marcado y delicado acento inglés.

Madeleine asintió. Beau Dunne le ofreció un cigarrillo que ella aceptó.

—Tiene usted una mirada especial. Supongo que los artistas para quienes ha posado se lo habrán dicho cientos de veces. Disculpe mi falta de originalidad.

—No… —titubeó Madeleine—. Bueno, no sé.

Charlaron sobre nada. El Bello le confesó a Madeleine que la conocía por terceros, que había visto, y admirado, las obras de arte para las que había posado con tanta elegancia; que su figura, sus gestos, su rostro le parecían dones de la naturaleza. Hacía esfuerzos por encauzar una conversación distendida, aunque a duras penas, pues Madeleine respondía con poco más que monosílabos. Pero Dunne resultaba agradable. Sus modales eran refinados, su presencia espantaba la tristeza.

—¿Quiere hacerme compañía esta noche? —dijo finalmente.

Madeleine no respondió. Miró al inglés sin parpadear. ¿Ella con un dandi? ¿Podría al menos imaginarlo?

—Debo informarla de que no tengo mucho que ofrecer. Voy ligero de peso en mis bolsillos. Pero mi apartamento es delicioso, me las arreglo para tener siempre exquisitos manjares y un cuarto de baño completo, con suficientes jabones y cosméticos para el resto de nuestras vidas. ¿Qué me dice? ¿Le gustaría hacerme compañía? Permaneceremos juntos el tiempo que podamos ser amigos cordiales, es decir, sin compromisos ni dolor.

Madeleine apuró el *bock*. Era el tercero o el cuarto, había perdido la cuenta. Estaba mareada, pero sabía qué iba a responder:

—Es una gran oferta, especialmente para una chica como yo. Pero voy a declinarla. Le ruego que me disculpe.

Se levantó con timidez y no poca dificultad, a lo que el Bello Dunne respondió con una educada inclinación de cabeza. El dandi era elegante hasta cuando lo rechazaban.

Le había dicho que no porque tenía mucho que hacer. Se había comprometido con los tenderos a entregar unos pedidos, aunque estos fueran los últimos. Madeleine entendía que su negocio con Louise estaba terminado, pero no podía faltar a su palabra. Así que se puso en marcha hacia la casa de Louise —ella seguro que se quedaría con León, celebrando su unión—, y acabaría como fuera las prendas que faltaban por tejer y bordar. Mañana ya decidiría el resto de su vida.

Fuera, se acercó a una fuente a mojarse la cara. El agua gélida en la piel fue como una bofetada y el aire frío de la noche terminó por despabilarla. En casa de Louise fue directa a por las lanas y las agujas, sin pensar, sin concederse ni un segundo de descanso, porque sabía que, si se paraba, se hundiría. Desde luego no previó que la puerta se abriría en medio de la noche.

—¿Qué haces aquí? —le preguntó, estupefacta, a Louise.

La chica venía encogida de cuerpo y espíritu.

—Lo siento, Maddie. —Y rompió a llorar.

Era un llanto tan desconsolado, la veía tan angustiada, abatida al lado de la puerta, sin atreverse a dar un paso, que Madeleine fue a abrazarla. Louise tardó un buen rato en tranquilizarse.

—Es todo culpa mía —logró decir más tarde, entre hipidos, ambas sentadas a la mesa—. No fue como tú crees, tú solo viste el beso, pero él no hizo nada. Fui yo, solo yo.

Madeleine se irguió en su silla. Ya no compadecía a Louise.

—¿Por qué?

Louise se encogió de hombros.

—No sé... Me siento sola, supongo. Y León es tan bueno. —Louise se echó a llorar otra vez—. No sé cómo pude hacerte esto. Estoy tan arrepentida, ¡te lo juro! Ojalá puedas perdonarme, Maddie. ¡Tienes que perdonarme!

La chica se dobló hacia delante y se tapó la cara. Era la viva imagen de la vergüenza. Madeleine acercó una mano y la acarició.

—Ya está, Lou, ya pasó —susurró frotándole suavemente la espalda encorvada—. Ya pasó, ya pasó…

Cogió la labor y le levantó la cara a Louise:

—Tenemos trabajo pendiente…

La niña no parecía convencida.

—Así que los perdonó —sentenció con tono desaprobador.

—A Louise, sí.

—¿Y a León?

—Supongo que también, aunque no fue corriendo a sus brazos. Madeleine necesitaba un tiempo, cierta distancia. Quería saber si León estaría allí, si la esperaría. Ella lo había esperado a él, sin protestar, sin quejarse, sin reclamar nada.

—Era el turno de ella, entonces.

—Algo así.

—¿Una mujer puede hacer eso? ¿Una mujer de bien?

La madre sonrió. Le provocaban ternura los vaivenes morales de su niña.

—Una mujer, en su intimidad, puede pensar lo que le apetezca. Igual que un hombre. ¿Te acuerdas de Rosa, la amiga anarquista de León? Pues yo pienso como ella, que una mujer debería poder hacer las mismas cosas que un hombre.

—¿Las mismas? ¿Todas las cosas que hace un hombre?

—Sí, exactamente las mismas. Mira, en Australia todas las mujeres pueden votar y hasta presentarse al Parlamento, es decir, gobernar.

La niña esbozó un ostensible gesto de incredulidad.

—Algún día, pequeña mía, algún día ocurrirá también aquí. Y tú lo verás.

Madrid
Octubre de 2015

Turi esperaba en una mesa de un rincón mientras Efrén pedía en la barra dos cafés. No le molestaba tener que pagar dos simples cafés, de hecho, hasta le enternecía que su exnovio le cobrara ese precio en el momento del adiós, pero pensó que Turi siempre había sido el invitado, igual que había sido el seducido, el amado, el enamorado, el abandonado, el herido. Sin embargo, no iba a recriminarle ahora ese conjunto de faltas en voz pasiva, supo mientras se dirigía a la mesa.

En su rincón, Turi mantenía una pose de dignidad tan forzada como artificial. Miraba a todas partes menos a Efrén, sentado enfrente, que trataba de encauzar una conversación ligera saltando de un tema a otro, sin éxito.

—¿Qué quieres? —atajó Turi. Ahora sí lo miró a los ojos, con dureza.

—Darte una explicación de por qué no quiero seguir contigo.

—Entonces no te vayas por las ramas y ve al grano. No soy un niño.

—No eres la persona ideal para mí.

Turi volvió a retirar la mirada. El camarero había llegado con los cafés. Pero ni esa pausa ni el dolor adivinado en el gesto disimulado de Turi iban a detener a Efrén.

—Ni siquiera te convengo.

—Gracias por pensar tanto en mi bien —replicó Turi—. ¿Algo más?

—Nunca quise una vida contigo ni un futuro juntos. Me habría gustado sentir eso, pero por desgracia no ocurrió.

—¿Por desgracia? Pobrecito.

—Eres una gran persona, eres perfecto, pero no ha ocurrido y créeme que lo siento.

—¿Qué no ha ocurrido?

Turi volvía a mirarle como una fiera apaleada. Efrén calló un instante. Estaba claro lo que estaba diciendo, ¿no? ¿Por qué ese hombre quería sufrir más? ¿Necesitaba, tal vez, que Efrén se erigiera como el cruel, el perverso, el injusto que abandona a su compañero fiel?

—No estoy enamorado de ti, Turi. Nunca lo he estado y nunca lo estaré.

—Bravo. ¿Ya te sientes mejor? ¿Ya puedes seguir con tu vida?

—Lo cierto es que no me siento mejor, pero sí tengo que marcharme. Debo ir a otro lugar.

—Maravilloso —dijo Turi con todo el desprecio que pudo reunir.

A punto estuvo Efrén de contarle a dónde debía ir, pero ¿para qué?, ¿para librarse de la etiqueta de villano? No, lo justo era que Turi conservara ese rencor sobre su amor herido. Le ayudaría a sobrellevar la ruptura.

—Espero que te vaya bien —dijo Efrén levantándose de la silla—. Hasta otra.

No había planeado un encuentro tan breve, Turi se merecía más, pero ya había quedado con él cuando recibió la llamada de la residencia donde vivía su padre, en un estadio muy avanzado del mal de Alzheimer. Estaba en las últimas, le habían dicho en verano, era cuestión de semanas.

Y hacía un par de horas que la directora del centro le había llamado. Tenía que ir con urgencia, pocas veces ocurría algo así: su padre había recobrado la cordura.

En la residencia, la directora lo acompañó al salón donde su padre aguardaba. En la puerta se detuvo un momento para observarlo. Ahí estaba, igual de arrugado y encorvado, pero con la mirada centrada en la televisión y el ceño fruncido. Tomaba la merienda, un bocadillo y un café con leche, con movimientos acertados y conscientes. Era extraño verlo así, tan capaz. En el despacho, la directora le había advertido de que no se trataba de una mejoría real, de que en cualquier momento su padre regresaría a la demencia con el final previsto. «Aproveche», le dijo la directora, y en su invitación Efrén adivinó la callada reprimenda de la mujer hacia un hijo que no visitaba a su padre. Turi también se lo había recriminado algunas veces. Él, sin embargo, no encontraba provecho alguno en acompañar a una persona que no sabe ni su propio nombre. Ahora, en cambio, la visita tenía sentido. Lo que no quería decir, no obstante, que él tuviera ganas de estar allí.

—Papá.

El hombre se volvió, masticando. Le ofreció la mano —los hombres no se dan besos ni abrazos, ni lloran, ni mucho menos se acuestan con otros hombres, pero, vaya— y le señaló el asiento de al lado. Efrén se sentó, sin dejar de mirar a su padre, asombrado, preguntándose cuánto le duraría la cordura.

Se quedaron callados ante la televisión, el padre merendando, el hijo observando y esperando. Esa mejoría era un fastidio. Para su padre, porque le hacía ser consciente de qué le ocurría y qué iba a suceder. Para él mismo, porque tenía que volver a fingir lo que no era.

—¿Cómo te va? —preguntó al fin Efrén padre.

—Bien, bien —respondió Efrén hijo. ¿Estaría enterado de sus reportajes falsos? No lo creía, hacía tiempo que la noticia había muerto en la televisión—. Y tú, ¿cómo te encuentras?

—Estupendamente. ¿Qué ha ocurrido últimamente? Quiero decir, desde la muerte de tu madre.

Eso sí lo recordaba, claro, porque en ese momento su cerebro estaba sano. La muerte de mamá le provocó el Alzheimer, pensaba Efrén no pocas veces, y no porque los viera como una pareja intensamente enamorada, sino porque se habían acostumbrado tanto el uno al otro que ya formaban un solo ser. Ella, además, le hacía de parapeto para no caer en la verdad de algunos aspectos concernientes a la vida del hijo común.

—¿Sigues en el periódico?

—No. Ahora soy *freelance.*

—¿Que eres qué?

—Autónomo.

—Ah.

—Colaboro con varios periódicos.

—¿Ganas más?

—Mucho más. —Mentira y de las gordas, pero qué más daba.

La conversación languideció. Aparte del trabajo o del tiempo, padre e hijo no tenían mucho de que hablar. No compartían aficiones ni afinidades políticas ni gustos estéticos.

—He conocido a una mujer.

Efrén padre llamó a una enfermera.

—Me he quedado con hambre. ¿Me puede traer otro bocadillo y otro café? Con tres azucarillos.

—En realidad ya la conocía, y tú también. Es Samira, ¿te acuerdas de Samira?

—¿La chica mora?, ¿la del instituto?

—Esa.

El hombre se revisó la ropa, para limpiarla de migas inexistentes y plancharle las arrugas que no tenía.

—Este verano hemos pasado un tiempo juntos y lo hemos pasado muy bien. Voy a pedirle que se case conmigo.

Eso no era mentira. Llevaba tiempo pensándolo y había llegado a la conclusión de que era la mejor idea que se le había ocurrido jamás.

El padre lo miró fijamente. El hijo podía imaginar qué estaba preguntándose. ¿Se está burlando de mí? ¿Me quiere engañar para que me vaya tranquilo a la tumba? ¿O será verdad? ¿Mi hijo se ha cansado de andar con hombres y le ha vuelto la sensatez?

—¿Por qué no la has traído?

—Vive en París. Fui a visitarla y… me enamoré.

Efrén palpaba la confusión de su padre. Lo más irónico era que estaba siendo sincero. Estaba enamorado de Samira, de la misma manera que de la *Madeleine*.

—¿Y crees que ella te dirá que sí? —Su tono traslucía la más absoluta incredulidad.

—Eso espero. Porque es la única persona con quien podría ser feliz.

Padre e hijo se sostuvieron la mirada en un instante tenso, en el que el padre no se atrevía a pedir una aclaración ni el hijo iba a ofrecérsela.

—Si eso es lo que queréis los dos… —dijo el padre encogiéndose de hombros—. ¿Haréis boda?

—Supongo que no. Aunque será como ella prefiera.

—Ya veo que has entendido en qué consiste el matrimonio, hijo —bromeó el hombre dándole unas palmadas al hijo en el muslo.

Ambos se sonrieron con gesto abierto, franco. Efrén sintió una expansión en el pecho. Se alegraba de estar ahí.

—¿Tú quién eres? —balbució el padre.

Le había desaparecido la sonrisa del rostro, y ahora solo era desorientación, locura y miedo.

París
Enero de 1895

Había mucha gente esa tarde en el merendero del Moulin de la Galette. A pesar de que hacía frío, el sol brillaba y calentaba las espaldas de los bohemios, demasiado acostumbrados a pasar frío y sufrir la humedad en los huesos. León comía tortas con Rosa.

—Estoy pensando en ir a Nueva York —anunció Rosa.

—¡Nueva York!

—Allí se está cociendo algo muy gordo. Además, quiero colaborar con Emma Goldman.

—¿Quién es?

—Una activista lituana muy importante. Anarquista y feminista. Admiro lo que está consiguiendo. Superó una infancia difícil y un entorno familiar hostil para luchar por nuestros hermanos explotados.

—Vaya, ya hablas como un político de verdad.

—Como una política, querrás decir. He leído sus discursos. Tienen una fuerza especial. Ha estado en la cárcel.

—¿Y qué opina Berthe de tu admiración por esa mujer?

—Pobre Berthe —dijo Rosa con un chasqueo de lengua.

—¿Qué le ha pasado? —se inquietó León.

—Oh, nada. Solo el amor. Me quería demasiado.

—Y tú a ella no.

—*Touché*.

—Es un mal muy común, me temo —repuso León entre dientes—. ¿Y vas sola?

—No, voy con un compañero. A propósito...

—¿Sí?

—No sé cuándo nos iremos, pero saldremos desde tu cuarto.

—¿Cómo?

—Por la trampilla aquella. Es el mejor camino hasta el Sena. Allí nos esperará un barco y seguiremos hasta El Havre. Nos colaremos y de allí a América.

León frunció el ceño.

—¿Por qué no compras un pasaje?

—Así es más divertido —contestó Rosa con desparpajo—. Y más barato.

—Oye, no tengo problema en abrirte la trampilla de mi cuarto. Pero no me mientas. No soy tonto.

—No voy a contarte nada más.

—¿Proteges al otro? —insistió León.

—No voy a contarte nada más. Soy fiel a la causa. Y no quiero que tengas problemas.

—Está bien.

—Ahora hablemos de otra cosa. ¿Qué tal te fue en Barcelona? ¿Cómo fue la fiesta modernista?

León se explayó. Estaba solo desde hacía algunos días y necesitaba dar rienda suelta a sus ilusiones, necesitaba la compañía de alguien que lo escuchara. Le habló a

Rosa de arte, de Sitges, de proyectos. De *La morfina* de Pascual. De la revista *Quatre Gats*.

—Jordi debe de estar a punto de enviarme las galeradas. Va a ser emocionante.

—Una revista sobre arte y en catalán… Suena interesante. ¿Podría colaborar yo con vosotros?

—Nada de política —repuso León con una sonrisa—. Queremos que sea una revista sin preocupaciones, un goce para los sentidos.

—Es decir, superficial y banal.

León se rio.

—Los artículos serán serios o alegres, pero siempre de buen gusto.

—A pesar de todo, me gustará verla.

Cuando León subió a su cuarto, más animado, decidió escribir a Jordi. Que no le enviara los pliegos, que no perdiera el tiempo tratando de protegerlos de posibles daños durante el correo. Que los trajera él mismo, que se quedara con él una pequeña temporada, que trabajaran codo con codo, literalmente.

Echaba de menos esos días, no tan lejanos, del loco, ajetreado e imprevisible Montmartre.

13

«Qué dulces y melancólicos recuerdos
aún conservo de aquellos tiempos».

JANE AVRIL, bailarina de cancán
(1868-1943)

Madrid
Octubre de 2015

Madeleine fue asesinada el 13 de febrero de 1895. Rosa Martí, la activista feminista y anarquista, partió hacia Nueva York en la fría y húmeda noche de la misma fecha, tal y como ella misma narró en su autobiografía, incluida una ruta por los túneles de París y el posterior curso por el Sena hasta el mar. León Carbó regresó a España el día 20 para instalarse en Sitges, aunque después viajó en numerosas ocasiones a París.

Esos eran los datos reales, ahora tocaba echarle imaginación. Efrén se rascó la cabeza. ¿Para qué?, ¿para terminar una novela que nadie le publicaría? Aunque podría utilizar el material para un nuevo reportaje falso, inventarse unas cartas perdidas, un manuscrito heredado con un secreto de alguno de esos personajes históricos… ¿Quién iba a comprobar nada sobre un pintor o una feminista desconocidos del siglo xix?

Sin embargo, no encontraba inspiración para el momento culminante de su historia. ¿A dónde se habrían ido las musas? Enseguida supo que sus musas no se habían marchado, que no eran varias, sino una, que lucía una fea cicatriz en el rostro y que aguardaba en París.

La echaba de menos. Aunque nunca había querido compartir su espacio ni su vida con nadie, hacía semanas que no se sentía completo y ella era la pieza que faltaba. Y había otra razón, mucho más urgente, la que lo había impulsado definitivamente hacia ella: sus peores presagios se habían cumplido. En su último mensaje Samira le había contado que le daba otra oportunidad a Said, que no debía preocuparse porque esta vez irían poco a poco, como recomendaba el psicólogo, que empezarían a salir juntos, que vivirían por separado, que tenían que conocerse de nuevo, pues Said era —debía ser— otra persona.

Hizo una maleta rápida y ligera, se preparó algunos sándwiches y cogió la botella de dos litros de Coca-Cola de la nevera. No sería suficiente para los mil doscientos kilómetros que tenía por delante, y seguramente acabaría parando en algún hotel de carretera para echar una cabezada, pero en un par de días, como mucho, estaría de regreso en París. Efrén se sonrió; el marica iba a rescatar a la gratinada montado en su mini rojo y blanco. Su objetivo era uno y claro, y no tenía nada que ver con un final para la novela, sino con el principio de una historia, la de ellos dos caminando juntos por la vida.

Sitges
Marzo de 1905

La niña observaba a su madre, que se teñía el pelo. Unos chorretones oscuros le ensombrecían la raíz, parte de la frente y de la nuca.

—¿Por qué te pintas el pelo?

—Porque me gusta.

—¿Pero por qué?

La mujer suspiró.

—Vamos a ver, señorita doña Por Qué: me tiño porque soy mayor y me salen pelos blancos que ni me favorecen ni son agradables de ver. Para tu información, se llaman canas. ¿Satisfecha?

—¿Cuánto tiempo tienes que estar con eso en la cabeza?

—Un poco.

—Me aburro.

—¿Seguimos con Madeleine? Estamos llegando al final.

—¿A cuando la matan?

La mujer entornó los ojos.

—Anda, siéntate ahí y escucha…

Hacía frío últimamente. Madeleine y Louise habían conseguido una estufa y solían arreglárselas para encenderla un rato por las noches, pero aun así había momentos en los que necesitaban abrigarse. Los pedidos habían disminuido y, aunque no se podía decir que pasaran penalidades, tampoco vivían en la abundancia; muy al contrario, se esforzaban por economizar. A Madeleine le preocupaba la llegada del bebé. Que la criatura pasara frío, que Louise no encontrara energía, que enfermaran… Pero nunca manifestaba sus temores en voz alta.

Con lo que no contaba era con el mayor de los peligros: el regreso de François.

—¿Qué hay para cenar? —fue lo primero que dijo al entrar.

Estaba hinchado, tenía el rostro más abotargado y colorado que la última vez. Iba dando tumbos, eso no había cambiado. Madeleine fue la excusa perfecta para estallar en cólera:

—¡Fuera!

—No te vayas —suplicó Louise. Se había encogido en un rincón y temblaba—. Por favor...

—¡Fuera, he dicho!

Los gritos de François retumbaron en las paredes. Madeleine fue hasta Louise y la abrazó. En el rincón, bien apretadas la una contra la otra, como en una promesa callada de no separarse por ninguna razón, vieron a François quitarse el cinturón.

—Tenéis ganas de bronca, ¿eh? Cómo sois las mujeres... Con lo fácil que es obedecer y punto. —Hizo restallar el cuero contra el suelo—. ¿Quién quiere ser la primera?... Qué amiguitas os habéis vuelto, ¿no? Muy bien, os daré una lección a las dos.

El primer latigazo fue para Madeleine. En las costillas. François no se detuvo ahí, y siguió azotando a locas, levantando el brazo y descargando ira, exceso de vino y demasiada miseria. Madeleine sentía la quemazón en los brazos, en las piernas, en la espalda, y notaba la sangre y gemía, pero estaba dispuesta a sufrir lo que fuera por cubrir a Louise, taparle el vientre, que nada le ocurriera al bebé. François resollaba, estaba cansado. Pronto acabaría la paliza. Los golpes eran menos despiadados, estaban perdiendo fuerza. O quizá ella estaba dejando de sentirlos. Entonces notó el tirón. François soltó un alarido inhumano, agarró un tobillo de Madeleine y la echó al otro lado de la pared. Madeleine quiso levantarse rápido, pero un pinchazo en un costado le quitó la respiración. Y así, medio ahogada, vio que el animal cogía el cinturón por el extremo de cuero y que volvía a alzarlo, preparando la sacudida, pero esta vez con la hebilla en alto. Louise se cubría con los brazos, pero no era suficiente protección.

Una vez, y otra, y otra, y otra, la hebilla de metal atizó el tenso y redondo vientre.

—¡Basta! ¡Basta!

Madeleine gritaba, pero François estaba poseído por la rabia. Hasta que la oyó.

—¡Cállate!

Pero Madeleine no obedeció y siguió gritando y gritando. Ojalá alguien llamara a la policía. Pero François se hartó de los gritos. Fue a la mesa, cogió el cuchillo que había encima y en dos pasos se plantó en el rincón donde Madeleine sollozaba:

—Te he dicho que te calles —le dijo casi pegándose a su cara.

Madeleine sintió náuseas al oler el aliento del borracho. Iba a claudicar cuando algo se le removió por dentro, un alarido descomunal:

—¡Basta!

François apretó los dientes, elevó el brazo del cuchillo y le hundió la hoja en la yugular...

París
13 de febrero de 1895

Aquella noche, Jordi le había pedido a León que fueran al Café Riche. Añoraba el mundo del teatro, dijo, aunque en realidad quería decir que esperaba conocer a alguna actriz joven, simpática y alegre. A quien encontraron fue a Peppe Caruso, que se unió a ellos.

El local iba llenándose cuando entró un hombre de bigotes atusados hacia arriba, cabello despuntado y ojos de loco.

—¡Por vida de...! —perjuró León—. No mires, no mires. ¡Te he dicho que no mires! Oh, no, ya viene.

—¿Qué? —protestó Jordi.

—¡Amigo Carbó!

—Buenas noches. Le presento a Jordi Anglesola. ¿Recuerda usted? Mi compatriota y amigo. Y este es Giuseppe Caruso, inventor, ilusionista, fotógrafo y un montón de cosas más que no recuerdo.

—August Strindberg —se presentó el hombre.

—Es dramaturgo, fotógrafo y pintor —explicó León—. Lo conocí porque es amigo de Gauguin.

Jordi y Peppe asintieron con aprobación y Strindberg se sentó. Pidió un grog, aunque parecía que ya se había bebido una tonelada de ellos.

—¿Qué se cuenta usted, August? —preguntó León.

—Esto es un infierno, un maldito infierno. Un día publicaré un libro que se titule así: *Infierno*, o mejor *Puto infierno*. —El hombre sonrió de medio lado o fue un tic nervioso, a saber—. He estado a punto de morir hace unas horas.

—¿Cómo dice?

—Asesinado.

León, Jordi y Peppe miraban al sueco con estupefacción. El cúmulo de espasmos nerviosos e incontrolados, la mirada desviada, el discurso errático les hacían sospechar.

—Gracias a mi perspicacia es que he salvado la vida.

—¿Cómo ha sucedido?

—Había pedido la cena. Entonces la he visto, a ella.

—¿A quién?

De nuevo esa extraña sonrisa o el tic.

—A la criada. Me persigue. Desde que llegué. La vi también en otro hotel en el que estuve. —Strindberg se arrimó al centro de la mesa y, después de mirar a uno y otro lado, dijo en tono confidencial—: Quiere matarme.

—¿Por qué? —preguntó Peppe, entusiasmado con el personaje.

—Las mujeres son así —respondió Strindberg como si se tratara de la obviedad primordial de la existencia—. Malas, vampiras, brujas. De una cosa les voy a advertir, caballeros: cuídense de las mujeres, no se casen con ellas, ¡aléjense! Aunque un marido viviera más de cien años, nunca podría saber nada de la verdadera naturaleza de su mujer. Podrá conocer el mundo, el universo, pero nunca a esa persona que convive con él.

—Las mujeres son raras, eso sí —concedió Jordi, y se dirigió a su amigo con aire cómplice—. Eso no lo negarás.

—¿Problemas con alguno de esos demonios? —tanteó Strindberg—. Cuénteme. Seguro que puedo ofrecerle consejo. He estado casado dos veces.

León echó a Jordi una mirada de silenciosa reconvención.

—Nada fuera de lo normal, August. La historia habitual: ella no me quiere, pero yo sí la quiero. Y lo que quiero es no quererla.

El dramaturgo exhaló un largo suspiro cargado de alcohol y se reclinó sobre el respaldo de su asiento.

—Pero ¿qué se sabe acerca de lo que se quiere? Se quiere o no se quiere, no hay más alternativa. Si tratamos de reflexionar sobre lo que se quiere, veremos que la mayoría de las veces no interviene la voluntad.

—No tengo escapatoria, pues.

—Usted verá —repuso el loco—. Pero el carácter de un hombre traza su destino.

—Cambiando de tema —dijo León, entre confundido y molesto—, el arte de nuestro amigo Strindberg es de lo más interesante. ¿Verdad, August?

El sueco se encogió de hombros.

—Yo solo pinto cuando me hallo en una crisis, como actualmente, si quieren ustedes saberlo.

—Es naturalista —explicó León a Jordi y a Peppe—. Y también es receptivo a los nuevos aires de la modernidad.

Strindberg pidió otro grog, pero solo pudo darle un sorbo.

—Es ella —musitó. Una oleada de pánico le cruzó por la cara.

—¿Ella? —León miraba en la misma dirección que Strindberg.

—¡La criada asesina!

—¿Dónde? —exclamó Peppe, entregado al espectáculo que el loco les ofrecía.

Strindberg señaló a lo lejos, y León y Jordi contuvieron la risa. Era Rosa. El sueco se levantó de la silla, se colocó tras el respaldo, a modo de escudo, y dijo entre dientes:

—La vida está hecha de repeticiones. Y ella ha vuelto, ¡siempre vuelve! Debo irme. ¡Adiós!

Se esfumó justo cuando Rosa alcanzó la mesa. Saludó a Jordi y a Peppe, le puso una mano en el hombro a León y le dijo al oído:

—¿Te acuerdas de que una vez te dije que llegaría el día en que te pediría usar la trampilla de tu cuarto?

León asintió.

—Ese día ha llegado.

París
Octubre de 2015

Apostado frente al portal donde vivía Samira, Efrén la llamó por teléfono.

—Aún estoy esperando que me envíes el desenlace. Dijiste que lo harías. Lo prometiste —dijo Samira al contestar.

—No tan rápido, princesa.

—¿Princesa?

—¿Qué tal si lo hablamos con un café?

—Hum, café telefónico, ¿eh? De acuerdo, no suena mal. Voy a por una cápsula.

—No, no. Mejor en la terraza de una cafetería. Hoy no hace mal tiempo —dijo Efrén mirando al cielo escasamente nublado.

—Aquí llueve a mares.

—No, aún no.

Samira se rio.

—No me apetece salir ahora. Va a llover —refunfuñó con tono infantil—. Además, ¿cómo sabes que no está lloviendo? Aquí siempre llueve.

Efrén guardó silencio. Samira también; había comprendido.

—Venga, sal. Y saca al chucho del infierno. A ver si se atreve a ladrarme.

—…

—¿Samira?

—Es que ahora no puedo —susurró Samira.

—Said está contigo.

—Sí.

—Di que vas a sacar al chucho. No querrá que se cague en el sofá.

—*Madeleine* murió.

—¿Murió? No me contaste nada. ¿Cómo?

—Oye —dijo Samira bajando más la voz—, dame un momento y salgo. Ahora tengo que colgar, ¿vale?

Y colgó, sin que Efrén tuviera tiempo de contestar. Miró a las nubes y apretó los dientes. ¿Cómo había sido tan imbécil de no traerse un paraguas a París? Sin embargo, el cielo le dio una tregua durante dos horas y trece minutos, el tiempo que estuvo esperando a Samira frente al portal. No hubo abrazos ni besos ni sonrisas. De hecho, parecía que ella quisiera escapar de él, porque salió de casa a paso rápido, con la cabeza gacha y sin mirar.

—Hay una cafetería bonita por aquí cerca —le dijo cuando Efrén la alcanzó.

Se mantuvieron en silencio hasta que tomaron asiento, frente a frente, en el rincón más alejado de la puerta.

—Hola a ti también —ironizó Efrén.

Samira estaba distraída. Se había colocado de espaldas a la pared y miraba hacia la calle todo el rato.

—¿Esperamos a alguien? —preguntó Efrén.

—¿Eh?

—Que si Said va a venir.

Samira frunció el entrecejo y le pidió dos cafés al camarero.

—¿Has escrito ya el final de tu novela o no?

—Está bien, como quieras. Hablemos de Madeleine. Tenemos a la amiga traidora, al marido infiel, al amante fracasado. ¿Quién se la cargó?

—No te olvides del artista estafador, Poirot.

—¿Carbó? No, no. Él no. ¿Por qué iba a hacerlo?

—¿Por qué no? Se lía con la amiguita, Madeleine no le perdona y él, despechado, se venga del rechazo. Ya sabes: si no eres mía, no serás de nadie.

—O se dieron otra oportunidad y la amiguita traidora, muerta de celos, la mató.

—¿Y si fuera más simple?

—¿Como qué?

—Un error.

—¿Que la mataron por error? ¿Cómo cortas la yugular por error?

—¿Un traspié? —sugirió Samira.

Efrén negó con la cabeza.

—Un loco —siguió elucubrando Samira—. O un vecino que la tomara por otra persona o por un fantasma. Recuerda a la anciana Barbier: estaba un poco... —Samira se llevó un dedo a la sien e hizo el gesto de tener un tornillo suelto—. Pensaba que yo era su sobrina de España.

—¡Eh, eh, eh! ¿Su sobrina de España? —Efrén dio un respingo—. No me contaste nada de eso. Sí, hombre. Os lo conté en la cafetería, en Ruan.

—Que no. Dijiste que te confundió con una pariente, nada más.

—Bueno, ¿qué importa ese detalle? La pobrecilla está senil, hombre. Vive en su mundo.

—En un mundo que ella ha vivido y que fue real. Lo he visto en mi padre y en otros de la residencia, cuando...

—¿Tu padre?, ¿residencia?

—Sí, bueno, a ver, no nos desviemos: estoy seguro de que esa mujer tiene una sobrina, una prima o lo que sea, que vive en España y que la visita de vez en cuando.

—¿Quieres buscar a esa mujer?

Efrén arrugó la nariz.

—Joder, es complicado, sí… Sería más fácil que me contaras qué le ha pasado a esa bicha del infierno —rezongó.

Samira lo miró dolida.

—A tu perra… Perdona. Ya ves que sigo igual de imbécil.

—Apareció muerta. La llevé al veterinario y me dijo que la habían envenenado. Comería alguna cosa por ahí sin que yo me diera cuenta.

—O se la darían de comer —insinuó Efrén, sin mencionar el nombre de Said.

—Entonces —dijo Samira achinando los ojos, como si acabara de atrapar un misterio con un cazamoscas—, si hay una pariente en España… ¿Madeleine tuvo hijos? ¿Con Carbó?… ¿Cuándo?

Le dieron vueltas a la idea, formularon más hipótesis, ninguna los convencía. Había empezado a llover y arreciaba. Se estaba bien allí dentro, con el olor a lluvia entrando por la puerta. Hasta que el rostro de Samira se cubrió de temor.

—¿Qué pasa? —preguntó Efrén girándose en la silla.

Ahí estaba Said, a pocos pasos. Mojado, vestido solo con unos pantalones de algodón y una camiseta de manga corta, y luciendo una expresión entre asustada y enloquecida. Parecía que una urgencia grave lo hubiera impelido a abandonar el apartamento de Samira. Empuñaba con fuerza una pistola, el cañón mirando al suelo, el dedo en el gatillo. Detrás, la gente tropezaba para alcanzar la salida, entre gemidos ahogados, y, una vez fuera, corría y gritaba.

—Said… —farfulló Samira—. *Que fais-tu ici?*

—*Si tu pars, je me tuerai.*

Ocurrió demasiado rápido, Efrén no tuvo tiempo de evitarlo. Said levantó la pistola. Y disparó.

Sitges
Marzo de 1905

La mujer observaba a la niña, que se había quedado muda, impertérrita. Ahora temía haber sido demasiado descriptiva, aunque, bien pensado, lo que perseguía desde el principio del relato era que la niña se asustara de verdad y abandonara la idea del viaje a París.

—¡León!

La niña se levantó del suelo y fue a lanzarse a sus brazos. Cuando sus pies volvieron a tocar el suelo, miró al hombre con ojos chispeantes.

—¿Me has traído algo de París?

—*Oui.*

Le entregó un cartón con forma cilíndrica. Encerraba una tela de pequeñas dimensiones, como la página de un libro. Era un dibujo de una niña con una flor. El vestido, de falda abultada y con un gran lazo en la cintura, era azul, como la flor, como el fondo de la pintura.

—Es de un amigo mío. Te lo dedica.

—¿Cómo se llama?

—Pablo Picasso. Mira, ahí está su firma.

—¿Le gusta mucho el azul?

—Eso parece —sonrió León—. Cuida muy bien esa tela, es una obra de arte.

La niña se fue de la sala, sin apartar la vista de la pintura.

—¿Cuánto tiempo llevas aquí? —preguntó la mujer en cuanto estuvieron solos.

—El suficiente —respondió León sentándose a su lado—. Le has contado la versión del periódico.

—¿Qué querías que hiciera? Además, todos quedamos en eso, en que contaríamos la misma historia hasta el final de nuestros días.

—Quizá ella merezca la verdad.

—Claro que la merece, pero aún es pronto. Y yo no estoy preparada. ¿Y si reacciona mal? ¿Y si...?

Se calló, no quería poner palabras a su miedo más profundo, no fuera que, al pronunciarlo, lo conjurara y se cumpliera. León la abrazó.

—Todo saldrá bien. Y tú tienes más fuerza que nadie.

Fuerza... Necesitaba fuerza, sí. La humanidad siempre se había preocupado por atrapar la suerte, la buena estrella, sin darse cuenta de que lo que de verdad importaba para seguir adelante era otra cosa. Quienes llegaban al final no era gracias a la fortuna, sino a la fuerza. No hacía falta ser hombre, ni tener los brazos grandes, ni tener una salud de hierro. Porque a veces, en el momento más insospechado, se encuentran fuerzas...

No se sabe muy bien cómo, pero ocurre, a pesar del dolor, a pesar del miedo, a pesar de la fragilidad. O puede que precisamente por todo eso. Madeleine veía esa hebilla clavarse en la barriga de Louise una y otra vez. Con las piernas temblando se levantó y se acercó a François por detrás. En las manos llevaba una pesada y enorme cacerola de cobre. De las entrañas sintió que surgía un bramido de fiera, que se abría paso a través de su ser y que, con voluntad propia, la ayudaba a levantar los brazos en todo lo alto. Madeleine descargó la cacerola contra la cabeza del salvaje.

El hombre dio algunos tumbos y se desplomó igual que un saco de arena.

Estaba inmóvil, boca arriba, con los ojos cerrados.

Las mujeres, asustadas, no articulaban palabra ni movimiento. Hasta que Louise chilló.

—¡Me duele! —gritó agarrándose la tripa.

La falda se le estaba mojando con una gran mancha que le crecía desde debajo del vientre.

—Dios mío… —musitó Madeleine—. Has roto aguas. Estás de parto.

—Calienta agua, coge sábanas limpias… —farfulló Louise, pero pronto acudieron las lágrimas y los temblores—. Ayúdame, Madeleine. Tengo miedo.

—Voy a ayudarte, claro que sí. Todo saldrá bien.

—Perdóname, Maddie, perdóname.

Madeleine acarició la cara de Louise. Era una presa fácil. Un pequeño animal que andaba siempre escondiéndose de sus depredadores, entre la oscuridad, condenada a mirar atrás a cada paso.

—Eso ya lo hablamos y está todo arreglado. Ahora concéntrate, Lou: vas a tener un hijo.

—Una hija. La bruja dijo una hija.

—Vas a tener una niña preciosa.

—Morena y con los ojos claros. Aunque su padre no se la merezca.

—Morena y hermosa, claro que sí. Escúchame bien: voy a salir.

—¡No! No, por favor, no me dejes, no podré hacerlo sola.

—Sí que podrás. Eres fuerte, has pasado cosas peores. ¿Quieres que esto salga bien?

Louise asintió nerviosamente.

—Tengo que ir a buscar a una comadrona. Yo no sé nada de esto.

—Pero, pero…

—Louise, no voy a tardar. Tú solo respira hondo y ten paciencia. Volveré.

La chica miró de reojo a François.

—Por ese no te preocupes —dijo Madeleine—. Ya no puede hacerte más daño.

Antes de abrigarse para salir, probó a atarse un chal alrededor de las costillas. El dolor punzante seguía ahí, pero le parecía que de ese modo le resultaba más fácil andar.

El aire gélido de aquella noche de febrero no fue de ayuda. Ni la nieve bajo sus pies, que pronto se enfriaron hasta dejarlos insensibles. El camino hasta el Saint James se le hizo eterno. Los empleados le obstruyeron el paso.

—¿A dónde va? —le preguntó uno de ellos, igual que un tendero celoso de su mercancía pregunta a un pilluelo demasiado flaco.

—Sarah…, por favor… Es… muy urgente. —Madeleine se agarraba del costado. Hablar, respirar y mantenerse en pie no era nada fácil.

—No se encuentra. ¿Desea dejarle una nota?

Madeleine asintió. En un papel que le ofrecieron escribió el mensaje de auxilio.

—No se olviden de dárselo…, se lo ruego.

«Ojalá Sarah regrese pronto al hotel, ojalá pueda enviar a una comadrona, ojalá que aún no sea demasiado tarde». Antes de irse, Madeleine había visto la sangre en la falda de Louise. Era sangre que le salía del vientre. Revivió los latigazos, los gruñidos de François. La hebilla. Lloraba y el llanto le hacía más daño en las costillas.

Cayó al suelo, al manto de nieve blanda. Tenía que seguir. Louise estaba sola y aterrorizada.

Un coche se detuvo a su altura. Vio los cascos de los caballos, las grandes ruedas que se detenían. ¿Será posible?

¿Henri? ¿Sarah?...

¿León?

Levantaba la mirada cuando la portezuela se abrió.

—¡Esposa mía! Cuánto tiempo sin verte.

Charles bajó del coche. Tal y como le había contado Sarah, no lucía buen aspecto.

—Por Dios que nunca imaginé encontrarte de este modo, aunque siempre fuiste una arrastrada —continuó Charles con falsa cordialidad—. Vamos, querida, sube al coche.

Como Madeleine se quedó quieta, Charles le propinó un puntapié en la cadera.

—¡Venga! Además, me acompaña un amigo tuyo. Te alegrará verle.

André se asomó por la portezuela y saludó con la mano.

—¿Necesitas ayuda para subir al fardo, jefe?

—¡Vamos! —rugió Charles en el oído de Madeleine.

Madeleine se apoyó en las rodillas y en las manos para levantarse. Un par de metros la separaban del coche, pero Charles parecía tener prisa. Sintió el zapatazo en la espalda y salió despedida hacia las escalerillas del coche, donde su cara se estrelló. Empezó a sangrar por la nariz. Charles la empujó dentro y cerró a su espalda.

—Más te vale no ensuciar los asientos —le advirtió con un dedo enguantado.

Madeleine cerró los ojos. Le dolía tanto el costado, le costaba tanto respirar, que aquella especie de rapto con el asiento blando, a resguardo del viento frío y la nieve en sus pies, le supo a una bendición caída del cielo. Qué crueles ironías tenía a veces la vida.

—Ahí lo tienes —dijo André al cabo de un rato.

Ese tono de voz, almibarado, tan ajeno a su forma de ser, le revolvió las tripas a Madeleine.

—¿A quién?

—Al amante de tu esposa. El pintor.

Madeleine se irguió. Miró ella también a través de la ventanilla, en la dirección en la que apuntaba el índice de André. Sí, allí estaba León, con más personas, aunque no tuvo tiempo de distinguirlas.

—¡León! —trató de hacerse oír Madeleine, pero su voz se quedó encerrada en la caja aterciopelada del coche.

Charles apartó a Madeleine con un codazo en las costillas que no fue casual y que la dejó sin aliento. Pero eso no fue lo peor. Charles cogió a André por la chaqueta y le hizo a un lado. Abrió la ventanilla, sacó una pistola del interior de su levita y apuntó.

El disparo atravesó la noche helada. Siguió otro y otro. Los caballos bufaron y piafaron, el coche osciló peligrosamente.

Madeleine oyó un alarido a lo lejos, un murmullo de voces apresuradas que suplicaban ayuda.

—¡León! —gritó otra vez Madeleine, un instante antes de que Charles le encajara un puñetazo en la sien.

Al instante se desmayó.

Volvió a la realidad a causa de una punzada en la espalda.

—¡Que salgas! —gritó André.

Aún aturdida, dolorida, Madeleine recibió otro puntapié en la lumbar y esta vez salió despedida para caer de bruces contra el suelo de nieve. A pesar de que estaba fría, la encontró dulcemente esponjosa.

—¿Estamos en...? —balbuceó Madeleine.

—En tu casa, querida —terminó Charles—. Es un poco fea, por cierto. Igual que tú.

Pensó en Louise, en el bebé. No podía meter a esos dos hombres allí...

París
13 de febrero de 1895

La sangre, roja y brillante, manchaba el suelo blanco de nieve bajo la luz amarillenta de la farola. Habría sido un buen cuadro si no fuera porque se trataba de la sangre de Jordi. Como un fogonazo, a León se le cruzó el recuerdo de Pascual, su última noche en Cernobbio. Esta vez no volvería a ocurrir.

—¡Jordi!

Fue al suelo y con las manos enguantadas presionó la herida. El disparo le había dado en el hombro derecho y sangraba con abundancia. Jordi, tirado encima de la nieve, se quejaba con los dientes apretados.

—Tienes que aguantar, amigo.

—Levantadme —farfulló.

—¿Qué?

—¡Levantadme, hostia! ¡Me estoy congelando!

Entre León, Peppe, Rosa y su amigo lo ayudaron a ponerse en pie.

—Tienes que llevarlo a un médico —dijo Rosa observando el boquete en el hombro—. Con urgencia. Y avisar a la policía.

—Lo llevaré a mi médico. Un coche... —dijo León mirando a todos lados—. ¿Dónde hay un coche?

—¡Vamos, fuera! —gritó Rosa espantando a los curiosos que se habían arremolinado en torno—. Todo en orden, todo en orden.

Su amigo, un tipo alto, rubio, con las duras facciones de los eslavos, se puso junto a Rosa y bastó una mirada suya para que la multitud se dispersase.

—¿La has visto? —le preguntó Jordi a León—. A Madeleine. En el coche.

—¿Iba en ese coche?

—¿De verdad no la has visto? Se asomó y te llamó.

—*È vero* —corroboró Peppe—. Gritó tu nombre. ¿Tampoco la oíste?

—No... —contestó León muy confundido—. A quien me pareció ver fue a André... El otro hombre no sé quién era.

Jordi le agarró un brazo a León, un poco para apoyarse, pero sobre todo para advertirle:

—Madeleine está ahora con un tipo que la trataba mal y con otro que tiene una pistola y está dispuesto a utilizarla.

—Tengo que encontrarla —se dijo azorado—. Iré a su casa.

—Voy contigo —se apuntó Peppe.

—Y yo —dijo Jordi.

—¿Qué? ¡No! Te llevaré al médico y después iré a por Madeleine.

—Esos dos tipos son peligrosos, León, y no te molestes conmigo si te digo esto, amigo, pero... —le miró de arriba abajo— yo con un solo brazo puedo hacer más contra esos dos que tú estando entero.

León sintió un picor en la nariz y un nudo en la garganta. Se abrazó a Jordi con fuerza.

—Me... haces... daño —se quejó Jordi.

—Perdón —balbuceó León.

—¿Qué hacéis? —interrumpió Rosa—. ¿Vamos donde el médico o no?

—Verás, hay un pequeño cambio de planes. Jordi y yo nos vamos a buscar a Madeleine. Vosotros podéis ir a mi apartamento, supongo que te darán la llave —dijo León meditabundo.

—¿Madeleine? ¿Qué pasa con Madeleine?

—Iba en ese coche, con André y el tipo de la pistola. Estoy preocupado.

Rosa frunció el ceño.

—No podemos permitirlo —masculló con los puños apretados—. Vamos con vosotros. Aún hay tiempo.

Tardaron en encontrar un coche. O eso les pareció. Jordi se sujetaba la herida con la mano izquierda y apretaba los dientes, sobre todo cuando en alguna curva el hombro chocaba contra el de León.

—Eso sigue sangrando —dijo Rosa—. Hay que hacer algo.

Agarró el bajo del vestido y, sin mostrar pudor ni ostentación, se subió la falda hasta la rodilla. Tiró de la tela del calzón y arrancó un jirón de algodón.

—A ver qué podemos hacer con esto.

Con manos rápidas se puso manos a la obra. Jordi soltó un alarido feroz cuando Rosa apretó el nudo. En ese momento, el coche se detuvo. Habían llegado a la Rue Cortot.

París
Octubre de 2015

Solo podían hablar de Said y de su enajenación.

—Es un pirado —le dijo Efrén en la sala de espera de la unidad de cuidados intensivos.

—Está medicado, está sufriendo. Quería suicidarse.

—¿Delante de ti? Hay que joderse... —Efrén daba pasos nerviosos a un lado y a otro—. Además, no creo que quisiera matarse.

—El psicólogo me advirtió de que Said no estaba bien, por eso la medicación.

—¿Y la pistola?

—La lleva en el coche. Para defenderse.

—Joder, Samira... Ese tío es un psicópata, ¿no te das cuenta? Está ahí tirado, inconsciente, y todavía así te manipula.

—Quería suicidarse, estoy segura. Tenía mucho sufrimiento dentro.

—Qué pena —se burló Efrén—. El muy psicópata no contaba con que un valiente ciudadano trataría de salvar la situación y que, en su intento de desviar el disparo hacia el techo, la bala le alcanzaría. Verás cuando despierte y se mire la carita que se le ha quedado gracias a su proeza.

—Si me abandonas, me mato. Eso fue lo que dijo antes de que yo saliera del apartamento. El psicólogo nos había recomendado un descanso, distancia, porque él estaba dando muestras de descontrol, pero no ha querido aceptarlo. Sufría tanto que se ha vuelto loco. ¡Por mí! ¿Cómo crees que me siento?

—Ese hombre hace que te sientas inferior, culpable, dependiente, sola. Y fea. Sí, fea, eso he dicho, no me mires así. No quiere que te operes esa cicatriz para evitar que te sientas mejor contigo misma, que los demás te admiren. ¿Quieres consolar a un hombre que te hace todo eso? ¡Por el amor de Dios! ¿Quieres estar con una persona que tiene una pistola? ¿De verdad no se te ha pasado por la cabeza que tal vez pretendía utilizarla contra ti?

Samira negaba con la cabeza.

—Su acto ha sido horrible, pero fue por la desesperación. Fue un acto de amor.

—¿Amor? —bramó Efrén—. ¿Qué clase de amor es ese? O sea, que si una persona te amenaza y se mete un tiro delante de ti, ¿es que te quiere mucho? Por favor…

Samira no decía nada porque había empezado a llorar.

—Y envenenó al chucho. No hace falta que respondas, tú y yo lo sabemos. Samira, ese hombre te ha alejado de tu familia, de tus amigos. Te alejó de mí. Bueno, en realidad, lo intentó y le salió mal, como la escenita con la pistola.

Samira había hundido la cara entre las manos. Toda ella temblaba, de pies a cabeza. Entonces levantó el rostro, cruzado por la horrible cicatriz, por la culpa, por el miedo. Efrén le limpió las lágrimas con sus manos. Ella se dejaba. Era el momento perfecto.

—¿Te quieres casar conmigo?

A la sorpresa, siguió la risa. Era extraño, porque aún tenía los ojos llenos de lágrimas.

—Vale, has conseguido que me relaje un poco.

—Lo digo en serio —insistió Efrén.

Samira arrugó la cara en una interrogación enorme. No le parecía que su amigo estuviera bromeando.

—Lo tengo todo pensado y es la mejor idea que he tenido en mi vida.

—La gente se casa por amor —objetó ella.

—Yo te quiero.

—Ya sabes a qué clase de amor me refiero.

—¿Al amor de si no me quieres, me mato? No, ese no es mi amor por ti, te lo garantizo. Tampoco es el amor de nos vamos a querer toda la vida y luego te soy infiel y me divorcio. Ni el amor de hoy no nos podemos separar ni un segundo y mañana nos aburrimos tanto que estamos deseando que el otro desaparezca. Mi amor por ti es puro, perfecto, único. Piénsalo. Y no lo van a estropear las expectativas, ni los cuentos de hadas ni los celos, ni la rutina, ni el sexo. No nos prometeremos nada. Compartiremos la vida, algunos viajes, las preocupaciones, los sueños. Ojearemos revistas de arquitectura, iremos de compras y seremos felices. Para siempre. Joder, ¡si ya hemos tenido nuestra primera crisis seria! ¡Con separación y todo!

—Todo eso suena muy bien, en serio. Pero un día te enamorarás.

—O tú.

—¿Y entonces qué? ¿Viviremos los cuatro juntos? Tú alucinas.

—No sé. ¿Por qué adelantas acontecimientos? Si eso ocurre un día, que tú quieras irte con otro o casarte, nos divorciaremos y seguiremos con nuestras vidas por separado. Dime: ¿qué tenemos que perder?

Samira parpadeó.

—Pero… no puede ser… La gente se casa…

—Y dale con la gente. ¿Todos tenemos que llevar la misma vida? ¿Cumplir con los mismos requisitos, el mismo currículo de convenciones? En el siglo xix la gente se casaba por otros motivos que no eran el amor.

—Y fíjate qué bien les iba.

—Porque les forzaban a quererse. Las parejas se casaban sin estar enamoradas y luego tenían que hacer como si se quisieran. Lo nuestro es al revés: nos casaremos queriéndonos, pero no nos forzaremos a nada. Es perfecto.

—Para eso no necesitamos casarnos. Podemos vivir juntos y ya está.

—Pero yo quiero que lo mío sea tuyo. Legalmente. Que nadie te lo pueda quitar. No es que yo tenga mucho, esa es la verdad, pero prefiero que sea tuyo antes que de cualquier otro.

Samira guardó silencio unos segundos, se frotó el cuello, suspiró.

—No puede ser.

—¿Por qué?

—Estoy embarazada.

Efrén se quedó mudo.

—No estaba planeado, no lo buscábamos —se explicó Samira—. Me he enterado hace poco, él no lo sabe aún. Estaba pensando en abortar.

Efrén continuaba callado. Aquello no lo había previsto, no entraba en sus planes tener un hijo. Porque, si se casaban, ese bebé sería suyo, viviría con ellos, lo despertaría por las noches, babearía sobre su hombro, le quitaría tiempo y libertad.

—Pensabas en abortar porque no quieres criar a un hijo al lado de ese hombre. ¿No te das cuenta?

Samira volvió a ocultarse el llanto con las manos.

—¡No puedo hacerle eso! —sollozó Samira.

—¿De quién hablas?, ¿del niño o de Said?

No respondió, sino que siguió llorando un buen rato. Cuando se calmó a medias, se levantó.

—Voy a llamar a la familia de Said, aún no los he avisado.

—¿Y después?

Samira se encogió de hombros.

—Creo que me gustaría pasar mi vida contigo, pero piénsalo bien: voy a tener un hijo.

—Y el niño sería de los dos.

—¿Tú quieres ser padre?

—Si te soy sincero, hasta ahora nunca he tenido esa necesidad.

—Lo entiendo —dijo Samira. Intentó parecer despreocupada, pero se le notaba la decepción.

Efrén dio unas vueltas nerviosas, con las manos en la cabeza. ¿Qué iba a hacer? Un hijo eran demasiados cambios.

—Escucha, no puedes quedarte en París. Ese loco saldrá del hospital e irá a buscarte. Vente a Madrid y ya veremos.

—Sin promesas.

Efrén asintió. Era todo lo que podía ofrecerle y eso le dolía.

Sitges
Marzo de 1905

Nada más entrar, Madeleine fue hasta Louise. Estaba tirada sobre una gran mancha púrpura, tenía la cara pálida y un atado sanguinolento entre los brazos.

—Es una niña —susurró Louise con una sonrisa—. ¿Has visto qué morenita es? Como su papá…

—Es muy guapa.

—Qué escena más tierna —se burló Charles—. Creo que voy a echarme a llorar.

Su voz tronó y las mujeres empequeñecieron.

—¿Quién es? —preguntó Louise al oído de Madeleine.

Pero el cuarto era lo bastante pequeño como para que se oyera hasta el aleteo de una mosca.

—Soy su marido. Su marido ultrajado, humillado, deshonrado.

—Charles… —suplicó Madeleine—, déjalas a ellas tranquilas, por favor. No tienen nada que ver con esto.

—La amiguita es otra ramera —le explicó André a Charles—. Mira la niña que ha tenido. Es de un negro. Habría que hacer algo con ella también… Un momento, ¿qué es eso? —dijo estirando el cuello hacia un bulto en un rincón en sombras, tapado por una manta. Se acercó y la levantó—. ¡Está muerto!

—Mierda —perjuró Charles—. No contaba con esto. ¿Qué ha pasado aquí? —exigió.

—Yo lo maté —respondió Madeleine.

—No es cierto —dijo Louise—. Fui yo.

—Pero ¡qué dices! No mientas.

—No miento. Fui yo —repitió Louise con seguridad. Miró a Charles con fijeza—: Yo le golpeé la cabeza. Una vez y otra y otra. Estaba harta de él.

—Louise, no digas eso —lloriqueó Madeleine—. Te vas a buscar la ruina. A mí me van a matar, pero tú eres inocente de todo, tienes que salir adelante, viva y libre. Tienes que cuidar a tu niña.

Charles estalló en carcajadas.

—Qué tierna y buena que eres, esposa mía. Por eso nunca te quise.

—¿Qué harás con ellas, jefe? —preguntó André. Había visto un pedazo de pan y se lo estaba comiendo apoyado contra la pared.

—Mi idea era darle un buen escarmiento a mi esposa. Unos cuantos azotes y puñetazos, y después ¡pam! —hizo el gesto del disparo con la pistola—, directa al infierno. Pero se me está ocurriendo algo. Le voy a dar la paliza a la amiguita asesina. Y a su pequeña bastarda negra la cogeré de las piernecitas —puso un torno ridículamente piadoso— y la estrellaré contra la pared hasta que le salgan los sesos por las orejas. Y tú —dijo apuntando a Madeleine, que lloraba en silencio— lo vas a ver todo. André, átala a una silla, bien fuerte. Así, querida mía, no te perderás ni un solo detalle del espectáculo. Y cuando haya terminado con ellas, te mataré a ti. Mira por dónde te vas a librar de los golpes. Porque te dejaré la pistola en la mano, para que quede claro que fuiste tú la responsable del estropicio. Y que luego te mataste. Porque estás loca. Eres una maldita ramera y estás para que te encierren. ¿Lo has entendido todo?

Madeleine temblaba en la silla, mientras André la iba atando con las cuerdas de sisal y la lana que encontraba. Le apretó tanto las muñecas que Madeleine ya notaba que se le iban quedando dormidas. En el suelo, sobre la mancha púrpura, estaba Louise, que abrazaba a la niña, dormida y tranquila, mientras salmodiaba en voz baja.

¡Pam!

El estallido le erizó la piel. Madeleine dio un respingo en la silla. Enfrente tenía el cañón de la pistola, que humeaba. La sala se llenó de un intenso olor a pólvora. Sin respiración, Madeleine trató de serenarse. ¿Estaba viva? Sí, aún estaba viva. Miró atrás. En el suelo estaba André, con una herida en el lado izquierdo del pecho.

—Tengo una puntería excelente, ¿verdad, esposa mía?

—¿Por qué…?

—Un testigo menos. No me fío de estos bohemios pobres y desharrapados. Venderían incluso a su madre. Y ya no puede hacerme más servicio.

El bulto tapado con la manta empezó a moverse sin que nadie se percatara. Por eso todos se asustaron cuando François se levantó de pronto, de debajo de la manta, con los ojos casi fuera de las órbitas y una expresión de animal acorralado.

—¡Dios santísimo! —se persignó Louise.

Charles se echó atrás, se le había ido el color de la cara. Trastabilló y cayó. Casi le dio un infarto cuando llamaron a la puerta.

—¡Madeleine! ¡Madeleine!

—¿León? ¡Vete, vete! Charles tiene una pistola.

François miraba a todas partes, tratando de comprender. Miró a Madeleine, al cuerpo inerte de un hombre con un disparo; al otro lado, Louise, hecha un ovillo con un bebé. Y un poco más allá otro hombre con una pistola.

—Asesina… —barruntó señalando a Madeleine—. Tú quisiste matarme y… —apuntó al cuerpo de André.

Los golpes retumbaban en la puerta. Charles, que empezaba a recobrarse del susto, se incorporó, justo en el momento en el que François decidió echar a correr con un grito. Charles apuntó el arma.

¡Pam!

Madeleine apartó la vista. Su cuerpo era un manojo de nervios imposible de controlar.

¡Pam!

Luego, el ruido de la puerta abriéndose en estampida, muchos pasos, más gritos, voces, locura. Un cuerpo cálido se agachó frente a ella.

—Madeleine —susurró.

—¡León!

Sí, era León. Sus manos de dedos alargados y ágiles le abrazaron el rostro. Cuánto lo había echado de menos.

León, León, León.

Y daba gracias porque él estaba vivo, porque ella estaba viva.

Todavía…

París
13 de febrero de 1895

Después de quitarle las ataduras a Madeleine, León se volvió. Charles estaba tirado en el suelo, se cogía la pierna izquierda y gemía. El disparo le había dado en el centro del muslo. Rosa y su amigo eslavo —que había recogido la pistola del suelo y ahora la calibraba con gesto apreciativo— estaban de pie, a su lado, como dos guardias que lo vigilaran, aunque en ese estado Charles no podría dar ni un paso. Jordi se había sentado contra la pared, junto a la puerta, sujetándose el brazo. Peppe Caruso le hacía compañía. Y ambos miraban con estupor el cadáver de André.

—Tiene fiebre… —dijo Madeleine cuando le tocó la frente a Louise, que tiritaba.

Aquello no podía estar ocurriendo. Sobreponiéndose a la desesperación, León fue hacia Rosa, la que parecía más serena.

—¿Qué hacemos?

Rosa se dirigió a su amigo extranjero. Hablaron en inglés un momento. Se notaba que aquel tipo no se defendía bien en ese idioma.

—Volodia dice que se nos ha escapado un hombre. Fuerte, con barba. Salió corriendo por la puerta después de chocar contra este —dijo Rosa señalando a Charles—. El tiro debió de desviarse.

—Y... ¿Volodia ha visto todo eso?

—Es muy frío. Mantiene la calma en todo momento. Por eso es de gran valor en el equipo.

—Bueno, ¿y qué con ese hombre? ¿Qué nos importa?

—¿Hablas en serio? Quizá vaya a buscar a la policía. De un momento a otro podríamos estar en un buen aprieto.

—Es el marido de Louise —dijo Madeleine acercándose a ellos—. Le di con una cacerola en la cabeza. Creímos que le había matado.

—¿Quisiste matarlo? —preguntó Rosa, tan estupefacta como León.

—¿Qué? ¿Por qué? —preguntó León.

—Iba a matarla, a Louise. Era o ella o él. Y yo... —Madeleine se encogió— elegí.

—Qué desastre —resopló Rosa.

Volvió a intercambiar opiniones con Volodia, que permanecía inmutable.

—Hay que salir de aquí. Y rápido —dijo Jordi sentado en el suelo.

Llamaron a la puerta. Todos se quedaron en silencio.

—¡Socorro! —gritó Charles—. ¡Me quieren matar, estoy herido! ¡Ayúdenme!

Volodia se agachó, le tapó la boca con la mano y le puso la pistola en el entrecejo.

—Abro —dijo León. Tiró de la puerta hasta abrir una rendija estrecha. Al otro lado había una mujer mayor con una bolsa bien cargada. Había alguien más, pero ahí fuera estaba demasiado oscuro.

—¿Hola? Soy Sarah. —La sombra se asomó a la rendija—. Madeleine me ha pedido una comadrona… ¿He oído a Charles? ¿Qué está ocurriendo?

León abrió e hizo pasar a las mujeres con rapidez. La comadrona soltó un grito al ver la escena.

—Señora, esto sobrepasa mis capacidades. Yo no…

—Tranquila, ¿de acuerdo? Yo te pago bien, ¿verdad? —Sarah le dio unas palmaditas en el hombro a la mujer, que asintió, aún con el susto en el cuerpo—. Pues eso es lo único que importa. Atiende a la madre —dijo señalando el rincón donde se hallaba Louise— y, por lo que parece, al bebé también.

Desde el suelo, Charles levantó hacia Sarah una mano que pedía auxilio.

—¿Qué ha pasado? —preguntó con frialdad.

Madeleine empezó a narrar la sucesión de acontecimientos de aquella noche que nunca olvidaría. Al terminar, rompió a llorar en brazos de Sarah.

—Tranquila. Saldremos de esta.

—Insisto: ese François anda por ahí suelto —recordó Rosa—. Es un borracho y le han querido matar dos veces: una, Madeleine; la otra, Charles. No se va a quedar quieto, como si no hubiera pasado nada. Dentro de un rato tenemos aquí a la policía.

—¿Voy a ir a la cárcel? —tembló Madeleine.

—No, claro que no —respondió Sarah muy segura.

—¿Cómo voy a escapar de esta? ¿Cómo?

—Yo tampoco quiero ir a la cárcel… —sollozó Louise en su rincón.

—Malditas seáis… —farfulló Charles—. Caerá la guillotina sobre vosotras.

A un gesto de Rosa, Volodia le dio un puntapié. En la herida del muslo. Charles se retorció de dolor.

—Tenemos que pensar algo —dijo León—. ¡Y rápido!

Debatieron unos momentos, lanzaban ideas que enseguida descartaban.

—Creo que lo tengo —dijo Sarah finalmente—. Necesitamos un médico. Un médico de confianza que esté dispuesto a mentir.

—Tú conocías a uno, ¿no? —dijo Rosa.

León arrugó la frente.

—Es de confianza, pero no sé si mentiría. ¿En qué tiene que mentir? —le preguntó a Sarah.

—En certificar la muerte de Madeleine.

—¡Qué!

—Tienes que morir, Madeleine —dijo Sarah con serenidad, pasándole un brazo por los hombros—. Nadie te buscará si estás muerta.

Madeleine se estremeció. Tuvo una extraña sensación al sentir la calidez de Sarah: por un momento le pareció que era su padre quien le acariciaba el pelo, quien la reconfortaba, quien iba a sacarla de aquel lío monumental.

—Está bien, así será —aceptó con voz serena—. Madeleine Bouchard ha muerto…

14

«Todo lo que puedas imaginar es real».

Pablo Ruiz Picasso, pintor
(1881-1973)

Madrid
Noviembre de 2015

Era la primera vez que un lector le recriminaba sus falsedades periodísticas. Efrén leía el correo electrónico de Eulàlia Espasí, muy ofendida por la «asombrosa concatenación de sandeces que has tenido la osadía de soltar en ese reportaje de fallida investigación».

—Oye, he estado pensando que voy a estudiar —dijo Samira, a su lado.

Estaban ambos repantigados en el sofá, ella con un libro y, en la mesa auxiliar, una taza de té aún demasiado caliente. *Lautrec*, el perro cojo de una pata que habían adoptado, dormía entre ambos, con el hocico apoyado en el muslo de Efrén.

—Pues estudia.

—Historia. Siempre me gustó la Historia.

—Historia está bien —replicó Efrén, concentrado en las palabras imperiosas de la conservadora del Museo de Montserrat. Casi le parecía oír su voz rasposa:

Exijo una rectificación urgente, clara y sin ambages.

—¿Podré hacerlo todo? ¿Trabajar, estudiar, cuidar a un bebé?

—Nos lo tomaremos con calma.

—¿*Nos?*

—He estado dándole vueltas —Efrén se rascó la cabeza—, pero hablaremos en otro momento. Tengo que hacer un viaje.

—¿A dónde?

—A Montserrat. Será de ida y vuelta en el mismo día. —Efrén sonrió y le guiñó un ojo a Samira—: La vieja ha picado.

Había conseguido colarle a una publicación de Sitges un reportaje sobre León Carbó y la historia nunca contada sobre su obsesión por una modelo de París de la que se enamoró sin remedio, hasta el punto de degollarla enfermo de celos. La narración, escabrosa y melodramática, había conquistado a un redactor jefe al que le sonaba de algo el apellido Carbó.

En descargo de la que consideraba su cuestionable moralidad, Efrén se decía que había obrado de tal manera solo para alcanzar el verdadero fin: una entrevista con Eulàlia Espasí y el final de su novela. La semana anterior Tomás le había puesto en contacto con una editora. Habían hablado de la historia y ella se había mostrado interesada; el problema era que él no la había acabado, le faltaba la última pieza y la tenía esa anciana dura de roer. Estaba convencido de que le ocultaba algo gordo. A su regreso de París, y pensando en ese final que ni siquiera rozaba con los dedos, Efrén se topó con una información a la que ahora concedía una importancia diferente, y estaba dispuesto a esgrimirla en el último duelo con Espasí.

Así que allí estaba de nuevo, un par de días más tarde, en el despacho abarrotado de papeles de Eulàlia Espasí, ignorante de que a seiscientos kilómetros de distancia, el pasado le traía a Samira un feo recado envuelto para regalo.

Samira puso las bolsas de la compra en la cocina y se dio prisa en meter los congelados. Estaba contenta. Venía de una entrevista de trabajo para un puesto de administrativa en una empresa de exportación. En la sala de espera había retorcido el bolso pensando en la impresión que iba a causar su cara. Sin embargo, el entrevistador se centró en su conocimiento de francés y árabe, y le dijo que llevaban bastante tiempo buscando a una persona con un buen nivel de esos dos idiomas.

—*¡Lautrec!*

Qué raro que no hubiera venido corriendo, es decir, cojeando a saludarla. ¿Estaría enfermo? Desde que habían empezado las obras de la fachada y el arreglo de las barandillas medio sueltas, había un ruido infernal y el pobrecillo a veces se asustaba y corría a resguardarse bajo el sofá. Pero en su escondite no estaba.

—*¡Lautrec!*

Lo buscó en el dormitorio, en el baño.

En toda la casa.

Incluso abrió estúpidamente los armarios.

—*¡Lautrec!*

Se asomó al balcón, con vértigo. Sin apoyarse en la barandilla, estiró el cuello. ¿No se habrá caído? No, la barandilla se habría soltado. Estaba nerviosa cuando llamaron a la puerta. Al abrir no vio a nadie, pero había un paquete sobre el felpudo, de papel negro brillante, y un gran lazo de raso también negro. Con la misma cantidad de curiosidad que de miedo, Samira cogió el paquete, pero era pesado, de modo que lo arrastró para meterlo dentro de casa.

Tragó saliva antes de quitar el lazo y rasgar el papel. La caja de cartón tenía una gran mancha roja en la base. Temblando, Samira separó las solapas.

Una náusea profunda, desde lo más hondo de su estómago, le subió a la boca. El asco, la rabia y el miedo, sobre todo el miedo, se apoderaron de su grito:

—¡*Lautrec!*

El pequeño perro tenía un profundo corte en el cuello. Sus ojos, suplicantes, aún estaban abiertos. Inclinada sobre el animal, Samira no oyó el extraño forcejeo en la cerradura. Fue tarde cuando se giró y lo vio ahí mismo, de pie, mirándola con esa cara torcida, la mandíbula magullada, aunque en realidad ella no habría podido hacer nada para evitar que entrara. Said había vuelto.

—¿Qué tal, nena? ¿Te gusta mi regalo?

Sitges
Marzo de 1905

Madeleine regresó junto a Louise, que estaba más pálida y débil. Le daba lástima esa laxitud con la que dejaba que la comadrona la manoseara por todas partes. La señora parecía experimentada. Trabajaba con movimientos certeros, la boca apretada y la frente sudorosa.

La pequeña era una preciosidad: morenita, un poco menos que su padre; el pelo muy oscuro, y la preciosa cara con forma de corazón de su madre. Madeleine se arrimó bien a Louise, para darle calor, y le acarició la cabeza.

—Ha perdido bastante sangre —dijo la comadrona limpiándose las manos—. Tendría que verla un médico. O ir a un hospital.

Louise tembló. También Madeleine. Pensar que acabaría en un hospital, en una sala fría, junto a otras mujeres, la mayoría moribundas, era de todo menos una buena noticia.

—Ya sé qué piensan, pero un hospital no es tan malo. Cuando no se tiene dinero, es lo que hay.

Eso era verdad. La comadrona había deducido bien que Louise no tenía dinero para un médico y poder pasar la convalecencia en casa. Pero Madeleine reuniría la cantidad suficiente. Si salían de esta.

Unos pocos metros más allá, León, Sarah y los demás seguían hablando en corro. Madeleine no quería prestar atención, no quería saber qué estaban planeando para su muerte, aunque fuera una muerte para salvarse. Sarah vino entonces hacia ellas.

—¿Qué tal ha ido todo?

—La niña está perfecta, señora —contestó la comadrona—, pero la madre necesita cuidados.

—Bien, ya arreglaremos eso. Ahora, levántate. Hay algo más que voy a encargarte.

Madeleine volvió su atención a Louise, mientras los demás continuaban con los preparativos.

—Prométeme que la cuidarás —balbuceó Louise mirando a la criatura, dormida en su pecho.

—No digas tonterías —repuso Madeleine con la voz rota.

—Maddie, voy a morir. Lo sé, lo noto. Las fuerzas me abandonan, es como si el cuerpo no me pesara. No llores... Estoy tranquila, Maddie, y en paz. Si supieras lo bien que me siento ahora… Pero tú me perdonas, ¿verdad? Me perdonaste por…, por…, ya sabes.

—Calla, no te agotes.

—Dime, Maddie: ¿me perdonaste realmente?

Madeleine no contestó, pero porque le faltaba la voz. Asintió repetidas veces.

—¿Seguro?

—Seguro —logró decir—. Cómo no te voy a perdonar. Eres mi hermana. A la familia se le perdona todo. ¿O no?

Louise sonrió y cerró los ojos. Ahora sí creía en el perdón de Madeleine.

—Quiero que sea buena —continuó, apretando a la niña contra su pecho—. Y generosa, y amable, y valiente. Quiero que estudie, Maddie; por favor, que estudie. ¿Lo harás por mí? Y que no tenga que irse con un hombre para poder sobrevivir.

—Estás diciendo tonterías. Ya te encargarás tú de todo eso. Solo necesitas descanso.

—Maddie, ¿serás la madre de mi hija?… No llores, Maddie. La vida es así. Yo no valgo para ser madre. Fíjate, he tenido a cuatro criaturas, perdí a tres y a esta también la voy a perder. La vida no ha querido que un hijo te nazca del vientre, pero, mira, aquí tienes tu oportunidad. Tú sí vas a ser una gran madre. Dime que lo harás, que serás la madre de esta niña. Es preciosa, ¿no crees? A esta belleza no puedes decirle que no, Maddie.

Entre lágrimas y una tiritona gélida, Madeleine asintió.

—Nunca le digas que una vez tuvo otra madre —dijo Louise. Tenía la voz cada vez más débil—. No serviría de nada, se sentiría culpable, o te culparía a ti. Tú la pariste, ¿de acuerdo? No quiero que esta niña tenga ninguna pena.

Madeleine volvió a asentir. Abrazó a Louise y se quedó mirándolas, a ella y a la niña, que en sueños mamaba, a ratos frenéticamente, como si supiera que le iban a arrancar a su madre. No quiso decirle nada a Louise, pero ¿y si a ella la encerraban? ¿Y si la condenaban? ¿Y si moría en la guillotina?

Sin embargo, siguió asintiendo. Louise, realmente, estaba tranquila y en paz...

París
13 de febrero de 1895

Entre Rosa y Volodia levantaron a Charles del suelo. Opuso algo de resistencia, pero pronto desistió porque el forcejeo avivaba su dolor y, además, ahí estaba el eslavo, con ese mutismo y esa mirada, y, sobre todo, hundiéndole la pistola en las costillas. El plan era salir de allí y subir hasta el apartamento de León, en el Moulin de la Galette. Los acompañaría Jordi para no despertar sospechas. El grandullón se había puesto el canotier de André, que le quedaba ridículo en comparación con la enormidad de su cuerpo. Para ocultar el disparo en el hombro, se echó encima un chal. No importaba que fuera de mujer; era de noche, era Montmartre. A Charles le cambiaron los pantalones por los del muerto, con el mismo fin de tapar la herida.

—Bien, esto es lo que harás —dijo Rosa poniéndose frente a Charles—: saldremos de aquí haciéndonos los borrachos. Con que cojees de esa manera, te basta, no tienes que hacer nada más. Los demás ya nos ocuparemos de cantar y de hacer el tonto. En el apartamento de León su médico te atenderá. Si no cumples con tu parte, si se te ocurre gritar, pedir ayuda, en fin, si se te ocurre hacer una estupidez, Volodia apretará el gatillo de tu juguete. ¿Estamos de acuerdo?

Charles sintió el cañón contra el costado. Por toda respuesta, gruñó.

León abrazó a Rosa, después a Jordi.

—El médico no tardará —le dijo al oído. La comadrona de Sarah se había ido hacía un rato con el encargo de buscar al doctor. Ojalá fuera todo lo ágil que la situación requería—. Solo aguanta un poco más.

—Preocúpate por ti y por tu mujer. Y deja de temblar, hombre. El plan es perfecto.

León pensó en la herida de su amigo, que seguía sin tratar, infectándose probablemente, y tragó saliva. Jordi le dio un manotazo en la espalda y lo apartó a un lado.

—¿Estáis listas?

Caruso y Madeleine sostenían a Louise, que llevaba a la niña en brazos, tan envuelta en gruesa lana que solo se le veía la punta de su diminuta nariz morena. Jordi contrajo la cara cuando recogió a Louise, a pesar de hacerlo con el brazo sano.

—No te vayas a olvidar de la nena, Maddie... Por favor.

—Pierde cuidado. Ve tranquila.

Antes de marcharse, Rosa le dijo algo a Volodia en el oído, que se giró y fue hacia André. Con pasmosa serenidad le descerrajó dos tiros en la cara.

—Así nadie lo reconocerá —explicó Rosa.

Se quedaron solos Sarah, Madeleine, Peppe y León, y el cadáver sin rostro de André. Sarah dio unas fuertes palmadas.

—Vamos, tenemos que reaccionar, no hay tiempo que perder. Madeleine, al suelo. Peppe, empieza a arreglarlo todo. León, ponte a vigilar.

Antes de ocupar su puesto frente a una rendija entre las maderas cochambrosas que hacían de pared, León se agachó junto a Madeleine. Peppe ya estaba untándole el cuello con sangre. Había bastante en ese cuarto, así que ese era el menor de los problemas.

—Tienes que quedarte muy quieta, ¿recuerdas? —Le cogió las manos y se las apretó—. De eso depende todo. ¿Lo entiendes? Pase lo que pase, no te muevas.

Madeleine asintió.

—Le pondremos varias mantas encima —dijo Peppe—. Así, nadie se dará cuenta de la respiración o de movimientos involuntarios. No hay nada que temer. —Miró a Madeleine con ternura. La desdichada tenía los ojos abiertos como un condenado a muerte—. Solo debes cerrar los párpados, *e basta!*

—¡Por vida de…! —exclamó Sarah.

—¿Qué ocurre?

Sarah estaba pegada a la rendija. Se oía una algarabía monumental en la calle. Los supuestos borrachos se habían topado con la policía a unos metros de la casa.

—Están entreteniéndolos —dijo Sarah—. No tenemos mucho tiempo. Hay que darse prisa.

—Peppe, ¿está todo listo? —preguntó León. Sonó a ruego.

El siciliano se puso en pie, hizo una graciosa reverencia y pronunció con solemnidad:

—Que comience el espectáculo.

15

«Repito con la más vehemente convicción:
la verdad está en camino, y nada la detendrá».

Émile Zola, escritor
(1840-1902)

Museo de Montserrat, Montserrat
Noviembre de 2015

La atmósfera en el despacho de Eulàlia Espasí se había vuelto muy espesa. La anciana fumaba y fumaba, y su respuesta no llegaba. Efrén le había mencionado su viaje a París, la tesis de la profesora Dagens, la visita a la pariente Barbier. El gran órdago se lo guardaba para el momento en el que la entrevista llegara a un punto muerto, cosa con la que contaba. La mujer no era estúpida, porque esos pocos datos la dejaron muda. No obstante, la rigidez de su rostro revelaba que se había puesto en alerta.

—Usted sabe qué ocurrió en esa choza —insistió Efrén—. ¿A qué viene tanto misterio?

—Los misterios sirven para ocultar lo que uno no quiere que se sepa.

—Vamos, señora Espasí. Han pasado más de cien años. ¿A quién le va a importar?

—Por lo visto, a ti.

De nuevo el silencio espeso y el humo del cigarrillo de la anciana.

—Sí, claro que me importa —replicó Efrén—. Y a usted también le importa todo esto; si no, no se resistiría tanto. Mire, le seré franco: estoy escribiendo una novela sobre León

Carbó y Madeleine, sobre arte, sobre Montmartre, sobre lo que soñamos y sobre la realidad, sobre lo que es bonito y lo que es feo. Necesito ese final.

—Así que todo esto se resume en que tienes poca imaginación. O escasa inteligencia para rellenar los huecos del puzle.

—Imaginación tengo poca. Y, en efecto, de inteligencia ando más escaso aún —concedió Efrén. Lo que fuera para que la vieja desembuchara. Aunque tenía razón.

—¿Y por qué debería yo facilitarte el trabajo? Dime, ¿qué voy a ganar yo?

—Nada —respondió Efrén al cabo de un rato—. Pero el mejor seguro de esta historia es que, si consigo que me la publiquen, nadie la creerá cierta.

—Te voy a pedir algo a cambio.

Efrén se irguió en su silla, los ojos muy abiertos, el corazón desbocado.

—No me menciones. No establezcas conexiones conmigo. Solo eso.

—Hecho.

—Coge papel y lápiz, o graba, o haz lo que creas oportuno, pero ten en cuenta que esta conversación no se va a repetir. Te contaré qué ocurrió la noche del 13 de febrero de 1895 en Montmartre.

Sitges
Marzo de 1905

Madeleine permanecía inmóvil en el suelo, tal y como la había dejado Peppe, con aquel cuchillo tramposo que parecía que le atravesaba el cuello. En realidad, la hoja del arma se curvaba en el medio, como un puente, para abrazarle la nuca. La sangre y el pelo enmarañado en los extremos, por donde supuestamente entraba y salía el puñal, colaboraban con solvencia en la estafa. Era un truco que Peppe había realizado en varios cabarés con notable éxito y estupor entre el público asistente.

Debía estar tranquila, le habían repetido, pero parecía que su respiración se había aliado con lo funesto. ¿Aquellas mantas bastarían para ocultar su nerviosismo? Lo peor era la sangre, el olor que le subía y que le daba náuseas. Era la sangre de Louise y de André mezcladas, sangre de vida y de muerte en el momento más trascendental de su existencia.

El jolgorio de la calle resonaba en la choza como el tictac de un reloj. Marcaba el tiempo de gracia, el tiempo que tenían Madeleine, León, Sarah y Peppe para salir a escena e interpretar el papel de sus vidas. Solo que esta función no la habían ensayado antes, no ofrecía una segunda oportunidad ni el público sería clemente si fallaban.

Sarah se revisaba el vestido y las joyas. Era una gran señora en una choza miserable de la Rue Cortot. La elegante dama que le había sugerido a Charles que se casara con la pobre hija de un antiguo amante suyo.

—No tienes por qué hacerlo —dijo Madeleine desde el suelo.

—Calla. Podría moverse el cuchillo.

—No es culpa tuya.

—¿Cómo?

—Que yo me casara con Charles y… todo esto.

Sarah se acercó a Madeleine y con cuidado de no mancharse, se agachó junto a ella.

—Gracias. Eres muy amable. Y generosa. —Le acarició el pelo con delicadeza—. Pero no me siento culpable, sino en deuda, que es diferente. Tu padre fue bueno conmigo y, cuando murió, me dije que te cuidaría. Y eso es lo que estoy haciendo.

—Tú dices que no, pero yo creo que sí le quisiste.

Sarah sonrió. Volvió a acariciarla.

—¡Peppe! —exclamó León—. ¿Todavía estás aquí?

—Tranquilo, tranquilo —repuso el siciliano con suavidad. Y con un movimiento del sombrero, dijo adiós—. *Ciao, amici!*

—Tu padre estaría muy orgulloso de ti —susurró Sarah.

—¿Tú crees? —A Madeleine se le llenaron los ojos de lágrimas.

—Le habría gustado ver lo fuerte que eres, los principios sólidos que asientan tu vida. Te espera un gran futuro, Madeleine. Confía.

Sarah no esperó respuesta. Cubrió con las mantas a Madeleine, que enseguida notó el picor, la falta de aire, el peso sofocante, la oscuridad completa.

—Madeleine, estoy a tu lado —le habló León—. A tu lado, siempre…

París
13 de febrero de 1895

En el camino polvoriento, Giuseppe Caruso se cruzó con los policías, a los que saludó con una inclinación de cabeza y levantando el sombrero.

—Qué descaro el de este hombre —se sorprendió Sarah, que miraba a través de la rendija en la madera—. ¿No arriesga demasiado?

—Ya sabes cuál es su apuesta —dijo León—: tú serás la distracción que hará que funcione el truco. Fíjate, apenas le han mirado. Han aprovechado la sorpresa que se han llevado nuestros amigos para apartarlos y continuar. —León apretó los dientes. El corazón se le iba a salir por la boca.

Tocaron a la puerta.

—¡Policía! Abran la puerta.

Sarah cogió aire. Miró a León y juntos se acercaron a la entrada. La mujer asintió, como diciendo: «Adelante, estoy preparada».

—Buenas noches, caballeros. Al fin llegan, gracias a Dios. He estado a punto de llamar a mi querido Armand, pero él está tan ocupado con sus cosas… No quería molestarlo.

El que parecía estar al mando miró a la dama enjoyada de arriba abajo.

—¿Armand?

—Du Paty de Clam.

—Oh, señora… —El hombre le hizo una educada reverencia y le besó la mano—. Disculpe, no sabía…

—Descuide —repuso Sarah desplegando su buen hacer—. Sería exagerado llamar a Armand para un simple asuntillo de Montmartre, ¿no le parece? Por cierto, no sé su nombre…

—Clément Perret a su servicio, señora.

—Mucho gusto, señor Perret. Al comandante Du Paty le complacerá tener noticia de que usted y los suyos han resuelto este asunto tan desagradable de forma eficiente, satisfactoria y discreta. —Sarah puso una de esas brillantes sonrisas que solo forman parte del catálogo de los que manipulan con gracia y consiguen que el manipulado se sienta el centro de una constelación—. Este es el señor Carbó, un pintor español que empieza a ser conocido. Ha expuesto en el Salón —mintió.

—Mucho gusto, señor. Me encanta España. ¿Usted también pinta flamencas?

—A veces.

—Extraordinario, extraordinario.

—Seguro que, cuando acabe esto —siguió Sarah—, el señor Carbó podrá invitarle a alguna importante exposición. Mucha gente influyente le compra cuadros.

—Sería un honor, señor. Un verdadero honor.

El silencio hizo que todos posaran su atención sobre los dos bultos bajo las mantas, arrinconados en la sombra.

—¿No es posible tener algo más de luz?

—Ya sabe, señor Perret. Esta es la Rue Cortot, qué quiere… Solo hay una vela.

El policía se acercó a Madeleine. Se agachó y, con cautela policial, levantó las mantas.

—Dios santo… ¿Qué ha ocurrido? —Procedió de igual modo con el cadáver de André, ahora de rostro deformado—. Se dio la vuelta. Miró a Sarah y a León con suspicacia—. ¿Y ustedes qué hacen aquí?

El policía parecía repuesto de la primera fascinación por Sarah y el relumbrado pintor, y le había regresado la perspicacia de su profesión.

—Por eso era que había pensado en llamar a Armand… —dijo Sarah con tono confidencial—. Verá, yo era clienta de esta mujer. Es costurera. Y modelo. De hecho, posó para el señor Carbó, ¿verdad?

León asintió con gravedad. Trataba de entregarse a la escena, al igual que Sarah, pero sospechaba que el teatro no se le daba bien, así que hacía lo posible por mantenerse en un segundo plano, en la sombra.

—Le encargué a ella y a su amiga varias prendas. Cosen bien, a pesar de todo.

—¿A pesar de todo?

—Ya me entiende. Son de esas mujeres que salen por ahí. Tienen muchos amigos.

—Oh, ya veo.

—El caso es que me habían cobrado por adelantado, confiada y tonta que es una, y hacía tiempo que no sabía nada de ellas ni de mis prendas. Pero quiso la mala suerte que esta noche me topara con el señor León. Lo de mala suerte no lo digo por nuestro amigo pintor, por supuesto, sino por lo que el destino nos tenía preparados, desdichados de nosotros. Como le contaba, me topé con León y le pregunté si sabía algo de su modelo. Dado que estaba al tanto de su dirección, se ofreció muy amablemente a acompañarme y, cuando entramos, nos encontramos con esto. —Sarah extendió la mano hacia los cadáveres—. Es fácil deducir lo que ha ocurrido aquí.

—Si me hace el favor de explicarme…

—Por supuesto, señor Perret. Veamos: una madrugada en Montmartre, la Rue Cortot, el piso de una modelo y su amiga costurera, que tenía un marido, pero como si no lo tuviera, entiéndame.

—Ah, ¿no?

Sarah arrugó los labios e hizo un mohín.

—Estaba embarazada y hacía bastante tiempo que el marido no aparecía por aquí. Eche cuentas. Probablemente se había ido a trabajar, o se había cansado de que su mujer fuera tan… —Sarah dejó escapar un suspiro cargado de significado—. ¿Se imagina que usted se lanza a ultramar, pensando en el bienestar de su esposa, y cuando vuelve la encuentra embarazada?

—¿El marido era marinero?

—Quizá. De lo que estoy segura es de que no era su marido.

El señor Perret se rascó la cabeza:

—¿Pero no decía usted que…?

—Buenas noches —saludó un hombre bien trajeado, con chistera, lentes, barba y cejas espesísimas como un bosque, tanto que apenas se le veía la cara—. Siento la tardanza.

—Alto —ordenó uno de los policías apostados en la puerta—. Identifíquese.

—Sí, señor. Soy el médico. Me ha sido imposible venir antes. Debía atender a la esposa histérica de un cliente.

—Pero ¿quién ha avisado al médico? —preguntó el señor Perret.

—Disculpe —dijo el médico abriéndose paso—. Debo examinar los cadáveres y certificar la muerte.

Hablaba con un acento particular, marcando las eses y terminando las frases con cierto tono cantarín.

—¿De dónde es usted? —preguntó Perret.

—De la maravillosa isla de Sicilia. ¿Conoce usted Sicilia? Es el auténtico paraíso en la Tierra.

—¡Por cierto! ¿Y la amiga de la modelo? La costurera… —barruntó el policía mirando alrededor.

—Deje que el médico haga su trabajo, señor Perret —dijo Sarah. Cogió del brazo al policía y se lo llevó a un aparte—. Qué desagradable todo esto, ¿verdad? Lo malo es que algún periodista se va a enterar y saldrá en los periódicos. Verdaderamente, me da pena que esta maravillosa ciudad se tiña de titulares sangrientos y que aquellos que nos visitan se lleven una imagen distorsionada de la realidad. Pero ya conoce a los periodistas, no son más que buitres, ¿no le parece? ¿Qué opina usted de la prensa? ¿No cree que deberían respetar las investigaciones policiales? Y cuando descubran que un afamado pintor y una amiga de Armand estaban aquí, inventarán Dios sabe qué. ¿Comprende la importancia del asunto?

El señor Perret asentía a la cháchara incansable de Sarah, mientras se rascaba la cabeza y se giraba para observar al médico y los cadáveres.

—Es increíble que esta gente —continuó Sarah con desprecio— los distraiga a ustedes de otros casos más interesantes, ¿no es cierto? Por eso no quise llamar a mi querido Armand. Él, como corresponde a su cargo y relevancia, prefiere y debe ocuparse de casos más elevados. Apuesto a que usted alberga objetivos igualmente importantes para su carrera policial. ¿Me equivoco, señor Perret?

El hombre, al fin, volcó toda su atención en Sarah. La dama había dado con el punto débil del policía.

—Bueno, sí. Los casos de Du Paty son más interesantes, no cabe duda. En Montmartre —dijo Perret con resignación— siempre es ir por las calles, entrar en los burdeles, pedir los carnés a las prostitutas, detener a los borrachos y… —se giró hacia los cadáveres— estas cosas.

—Le comprendo bien, amigo mío. Hablaré de usted al señor Du Paty, él siempre necesita nuevos colaboradores. Pero antes le agradecería mucho que resolviera esto lo más rápido posible. Me he quedado para ofrecerles mi testimonio, pero ahora temo salir a la calle, a estas horas, en este barrio, y que nos ocurra algo al señor Carbó y a mí.

—Sí, sí. Comprendo. No se preocupe. La acompañaremos a donde guste.

—Al Saint James.

—¿El Saint James? El... ¿el hotel?

—Pues claro, señor Perret. ¿Conoce usted otro Saint James? —Sarah enroscó su brazo en el del señor Perret. El policía parecía complacido por la distinción de la que era objeto—. De camino, le contaré más detalles sobre esta gente —dijo con un movimiento despreciativo de la cabeza—. Le va a parecer una novela. Pero de las malas.

Un giro de cadera le bastó a Sarah para conducir a Perret fuera de la choza y calle abajo. León no los siguió, seguro de que el policía no le echaría de menos. Cuando la voz de Sarah se apagó, resopló. Se agachó junto a Madeleine y al lado de Peppe, que se rascaba la barba postiza con insistencia.

—No puedo creerlo. Lo hemos conseguido.

Madeleine abrió los ojos y volvió a cerrarlos para recibir el beso de León. Peppe levantó los brazos y esbozó una gran sonrisa:

—Ha sido divertido, ¿eh?

Ha sido angustioso, pensó León. Y lo peor era que la noche no había terminado: Jordi esperaba con un agujero en el hombro por el que se desangraba.

Madrid
Noviembre de 2015

Samira estaba sentada en el sofá, en el lugar exacto que le había ordenado Said. No quería enfadarlo. El instinto la empujaba a salir al peligroso balcón y gritar socorro, a intentar salir corriendo por la puerta. Pero podría salir mal: él era más rápido y más fuerte, y estaba más loco. Samira se repetía que era mejor no sucumbir. Se había propuesto aparentar tranquilidad. Iba a tratar de dialogar con él. Aunque se paseara delante de ella con una pistola. Con la mano libre Said se frotaba la mandíbula magullada.

—¿Te duele? —preguntó Samira con bastante control de la voz.

Said replicó con una mueca descriptiva:

—Las putas pastillas que me dan son una mierda. Es morfina. Me han aumentado la dosis varias veces, ¿sabes?, pero ni por esas. —Se acercó a Samira y se acuclilló ante ella. Bajó la voz—: Una noche, cuando ya estaba en casa, me dolía tanto que me daban ganas de tomarme el bote entero. O de pegarme un tiro. Pero esta vez de verdad, apuntando bien. —Se colocó el cañón en la mandíbula—. ¡Bang!

Samira dio un respingo. El susto le hizo gracia a Said, que se levantó para carcajearse un rato.

—Lo siento mucho —dijo Samira.

Said seguía profiriendo esas carcajadas despiadadas, despojadas de toda alegría. No era la primera vez que le oía reírse así y que a ella se le erizaba la piel. Era la enésima vez que le tenía miedo.

—¿Por qué no te sientas?... —le invitó Samira—. Aquí, a mi lado.

Esperó. Al menos Said había parado de reírse de esa manera tan salvaje.

—Sé cómo te sientes, lo que duele —continuó Samira tocándose su cicatriz—. Te comprendo mejor que nadie en el mundo. Ven.

Samira adelantó sus brazos, como la promesa de una cálida caricia. Said avanzó, titubeante al principio, sin dejar de mirarla. Se sentó. La cicatriz era horrible, más que la suya, probablemente porque aún latía.

Said se dejó vencer. Cogió a Samira por la cintura, tan fuerte que ella temió por su bebé. ¿Sospecharía? Notaba la pistola en la espalda.

—Cariño, me vas a ahogar —le susurró en el oído—. Voy a hacerte un café, ¿de acuerdo? Como en París.

Dejó a Said en el sofá, desinflado. Samira aprovechó para buscar el móvil. ¿Dónde lo había dejado? Había entrado por la puerta, había colocado la compra… ¿Dónde había puesto el bolso? En el recibidor, sí, ahí debía de estar.

Colgado de una percha estaba su bolso, uno corriente, sin marca, le había aconsejado Efrén, para que en la entrevista de trabajo no pensaran que le sobraba el dinero. La cremallera se atrancó un poco. Metió la mano, no encontraba el maldito teléfono, se le cayeron las llaves al suelo. Pero al fin dio con el aparato. Notaba las ganas de llorar y de gritar en el fondo de la garganta. Tecleó para llamar a Efrén. Vamos, vamos…, rezó Samira.

—¿No me estabas haciendo un café?

Samira se giró, temblando. Said estaba a su espalda, con la pistola aún en la mano.

—Sí, es que…

—Eres una mentirosa, siempre lo has sido.

Museo de Montserrat, Montserrat
Noviembre de 2015

Después de mirar quién llamaba, Efrén apagó el móvil. Samira podía esperar. Lo que no aguantaba era tanto suspense. Y que la conservadora le hubiera tomado el pelo.

—Eso no hay quien se lo crea.

—Eres bastante prepotente —dijo Eulàlia Espasí tras componer una mueca de incómoda sorpresa.

La señora le había contado una historia muy similar a la oficial. Había cambiado algunos detalles insignificantes, pero el resultado era el mismo: una mentira.

—Ha intentado despistarme, pero no voy a caer en su trampa —atacó Efrén. Esta vez iba a por todas.

—Veamos —replicó Eulàlia arrellanándose en su butaca. Parecía divertirse, como el adulto sensato ante la rabieta de un crío pequeño.

Efrén se puso de pie. En parte, estaba disfrutando de ese momento. La vieja le había estado tocando las narices desde el principio y ahora ni siquiera se olía lo que él sabía. Le iba a bajar la soberbia a los tobillos. A lo peor salía del museo tan ignorante como cuando entró acerca de los acontecimientos de la noche del 13 de febrero de 1895, pero al menos se llevaría consigo el placer de dejar a la Espasí fuera de juego.

—El testamento de Carbó fue muy disputado, ¿verdad?

—Con los ricos siempre pasan esas cosas.

—Cierto. Sobre todo, cuando hay unos cuantos sobrinos que no aceptan las decisiones de su tío. León Carbó legó la mayor parte de sus bienes a una joven, la hija de una criada de su casa de Sitges y de la que se sabía poco, excepto que se llamaba Virginie Hinault, que era callada y discreta, como cualquier otra empleada doméstica. La madre de la joven heredera, es decir, la tal Virginie, había muerto solo dos años antes. Ah, ambas eran francesas.

—Muy bien —le felicitó Espasí—. Has hecho los deberes. ¿Quieres que te ponga nota?

—La obra de Carbó no ha sido suficientemente reconocida, por desgracia.

—En eso vamos a estar muy de acuerdo.

—Lo que ha ayudado a mantener ocultos algunos detalles sobre su vida. El único biógrafo de León Carbó ha sido muy amable, ¿no le parece?

Eulàlia no dijo nada. Sus ojos claros evaluaban a Efrén.

—Se limitó a reproducir que en la época corrían algunos rumores. Que Virginie y el pintor eran amantes, y que la familia Carbó nunca aceptó a aquella mujer, razón por la cual nunca pudieron contraer matrimonio. No había ninguna duda de que Carbó no era el padre de la niña, de piel morena como la de los mestizos, y eso motivó el rosario de demandas y juicios por parte de los sobrinos de Carbó, que no consiguieron nada, por suerte para ella. La afortunada criatura se llamaba Eulalia Hinault.

Efrén volvió a sentarse y enfrentó la mirada de Eulàlia Espasí.

—¿Y?

—Ahí acababa la narración del biógrafo —continuó Efrén—, aunque ahora contamos con una herramienta maravillosa: internet. Usted debe de saber qué encuentra uno si busca «Eulalia Hinault».

Seguía callada, resistiendo como un muro de piedra. Pero Efrén le notaba la turbación y suponía que su mente estaría trabajando a toda velocidad para salir del aprieto.

—La rica heredera Hinault se casó con un buen partido, por supuesto… Un tal Ramón Espasí.

La conservadora del museo, al fin, se irguió en la butaca. Apagó el cigarrillo y apoyó los codos en la mesa.

—Sé por dónde vas, pero ¿qué prueban esos datos dispares e inconexos?

—A Dominique Barbier la visita una pariente de Madeleine. Dice que se llama Lala.

La mujer cerró los ojos. ¿Había sonreído un poco?

—Le di vueltas durante un tiempo. ¿Qué nombre es Lala? Y un día me di cuenta: Lala es Eulalia. —Efrén hizo una pausa—. Señora Espasí, ¿esa Virginie era en realidad Madeleine Bouchard? ¿Es usted su nieta? ¿Vivieron Madeleine y la madre de usted, Eulalia Hinault, en Sitges, protegidas por León Carbó?

Las arrugas de ese rostro moreno, endurecido, temblaban. Efrén sonrió.

—Señora Espasí, ¿me va a contar de una vez por todas qué pasó?

Sitges
Marzo de 1905

—Te decía que quizá debas cambiar de opinión y contarle la verdadera historia a la niña por esto. —León se metió la mano dentro de la levita y sacó un sobre que le tendió a la mujer.

Era una carta con franqueo de Estados Unidos. En el anverso, el nombre de León Carbó; en el envés, el de Rosa Martí. Era la carta que durante tantos años había deseado y temido recibir.

—La envió al Moulin de la Galette —continuó León—. Llevaba ahí varias semanas. ¿Qué? ¿No la vas a abrir?

París
13 de febrero de 1895

En el apartamento del Moulin de la Galette olía a sangre y el silencio era fúnebre. Ni siquiera se oía al bebé, que dormía contra el pecho de Louise. En cuanto León y Madeleine aparecieron, Rosa fue a abrazarlos.

—¿Ha ido todo bien?

—¿Y el médico? —preguntó León al contemplar los cuerpos como desmayados de Jordi y Louise sobre la cama, y el de Charles en el suelo.

—No se encontraba en su casa —explicó Rosa—. La criada nos dijo que estaba atendiendo una urgencia. Le hemos dejado recado de que venga.

—Amigo. —León se acercó a Jordi—. Aguanta un poco.

—Eh, no te pongas melodramático que no es para tanto.

—Nosotros tenemos que irnos —anunció Rosa—. Se nos echa el tiempo encima.

—Claro —repuso León—. Gracias por todo, Rosa. Sin vuestra ayuda, no habría sido posible.

Rosa se encogió de hombros:

—Favor por favor —dijo con una sonrisa—. Estamos en paz.

Volodia ya estaba abriendo la trampilla para colarse dentro, con una lámpara en la mano y la pistola de Charles en la otra.

—No me vas a contar nada, ¿verdad? —le preguntó León cuando Rosa, ya en el hueco, se giró una última vez. Ella esbozó la sonrisa de una cordial negativa—. Bueno, pero ten cuidado.

León tragó saliva. Su recomendación iba dirigida sobre todo pensando en Volodia y esa manera suya de disparar así, tan fríamente, como si las balas no fueran de verdad, como si todo fuera un juego de niños.

—No te preocupes. Voy bien acompañada.

Rosa le dio un beso ligero en los labios y desapareció por el túnel oscuro.

Sitges
Marzo de 1905

Madeleine había colocado una manta sobre Louise y la pequeña. Le preocupaba que perdieran calor. La niña dormía, con el rostro hinchado y moreno pegado a la piel tibia y blanca de su madre.

—¿Ves como no debías alarmarte? —le regañó Madeleine dulcemente.

Louise torció el gesto.

—¿Te duele algo?

—Sí... Todo. Esto se termina, Maddie.

—No digas eso.

—¡Eh! —gritó Charles desde el suelo—. ¿Es que nadie va a compadecerse de mí?

Le dio lástima. A pesar de los insultos, de los desprecios, de las palizas, de las amenazas. ¿Y si moría? No quería detenerse en esa posibilidad porque eso la hacía pensar en la posible muerte de Jordi, de Louise, de la niña.

Cogió otra manta del aparador y se acercó a Charles para cubrirle.

—¿Hay algo más que pueda hacer por ti?

—Que venga el médico, Madeleine. Me muero. Se me va la vida. —La miró fijamente, con una mezcla de odio, ira y miedo—. ¿Podrás vivir con eso?

—No tardará, Charles. Tú solo aguanta.

Llamaron a la puerta. Todos se quedaron en silencio.

—¡Al fin! —exclamó Charles.

León se apresuró hasta la puerta y abrió, pero solo una rendija, y luego salió.

—¿Qué pasa? —se inquietó Charles—. ¡Eh, eh! ¡Socorro!

Haciendo un esfuerzo, Jordi se levantó y se agachó junto a Charles. Le tapó la boca con la mano izquierda; con la otra ya poco podía hacer.

—Escucha, maldito loco. Soy diestro, pero solo con la mano izquierda podría ahogarte. No te juegues así la vida, necio.

Cuando León volvió a entrar, traía la cara pálida.

—Tenemos un problema. Hay un policía abajo que pregunta por mí. Es Clément Perret, el que vino por la muerte de Madeleine.

Charles se rio. Fue una risa extraña, punteada por el dolor y la sangre que le faltaba:

—Os cogerán. Os cogerán y yo me reiré hasta final de siglo…

París
13 de febrero de 1895

El policía Perret esperaba con cara circunspecta, como si el mínimo movimiento fuera a contagiarle una mala enfermedad en ese antro del Moulin de la Galette. León cogió aire y le ofreció la mano:

—Buenas noches.

—Buenas noches, señor Carbó. Disculpe las horas, pero hay novedades en el caso.

—¿Qué caso? —León era consciente de que sonaba estúpido, pero solo quería ganar tiempo para tranquilizarse.

—El de la Rue Cortot.

—¡Ah! Sí, sí...

—Ha aparecido el marido de la amiga de Madeleine Bouchard. Se llama François Trinker.

—Ah, pero... ¿no fue él quien llamó a la policía?

—No. Nos avisaron unos vecinos. ¿Por qué piensa usted que había sido el marido?

—Ah, pues no sé. Lo supuse, simplemente.

—Su versión es radicalmente diferente.

—¿A la de quién?

Perret suspiró, armándose de paciencia. A León no le pareció una buena señal.

—¿Qué tal si subimos a su apartamento y lo discutimos?

—¿A mi apartamento? ¿Aquí?

—Usted vive aquí, ¿no?

—¿Ha ido al hotel Saint James?

—No quiero molestar a la señora.

—Ya.

—Las mujeres, usted me entiende, son muy impresionables.

Lo que no quería Perret era molestar al capitán. Lástima que León no pudiera lanzarle esa arma, haría que el policía sospechara más.

—¿Puedo subir o hay algún inconveniente?

—Ninguno, señor Perret. Ninguno.

Subieron. León primero, el policía detrás.

—¿Estaba usted durmiendo? —preguntó Perret cuando vio la habitación tan oscura, solo iluminada por un débil fuego en la chimenea.

—Me disponía a dormir, sí.

—Lo siento.

—No se preocupe. ¿Quiere sentarse? —le invitó León señalando una silla frente a la chimenea.

—Gracias.

El policía miró alrededor. La sala estaba extrañamente despejada, con todos los muebles pegados a las paredes.

—Así puedo pintar mejor. A mis anchas —le explicó León leyéndole el pensamiento.

—¿A qué huele?

—A pintura, disolvente…

Perret achinó los ojos. Parecía que una idea le había cruzado la mente, pero fue algo fugaz.

—Bien. Como le decía, hay novedades. Este Trinker afirma que Madeleine Bouchard y su compañera, Louise Magné, quisieron matarlo, que de hecho lo agredieron y lo dejaron inconsciente, que no pidieron ayuda, lo que demuestra su intención homicida, y que al despertar se encontró con un montón de gente en su casa. Que había un hombre que lo apuntó con una pistola y que, para defenderse, se abalanzó sobre él para errar el tiro, cosa que al parecer consiguió porque no está herido.

—Y… ¿usted diría que está en sus cabales?

—Absolutamente.

—¿Completamente sobrio?

Perret guardó silencio un instante.

—También dijo que su mujer era una fulana, que le había engañado con un negro que actúa en los salones de baile. En eso coincide con lo que me contaron ustedes.

León estuvo a punto de matizar que él no contó nada, que fue Sarah la que habló todo el tiempo.

—En ese caso, se ha hecho justicia —dijo, recordándose que debía conducirse con prudencia—. Es decir, la asesina ha muerto.

—Pero ¿quién la mató?

—¿Qué importa? Es una asesina que ha recibido un castigo merecido. Habría acabado en la guillotina.

—¿Y la otra? La mujer de Trinker.

León tragó saliva. Se encogió de hombros.

—También intentó matarlo —continuó Perret—. Las dos se confabularon para acabar con ese pobre hombre. Y además es una adúltera.

—Me temo que en eso no puedo ayudarle.

—La señorita Bouchard posó para usted. ¿Nunca le habló de su amiga, nunca coincidió con ella?

—Nunca.

—Qué extraño.

—Disculpe, señor Perret, pero no veo la extrañeza por ninguna parte.

—Usted sabía dónde vivían ambas. Supongo que esta noche no es la primera vez que ha ido a su encuentro. Los pintores y las modelos son buenos amigos, tengo entendido. Y parece ser que estas dos eran íntimas.

En el tono de voz, Perret deslizó una posible relación triangular que a León le hizo parpadear de sorpresa.

—La vida de un pintor no es como la pintan —repuso León tratando de ponerle humor.

—Ya... —Perret se rascó la barbilla.

—¿Eso es todo? —preguntó León sin poder evitar la impaciencia.

—Hay algo más. El otro cadáver.

—¿Sí?

—¿Quién es?

—Lo siento, señor, yo no lo sé. Nosotros llegamos cuando todo estaba hecho.

—El problema es que ha desaparecido. En realidad, los dos cadáveres han desaparecido.

—No entiendo.

—Y luego está ese médico. Yo no lo llamé, apareció de pronto. Y ahora resulta que los cadáveres no están en el depósito.

—Ajá...

El policía miraba a León fijamente, que le aguantaba el pulso ayudado por la oscuridad de la habitación.

—Me encantaría ayudarle, señor Perret, pero francamente no sé cómo. Yo solo pinto. Nada más.

El ambiente se tensó. Los restos de los leños crepitaban en la chimenea. Una madera crujió, al fondo. Procedía del rincón donde estaba colocada la cama y el aparador. Perret estiró el cuello, se tensó igual que un perro sabueso.

—Está bien —cedió al cabo de un rato—. Gracias por su ayuda, señor Carbó.

—Un placer, señor Perret. Le acompaño a la puerta.

El policía levantó el sombrero al despedirse, esbozó una ligera sonrisa y preguntó:

—¿Va a quedarse en París mucho tiempo?

—No lo sé. Lo cierto es que planeo regresar a España.

—Es por si vuelvo a necesitar su ayuda. Verá, aún tengo dudas y quiero comprobar algunas cosas. Para el informe.

—Por supuesto. Y le deseo la mejor de las suertes, señor Perret.

—Igualmente. Buenas noches.

León pegó la oreja a la puerta y cuando oyó que los pasos del policía se perdían, corrió al fondo, movió la cama y abrió la trampilla. Madeleine asomó su rostro asustado. León no tenía buenas noticias:

—Hay que cambiar de planes.

Sitges
Marzo de 1905

Huir. Otra vez. Toda la vida huyendo. ¿Algún día se terminaría esa forma de vivir? Aunque lo que más le inquietaba a Madeleine eran Louise y la niña.

—Primero esperemos al médico, y después…

—No podemos —atajó León.

—¿Por qué no? Este escondite es seguro, aquí nadie nos va a encontrar. Tenemos mantas. ¿No podemos esperar un rato? El médico podría estar subiendo las escaleras.

—Madeleine —dijo León con gravedad—, tiene que ser ahora. La policía busca a Louise, su marido también. No puede quedarse en París.

—¿Qué?

—Lo mejor es que se marche con Rosa. A Estados Unidos.

Madeleine se desinfló.

—Tiene razón —musitó Louise—. Si no me voy, François me matará.

—Yo iré delante —continuó León—, para alcanzar a Rosa y a Volodia. Solo espero que no sea demasiado tarde. Vosotras no dejéis de andar, aunque sea despacio.

—Yo también voy —dijo Jordi.

—No, tú espera al médico.

—No podría quedarme aquí, sin hacer nada, mientras vosotros vais por esos túneles. Ni siquiera los conocéis. Y ellas…, míralas.

Louise estaba más pálida y temblaba por una fiebre que le iba subiendo. Madeleine seguía encogida y se agarraba de las costillas. Jordi giró a su amigo hacia las tripas del túnel y le susurró las indicaciones que lo llevarían al Sena.

—¿Y conmigo qué pasa? —aulló Charles, tirado en el suelo. Tampoco tenía buen aspecto—. ¿Yo también voy a Estados Unidos?

—No —contestó León sin mirarle. Y se volvió a Jordi, con quien continuó hablando.

—Madeleine… —suplicó Charles. Estiró un brazo hacia ella—. Maddie…

Madeleine dudó, pero se agachó.

—Lo siento… Lo siento tanto… De veras.

—No te preocupes, Charles. No hables, no malgastes fuerzas.

Charles se rio débilmente.

—Mira que eres tonta. Lo que siento es haberme casado contigo. Esa fue mi condena. Si no le hubiera hecho caso a la zorra de Sarah, ahora estaría disfrutando de las noches de París.

Madeleine, aún agachada junto a su marido, contuvo las ganas de abofetearlo:

—Eres un pobre hombre, Charles. Pero no voy a ser yo quien te juzgue. Dios se encargará.

—A buenas horas te pones beata —se burló Charles—. Siempre has sido necia y ahora, encima, una apestada, una asesina, una vulgar concubina. No vales nada.

Madeleine sonrió. Con dificultad se puso en pie, mientras le decía:

—Charles, ya nada de lo que digas puede afectarme.

Madrid
Noviembre de 2015

—Siempre has sido una traidora. Lo supe desde el principio, desde que te vi. Mi familia me lo advirtió. Pensaba que cambiarías, que con el tiempo entrarías en razón, que te harías una buena mujer. Pero hay algo en ti endemoniado, vil. Eres mala. Eres caprichosa. Eres egoísta. Y una insensible.

De nuevo sentada en el sofá, Samira aguantaba el chaparrón con la cabeza gacha. No podía mirar a Said, que se paseaba frente a ella sin soltar esa maldita pistola. Se la había visto en París varias veces, en el cajón especial donde la guardaba, pero también cuando la sacaba, se la metía en un bolsillo y salía por ahí. Samira nunca quiso saber dónde. En un par de ocasiones se la había prestado a su hermano ahora desaparecido. Samira odiaba esa pistola.

—Cuando desperté en el hospital, fue una gran decepción no encontrarte. Me dejaste solo, como a un perro. —Said esbozó una sonrisa saturada de ironía—. Tiene gracia: tú no le harías eso a un perro, pero a mí sí. Eso fue lo que terminó de destrozarme. No solo me dejabas por un marica de mierda, encima te ibas cuando más te necesitaba. Mira mi cara.

Samira permanecía con la cabeza gacha.

—¡Que me mires, joder!

Obedeció. Said se señalaba la cicatriz con el cañón de la pistola. Tenía los ojos desencajados, brillantes de rabia.

—¿No has sido capaz de aguantarlo? —rugió—. ¿Te crees tú muy guapa o qué? Nadie, escúchame bien, nadie te va a querer jamás con esa cara que tienes. Por eso te has ido con un marica. —Said levantó la cara al techo y rio con desgana—. Qué imbécil he sido. Nunca imaginé que serías tan desagradecida.

Sonó el timbre de la puerta. Said se puso en guardia, empuñó con fuerza la pistola.

—Ve a ver quién es —le ordenó con nerviosismo—. Y cuidado. Yo voy a estar detrás. Si das un paso en falso, te mato por la espalda.

Samira asintió. Fue temblando hasta la puerta. ¿Cómo haría para controlarse?

Era Paloma, la vecina. Se habían cruzado unas pocas veces en el descansillo y en el portal, y no habían intercambiado más que los consabidos saludos, distantes pero sobre todo precavidos. A Paloma no le gustaba hacer amigos antes de tener la oportunidad de hacer un buen enemigo, decía Efrén.

—Buenas tardes —musitó Samira.

—¿Se puede saber qué son esas voces y esos gritos? Es que no puedo ni oír la televisión. Entre las obras y vuestras fiestas estoy harta. ¡Así no se puede vivir!

—Lo siento mucho, doña Paloma.

La mujer, que venía con el cartucho cargado, se detuvo. Algo vio en Samira que la desconcertó.

—Bueno, hija. Yo solo venía a avisar. Si podéis hablar más bajo…, quiero decir, normal, vaya. Es que llevo todo el día con el taladro de las obras en la fachada y voy a volverme loca.

Era su oportunidad. Tenía que pedirle socorro a esa mujer. Pero ¿cómo? ¿Cómo? Su mente giraba a toda velocidad, buscando una salida, pero su cuerpo entero se había empeñado en temblar y eso era lo único que podía hacer.

—Sí, claro que sí, Paloma. Siento mucho que la hayamos molestado. Le prometo que no volverá a ocurrir.

—Gracias, hija.

Iba a gritar. Podría abalanzarse sobre la mujer, caerían ambas al suelo y así saldrían de la trayectoria de las balas. Después se arrastrarían hasta la puerta de Paloma y se refugiarían en su casa.

No, se dijo Samira, conteniendo el llanto. No les daría tiempo, él las mataría en segundos.

—Disculpe, Paloma, de verdad.

—Está bien, no importa. Buenas tardes.

—Buenas tardes.

La vecina se dio la vuelta lentamente, extrañada. Seguía mirando a Samira cuando esta cerró la puerta.

—Lo has hecho bien —dijo Said cuando Samira se volvió—. Francamente, por un momento pensé que tendría que meterte un tiro.

Sitges
Marzo de 1905

Mientras abría la carta de Estados Unidos, no pudo evitar recordar aquella noche. El túnel oscuro, húmedo. Por las paredes corrían hilos de agua y entre las faldas se les enredaban las ratas. Recordaba bien el dolor, el dolor del cuerpo y el dolor de las heridas del alma, más profundas, las que duelen de verdad. Y el adiós…

Louise arrastraba los pies ayudada por Madeleine y Jordi, que hacían de pobres muletas; una con punzadas en las costillas y la respiración agitada; el otro con un brazo derecho amoratado e inmóvil. León llevaba a la niña, que había empezado a llorar. Había notado la falta de su madre. Rosa y Volodia esperaban en la barca, junto a otros dos hombres, con la gorra calada y las solapas de la chaqueta subida.

—Vamos, daos prisa —chistó Rosa—. No hay tiempo.

La aurora empezaba a clarear. Era una mañana hermosa, rosa y violeta, de nubes rasgadas, como los ojos cargados de sueño al despertar demasiado pronto. Era demasiado pronto, sí, para decirse adiós, para separarse así. No era justo. Louise estaba ardiendo. Esa fiebre la mataría.

—¿Hay médico en el barco? —preguntó Madeleine.

Rosa y los otros se miraron y callaron. Louise cogió a la niña, la acunó un instante.

—Lo siento, pero… —interrumpió Rosa— debemos irnos ya. No podemos seguir esperando.

—Toma —dijo Louise, y depositó a la criatura en brazos de Madeleine—. Recuerda, me hiciste una promesa.

—Pero…

—Ya has oído, Maddie, no hay tiempo. En cambio para ella… —balbució Louise mirando a su niña morena, tan deseada, tan esperada, tan amada—, para ella hay toda una vida. De ti depende que sea feliz. Yo ya he hecho todo lo que podía.

Se dio la vuelta. Los hombres de la barca la ayudaron a subir y le recolocaron la manta que llevaba encima. La niña lloraba. Tenía la cara contraída por la rabia, estiraba los brazos y los pequeños dedos de las manos se le crispaban. Era lo único que se oía en la noche, el llanto de la niña y el rumor del Sena bajo la barca.

—¡Louise! —gritó Madeleine cuando la barca empezó a alejarse—. ¡Louise!

Louise no volvió la mirada, ni una sola vez.

—Tranquila, pequeña —le susurró Madeleine a la niña—. Tranquila, mi niña… Mamá te quiere. Mamá está contigo…

París
13 de febrero de 1895

En la oscuridad del túnel, antes de llegar a la trampilla del Moulin, ocurrió lo que León llevaba temiendo desde hacía horas.

—Amigos… No puedo más.

Jordi se apoyó en la pared húmeda y se dejó escurrir hasta el suelo.

—¡Jordi! —gimió León—. No, no, por favor. Eres el más fuerte, no puedes hacerme esto. ¡Justo ahora!

—Se acabó, León.

—¡No!

—Te ayudaremos a seguir —dijo Madeleine, que acunaba a la niña, aún desesperada en llanto—. Lo conseguiremos. Esto no puede ser más difícil, la noche no puede terminar así.

Jordi sonrió:

—Estáis juntos, a salvo. Tenéis una niña muy bonita. Claro que esta noche puede terminar así.

—No, no me conformaré, ¿lo has oído? Iré a buscar a ese maldito médico, y cuando lo vea lo traeré, aunque sea por el cuello.

—Da igual, de verdad, no te empeñes. Ahora tienes una familia —dijo Jordi señalando a Madeleine y a la niña—. Esa criatura necesita que la vean. Y a una nodriza, o morirá. ¿Quieres que esa pobre también muera? ¿Cómo se llama?

Madeleine se encogió de hombros.

—Louise no le ha puesto nombre.

—Pues elígele uno y llévala a una nodriza. Aquí cerca vive una —murmuró Jordi, haciendo memoria—. Os acompaño. Será mi último servicio.

Por mucho que le rogaran, por mucho que trataran de convencerlo, nada ni nadie le harían cambiar de parecer. Jordi estaba decidido a dejarse ir de la vida en las cloacas de París, bajo el barrio de Montmartre.

—¿Puedo ser egoísta? —preguntó Jordi tras detenerse en un punto que parecía conocer.

León y Madeleine asintieron.

—Hoy es 13 de febrero, Santa Eulalia. Llamadla Eulalia. Es un nombre muy bonito.

Madeleine asintió con lágrimas en los ojos.

—Sí, es un nombre muy bonito.

—Mi abuela se llamaba así. Le decían Lala. —Levantó el brazo izquierdo y tanteó—. Es aquí.

Tocó varias veces, como si siguiera un patrón codificado. Los golpes sonaron a madera. Después se oyeron unos pasos y un haz de luz entró en el túnel.

—¿Jordi?

Era una cara ancha, rubicunda, muy joven. Inclinada como estaba, a la mujer también se le veía el escote rebosante. Esa debía de ser la nodriza.

—Mathilde…

—¿Qué te ha pasado? Tienes mala cara. ¡Tu hombro!

—Escucha…, este bebé —señaló a Madeleine con la niña en brazos— acaba de nacer y su madre…

—Venga, subid, rápido.

—No, yo me quedo aquí.

—De eso nada —rugió Mathilde. Su aspecto era joven, lozano, incluso bonachón, pero la firmeza de su carácter y de su voz era más propia de un general.

—Qué carácter has tenido siempre, hija.

Si no fuera por la gravedad de Jordi, casi hasta sería cómico ver al grandullón amenazante y de pocas palabras zarandeado por una chica.

—Hay que hacer algo. Y rápido. La infección… —Mathilde negó con la cabeza.

—¡Ahhh! —aulló Jordi.

Era la primera vez que gritaba así. León se quedó paralizado.

—Y más que te va a doler.

—Disculpe —intervino León—. ¿Qué quiere decir?

Mathilde lo miró con esa seguridad que destilaba su voz:

—Hay que cortar.

—¿Qué?

—El brazo —aclaró con frialdad.

—Santo Dios… —murmuró Madeleine y se apretó a la niña enrabietada contra el pecho.

—Pero… —objetó León— es su brazo derecho. Él es diestro. Es pintor.

—O cortamos, o se muere.

Callaron. Jordi tenía los ojos puestos en el techo. La niña se había dormido de puro cansancio.

—Yo no soy pintor. Corta, Mathilde.

—¿Ella? —se espantó León.

—Déjala hacer —dijo Jordi. Le sonrió de medio lado y le guiñó un ojo—: esta mujer tiene muchos talentos.

Sitges
Marzo de 1905

—¡Mamá! ¿Por qué lloras?

—¿Eh? Nada, nada, se me ha metido algo en el ojo.

La niña se dio cuenta de la carta que temblaba entre las manos de su madre y fue a acercarse con aire curioso. Pero León se le adelantó.

—Ven, Lala. Vamos a montar en bici —le propuso.

—¡En bici! ¡Sííí!

Se alejaron rápido. La mujer respiró hondo. Estaba preparada para leer la carta.

Mi muy querida Madeleine:

Han pasado muchos años y no me perdono el silencio en el que me he ocultado, sobre todo, por lo que esa falta de noticias ha podido significar para ti. Cada vez que me disponía a escribir me asaltaban las dudas, el miedo de que mi carta no te encontrara o que algo hubiera salido mal después de despedirnos a orillas del Sena. También necesitaba tiempo, para encontrar mi lugar en el mundo, para decidir quién quería ser, tan lejos de mi hogar, de todo lo que conocía hasta ese momento.

Ahora me encuentro bien. Me recuperé. Fue difícil, estuve débil bastante tiempo, pero Rosa fue generosa y cargó conmigo durante meses. Porque fui una carga. No aportaba ni dinero ni trabajo, y en cambio consumía alimentos, medicinas y estaba tirada en una cama, que ella me proporcionaba sin una sola queja, sin un solo mal gesto. Poco a poco me fue interesando su labor. Le pedí que me enseñara inglés. Aprendí a leer, a escribir, y me contagié, y ahora lucho a su lado para que un día las mujeres tengamos una vida digna, provechosa e independiente, para que todos los ciudadanos del mundo sean iguales, tengan alimento, estudios y salud. Es un sueño, sí, pero he descubierto que me gusta soñar.

Tengo dos hijos, un niño de cinco años y una niña de tres. Me acompañan a todas las charlas y reuniones, excepto a las manifestaciones o a los actos donde puede haber arrestos. Están sanos y son muy listos. Su padre los cuida y los mima tanto como yo. Se llama Don, mi compañero. Nos amamos y nos respetamos, sin golpes, sin insultos. Eso sí que es un sueño, ¿verdad?

A veces sueño también con ella, con la niña… No te inquietes, Maddie, no voy a reclamártela. Nunca. Solo necesito saber que está bien, que estudia, que está sana, que es feliz. Soy consciente de que no puedo pedirte nada, que soy yo la que te debe tanto, y aun así…, ¿me escribirás de vuelta?

Y cuéntame también que tú eres feliz, que tú también has encontrado tu lugar en el mundo. Ojalá algún día nuestros caminos se crucen de nuevo.

Te quiere y no te olvida,
tu hermana, Louise.

Madrid
Noviembre de 2015

—Habría sido un engorro —dijo Said.

—¿El qué?

—Matarte delante de esa señora.

—Tendrías que haberla matado a ella también.

—No, para nada —sonrió Said—. No tengo miedo de la policía, ¿sabes por qué?

Samira no quería saberlo. Solo pensaba en salir de allí.

Salir, salir, salir.

—¿Sabes por qué? —le gritó.

Tal vez, si Said seguía gritando, Paloma se enfurecería y llamaría a la policía.

—Porque primero voy a matarte a ti y después me mataré yo.

Said volvió a apuntarse a la cabeza, como en París. Samira se estremeció. Comprendió que ese había sido su plan entonces, en la cafetería, solo que ahora iba a salirle bien. Cerró los ojos y dejó que las lágrimas corriesen. Las últimas lágrimas. Recordó a su padre, cariñoso y trabajador; a su madre, valiente y con carácter; a su hermano, tozudo e idealista. A Efrén, inteligente y soñador. Así quería morir, acompañada por la imagen de los suyos.

—Puta espalda... —Said se frotaba la lumbar y hacía movimientos como para destensar la zona.

Samira se apartó las lágrimas de las mejillas. De pronto sentía una calma extraña:

—Por las tardes, cuando entra el sol, como ahora, salgo ahí y dejo que los rayos me den en la espalda.

—¿Dónde?

—Ahí, en el balcón.

Said abrió la puerta acristalada y cerró los ojos. Soltó un gemido de alivio bajo el baño de sol. Se notaba que sufría, por el dolor de la espalda, de la cara, del alma.

—Entonces me apoyo contra los barrotes de hierro… —musitó Samira y tragó saliva—. El calor es agradable. Hasta el pico de los obreros, constante y monótono, me parece relajante.

Said se puso de espaldas a los barrotes y se apoyó. Un crujido rechinó, el de la barandilla cediendo hacia el exterior. Cuando quiso darse cuenta de qué estaba ocurriendo, ya perdía el equilibrio. Movió los brazos y las piernas para agarrarse a algo. Inútilmente. El alarido, salvaje, detuvo el trabajo de los obreros.

Samira rompió a llorar. Cuando ya se había dado por perdida, se había acordado de la barandilla vieja, oxidada y suelta que faltaba por arreglar.

Le sonó el móvil. Estaba en el suelo, cerca del balcón. Sin mirar hacia fuera, tapándose los oídos para sustraerse del revuelo que le llegaba desde la calle, se acercó el aparato. Era Efrén.

—¿Sí?

—¡Lo tengo! —Se le notaba contento—. El final de la historia. Lo he conseguido. Por cierto, Madeleine y León fueron padres de una niña. Estoy deseando regresar y contártelo todo. Bueno, ¿y tú qué tal? Me has llamado, ¿no?

—Sí… Yo también lo he conseguido. Tengo el final de mi historia.

16

«Yo soy horrible, pero la vida es hermosa».

HENRI DE TOULOUSE-LAUTREC, pintor
(1864-1901)

Le ón sujetaba el sillín mientras Lala pedaleaba sin descanso. No le faltaba mucho para aguantarse ella sola. Observándolos, Madeleine echó a volar la imaginación. ¿Cómo sería un encuentro entre Louise y Lala? ¿El pulso de la naturaleza las atraería sin remedio? ¿Lala se vería reflejada en Louise?

Se levantó para coger papel y pluma. Quería responder. Ella, que era madre, podía sospechar la angustia que debía de latir, sorda pero tenaz, bajo la piel de su amiga. Perder a una hija, la incertidumbre de cómo estaría, era un dolor que no le deseaba a nadie. Menos aún a su hermana.

Mi querida Louise:

No hallo palabras para expresar la enorme emoción que he sentido al recibir y leer tu carta, especialmente al tratarse de tan magníficas noticias. Solo puedo celebrar que tu vida discurra por unos cauces tan sumamente satisfactorios y que te hayas decidido a tratar de comunicarte conmigo.

La fortuna quiso que las cosas, aquella noche, salieran bien. Incluso para Jordi. Hubo un momento en que pensamos que nos dejaba, pero le amputaron el brazo. Fue una operación terrible, en un cuarto de Montmartre; se la hizo una joven que él conocía. Como consecuencia, padeció una infección grave, aunque nuestro fortachón salió adelante. Ahora regenta Els Quatre Gats, un local al estilo de los de Montmartre, pero en Sitges. Es una preciosa localidad de la costa noreste de España; la llaman la perla blanca. Por aquí a Jordi lo conocen como el Manco. No te creas que se lamenta; dice que el destino supo cortarle el brazo a tiempo de cometer más desmanes artísticos.

Aquella noche regresamos por el túnel. Bajo el apartamento de León, Charles seguía con vida. Muy pálido y débil, su respiración era un silbido, y su voz, apenas audible, pero estaba vivo. El médico me atendió. Tenía varias costillas rotas, por eso me dolía tanto el costado. Cuando terminó, el médico preguntó dónde estaban los demás, que su criada le había avisado de que tenía a varios pacientes esperando. León y yo nos miramos un momento. León respondió que los demás ya estaban atendidos. Yo callé, no dije nada. Le negamos la ayuda que precisaba, hermana, consciente, fríamente. No pocas veces ese pensamiento me atormenta.

Después de que el médico se fuera, bajé al encuentro de Charles. Supongo que necesitaba sentirme un poco menos culpable. Me abrigué y me puse a su lado, a esperar. Él sabía que lo habíamos condenado a muerte y estaba furioso. No podía ya gritar, ni golpear, ni amenazar, pero las pocas fuerzas que le quedaban las iba perdiendo en insultos y maldiciones. Lo dejamos ahí, en los túneles, en un recodo tan indistinguible como cualquier otro. Yo, a veces, también sueño, aunque mis sueños, creo, son menos bonitos que los tuyos.

Sarah se ocupó del policía Perret como solo ella podía hacerlo. Le dijo a su amante, el comandante Du Paty, que había un judío anarquista implicado en un repugnante caso de la Rue Cortot. La suma de las palabras «judío» y «anarquista» en una misma frase fue suficiente para que Du Paty ordenara la prisión de François Trinker. De nada le sirvió a ese salvaje jurar que todo era mentira. Du Paty odiaba a los judíos y a los anarquistas, y amaba ciegamente a Sarah.

Decidimos que yo solo estaría a salvo y tranquila fuera de París, así que vinimos a España, a Sitges, a una casa preciosa con vistas al mar. Me teñí el pelo de oscuro con la receta que me diste: diez gramos de ácido gálico disueltos en una onza de tintura de sesqui-cloruro de hierro, y añado una onza de ácido acético; después me lo aplico al pelo bien lavado con agua y jabón. También cambié de nombre. Ahora soy Virginie Hinault.

A ella le puse Eulalia. Significa «la que habla bien». Es muy parecida a su padre: alta, esbelta, morena y con esos ojos verde claro tan bonitos. Es bella y buena como su madre, y tiene la cara con forma de corazón. Es muy preguntona, buena alumna y lectora voraz de las novelas de Sherlock Holmes que León le trae cuando viaja. Ella, al igual que tú, ha aprendido inglés. Es muy diferente a las demás niñas, no solo por su aspecto y su carácter, sino también por su particular situación: es la única del entorno con una madre soltera y extranjera, la criada del señor Carbó, con el que se rumorea que tiene amoríos. Eso la señala y la marca. Yo también espero que, gracias a vuestra labor, gracias a las mujeres que lucháis por las demás, algún día no sea un problema que una criada y un señor, o una modelo y un artista, se enamoren y puedan vivir felices. Y que aquello que hacen los padres, ya sean aciertos o errores, no suponga una cruz para sus hijos inocentes.

Louise, me haces falta. A veces, cuando miro a Lala, con esa cara tan como la tuya, esa mirada tan transparente, no puedo evitar regresar a la Rue Cortot y verte, como si te tuviera al lado. Y no sé por qué imagino entonces que somos mayores, con arrugas y canas, y las mejillas hundidas, y que estamos mirando orgullosas y felices a Lala, nuestra niña. Y al verla sabemos que algo hicimos bien.

Te quiere y te recuerda siempre,
tu hermana, Madeleine.

Barcelona
Invierno de 1920

Hacía frío en la gran casa Carbó, en el paseo de Gracia, pero no por las bajas temperaturas del exterior. Eulalia Hinault siempre había sentido un frío de mármol las pocas veces que había traspasado el umbral de la puerta, a pesar de la chimenea, de las alfombras, las cortinas y las mantas que le ofrecieran. En esa casa tan profusamente decorada, con obras de arte, vidrieras, objetos de forja y artesanías variadas, Eulalia comía las más delicadas exquisiteces, con cubiertos de plata y en platos de porcelana; pasaba las sobremesas en la rica biblioteca, que ponían a su completa disposición; y terminaba el día en su propia habitación, abrazada por un dosel de cuento de hadas. Y, sin embargo, siempre sintió el frío horadándole los huesos.

En la sala estaban reunidos los sobrinos de León. Ahora que él no estaba, no disimulaban su desprecio y le habían hecho sentarse en la silla más apartada. Un caballero que a Eulalia le recordó a uno de los que poblaban los cuadros de El Greco estaba sentado al escritorio en el que León leía la correspondencia de sus amigos pintores de París.

Quería llorar, pero no iba a hacerlo. Por el frío. Porque era esa especie de Conde de Orgaz quien estaba ahí sentado y no León, su León. Se mantendría firme, esperaría a conocer qué obra de arte le había legado ese hombre que había sido para ella más que un padre, y se marcharía para siempre. A París, probablemente. León la había llevado en infinidad de ocasiones y conocía esa ciudad como la palma de su mano. Y había aprendido arte de un maestro. No era pintora, desde luego, pero sí reconocía el talento en otros, la belleza, la fuerza de ese lenguaje especial. Algo haría con eso; podría trabajar en una galería o en un museo. Los amigos de León la ayudarían. Allí, en París, forjaría una nueva familia, porque la suya ya había muerto del todo con León.

Un grito ahogado y las miradas ásperas de los sobrinos la despertaron de sus proyectos de futuro.

—¿Qué? —acertó a decir.

—¿No me ha oído? —dijo el Conde de Orgaz hecho carne—. El señor Carbó la ha nombrado heredera universal.

—¿A mí? Pero…

El sobrino favorito, hijo mayor de Catalineta, se levantó tranquilamente:

—Impugnaremos.

Le hizo un gesto a su hermana y se marcharon muy dignamente, seguidos por los demás. Antes de que salieran por la puerta, Eulalia pudo oírles:

—No puedo creer que el tío le haya dejado todo a la hija de la criada.

—Qué vergüenza, qué escándalo.

—Bueno, estaba claro, ¿qué creíais? A lo mejor la hija también se acostaba con el viejo.

Como Eulalia no se movía, el caballero se acercó a ella:

—León también me confió unas pertenencias muy íntimas, que precisamente quería que le entregara sin que nadie lo supiera. Aprovecho ahora que nos hemos quedado a solas.

Era una caja corriente de cartón.

—La dejo en su mansión, señorita Hinault —dijo el caballero para despedirse—. Le deseo lo mejor.

Pasó un buen rato allí sola, en un extremo de la sala de la que ahora era dueña y señora. Miró la tapa de la caja. Entendía que ahí estaba la explicación al testamento de León. Encontró varias cartas, bocetos de cafeterías y damas pasadas de moda, cuadernos que parecían diarios. Y un conjunto de folios agrupados en una carpeta, escritos a mano. Eulalia empezó a llorar con las primeras palabras:

Mi niña, mi Lala:

Te escribo esto porque tu madre me lo pidió en su lecho de muerte. Al igual que le ocurrió a ella, yo no he encontrado valor para hablarte en vida, así que perdónanos a los dos por contarte desde la muerte esta verdad, esta historia que es la tuya y la de un amor grande como tu corazón y como tus ojos, y no me refiero al que nos profesábamos tu madre y yo, del que sé que estabas enterada, sino al que nos inspiraste tú a ambos desde antes de que nacieras.

Déjame que empiece por un lejano marzo de 1888. Mi padre, Eusebi Carbó, me había llamado a su despacho.

Le había encargado al sastre un traje para mí, para la ceremonia de inauguración de la Exposición Universal de ese año en Barcelona...

Madrid
Julio de 2016

Cuando salieron del ascensor, Paloma seguía haciéndole monerías al bebé. Efrén estuvo tentado de decirle que la criatura tenía solo siete días, que solo mamaba, dormía y lloraba. De esto último bastante y de lo anterior demasiado poco, para su gusto.

—Qué cosa más bonita. Qué milagro, qué preciosidad. Es lindísima.

—Muchas gracias.

Samira siempre lograba ser amable con Paloma y esta le correspondía, especialmente desde que supo que esperaba un bebé. Desde entonces —y arregladas ya las balaustradas de los balcones—, las relaciones en el rellano habían sido más armoniosas, aunque Paloma no era de las que olvidaban fácilmente, de modo que no pocas veces le dedicaba a Efrén una mirada torva o un reproche antiguo.

—Por cierto —dijo la vecina colando su rostro sonriente por la puerta de casa a punto de cerrarse—, al final, ¿cómo la habéis llamado?

—Malak.

—¿Cómo?

—Malak —repitió Samira—. En árabe significa «ángel».

Paloma compuso una expresión arrobada por la magia de la vida y los nombres con significado especial.

—Claro… Un ángel, si es que esta criaturita es un ángel del cielo, no hay más que verle la carita.

—Paloma, voy a cerrar —dijo Efrén blandiendo el picaporte de la puerta y empujando.

—Ah, sí. —Dio un respingo y se giró hacia su casa.

—Qué pesada —murmuró Efrén, cuando se sintió a salvo en el interior del piso.

—¿La bañamos ya?

—¿Me das un momento? Tengo una llamada perdida de Tomás. Qué querrá este ahora…

Marcó para llamar de vuelta. En realidad, imaginaba que tendría relación con *La mujer fuera del cuadro*, la novela que acababa de publicar sobre la estancia de León Carbó en París. La editorial había enviado notas de prensa y ejemplares a los medios de comunicación, pero desde luego no esperaba aparecer en su antiguo periódico.

—Bueno, bueno, bueno. Pues ya eres escritor. De novelas, quiero decir. Qué potra tienes, macho, has nacido de pie.

Su sentir hacia Tomás era contradictorio. De él despreciaba el lado falso, la complacencia con el poder y sus principios de doble moral. Pero en el fondo le tenía cariño. Habían compartido muchas noches inventando historias, y le había ayudado después del despido, primero con aquel posado robado, que a su cuenta bancaria le había proporcionado una gran alegría, y después consiguiéndole una editora.

—Ya ves. Es que en las novelas se me permite contar mentiras.

Tomás replicó con una carcajada franca.

—En el periódico de mañana incluimos una nota.

—¿En serio?

—Sí, hombre.

—¿Le vais a hacer publicidad al despreciable periodista que tan gravemente se burló de la intachable trayectoria de uno de los periódicos con más solera de este país? —Efrén estaba recitando, más o menos, una de las grandilocuentes declaraciones de Tomás cuando estalló el escándalo.

—Bah —contestó su exjefe—. La sección de Cultura la hojean cuatro *hipsters* para después hacerse los interesantes en el siguiente *brunch*. Y la página de libros, ni eso.

Efrén sonrió. El mierda de Tomás le caía bien.

—Mi mujer se la ha leído. Tu novelucha.

—Ah. ¿Y qué le ha parecido?

—Le ha gustado bastante. Me ha contado la historia. Qué imaginación tienes, macho. Ese final es un poco fantasioso, ¿no?

—Dicen que a veces la realidad supera la ficción.

—Sí, seguro. Bueno, ya te llamo otro día y quedamos a tomar unas cervezas.

—Vale.

—¿Qué tal la niña?

—Está todo el santo día enganchada a las tetas de la madre, no duerme nada y berrea sin parar. Es una mala bicha.

—Como todos los críos, qué cabrones. ¿Pues sabes una cosa, macho? Fíjate que alguna vez se me pasó por la cabeza que eras marica.

—Lo soy.

Tomás volvió a reírse. Efrén también. Ahora que no le importaba decirlo, no iban a creerle.

—¿Y la boda para cuándo?

—Es que ella me dice que no todo el rato. Pero algún día la convenceré.

Tras un rato más de charla insustancial, colgó. Samira le llamaba de nuevo para el baño de Malak.

La adoraba. De puertas para afuera, por hacerse el duro o el gracioso o el imbécil, Efrén se quejaba y se lamentaba. Él, que vivía tan tranquilo, soltero, de fiesta en fiesta, sin rendir cuentas a nadie, con todo el tiempo para sí mismo, había pasado a convertirse en un entregado padre de familia, al que pronto añadirían un nuevo miembro: una perrita de un refugio de animales con una cicatriz que le afeaba la cara y de la que Samira se había enamorado nada más verla en Facebook. Efrén había tratado de negociarlo, pero entendía el enamoramiento a primera vista; en el centro del salón gobernaba una copia de gran tamaño de la *Madeleine,* de León Carbó.

Terminado el baño, Malak se quedó, milagrosamente, tranquila, callada y dormida. Efrén la tenía entre sus brazos mientras Samira hablaba con una compañera de la compañía de exportación en la que trabajaba. Se sentó en el sofá y se quedó mirando a la pequeñaja un largo rato. Sí que era un ángel.

Le interrumpió una notificación del móvil. Era un correo electrónico de Eulàlia Espasí. Le había enviado un ejemplar de la novela. No había vuelto a hablar con ella desde aquella tarde en el despacho del museo. Por primera vez, ella le trataba de usted.

Estimado señor Soriano:

He recibido su novela y la he leído con suma atención. Le felicito por su trabajo y espero que esa inspiración que encontró a través de las vidas de León Carbó y Madeleine Bouchard suponga el brillante principio de una larga trayectoria de éxitos en su carrera literaria.

Un saludo,
Eulàlia Espasí
Conservadora del Museo de Montserrat

P. D.: Estoy segura de que a mi abuela y a mi madre les habría encantado.

Efrén dejó el teléfono y volvió a mirar a su ángel. Una tímida sonrisa le curvó la boca diminuta. Que su pequeña tuviera un bonito sueño, que fuera feliz, lo enterneció. Pensó en su madre, en su padre. ¿A ellos les habría gustado esa novela? ¿Estarían, por fin, orgullosos de él?

El rostro sereno de Malak le dio la respuesta: un padre siempre está orgulloso de su hijo. Porque esa es su más perfecta creación.

Agradecimientos

San Sebastián de los Reyes (Madrid)
Abril de 2019

Una novela de inspiración histórica necesita fuentes. La primera de *La mujer fuera del cuadro* es precisamente la que motivó la historia y el título. Me refiero a *Au Moulin de la Galette. Madeleine* (1892), una obra pictórica también conocida como la *Madeleine.* Llegó a mí en un paréntesis perezoso. Mientras esperaba a que mi hijo y mi marido terminaran de ponerse el bañador y bajar a la piscina, puse la televisión y, vagando de canal en canal, la vi a ella, a Madeleine. Su mirada, su extraña postura, el cigarro, la absenta. Yo, como Efrén, también me enamoré. Ni que decir tiene que esa tarde bajé a la piscina un poco más tarde, cuando terminó el programa, de la serie *La mitad invisible.* Posteriormente lo he visto varias veces, sin cansarme nunca: www.rtve.es/television/20131210/madeleine-ramon-casas/816580.shtml

El cuadro lo pintó Ramón Casas i Carbó (1866-1932), un barcelonés acomodado que acudió a París para formarse en las técnicas de arte moderno. Su figura y la de sus amigos Santiago Rusiñol, Miquel Utrillo, Ignacio Zuloaga y Ramón Canudas me sirvieron para dar vida a León, Jordi y Pascual. Esa tarea habría sido muy complicada si el diario *La Vanguardia* no hubiera digitalizado sus periódicos, incluidas las ediciones de 1890 en las que Santiago Rusiñol relata las experiencias de aquellos hombres en Montmartre y en el Moulin de la Galette, donde se alojaron. Ese pedazo de historia se encuentra en la hemeroteca de la cabecera barcelonesa: www.lavanguardia.com/hemeroteca/20110613/54161935071/santiago-rusinol-polifacetico-artista.html. De igual modo debo agradecer a la redacción de *L'Eco de Sitges* que me permitiera acceder a su hemeroteca de una manera tan rápida y eficiente.

No he vivido en París, pero afortunadamente hay emigrantes que nos cuentan sus peripecias que me han servido de inspiración para la historia de Efrén y Samira.

La lista de fuentes es más larga. Habría que añadir novelas de la época, películas, manuales de historia privada. Artículos sueltos sobre artistas en particular. Cuadros, carteles, postales, exposiciones. Todo ese material me ha servido para crear escenarios, diálogos y personajes; algunos reales, otros ficticios. Aunque como dijo Picasso, «todo lo que puedas imaginar es real»…

No quiero terminar sin reconocer la maravillosa labor de Suma de Letras, en especial el de sus editoras, porque esta novela que tanto trabajé, que tanto cuidé, estaba coja cuando llegó a sus manos. Debo agradecer a Mónica su paciencia con mis correos electrónicos, algunos de ellos con explicaciones casi interminables.

Y también gracias a ti, que me lees, por llegar hasta aquí. Ojalá nos veamos en la próxima.

N.

Este libro se imprimió
en el mes de junio de 2019